那年，我拔自己成刀

房昊 著

時代文藝出版社

图书在版编目（CIP）数据

那年，我拔自己成刀 / 房昊著．—长春：时代文艺出版社，2019.7（2019.12重印）

ISBN 978-7-5387-6107-8

Ⅰ．①那… Ⅱ．①房… Ⅲ．①中篇小说－小说集－中国－当代②短篇小说－小说集－中国－当代 Ⅳ．①I247.7

中国版本图书馆CIP数据核字（2019）第084340号

出 品 人　陈　琛
产品总监　邓淑杰
出版监制　刘　峰
产品经理　刘　璇
责任编辑　杨　迪
装帧设计　林丽酱
排版制作　新兴工作室

那年，我拔自己成刀

房昊 著

出版发行 / 时代文艺出版社
地址 / 长春市福祉大路5788号　龙腾国际大厦A座15层　邮编 / 130118
总编办 / 0431-81629751　发行部 / 0431-81629755　北京开发部 / 010-63108163
官方微博 / weibo.com / tlapress　天猫旗舰店 / sdwycbsgf.tmall.com
印刷 / 三河市万龙印装有限公司
开本 / 787mm×1092mm　1 / 32　字数 / 320千字　印张 / 11.5
版次 / 2019年7月第1版　印次 / 2019年12月第2次印刷　定价 / 45.00元

图书如有印装错误　请寄回印厂调换

「

我的意中人是个盖世英雄，

有一天他会踩着七色云彩来娶我，

我猜中了开头，

可我猜不着这结局。

」

——紫霞仙子，《大话西游》

目　录

Contents

CHAPTER 1　我的意中人，是个盖世英雄

CHAPTER 2 金山寺

看了开头你猜不中结尾，看完结尾你开始怀疑开头……专属于你的脑洞故事，开始了！

CHAPTER 1

我的意中人，是个盖世英雄

孟婆汤的味道

如果爱情只是因为红线，那又有什么意义呢？

· 1 ·

月老是个好人，永远不会生气的好人。

相传他没成神的时候就是个好人，有小偷进门，他竟然告诉对方：“小心脚下，别踩到我老婆放的捕鼠夹。”

可惜这句话说在了小偷中招后，于是月老白白挨了一顿胖揍。

成仙之后更是个好人，不管别人要他做什么，都只有“好好好”三个字。

巨灵神说：“一起去蟠桃宴吧？”他说：“好好好。”

巨灵神又说：“哎呀，对不起，我忘了你不能坐到席上，只好给你个桃核吃了。”

月老还是笑眯眯的，说：“好好好。”

天上的神仙，没有一个看得起月老。

因为所有的情感，特别是爱情，与修行所要的冷静、长生所要的理智相悖，是一切华而不实、荒谬感伤的病态罪孽，将会使仙界沦丧。

而月老，就是促成爱情的人。

他会用红线将两个素不相识的人缠绕起来，当两个人被红线收紧，一点点靠拢的时候，月老从天庭下望，满脸的皱纹都绽出笑容。

这是他最开心的时候，也是他最怅然的时候。

如果爱情只是因为红线，那又有什么意义呢?

后来，有一只叫孙悟空的猴子进了天庭，做弼马温，盯着一直笑眯眯的月老看了很久。

月老也看了他很久。

猴子问:“你瞅啥？”

月老很老实，说：“在天庭久了，没见过长得这么随心所欲的，所以忍不住看看。”

猴子呵呵一笑，举着拳头就要揍月老，月老一闭眼，准备随时迎接狂风暴雨。

但孙悟空却没有打他，猴子放下拳头，整了整月老的衣服：“咱们是一路人，我不冲你发脾气，你好自为之。”

月老望着孙悟空的背影，拽拽胡子发现不是做梦，不明白这逢人就发脾气抡拳头的孙悟空，怎么就跟自己一路人了。

后来，孙悟空成了齐天大圣，月老还去花果山看他。

孙悟空说：“我发了一次脾气，就从妖变成了弼马温。我发了第二次脾气，又变成了齐天大圣。月老，你也该发一次脾气，我很想看。”

月老神情尴尬，说:“我不会发脾气啊。”

孙悟空大笑，说:“放屁，不会发脾气的是外面那群蠢货。”

月老呵呵笑着，不知如何回答。

然后孙悟空问道:“你知道地府里，有个孟婆吗？”

·2·

上穷碧落，有月老牵红绳，定宿命姻缘。

下极黄泉，有孟婆熬浓汤，解三世执着。

孙悟空说他在地府的时候见过孟婆，跟月老一样，也是个好人，对谁都是“好好好”。

孟婆请孙悟空喝汤，那汤有时浊有时清，满满都是酒香。

孙悟空就想打人，说：“俺老孙最讨厌旁人骗我，这明明是酒，哪里是汤？”

孟婆说：“这是孟婆汤，谁告诉你孟婆汤是汤？”

孙悟空说：“有道理，可为什么孟婆汤是酒？”

孟婆说：“因为我年轻的时候，在凡间见过一种酒，叫醉生梦死，夺天地造化，能让人忘却前尘。我知道，人们最大的烦恼，就是记性太好。”

猴子说：“最烦你们这些文艺狗。”

孟婆说：“大圣是不是也有想忘记的伤心事，不如喝我一碗孟婆汤，该忘记的就都忘记了，明天开始又是新的一天，岂不是很好？”

猴子说：“呸，放屁，俺老孙过一天便是一天，有什么要忘的！”

孟婆笑笑，说：“那好，你不喝，我喝。”

孟婆很快就喝醉了，孙悟空不胜其烦，想要推开孟婆，孟婆却总想往孙悟空身上靠。

她说：“你说要跟我永远在一起，你要成仙，现在你销了生死簿，到天庭做了官，却把我忘了，是不是一定要先忘了我，才能成仙？”

孙悟空打了个冷战，说：“你放什么屁呢，俺老孙什么时候认识过你？”

孟婆说：“原来你真的不记得了，我们住过山，住过洞，漂洋过海住过破旧的木屋，我问你，你最喜欢的人是谁，你说是我。”

孙悟空一把推开孟婆，说：“俺老孙还有要事得办，没工夫搭理你这疯婆娘。”

孟婆拉住他，问：“你最喜欢的人究竟是谁？”

孙悟空说："有病。"

孟婆拉住他不放，死死地不松手，孙悟空脑袋里一阵恍惚，似乎真的曾经在什么地方见过这一幕。

于是孙悟空顿了顿，说："还不就是你咯。"

孟婆笑了，醉意醺然地躺在地上，自言自语：

"如果喝了孟婆汤就能忘记，那么记忆究竟有什么意义？"

孙悟空敲了敲桌子，对月老说："你听听，这婆娘是不是有病？"

月老嘿嘿笑着，说："那是，那是。"

喝得半醉的孙悟空突然掏出金箍棒，指在月老眉心，一脸严肃："说，你是不是给我牵过红线？"

·3·

很久以前，天蓬元帅来找过月老，想让月老帮他和嫦娥牵红线。

月老一脸尴尬，说："这不符合天规啊。"

天蓬扑通就给跪了。

月老说："好好好，我给你牵。"

但没过多久，天蓬又来找月老，说："你把我那红线去掉吧，嫦娥如果是因为红线才爱上我，我宁愿一直默默等着她。"

于是月老就去掉了红线，那一夜，嫦娥跟天蓬划清了界限。

"这跟你有没有给我牵红线，有毛的关系？"孙悟空的金箍棒依旧指在月老眉心。

月老说："后来玉帝知道了这件事，感觉到一个人心中存爱，就不能成仙，的确曾派我在你发脾气的时候牵过红线。"

孙悟空"嘭"的一声将琉璃桌砸成飞灰："说，那个姑娘是谁？"

月老说："大圣莫急，天蓬和嫦娥的故事还没讲完。其实天蓬走了之后，嫦娥也找我。她不是不爱天蓬，而是怕这段私情让天蓬受罚，陷入绝境。

"所以，我牵没牵红线不重要，重要的是大圣你究竟有没有动过情，又为什么选择忘掉。”

月老抬头，望着孙悟空，仍是一脸的诚恳，坦荡而老实。

孙悟空笑得癫狂，说：“那好，我要打遍三界，看能不能打出那个人来！”

·4·

孙悟空第三次发脾气，推倒了蟠桃树，吃了老君金丹，下界号召群魔，要再战天庭。

彼时，吴刚告发天蓬和嫦娥，玉帝说：“这事大家都知道，他们明事理，断了我们也就不再过问，先对付妖猴再说。”

吴刚说：“可现在最需要的是军心，天规不能乱。”

玉帝同意了，把天蓬打入了畜道，红线虽解，月老仍难逃责罚，要去地府转一圈，盯着天蓬轮回。

地府入口，嫦娥梨花带雨，问吴刚：“你为什么这么毒？”

吴刚神色漠然，说：“你不懂什么叫嫉妒。”

月老问天蓬：“你后悔吗？”

天蓬说：“后悔，如果早知道嫦娥的心意，不管有没有红线，我都不该放手。

“我真傻，竟相信这世上有红线掌管爱情。难道你没成仙之前，世上就没有爱情了吗？你就没爱过什么人吗？”

此时地府里已经一片混乱，据说是孙悟空来了，天蓬进畜道之后，月老想起了孟婆。

他想见见她。

逃亡中的牛头说：“哦，那个疯婆子啊。她经常喝自己酿的酒，喝完就醉，醉了就随便扯着人，问‘你最爱的人是谁’，听说刚才孙悟空进来看到孟婆抓着判官问，一棍子把俩人都敲死了。”

月老身子晃了晃，感觉哪里不太对劲，于是一把抓住牛头问：“你说孟婆熬的不是汤，是酒？”

牛头挣脱了月老，一边跑一边说：“对，她管那酒叫醉生梦死。”

·5·

月老走过奈何桥，踏碎望乡台，看到一锅清澈的酒。

他舀了一勺，咕咚喝下去。

……

“我一定要成为仙人，不能辜负我爹我大哥的期望。到时候你跟着我一起，上天做仙姑！”

“好啊老头子，不过你酿的这是什么酒，这么香？”

“这叫升仙酒，喝了就能成仙。我 ×，酒缸里竟然有一颗老鼠屎，媳妇你快在屋里放个夹子。”

那锅酒揭盖的一刻，有酒雾引来青霄雷电。

他让妻子先尝了口酒，她一口即醉，躺在他怀里。门外，有小偷正来光顾。

待小偷离去，挨了一顿揍的他，舀起一勺醉生梦死，看着仍在睡梦中的妻子，喃喃说：“对不起，成仙要太上忘情，我得忘了你。”

“嘭”的一声，月老手里的勺子掉在地府冰冷的地面上。

一千年过去了，原来孟婆汤，就是当年自己熬的那一锅醉生梦死。

原来没有红线，也可以爱上一个人，原来饮了孟婆汤，也可以一千年不忘。

月老擦擦泪水，身上泛起白色的银光，仙气缭绕，从黄泉直奔碧落，天庭上正八荒流火，孙悟空拿了根棍子就要大杀四方。

“孙悟空！”

月老一声暴喝，震住了天下神魔。

孙悟空哈哈大笑，说：“你终于生气了！我早就看出，咱们是一样的，都是一颗心说死不死的人，天下这么大，神魔妖佛一个都不放在眼里。所以我对谁都发脾气，所以你对谁都是好好好，今天你终于也发脾气了，这世上终于不无聊了！”

月老问：“你杀了孟婆，就因为无聊？”

孙悟空哈哈大笑，说：“不错，你不是也觉得什么都没意思吗，你该跟我一样，打烂这天庭，撕毁这天规。”

月老说：“不，是我自己选择成仙，是我选错了路，跟天庭无关，是你杀了孟婆，也跟天庭无关，世上还有那么多有意思的人和事，他们本可以自己做决定的。

“孙悟空，你错了。”

那根红线夭矫如龙，凝聚着宿世的姻缘，月老白发白眉，一身白衣飘荡如鸿，千年修行，醉生梦死的神通，随着那红线无尽地飞驰。

好像要从奈何桥另一端，拉回那个不见的孟婆。

孙悟空盯着那根红线，忽然咧嘴一笑，松开了手中铁棒。

“我多想，再被红线牵一次。”

猴子依稀望见那个魂飞湮灭的姑娘，在虚空里冲他招手，孟婆汤饮尽，又如何能够尽忘？

红线收紧，束缚的，却只剩两个发完脾气无悲无喜的神仙。

一个须发皆白称月老，一个齐天大圣做妖猴。

师徒的理想

你说一加一，等于几？

·1·

站在银河上，嫦娥数着点点星辉，捞起一把银河之水，看着自己不老的面容，仙风轻扬，吹动她白衣青丝。

嫦娥想，如果自己比紫霞更早遇见孙悟空，会不会一切都不一样。

天蓬站在嫦娥身后，问她："为什么这么多人会喜欢孙悟空？广寒凄苦，银河苍茫，我真的那么不值一提吗？"

嫦娥摇摇头，说："你很好，你比孙悟空高，比他帅，比他地位权势更重，也比他温柔可靠，但那些都不重要。

"我喜欢孙悟空，因为看见他，我总能想起小时候，跟在后羿后面，看他被晒得漆黑的脸，张弓搭箭，说：'看我迟早有一天把太阳射下来。'

"我喜欢孙悟空，因为看见他，我会觉得有一天，会有一个英雄，能救我离开这个凄苦而苍茫的地方，七彩祥云，盖世无双。

“我喜欢孙悟空，因为在这个空旷的天庭里，他还有梦想，他的心还没有死。”

天蓬看着嫦娥的背影，低头一笑，说：“你放心，他的梦想会死的，如果他的梦想不死，他就会死。

“天庭也好，灵山也罢，可不就是这样一个地方吗？”

·2·

当年，卷帘还是灵山大将，天蓬是他的顶头上司。

直到那一天，门外忽然传来一声佛号，说：“佛祖宣二位出山，领兵攻打大雪山孔雀妖王。”

二人点起兵马，浩浩荡荡一路杀了过去。

孔雀被如来收服，其弟吞龙金鹏鸟勃然大怒，杀上灵山，一众菩萨抵挡不住，纷纷退后，卷帘一夫当关，天蓬偷袭在后，终于擒住了大金鹏鸟。

如来高立莲花座上，神色冷漠，说：“麻烦你二人，再去一趟苍梧山，把大金鹏鸟的族人，一一抹杀，莫留活口。”

天蓬一震，说：“佛祖，我佛慈悲。”

如来说：“我佛也作狮子吼，你若不去，文殊可去。”

天蓬跟卷帘面面相觑，说：“好，我们去。”

从来没有人见过返老还童，那一次，天蓬跟卷帘见到了。

青山不老，为雪白头，雪山落血，分外妖娆。

妖娆得很年轻。

天蓬一挥手，便要带兵前去苍梧山，被卷帘一把抓住了胳膊。

“你当真要杀？”

“你以为，我佛不敢把你我给杀了？”

卷帘哈哈一笑，说：“杀又如何，我不会去的，如果去了，一加一就再也不等于二了。”

天蓬面沉如水，问：“如果不等于二，等于什么？”

卷帘说：“等于灭人满门，等于斩草除根，等于无情无义，唯独不等于人。”

天蓬说：“我们本来就不是人，是神，做了上千年神，你还不懂吗？”

卷帘说：“我心不死，我不懂。”

天蓬仰天，叹，说：“卷帘，你是有理想的人啊，澄清宇内，涤荡浮沉。

“好，那我们走，我们去天庭。”

·3·

在嫦娥说她喜欢孙悟空，是因为孙悟空有理想的时候，天蓬就知道自己输了，输得一败涂地。

天庭跟灵山，自然没有什么不同，卷帘这样的人不会再有机会领兵，只能日复一日地卷珠帘，看着王母跟玉帝窝在一起调情。

天蓬也只能给嫦娥聚散星辰，铺张成海，只望博美人一笑。

美人偏偏说这些都是极好的，可是她不喜欢。

不喜欢你大爷。

天蓬怒气冲冲地出了天庭，跑到斜月三星洞，敲门大喊：“菩提你给我出来，你有本事教猴子，你有本事开门啊，开门开门开门啊！”

菩提睡眼惺忪地望着天蓬，说：“元帅啊，什么事啊？”

天蓬说：“我想知道孙猴子的理想，到底是什么。”

菩提“哦”了一声，答道：“很简单啊，他一只猴子而已嘛，就是想长生啊，他又不是神仙。”

天蓬茫然了，他想起猴子曾经对他说：“你一个堂堂天界元帅，跟我一只猴子谈理想，你说你这不是文青病，是什么玩意？”

原来长生，也算是理想，有理想的猴子，就比神仙高贵？

天蓬突然笑起来，他知道，猴子很快就要长生不老，封官成神了，到时候，他也没了理想，嫦娥就不会喜欢他了。

·4·

天蓬错了。

猴子做了齐天大圣。

嫦娥问猴子：“你的理想实现了，你还会有原先那股力量吗？”

猴子说：“去他妈的。”

一棍打散了银河，猖狂大笑：“谁说俺老孙的理想实现了，谁说俺老孙是想长生不老？

“俺从花果山长大，周围有豺狼和虎豹，它们凭什么生来就高我一头，能捕食我，吞噬我？

“我不服，我打成花果山水帘洞美猴王。

“我发现我还会死，凭什么生死是命定的轮回，我还是不服，我要长生，我要不老，任何压在我头顶的我都要打碎。

“现在我长生不老，齐天大圣了。

“但我远远没有齐天，那里，还耸立着凌霄宝殿！

“啊哈哈哈哈，吃俺老孙一棒！”

那根棍子丢出去，嫦娥怅然若失，怔怔地望着孙猴子远去的背影，仿佛有什么东西，打碎了梦幻的英雄。

“这是孙猴子干的？”

天蓬从她身后走来，嫦娥勉强一笑，说：“果然盖世的英雄，注定天下无双，是不能有家的。”

天蓬说：“他有，只不过不是你，所以不在乎，你何必给自己找那么多理由。”

嫦娥转身，说：“那你呢？”

天蓬说：“我不在乎，我可以等，我等的不是我心中的幻梦，我等的就是你，你是嫦娥，活生生的嫦娥。”

嫦娥怔住。

“我要去花果山了，孙猴子造反，我跟巨灵神去攻他老巢。”

天蓬一身甲胄，凛然生威。

·5·

花果山有什么呢，不过只有一堆猴子。

不是齐天大圣，也不是六耳猕猴，就是一堆普普通通的猴子。

天蓬指着那堆猴子，问巨灵神：“你就让我过来砍这堆猴子？”

巨灵神也有些尴尬，说：“我这也是奉玉帝的号令，你快点砍，一个神通下去咱们好回天庭复命，玉帝不说许诺你了吗，只要你干完这票……呸，完成这次任务，就破例让月老给你跟嫦娥牵红线。”

天蓬“哦”了一声，看着下界仓皇的猴子。

巨灵神说：“你倒是快点动手啊。”

天蓬仿佛听见耳边卷帘在问：“元帅，你说一加一，等于几？”

巨灵神说：“你快点，老子火都放了你不杀猴？”

天蓬长吸口气，说：“滚。”

巨灵神一愣，问：“你说什么？”

天蓬望着银河散落的苍穹，忽然笑了，他说：“嫦娥，我来了。”

·6·

那一天凌霄宝殿烧着大火，天蓬元帅拿着上宝沁金耙突然出现在战场中央。

玉帝稳坐案后，平复稍显急促的呼吸说：“孙悟空，天蓬已将花果山妖猴一网打尽，你还不束手？”

孙悟空心头一惊，扭头盯着天蓬。

天蓬说：“我一把火烧了花果山。”

孙悟空抬手就要一棒。

天蓬说：“但我一耙把巨灵神打飞，放走了你的猴子。”

孙悟空一怔，问：“为什么？”

天蓬说：“我这个人从来都很简单，没有什么理想，但我还想做个人。”

孙悟空哈哈大笑，举棒冲着玉帝，说：“来吧！俺老孙还有什么可怕的！”

玉帝冷冷一笑，说：“你以为我看不出天蓬有反骨？卷帘早已跟着李天王，将你的猴子擒回玲珑宝塔了。”

卷帘跟在李天王后面，默默地走出来。

“为什么？”天蓬问。

卷帘说：“因为我有理想，我不想一辈子只会卷帘。”

孙悟空哈哈大笑，说：“好一个你有理想，看棒！”

李天王举塔，塔里雷击火涌。

孙悟空咬牙切齿，猛地回头，盯着玉帝，说：“你莫要逼我，再逼我，玉石俱焚！”

玉帝脸色一变，说：“孙悟空你怎么不按套路出牌，你该束手就擒！”

孙悟空说：“放屁，俺老孙又不傻，这时候束手就擒，我活不了，猴子猴孙更活不了，还不如拼个玉石俱焚，俺老孙也算成就了我的理想，这天地神佛，无人能定我生死造化！”

玉帝心中波澜不定，王母在一旁暗中示意，众神纷纷准备偷袭。

一根上宝沁金耙，稳稳挡在了孙悟空身后。

玉帝怒喝：“天蓬，你不是只想做个人吗，你现在在干什么？！”

天蓬说：“嫦娥喜欢他，我得保他。”

玉帝扶着额，说：“这……你大爷的嫦娥。”

虚空中，忽然有一个声音传来。

那声音告诉孙悟空，他能让玉帝放了猴子猴孙，也能帮猴子达成理想，前提是猴子得在五指山下等上五百年。

猴子问：“为什么，凭什么。”

声音回答：“因为形势比人强，你打不过他们，就算打得过他们，还有西天如来，你一样还是会被压在山下，不如听我的，五百年后，我带你……

击碎漫天神佛。”

“你是谁？”

“我是金蝉子，也是你五百年后的师父，你应该信我。”

一个和尚，从南天门缓缓而来，含笑自若，步生莲花。

孙悟空犹豫了片刻。

金蝉子陡然出手，五指如印，轰然将孙悟空压在五指山下，尘埃四溅。

孙悟空破口大骂，金蝉子充耳不闻，又恢复那满面笑容。

他扭头，望着卷帘，说：“你若是也去下界五百年，日日飞剑穿心，五百年后跟着我走一遭，我保你功成名就，灵山天庭，都不会再找你麻烦。”

卷帘浑身颤抖，看了眼玉帝，发现玉帝竟也微笑默认，咬紧牙关想了半晌，狠狠一点头。

金蝉子又望向天蓬。

天蓬面无表情地望着他。

金蝉子微笑，只说了一句话：“你想不想知道，嫦娥究竟爱不爱你？”

天蓬叹了口气，他说：“我输了。”

玉帝起身大笑，说：“圣僧果然牛 ×。”

金蝉子说：“那还请陛下放了花果山的猴子猴孙。”

玉帝的笑容不见了，冷冷说：“你真的要朕放？”

金蝉子却还在笑着：“你难道要贫僧做言而无信之人？陛下可要想好，贫僧乃是出家人，不打诳语，只是说放了这群猴子，没有说不把他们抓回来嘛。”

玉帝抚掌大笑，连声说：“放，放。”

李天王放了猴子，玉帝还在那里笑：“圣僧就是圣僧，圣僧同样没说不杀这些猴子，圣僧就是牛 ×，就是……”

玉帝话没说完，金蝉子就重重一掌拍在他的身上，拍散了天庭五百年气运。

金蝉子微笑："我也没说不废你。"

玉帝鲜血喷出，盯着金蝉子目瞪口呆："你，你，你究竟想要做什么？"

金蝉子合掌微笑，说："我也有一个理想，跟孙悟空的差不多，都是要这世间能得自在清净。

"在那之前，就让天下罪孽，尽归我身吧。"

金蝉子微微一笑，拉着天蓬蹿下了六道轮回。

·8·

天蓬说："我知道灵山跟天庭都不会放过你，你要去人间轮回，我懂。可是，你为什么要带我来这里？"

金蝉子微笑，说："你想不想知道，你成了一头猪，嫦娥还爱不爱你？"

天蓬说："嫦娥本就没有爱过我，为何会有还？"

金蝉子说："你错了，有些人是离开之后，才会发现早已爱上，嫦娥对你，就是这样的感觉，你如果只是想做一个跟嫦娥在一起的人，五百年后，我也许你一诺。"

天蓬失笑，说："我还能信你吗？"

金蝉子说："无妨，随缘。"

天蓬想了很久，既然神已非神，那猪是不是猪，也没那么紧要。

反正从头到尾，都还只是个人而已。

天蓬沉默这么久，只是在等嫦娥，他相信嫦娥一定听到他落下六道轮回的消息，如果嫦娥真的爱他，一定会来，但是嫦娥没有来。

天蓬笑了笑，跳下畜生道。

隐约间，似乎看到六道轮回的入口处，有一袭白衣，身后无穷追兵，姑娘哭着，大喊他的名字：

"天蓬！"

“咚”的一声，天蓬坠入凡世，化作一头粉嫩粉嫩的猪。

这头猪很奇怪，出生的时候，笑得那样灿烂。

完。

另一个结局：

金蝉子站在畜生道的入口，见天蓬坠入人间，信手一挥，散去了前一刻的幻境。

没有追兵，也没有嫦娥。

圣僧说：“阿弥陀佛。”

完。

唐僧在女儿国的正确打开方式

面对不了自己，还谈什么普度众生？

“对于我来说，西游就是我的生活，这生活里忽然给我一个女王，我爱上了那个女王。所以我的生活就从西天取经，变成了大闹天宫。”

——《御弟江流回忆录》

·1·

当风吹过子母河的时候，孙猴子躺在河岸上问唐僧：“秃头，你就这么走了，真的不后悔？”

唐僧摸着自己的光头，叼着根草说：“你这不是废话，我不走，佛祖能饶得了我？能饶得了她？”

一旁的猪头插话，说：“佛祖才不管这个，你要是取不成经，金蝉子就再也回不了西天。佛祖听不见你成天唠叨，乐得清静。”

沙僧点点头，说：“师父，你要是真担心，不如担心李世民，那家伙要是听说你娶了女王，做了皇帝，还不得分分钟杀过来。”

唐僧有点蒙：“我皇兄为什么要杀过来？”

猪头嘿嘿一笑，说："这你们就不懂了，当年可是他李世民亲送十里长亭，还有百官侧立两旁，长安城里谁不知道你玄奘西游？"

沙僧补充说："这你要是不回去，我们那皇帝陛下的脸往哪儿搁？摆明了你在逗他嘛。"

猴子抓起一把草根，甩在这俩人头上，说："就你俩天庭里当过官的事多！"

唐僧叹口气，拍拍身上草屑站起来，说："都别啰唆了，佛祖也好皇帝也罢，咱谁也招惹不起，上路吧。"

回首向东，那里有一片飞蓬，空中乱舞，散落天涯。

·2·

那一夜狂风大作，按大师兄的话来说，这是有妖气。

八戒说："大师兄你去问问是植物成精还是动物成精，要是植物，烤点来吃，我看师父刚刚失恋，也是饿了。"

孙猴子一脚踹在八戒屁股上，说："秃头饿了你不会帮他找饭吗，当年在天庭跟我打架的时候也没见你功夫不行。"

沙僧就呵呵地在旁边笑。

在过子母河之前，以往这个时候，唐僧总会一一骂过去，骂这三个劣徒冥顽不灵，除了想当年，就是互相打骂。

可今天唐僧只是静静盘膝坐着，回首向东，东方有西凉女儿国，东方有女王梨花带雨，倚栏盼人归。

"师父，你要这么想回去，那你就回去吧。这种事，俺老孙当年也经历过，世间总有那么一两件事，你猜得到开头，猜不到结局，命里注定了，你回去，也未必不会回来。"

唐僧回过头，冲孙悟空翻着白眼，说："什么时候开始，你一只猴子，也给人讲起宿命论了？"

孙猴子摸了摸鼻子，说："可能是如来那大巴掌闷的，师父你可想好了，要是回去，既不能普度世人，也不能功成名就了。”

唐僧沉吟了许久，说：“那我既想要普度世人，也想功成名就，还要抱得美人归，你说成不成？”

孙猴子嘴角抽了抽，双手抱拳，说：“本猴服了，敢问阁下尊姓大名？”

唐僧一笑，说：“鄙人，江流儿。”

唐僧望着无垠苍穹，忽然又笑，说：“猴子，我明白了，谢谢你。我还有一个忙，想让你帮我一次，你若是愿意帮我，头顶紧箍或许就能去了。”

·3·

有人说，看见女王每日都站在城门口，眺望着西方，双掌合十，不知是在祈祷，还是在等候。

将军告诉女王：“你等的人不会回来了，他是得道的高僧，要成就天大的事业，就算留在这里，跟你消磨时光，也不过像俗世里的众人，三年之痛，七年之痒。”

女王倚在城门洞里，嘴角带着微笑，说：“那又怕什么呢，我等着他，就很欢喜了，其实我更想去找他，只可惜你们不让。”

将军沉默，片刻后说：“陛下，如果唐僧真的对您有意，他就不会走了。”

女王的笑容有些凝滞，低头沉默了很久，又抬起头笑望西方，一直等到夕阳血红，摇摇欲坠。

将军叹口气，说：“您这是何必，如果唐僧真的回来，除非宁采臣遇到崔莺莺，青蛇撞见鳄鱼精，牛郎没有遇到会开口的牛，是他北上从军把华筝娶迎。

“命运不可变更，那些夕阳下的奔跑，都是小说家笔下的青春，陛下，您还有万里江山，岂能日日候在城门？”

女王听着将军的话，眼睛慢慢亮了起来，将军心中一喜，感觉自己这是要立功了。

“爱卿，爱卿你快看！看西边看西边，你看那是不是御弟哥哥夕阳下的奔跑？！”

将军嘴角一抽，望见夕阳下似乎真的有四道人影，正冲着女儿国飞驰而来。

·4·

一时间，女儿国内群情鼎沸，红绸招展，落定成偌大的红毯。

唐僧走在上面，笑得儒雅淡定，从容沉稳，红毯的另一头，是女儿国的国王，明眸皓齿，手持酒杯，声声唤他“御弟哥哥”。

当夜翠屏红烛流苏帐，女王酒意微醺，问唐僧：“御弟哥哥，你留在这里，日后想起西天取经大业，真的不后悔吗？”

江流儿哈哈大笑，说：“那都是日后再说的事情了，娘子，先告诉你一声，大业我还是会走，以后风刀雨剑流年如电，诸般艰险，都要连累你了。”

女王借三分醉意，眼睛里全是傲气，仰首歪头，嘻嘻笑说：“放心，有朕在此，夫君你怎敢失败？”

江流儿于是又笑，吹熄了红烛，那一夜有流星经天，命轮斜转。

猴子在中庭里擦棍，满城的红光照耀，让他的手不由慢了几分，如果当年他有师父的勇气，或许一切都会不一样。

八戒跟沙僧不知何时也出现在中庭，冲孙悟空咧嘴一笑，说：“大师兄，师父看样子是准备留下了，你什么打算？”

孙悟空笑着“呸”了一声，说：“放屁，师父才没打算留下。”

沙僧有点蒙，八戒盯着猴子空荡荡的脑门，笑得很开心，说：“大师兄，恭喜你终于摘了紧箍。”

猴子脸上的笑容凝固，叹息，说：“是啊，可惜我没有早点想通，为什么大爱跟小爱一定要矛盾，为什么戴上紧箍，就一定要放弃人世间所有的情爱，这不科学。紧箍咒那么疼，还不都是我自作自受。

“面对不了自己，还谈什么普度众生？”

孙猴子扛起金箍棒，冲两位师弟一笑，说：“准备走吧，九九八十一难，现在才刚刚开始。”

·5·

几千年后，人们想起唐僧的整个计划时，总会浑身颤抖，不明白究竟是什么样的力量，能让一个人有这样大的胆子。

成亲第二日，江流儿轻吻女王的额头，笑了笑，说：“娘子，走，我带你去捉妖怪。”

女王有些茫然，不知道自己夫君究竟要做什么。

直到琵琶精、蜈蚣精、犀牛精一众妖精全被扫荡干净，孙悟空一根如意金箍棒，再次绽起五百年前的光芒，女王才发现这个儒雅的男人有另一种胸襟。

谁说不能带着女人西天取经？

谁说只有和尚才能西天取经？

当江流儿站在雷音寺里，似笑非笑地望着如来，如来面目威严，说：“金蝉子，你屡教不改，看来是不想取回法身了。”

江流儿摊摊手，说：“无所谓啊，反正我们一路上打了这么多妖怪，你不认，天庭也总会认。”

江流儿又笑了笑，说：“当年把天蓬、卷帘一起逼到佛门，我想玉帝已经有点后悔了，有这样一个机会带着齐天大圣一起回归，他们不会介意的吧？”

如来有良久的沉默，江流儿拉着女王，头也不回地走出灵山，身后跟着三个徒弟，一匹白马。

观音侧目，小心翼翼地问着佛祖，说：“您当真不管？”

“天规森严，金蝉子娶了亲，又如何进得了天庭？”

·6·

风从凌霄宝殿的琉璃瓦上拂过，玉帝摸着那三缕胡子，望着江流儿跟女王，表示很为难。

孙悟空经西游一行，看起来倒是老实多了，跟卷帘和天蓬一样，静静地站在两侧，如果能为天庭所用，对抗灵山，也是一大助力。

沉思良久，玉帝勉强笑道：“金蝉啊，你当年也是神仙，你的功德朕自然知道，不过成仙嘛，定然是要抛下凡间情爱的，你看……”

女王这些天里见过妖怪，见过佛祖，此时见到玉帝，已没有那么恐惧。

她拉着江流儿的手，只是微微笑着，任凭万千仙神的目光落下。

用猴子此前告诉她的话来说，就是天庭也好灵山也罢，本质上都是一群单身狗，没什么好怕的。

江流儿握着女王的手紧了紧，笑着向前三步，说：“陛下，今天的凌霄宝殿，有三个人能自称朕。陛下是一个，江流儿的娘子是女儿国国王，也能算一个。还有一个，区区在下，不巧也明白‘天上地下，唯我独尊’这八个字，你看，是不是也很巧？”

玉帝脸色一沉，说：“金蝉，你是什么意思？”

江流儿笑着说：“我的意思就是，团战可以输，玉帝必须死。”

玉帝一怔，就看到一道金光顶天蹈海，从孙悟空手里长灌而出，奔流不止，刹那间击向他的眉心。

没有人能想到，从一开始，唐僧就已经决定要杀玉帝。

一个不相信爱的人执掌天下，谁能信得过他?

江流儿笑着拍拍手，对着四周要把他就地正法的神仙，悠悠说了一句话：

“天规盛行这么多年，也该改了。”

江流儿顿了顿，又说：“我叫江流儿，想帮大家改改天规，不知道有没有人支持一下？”

那一天，据说天庭大战，九重天里的单身狗们欢呼雀跃。灵山上那些只曾耳闻目见，不曾亲历的佛陀，眼睁一线，不自觉地咽了口唾沫。

听说后来在凡间，有一名叫宁采臣的书生，在西湖断桥边，遇到一个叫崔莺莺的姑娘，二人携手雷峰塔，逍遥自在。

还有那草原上的汉子，成了金刀驸马，带兵攻城的时候，因为执意不屠城，横刀立马，据土称王。

还有一条千年的青蛇，修炼成精，跟一条鳄鱼隐居山林，行善积德，吐纳真元，过不多时飞升成仙。

玉帝身旁的夫人，望着他俩，忍不住笑逐颜开。

完。

我要保唐僧

江流儿，你想你娘吗？

“我要保唐僧。”

作为黑山之中唯二的巡山小妖之一，我躺在山坡上，望着森森苍穹，吐字缓慢而坚定。

咸鱼精扑腾一下翻过身来，瞪大了眼：“小灰灰，你作为一只妖，不吃唐僧肉，不斗孙悟空，不想杀上天庭灭西天，也不想迎娶白骨夫人做万妖之王，跟咸鱼有什么区别？”

我抠了抠耳朵，斜睨身旁妖精：“别翻了，作为一只咸鱼，翻身也还是咸鱼。”

咸鱼精深吸口气，一字字道：“领会精神！”

“麻烦你给我翻译翻译，什么叫精神？”

“精神就是，三天之后，唐僧过黑山，老妖要分唐僧肉，长生不老，反攻天庭！”

“我干吗要反攻天庭？”

“小灰灰你有没有搞错，你是妖啊！妖天生的使命就是吓人吃人打神仙啊，有这样的机会，为毛不干啊？”

“咸鱼……你是不是不知道，我一堆骨灰，为什么突然就修行成妖？”

“……对，为什么？”

我抬头，黑山山外的星空很闪，像极了长安城的烟火。

“因为我是人，我要保唐僧。”

·1·

我在望乡台上见前世种种，走过奈何桥，眼前停了一碗飘着葱花香菜的汤。

孟婆说：“喝了吧，喝了就能往生轮回，前世一切苦厄都将忘却。”

我回过头，雾吞幽冥，茫茫一片，姑娘，书生，僧人，江湖，兵马，统统不能再见。

我转过身，对孟婆说：“如果我不喝这碗汤，你会怎么做？”

孟婆笑起来，声音如夜枭，她说：“没人会不喝这碗汤的，如果你要跟我耗，就在这奈何桥头等着吧。”

于是我便等着，看来往的魂灵一个个飘过眼前，有些人喝了孟婆汤，有些人不愿喝孟婆汤，跟我一样在奈何桥头耗着。

几年过去，那些人突然拍拍屁股站起来，或是叹息或是一笑，说“这又何必”，说“那就算了吧”，前世风吹火燎，一碗孟婆汤，浇尽轮回路。

我没有动，我仍旧坐在奈何桥头，枯坐五百年，惊动牛头马面，十殿阎王。

他们问我要去往何处，我说：“我在人间的枯骨化了，也当有残灰零落，就许我做一世残灰之妖吧。”

阎王说：“你这又何必，枯坐五百年，人间不过五百天，物是人非，徒惹伤心泪，莫若饮下孟婆汤，下一世我许你跟那娘子姻缘，快活逍遥。”

我有些茫然，原来五百年沧海桑田，奈何桥前无寸草，人世也不过五百天。

“饮孟婆汤不可勉强，你若应允，判官这就替你写下一世命途，你看如何？”

我想了很久，似乎又有五百年那么久，我问阎王：“是不是一定要消除这份记忆，如果是，还请让我做妖。”

顿了一顿，我又说：“我想回人间，看看那个叫玄奘的江流儿，我一直没告诉他，我从未想杀他。”

阎王叹气，说：“也罢，多情自古空余恨，天涯何处话凄凉，地府不是你该待的地方，轮回也不是你该往的去处。”

我很欣慰，看到十殿阎王里的转轮王丢出一块黑石，幽幽的光芒闪过，照亮我来时的路，我从那条路上走过，找到我的骨灰，劫火掠尽，我成了妖。

彼时，我已经在黑山落草，骨灰妖没什么神通，单凭一股气，强撑着不灭，使的还是人间江湖的刀法剑术。

我把自己人间的名字倒过来，对黑山群妖说：“我名为洪流，是只骨灰化成的妖。”

除了咸鱼，我往日少言寡语，于是便有妖唤我“缄默的洪流”。

“完了？”

“完了。”

咸鱼一拍山坡，石屑纷飞：“小灰灰你别给我整这些文艺的，爷就问你为嘛不吃唐僧肉！”

洪流白了咸鱼一眼，说：“你能不能领会精神？”

咸鱼呵呵一笑，说：“你给我翻译翻译，什么，是精神！”

洪流站起身来，风声呼啸，吹动他灰色的衣袍，灰色的眸子很是苍冷。

“这个翻译太难，我不想做。”

“不想做跟不能做，差着多少你知道吗？就‘愿意’两个字！爷跟你这么多年朋友，这么大事都不说？”咸鱼愤愤不平，跳起来站到巨石上，居高临下望洪流。

洪流不看他，还是望着夜空，黑暗黏稠，好似洪流的声音：

“咸鱼，别闹。”

洪流丢下这句话，便也丢下咸鱼凌乱在风中，看着洪流腰间别铁剑，一去不复返。

风萧萧兮黑山寒，咸鱼忽然打了个冷战。想到这满世界的妖精都想吃唐僧肉，唯独洪流要保唐僧，那把凡间的剑，能挡得住几个神通？

·2·

师徒四人走到一片荒林外。

唐僧拍拍袈裟沾惹的土，随口说：“猪头，你去看看林子里有没有妖怪。”

八戒丢了钉耙，砸在沙僧的秃头上，沙僧双掌合十，低眉问道：“师兄，何事？”

“去看看有没有妖怪。”

“师弟若是死在里面，这行李担子，还要拜托师兄了。”

沙僧郑重一礼，将行李担子往八戒旁边一放，便大步踏向密林，好似风萧萧兮，一去不返。

八戒看着地上的担子、盘腿念经的唐僧和无悲无喜面无表情的猴子，脑门一阵发麻，一把给沙僧揪回来：“得得得，老子怕了你们了，老子自己去，碰到漂亮妖精别怪老子不给你们留！”

沙僧露出微笑，满脸都是沧桑，他冲八戒的背影喊：“师兄，我知道你是好人，不会跟师父一样勾搭女妖精，你还要等人呢。”

猴子抬抬眼皮，看见八戒的身影踉跄了下，跌跌撞撞闯进密林中。

洪流正站在密林中。

他手持锈迹斑斑的铁剑，身上全是藤蔓抽出的血痕，千年的古树每失去一只手臂，都会长出一只眼睛，苍青色的眸子四面八方布满，像钢刀长枪一样逼向洪流。

树妖们疯狂抖动枝丫，卷起满世界的妖风，嘶吼着，呐喊着，问洪流：

“你凭什么要保唐僧，我们要杀了唐僧，不为长生，只为齐天大圣。”

洪流挥剑，那把凡间的铁剑愈发灰暗，妖风把法力低微的骨灰小妖吹得东倒西歪，小妖缄默着，不发一语。

老树出离愤怒，苍青色的眸子冷下来，仿佛木中生火，枝丫卷枯叶，腾起绿幽幽的火苗。

彼时，树林外刚刚传来唐僧的一声喊：

“猪头，你去林子里看看有没有妖怪。”

声音像涓涓细流，醍醐灌顶，流过五百年黄泉岁月，像当年长安城中绽放的烟花。

洪流提剑转身，面对万千枝丫藤蔓，目中同样燃起火焰。

“我也不为唐僧，只为江湖一夕满堂娇。”

长剑上燃起灰色的火焰，跟苍青色的火相互撞击，妖跟妖相互撞击，老树的眼里满是愤恨。他恨这个小妖年纪太轻，不知修行艰难，天庭压迫。

人道艰辛，好歹能平淡一世。

妖道森然，九死一生，从无幻梦。

只五百年前，曾有人揭竿而起，说妖也可以做齐天大圣。

老树盯着这缄默的洪流，携五百年必泄之愤，要斩断这小妖的元神。

藤蔓缠住了洪流的头颅双腿，他的左臂被紧紧束缚，唯有一只右手，仍死死握剑，藤蔓一触便散落成灰。

“对不起，我要保唐僧。”

洪流被撕扯得痛苦至极，面上却毫无变化，长剑过处，寸草不生。

半壁苍穹刹那变灰，半座苍林也刹那焚毁，老树睁着五百年不肯闭合的眼睛，临死前望见林外的齐天大圣，抬眼似有目光飘来。

那大圣抱着金箍棒，目中冷漠如冰，无悲无喜，浑不似当年举旗闹天的美猴王。

老树眼中有泪，最后一眼，是愤恨地望着唐僧。

玄奘于是叹气，站起身来，回头问沙僧：

“你说，他们为什么不信我？”

沙僧想了想，摆弄着脖子上九个骷髅，突然一笑：“如果他们都信师父，师父您就不用去西天了。”

唐僧点头，打了个响指，说：“那好，咱们继续上路。”

八戒伸手指着洪流，瞪大了眼睛说：“那里还趴着个小妖，你们都眼瞎吗？大师兄，你金睛火眼，也出毛病了？”

洪流浑身渗着血，双腿无力，挣扎几次便放弃起身，瘫坐地上，径直望着唐僧。

唐僧无奈，说：“施主你不要这样看着我，从来都只有女妖精这么看我，现在你这个眼神，让我很别扭。”

八戒说：“师父你搞错了吧，他是妖精啊，刚砍了一群树妖的妖精啊，师弟，你说是不是？”

沙僧点头，这次没有废话，提了日月铲便横身拦在师父身前：“妖便是妖，当斩，小子，我不乘人之危，你且调息好了！”

洪流奋力撕烂藤蔓，喘着粗气，目光落唐僧身上：“你不能再向前走，黑山老妖纠结众妖，要杀你得长生，祭旗攻天庭。”

沙僧浓眉一横，说：“小妖，莫要看不起我，再不调息，休怪我下手无情！”

洪流看傻 × 一样看了眼沙僧，把沙僧看得一头雾水：

“江流儿，你莫要往前，往前是森罗鬼殿。”

八戒碰了碰猴子，说：“这可真是稀罕事，头一次遇上帮咱的妖精。”

猴子点点头，不说话。

唐僧也不说话，默然念经，沙僧终于前跨一步，沙尘被杀气扬起。

“妖便是妖，受死吧。”

日月铲划过一条瑰丽的弧线，带着抹浓浓的遗憾与嘲讽，沙僧嘴角勾起苦涩，闭目便要往下砸去。

洪流不看那日月铲，仍望着唐僧，他说："江流儿，你睁开眼睛，你眼睛很像一个人。

"江流儿，你想你娘吗？"

日月铲骤然而止，停在洪流头顶，风声刮起洪流大半头发。

一只手，兀自出现在日月铲下，唐僧念了声"阿弥陀佛"，终于从沙和尚背后走出。

沙僧说："师父，你若觉得妖精也或有不当杀的，便先去西天走完，改了这天规条律，我看着也烦。可眼下你若是不改，妖便是妖，我还是要杀。"

"八戒，丢走。"

唐僧扔下一句话，沙僧眼睛一瞪，说："师父你不能这样……"话音未落，就被八戒拍拍手，提着领子丢到了猴子身后。

孙悟空回头看了眼沙僧，又漠然转过头去，无动于衷。

沙僧宝宝委屈，宝宝心里苦……

唐僧望着洪流，仔细看了这个小妖精很久，拍了拍脑袋："人老了，总会忘记很多事情，谈不上想我娘，更不敢谈想我娘。"

"为何不敢？"洪流眉头一皱，终于挣扎起身，"你娘很想你，你有空想想她。"

唐僧无奈，说："这世道怎么了，连妖精都这么爱管闲事？我们佛陀的事情，你不懂，佛陀讲的是大爱，就是人得先忘了私情，你说是不是特别变态？"

洪流点头："岂止变态，简直反人类，反妖类，人是人他妈生的，妖是妖他妈生的，为什么要忘掉自己老妈？"

唐僧叹气，说："你这小妖精很有慧根啊，所以我要去西天，我要改一改这些规矩，每个人都能爱想妈想妈，爱谈情谈情，都能走自己的路，你说呢？"

洪流说："你妈没白想你，你牛 ×。"

唐僧笑了，说："所以我必须继续向前走，哪怕前面万劫不复。"

唐僧的响指再度打响，朝后招呼着："走。"

洪流伸手想拦，面前已隔了个大胖猪头，猪头笑眯眯地说："小妖精你别多事，就是真有万妖云集，唐三藏也是要去的。"

顿了一顿，猪头又指着自己在内的三个徒弟一匹马，笑嘻嘻说："况且，万妖云集算个屁，这里的几个人，谁怕过？小妖精，你管不了的，老老实实修行吧。"

猪头说完，就牵了白马屁颠屁颠跟上，沙僧还神色肃杀地盯着洪流，猴子不忘将两个包袱丢上日月铲两头，啃个桃子，默默跟在最后。

夕阳在这一行人身前落下，拖出来的影子很长很长，洪流见到沙僧回眸，冲他凶恶地放狠话，说："你要再敢跟来，打断你的百年修行。"

洪流知道，沙和尚不想杀了自己，他不想违背条律，又不想违背内心，只好对他放狠话。

洪流看着手里的剑，突然一个激灵，想说树林里还有一半的树妖，就看见那林中金光一闪，空气里多分潋滟，那整片天地的妖气便都荡然无存。

小妖精伸着手，半晌后又哭又笑，不知自己做这一切是为了什么。

·3·

洪流回到黑山，才发现咸鱼被抓了。

当值的土地公找黑山老妖告密，说："这两个小妖精是异端，该死。"

漫山遍野的妖怪若不是嫌骨灰难吃，恐怕早已吞了洪流，洪流提着剑，一步步走上山顶，顶住了千万道蕴含神通的目光。

他也不知道自己为何能顶住，或许只因他见到山顶上绑着的那条咸鱼，夕阳还未落下，咸鱼将被晒干。

山顶上一方石桌，两个石凳，黑山老妖正嚼着豆腐干跟花生，一杯杯酒转眼喝光。

见洪流到了，黑山老妖伸手一指，示意洪流坐下。

洪流就坐下。

黑山老妖示意洪流吃，洪流就吃，老妖不由有些惊讶，笑着端起杯子，洪流也当真不客气地跟他碰杯，一饮而尽。

黑山老妖说："我给你讲个故事，故事里书生爱上了千金小姐，千金小姐说我可以跟你私奔，受人世间万般苦，只要有你在身畔。

"书生便带小姐离去，不过月余，小姐偷溜回京，说被歹人误了终身，要快快抛绣球找个如意郎君。"

洪流盯着酒杯，勾起一抹凛冽的笑意，说："这俗称接盘，我懂。"

黑山老妖点点头，继续说："那千金小姐选中了状元，自然是喜结连理，未承想那状元郎得知她并非完璧，便日夜摧残，小姐便又想起了书生。

"那日书生也来长安，说是赶考，不过为见小姐一面。"

洪流呆呆地望着酒杯，黑山老妖给他倒上酒水，酒水碧色缥缈，像极了那一年长安城里的烟花。

"后来，后来小姐就跟那书生相约，在江湖之上软禁状元郎，重获自由身。未承想书生那几年游历江湖，有了奇遇，身手远超常人，状元郎在船上对小姐鄙夷谩骂之际，一时错手，径直将那状元推入水底，便是杀了。"

黑山老妖将酒杯一放，望着洪流笑道："此后，书生便冒了状元的名字，来到州府上任，也算将地方治理得井井有条，偏生小姐不敢回家，日夜嘟囔本可以有的大好前程，书生为了留住小姐，只好提及腹内胎儿……未承想孩子落地那日，小姐竟把孩子送出，顺江漂流，并放言说那是状元郎与小姐的孩子。

"一十八年之后，孩子成人，丰神俊朗，眉目如画，虽是光头和尚，却直到如今都受女妖精喜爱。

"那孩子得知自己所谓的身世，便找到了小姐，被那小姐一一指点，终于在某个夜黑风高的晚上，带了京城的兵马，涌入了州府的衙门。

"书生夜半惊醒，提着刀一路厮杀，浑身浴血，踢开小姐的门，说：'别怕，我来救你。'

"他看到小姐的房中空荡荡，回眸是四院的大火，和当先走来的丞相。

“他见过这个丞相，是千金小姐的父亲，本该是他的岳父。

“书生哈哈大笑，说：‘我刘洪有今天，皆是咎由自取。’

“刘洪被处斩了，状元郎因为救过龙王爷，被还魂了，千金小姐事后也‘终究从容自尽’，书生蹲在奈何桥头，一看便是五百年。

“书生说：‘我最多是爱错了人，但爱没有错，我不想忘掉那个人，不想忘掉这份情。’

“于是书生颠倒了姓名，从黄泉来到人间，身上的悲怨之气落到我黑山老妖的身上，让我平添几分功力。”

黑山老妖把故事讲完，望着山下，说：“那个叫陈光蕊的状元郎，早就死了。”

山畔有风吹过，洪流默默听完，他本以为听到这个消息，至少会讲声“谢谢”，可是他没有。

“故事讲完了，兄弟，我的意思很简单……天下这么大，谁没有故事？总不能因为你的故事，便阻了大伙的前程，唐僧，一定要杀，不杀不行，你跟你这兄弟走吧。”

黑山老妖倒空了壶里的酒，他盯着刘洪说：“我知道，你拦不住唐僧，天下没有人能拦得住唐僧。”

刘洪也干了酒，起身解下咸鱼，给他泼了盆水，说：“那好，我们走。”

·4·

“我去，洪流你是唐僧他爹啊！”

“咸鱼，别闹。”

“闹什么啊，多牛 × 啊，你是齐天大圣的师父他爹啊！”

“我儿子比我牛 ×，我儿子还干掉了我，你看起来很高兴？”

咸鱼不说话了，看洪流拿起那把锈迹斑斑的铁剑端详，不由叹气。

“你有屁就放！”

咸鱼干咳两声，说：“唐僧他们就要过黑山了，他们当真能过去吗？”

“关我屁事。”

“那是你儿子，你要是连你儿子都能忘了，你还是妖精？早成佛了！”

“为什么成佛就一定要忘记自己曾经爱过的人？要忘记自己的父母，忘记自己的儿子？”

“我如果知道，我就不是咸鱼了。”

“那你好好想想吧。”

洪流说完这句话，便身子一缩，化作骨灰躲在衣服下，准备睡觉。

咸鱼愣了愣，说：“不对啊，小灰灰你别转移话题，快说你到底还去不去救唐僧，不是你自己说的，你要保唐僧啊？”

“滚。”

“滚什么啊，你是唐僧他爹啊，你不保唐僧谁保他？”

洪流忍不住了，终于化形又跳起来，说：“咸鱼你给我闭嘴，我们两个巡山的妖精，去了给人塞牙缝不成？我现在觉得佛说得对，江流儿是我儿子，那妖精那么多，不都是妖他妈生的？妖他妈都想长生，唐僧为什么不能给他们肉吃？”

咸鱼脸涨得通红，说：“反正不对，就是不对！他们想长生就该自己修行，凭什么要吃唐僧肉？天庭限制我们，西天监管我们，要我们做这些做那些，如果这都是不对，那他们非要宰了唐僧去吃，跟天庭西天有什么区别，统统不对！”

洪流哈哈大笑，笑出泪来，说：“你看这有个什么东西啊，一条咸鱼在说神佛妖怪都不对，就算天地乾坤都不对，你一条咸鱼还能怎么样？”

咸鱼涨红的脸慢慢恢复正常，他深吸了口气，说：“咸鱼当然还能翻身。”

话音卷起漫天的妖气，咸鱼的气势从未这么盛过，那一刻洪流仿佛见到了孙悟空除去妖林的一棍。

咸鱼腾跃而去，直奔黑山。

洪流瞠目结舌，大喊：“咸鱼，你别闹！”

洪流拔足狂奔，到了黑山地界，却又逡巡不前，一根根地拔着自己头发。

“究竟该怎么做，才能救唐僧，救咸鱼，救妖精，救自己……”

黑山上，炸出一团团五光十色的花火，洪流蓦然仰首，好像又看到那一夜，长安城外的烟花。

那时候的满堂娇睁着大眼睛，弯起来像一轮月亮，她说：“我要跟你走，不管你去哪里，只要在你身边，我都不怕。”

洪流那时候想，因为一个女孩，全世界都黯然失色。

洪流现在想，如果因为一个女孩，世界还是那个世界，一切都变得自然而然，不是我要跟你走，而是我跟你走了，是不是都不一样？

我要长生，所以我要吃唐僧肉。

我要长生跟我长生之间，简单明了，就差了一个“要”字。

天雷滚滚，玉帝一声惊呼，说：“不好，下界有什么东西要打破轮回？”

冥冥之中，传来万千恐惧的回声，那些都是无尽的要和无尽的想，曾几何时，有人说没了我，就没了要，也没了想，所以天庭耸立，替人决断。

所以唐僧西行，势不可当。

洪流陡然明白了，他哈哈大笑着，踏上黑山。

手中的长剑不再发灰，身上的潦倒不再落魄，一身铅华洗净，金光万丈刺破苍穹。

“我长生，本是没问题的，因为佛长生。

“不是佛要长生，而是佛长生。正如去了那个要，便是我长生。

“妖精，也都一样。”

洪流嘴唇开合，缓缓念着，嘴角勾起一抹笑来，灿灿的光芒里梵音高唱，响彻黑山。

整座黑山的激荡都停了下来，万妖也好，取经师徒也好，甚至那条翻身的咸鱼也罢，都停下来目瞪口呆地望着洪流。

洪流站定，长剑化成粉末，脚下生出莲花。

他说："我，即是佛，天上地下，唯我独尊，众生见我，即见如来。"

天地之间，陡然炸起一道金芒，劈过千万劫的幽暗。

如来张开双臂，朝唐僧在内的众生笑了。

Welcome to（欢迎来到）灵山。

完。

人在江湖，我有个雕用

天下之大，哪里都可去得。

·1·

那一年我初出茅庐，以为行侠仗义是件很容易的事，后来我才发现我错了，原来行侠仗义也需要有钱。

可惜那个时候我还很年轻，不服输，我偏要既行侠仗义，又荣华富贵。

前十年，我在山崖之下度过，陪伴我的只有一只雕，那只雕修炼成精，能说人话，还能教我武功。

雕爷给我取名，说："你该叫独孤泰迪，谁都不㞞。"

我心想我养了他，怎么也算他爸爸，奈何此雕匪气极重，时不时举起几百斤的大剑，说："我看你是不想活了。"

离开断崖以后，我时常会想起雕爷，发现原来人间的生活这么复杂，远没有山下潇洒。

为了生活，我开始在永安城里做杀手。

初出茅庐，不懂规矩，有中间人请我去杀唐门的二代大弟子，出价一千两银子。

此目标平日里作威作福，乃是成都一霸，行侠仗义还能有钱赚，正是我想选的道路。

我去了。

那是一个雨夜，唐门的暗器闪烁着乌金色的光，像雕爷的重剑一样。

但是太慢了，雕爷用起重剑来，就像是飓风在呼啸。

我比雕爷还快。

我用一把软剑，挑飞了所有暗器，在唐门二代大弟子惊恐的眼里，一剑封喉。

鲜血喷在我的身上，那是我第一次杀人，我有些慌乱，以至于没有发现唐门的二代大弟子将最后的剧毒混在鲜血里，洒到我的身上。

毒很快起了作用，渗入我的肌肤和血脉，我开始有些神志不清，出现幻觉，看见雕爷站在我面前，咧嘴“嘎嘎”直笑，掉了一地的毛。

他说：“泰迪，来，叫爸爸。”

片刻之后，雕爷似乎又变成一个姑娘，清水出芙蓉，天然去雕饰，一双眼睛黑白分明，像是水墨江南画。

那是我拼着最后一口气，找到的黑市郎中。

做杀手这行，有病有伤不容易治，要不找组织里的郎中出手，要不就得找江湖上口碑好的黑市神医。

否则官府查你，被你杀掉的目标也会查你，死在医馆里的杀手没有一千也有八百。

那一夜我还是挺了过来，睁开眼，见到姑娘正对着我看书，穿着一身松松垮垮的绸缎衣服，阳光落下，照出她锁骨脖颈处的一片洁白。

还不等我开口，姑娘便放下书，伸出手。

“哟，醒了，给钱吧。”

本人很坦诚，没钱就说没钱。那姑娘就瞪大了眼睛，说：“你都敢去杀唐天，怎么可能没钱？”

我说：“那也要等我拿到钱以后再给你了。”

姑娘不信，她说："杀唐天的一定是顶级杀手，据说是一剑封喉，这样的杀手不可能此前没有积蓄的。"

姑娘又说："这种单子，杀一个至少要有万把两银子吧？你接过几个？"

一时间，本人有些许尴尬。

我说："其实我第一次接这么大的单子，这一单，中间人许了我一千两银子。"

姑娘瞠目结舌，无论我说什么她都不肯相信。

所以我只好带着她去见中间人，到时候收钱付账，便跟这姑娘两不相欠。

·2·

其实一个人的性命究竟值多少钱？

我认识许多市井中的同行，他们主业卖鱼、搬砖，偶尔出手杀人。

杀一个普通人，一单不过几百文钱罢了。

我认识一个叫黄裳的杀手，跟我一样，也是个少年，他也想行侠仗义，喜欢做江湖大梦。

后来家里人得了大病，急需用钱，他跟我在江边喝了一夜的酒。

他想继续努力甄别他要杀的目标该不该死，又想不管不顾多挣些钱给家人看病。

奈何他没有门路，纵然无师自通，武功卓绝，最后也还是老老实实去了城里搬砖。

偶尔我在永安城见到他，他都会喜气洋洋地告诉我："你看城主府那片高楼，哥们儿我盖的，一个月六钱银子，牛 × 吧？"

我抱拳拱手，说："牛 × 牛 ×，社会社会。"

黄裳说："以后你混不下去了，尽管来找我。"

当时我也龙困浅滩，窘迫得很，但我不怕，我笑着告诉他："我一定会成为江湖上的传奇。"

那天过后，我没有再去接生意，而是把所有的钱都拿去买酒，坐在码头渡口，青楼客栈。

我需要一个踏入武林的机会。

江湖是很大，武林却很小。有人的地方就有江湖，江湖里草莽崛起，混得风生水起，这故事总是让人羡慕。

但那样的草莽太少，我曾经以为自己会是那样的人，后来才发现我做不到。

草莽是要杀人不眨眼的，说杀你全家就一定要杀你全家，草莽里的人不讲武林规矩，大佬们是要你听话，不是要你讲道义。

所以我在码头渡口，青楼客栈里待了半年，寄希望于遇见些武林中的事。

平日里我打了无数调戏良家妇女的纨绔、拦路抢劫的青帮，还有乱收保护费的衙门走狗。

那段时间，天天都有人找我麻烦，但我过得很快活，剑越来越快，我甚至觉得哪怕换成雕爷手里的重剑，也能够不输给它。

积蓄花光的时候，我终于等来了机会。

有几个峨眉派的剑客手脚不干净，杀人劫财之后从水路回山，被我在岸边识破。

我笑着扔出酒壶，长啸一声，从岸边垂柳下高高跃起，踏波而行，最后长剑潋滟，取了那几名剑客的头颅。

我将他们的头颅送回峨眉山，峨眉掌门深深看着我，没有发话。

从那天起，武林中多了个复姓独孤的剑客。

有名声，我就有生意，所以才会有中间人找到我，花一千两银子请我去杀唐天。

说实话，我还没见过这么多钱，当场答应下来，生怕中间人反悔。

中间人还很诧异，说：“这么痛快？”

我笑了笑，说：“杀一个横行霸道的唐天而已，我才刚刚出道，以后有的是机会挣钱。”

其实如果我当初冷静一点，是该从中间人的语气里听出点什么。

这一单绝不只值这个价钱，而我以后也再没有遇到过这样的机会。

可惜我当时热血上头，只觉得天下之大，哪里都可去得。

很多年以后我才明白，其实热血上头并不是件坏事，如果当时我就有那么冷静，我的剑就不会那么潇洒，那么快。

·3·

杀了唐天以后，我拿出五百两银子付了医药费，姑娘叫令狐珊，还想替我打抱不平，臭骂那中间人一顿。

我说：“算了，不如我请你喝酒。”

姑娘白了我一眼，说：“你中的毒不能喝酒，要真想谢我，不如多挣点钱，都给我花。”

我没听她的，买了坛酒偷偷从她眼底溜走，蹉跎这么多年，我终于踏入武林，不喝酒怎么能行？

我给姑娘留了张银票，在银票上写：“倘若我真喝出了毛病，你来永安城东的留云栈找我，放心，这次不会赖账的。”

那时候轻裘快马，恨不能一日看尽长安花，连脸皮都厚起来，相处没几天的工夫，就去陪令狐珊采药，山高路远，我一把抱住她，便轻飘飘飞到山腰。

竹叶飘零，掠过我们两人，我看到她脸颊通红，一点都不像那个爱财的黑郎中。

姑娘嘴倔，非说是半空中不敢动，憋得满脸通红。

有时我躺在令狐珊家里，会感慨浮生如梦，说：“我从来想的都是扬名江湖，没想到会先碰上你，碰上了你，扬名江湖什么的就都完蛋了。”

姑娘躺在我身边，斜眼瞟着我，说：“原来是我这个魔教小妖女，害少侠没了斗志啊？”

我说："你不是害我没了斗志，你是害我发现了江湖的真谛。"

姑娘："哦？"

我笑着把她抱在怀里，说："从前我概念里的江湖很空荡，我浪迹其中，每日花天酒地，闯出传奇之后回山陪我雕爷，其实我来这江湖走一遭，还是无悲无喜一过客。但现在我才发现，我有喜怒哀乐，也有心满意足，原来你就是江湖。"

在很久以前，我听过一个理论，说人世间的快乐与悲哀总是等量的。你开心的时候，不知名的角落里就会有倒霉蛋痛不欲生。

痛苦的那个人是黄裳。

他的家人还是病逝了，我带着两坛酒去找他，问他以后打算怎么办。他蹲在墓碑前喝酒，说："我还是想去江湖看看。"

我掏出一百两银子，说："江湖路远，你珍重。"

黄裳也不客气，拿起银子挥挥手，说："等我出人头地那天，十倍还你。"

后来我又接到很多单子，河朔出现了个门派，人人都使弯刀，劫掠杀人，过境寸草不生。

我告别令狐珊，提着软剑一路向北，腰间的酒葫芦灌满了关外烈酒，我也见识了北方的秋风落叶。

河朔的草原一望无垠，我坐在官道旁，像是当年提剑等着峨眉剑客一样。

这次不同的是，我还见到商队的人缓缓经过，河朔草原的危险人尽皆知，此时还要出货，想必是生活艰辛了。

不远处有马蹄声响，那群邪派的人到了。

我站起身来，一掠三丈冲向那群邪派刀客，只是我没想到这群刀客的马竟然这么快，刀法竟然这么诡异。

弯刀流星般飞出，每个人的手上都缠着铁链，刀锋在商队人们的脖子上划过，又倏然回到刀客手中。

商队里有个叼着根草的少年斜靠在货车后面，此时忽然探出头去，甩手一柄飞刀。

刀光一闪，我都没有看清那柄飞刀的去向，便已经有邪派刀客坠马而亡。

邪派众人呼喝着，围起圈子，要将这群人统统杀掉。

我看见那个少年吐掉叼着的草，神色变得冷硬起来，他掀开衣襟，里面露出二十三把飞刀。

弯刀在他头顶掠过，又或者斩碎货物的箱子，却始终不能伤到他一毫。

而飞刀出手，例不虚发，二十三名邪派刀手应声落地。

我忍不住大喝了一声“好”。这声叫好引来剩下的七八名刀客回头，我堪堪赶到，刹那间拔剑出鞘。剑意如秋光般漫洒，软剑似水无痕，眨眼的工夫，剩下的刀客咽喉处便都平添一道伤痕。

我跟少年相视而笑，我把腰间的酒葫芦抛过去，他仰头豪饮，大喊了句：“好酒！”

又是一阵大笑，二人靠着老马识途，硬生生找到了邪派的老巢。

少年说：“叶欢。”

我有些不太好意思，但还是报出名号：“独孤泰迪。”

叶欢果然笑起来，说：“好一个独孤泰迪。”

·4·

江湖上人人都想当大侠，不为别的，当大侠有钱赚。惩奸除恶，总不能让人空手而回吧？

你有大侠的名声，就会有人请你帮忙，不付账，也要留下人情。

我时常沉思，杀手和大侠到底区别在哪里，叶欢说我这是过得太舒服，闲得蛋疼，他好不容易捡到这一单，等上山灭了这邪派，就能混个少侠的名声。

本人唏嘘感慨，说：“时代不一样了，现在是站在风口上，猪都能飞起来。你去行侠仗义，没有人推，照样起不了作用。”

叶欢又叼着草，两道浓眉斜飞，他说：“那我就打穿这个江湖，看谁还敢装聋作哑，视而不见！”

我鼓掌，说：“社会社会，惹不起惹不起。”

叶欢失笑，冲着我屁股踹了一脚。

如果生命分四季的话，上狼山之前，我跟叶欢一样，年少气盛，春光灿烂。

直到我在狼山上见到黄裳，才突然感受到秋风萧瑟，北风冻骨。

那天我和叶欢杀得极其优雅，剑光点心，飞刀封喉，血像花朵一样绽放，弯刀邪派的人一个个倒下去。

唯独黄裳还站着。

我冲叶欢打了个招呼，说：“这是我朋友，就别杀了。”叶欢瞅瞅黄裳又瞅瞅我，说：“你这朋友眼里有杀气，愤懑颇深哪。”

落叶堆积在黄裳的脚下，他手里还拎着链子弯刀，就那么静静看着我。

黄裳说：“我想知道咱们两个到底谁更强，给我个机会？其实我很久以前就想跟你打一架。”

我给，我想知道黄裳这些年经历了什么，我怎能不给他机会？

阳光清冷，风沙过境，黄裳的身法很诡异，脚步打着旋，手中弯刀在手里转成一轮光影。

那光影忽然发生了变化，像是倒映在水中的弯月被风吹皱，诡异得斜上斩来。

我屏住呼吸，软剑不再快若闪电，我提起剑来举轻若重，剑刃在风中抖动像是寒风中的柳枝。

柳枝飘动，带去十里春风，风拂过的时候虽然轻柔，但是绝没人能够躲避。

黄裳的弯刀像是秋日黄昏，月影荡漾，我一剑刺入光影之中。

空无一物。

我心底一惊，剑锋再度向前，才听见锋刃入肉的声音。但是我已经慢了，黄裳的弯刀解开铁链飞出，已在我耳边削掉一缕长发。

我的软剑，还刺在黄裳的手臂之中。

黄裳静静地看着我，他眼底的杀气消失无踪，缓缓把胳膊从剑尖上抽离。

“我是比你强的，但为什么你有机会当侠客，我就只能加入邪派？”

当然，他还可以解甲归田，退隐江湖。

只是秋风猎猎，我和叶欢都没有这样问出口。其实我们都一样，如果有机会见识天地之大，死又算得了什么，邪派又算得了什么？

但凡有一线扬名江湖的机会，我都不会放弃。我的疑问不在于邪派本身，而在于黄裳加入邪派，到底有没有滥杀无辜。

黄裳冷冷看着我，笑得有些嘲弄，他说：“究竟什么人才算无辜？你骗了自己这么多年，还看不清吗？”

当时我没有明白他的意思，只看到他离去的背影，孑然一身，在夕阳下被拉得极长。

后来我回到永安城，把他的话告诉令狐珊，姑娘说：“黄裳的意思，是说世界这么大，谁没有罪过？”

姑娘叹了口气，说：“这是接连遭逢打击，一身功夫换不来银子，反社会了。”

我不知道黄裳是不是真的反社会，只是我每次提起软剑，总会想起他。所以我把软剑丢进深谷，回崖下，去找雕爷要那把重剑。

我请雕爷喝酒，说：“你也一把年纪，该出去走走，或许能碰上几个眼瞎的母雕，黄昏恋里觅双修，共登极乐。”

雕爷说：“算了吧，你去江湖闯荡我就不爱说你，你怎么越活越傻×，还谈起情来了？

“江湖，情爱，那都是荷尔蒙一朝迸发，没意思。”

雕爷往树上一躺，颇有几分看透世事的沧桑。我说：“雕爷，你这样不好，心气儿一点儿不剩，还要做个没有情绪的雕，你以为你是五好青年？

“你这是㞞了，逃到断崖底下，就以为从前的一切都没发生过。”

雕爷不说话，身上的羽毛随着大风乱跑。

我挥挥手，提着剑说：“走了，我的江湖路还很长，改天我带媳妇兄弟回来看你，其实世上事都很简单，你们这群老年人总喜欢复杂化，比方说看上个姑娘，俩人过日子简简单单，如果有什么东西让它不简单，一剑捅穿就是了。”

雕爷叹了口气，说：“行吧，希望你下次回来的时候，还能有这股心气儿。”

·5·

我再一次走出断崖，但觉世界之大，爱情无所不能，老子天下第一。

我知道其实黄裳这样的人很多，从前我没有能力帮他，还好这次能帮叶欢。

狼山一战，我去回复任务的时候极力要求加上叶欢的名字，终于使得江湖里又多一少年。

有时候叶欢来找我喝酒，他会望着天空唏嘘喟叹，说：“独孤，如果在狼山没有遇见你，我会不会也变成黄裳那样？”

“其实变成黄裳那样也不错。”我指了指窗外，说，“城东市井里的杀手，从前有很多人跟我和黄裳一样，我们凑在一起喝酒，深夜里高声呼喝，杯子碰在一起都是前程万里。

“那时候，我们都在对天放狂言，说无论前路风雨多大，都要劈出个朗朗乾坤。

“可惜他们如今都在卖咸鱼，搬泥砖，像黄裳这样年近而立，还能独闯江湖的，再没旁人了。”

叶欢提着酒杯，望向窗外怔怔失神。

我目光落在墨蓝色的苍穹上，说：“宁死，也不能成为半路溃逃的败兵。”

叶欢把酒杯重重撞过来：“干！”

少年心气儿，究竟能持续多久呢？一年，两年，还是不死不休？

从前我以为是不死不休的，但后来我发现我错了，我的前半生总在发现自己的错误，又不断尽力去弥补。

那年我接到一个任务，去杀江湖上有名的大侠，这位大侠当年杀人全家，夺人门派基业，才成就今日气象。

我去杀他的时候，他闭上双眼，坦然赴死。他说他这些年做过无数的好事，赈济灾民也好，肃清山匪也罢，夜里还是会梦到枉死的无辜前来索命。

这是我遇见的第一个求死之人。

我忽然发现我不太知道他该不该杀。

这是一笔大单子，上万两银子过手，且我杀了此人，曝光此人行径，一定能取而代之。

行侠仗义走到富贵荣华，难道这不就是我想要的吗？

或许是福至心灵，我猛地想起黄裳的话，也明白了他的意思，甚至明白了为什么行侠仗义真的能富贵荣华。

因为这个世上，每个人都多多少少有些不义之举，你一一杀过去，便能名利双收。

那我这样杀人，究竟又算不算行侠仗义？

我剑下的大侠看出了我的犹豫，他笑了一下，眼角忧国忧民的皱纹挤在一起，仿佛什么都了然于胸。

他说：“罢了，临死不能误了你。”

于是他一头撞死在我的剑下。

此人不是我杀的，当时我长出一口气，狼狈逃离了现场。我也没有去交任务，中间人问过是不是我，我没有回答。

后来又有不少中间人找我，请我去出手帮忙。我的剑越来越慢，每一剑都开始害怕。

我怕杀错人。

如果我杀人不是为了行侠仗义而是为了富贵荣华，那么我只要杀错一个人，就将万劫不复。

我开始怀疑自己，江湖这么复杂，我或许本就不是混江湖的料子。

假如我能轻易说服自己，我大可像如今的黄裳一样，天下何人不无辜，都可杀得。

假如我能视金钱为粪土，我大可以不在意世人讥讽或崇敬，潇潇洒洒打马江山。

可惜我都做不到。

所以我接到的任务越来越少，慕名而来拜访我的人也越来越少，叶欢是新崛起的大侠，人们更想去见识见识他的飞刀。

令狐珊有时也会说起："永安城的房价疯涨，咱们买完房子估计一点钱都不剩了，好穷的。"

我躺在床上，双手交叉枕在脑后，听见这句话总会心里一突。

我笑了笑，说："不会穷的，有夫君呢。"

有时候令狐珊也会告诉我，说她家夫君是世上最厉害的人，就像是明月中天，乾坤朗朗，没有什么能够阻挡。

但只有我自己知道，我的剑更慢了，再这样下去，迟早变得不会出剑。

于是我开始懊悔，当年杀唐天的时候为什么不留心一点，不久前杀大侠的时候，为什么不一剑刺下去。

我心里很烦，提着两坛酒去找叶欢。

·6·

叶欢正是春风得意的时候，他的飞刀堪比六脉神剑，卖相又是潇洒不羁，有心人帮他成名，江湖上人人都想成为叶欢。

这么多年的奔波，他终于有了结果。

那天叶欢看着我，说："你的眼里都是沉沉暮气，泰迪，你老了。"

我的心一抖，仿佛有只大手狠狠攥住。

叶欢一拍桌案，说：“当年那个带我踏入江湖的独孤泰迪哪儿去了？你说你要日天日地的，不能半路溃逃的啊！”

“谁他妈想逃？”

我也激动起来，生怕我是真的老了，我说：“我只是有些事情想不通，我做不到从前那样肆无忌惮了。”

叶欢定定地看着我，说：“人在江湖，身不由己，我以为这句话你早就知道。江湖上恩恩怨怨那么多，谁能想得通透？

“有些事，想不通就不要去想，哪怕你真的想了也请你去忘，否则这座江湖注定容不下你。”

我望着目光灼灼的叶欢，灯火摇曳，他的背影如妖魔狂舞。

我叹了口气，说：“叶欢，可我忘不掉，我也想忘，却怎么也忘不掉。

“我就不信了，凭什么杀人放火金腰带，行侠仗义就得提心吊胆，就不能富贵荣华？”

那时候酒劲上涌，我似乎又找到少年意气风发的感觉，说：“老叶你才是老了，当年你喊着打穿这个江湖的时候，也没见你说什么人在江湖身不由己。”

两个三十岁的中年人互捅几刀，开始吹胡子瞪眼，恨不得当场就干上一架。

最后还是叶欢技高一筹，他说：“你现在功夫不行，跟你打那是欺负你。”

本人很气愤，强行从他手里抢来个单子，说：“你等着，老子回来打不死你。”

叶欢坐在那里只是笑，月色如水又如纱，轻轻披在他的身上。

我提起剑，终于踏上征程。

·7·

这次要杀的人是个独行大盗，据说有络腮胡，九环刀，是江湖近三十年来刀法第一。

我从水路出发，要去襄阳杀他。

坐船的时候碰到一伙水匪，勒索船家要钱，七八个大男人拿着镰刀遮着脸，看起来贼不专业。

船家试探着走过去，说："刘老四，是你吗？"

那个叫刘老四的水匪瞪了他一眼，啥话也没说，船家默默从船舱里拿出积蓄，都塞到刘老四手里。

船家说："以后出门在外，没这帮老哥们接济，你自己小心。"

刘老四眼眶通红，猛地把银子摔回地上，说："我们是来抢船的，不抢你这开船的。"

一群水匪把刀锋对准乘客，有个长衫儒雅的中年人呵呵一笑，从怀里拿出大沓银票，说："你们拿去做点生意吧，江湖不好混，当水匪没前途的。"

以刘老四为首的大汉怔在原地，有人"扑通"一下跪倒，还有人失声痛哭。

我看见那个中年人拍拍他们每个人的肩，把银票一张张塞到水匪怀里。

"船家，开船。"中年人喊了一声，似乎察觉到我在看他，冲我笑着微微一点头。

在水匪走后，船上的人开始对这中年人出言不逊，说这是助长歪风邪气，该报官，那船家认识水匪，也该报官。

船家听了身子一抖，船身都晃了一下。

乘客便骂得更凶，我重剑包在布里，刚准备抖出来吓他们一下，就看到有道短促的光芒闪过。

骂声还持续了几秒，继而骤然停止。

风声轻啸，那是乘客咽喉里喷出的血，船舱里一下安静了起来。

那个儒雅的中年人此时正在擦刀，刀刃上薄薄一层血迹，还在不断滴落。

"你们有没有觉得他话很多啊？"中年人淡淡笑着，所有乘客都像见鬼一样不敢看他。

只有我还能回应，我说：“他话是多了点，罪不至死吧？”

中年人笑道：“如果这种人不死，迟早会逼更多的刘老四从渔夫变成水匪。”

我正无言以对的时候，中年人又说话了，他眉毛一挑说：“不过我不是因为这个原因杀他，我只是单纯讨厌他太吵。”

在抵达襄阳的时候，我才知道这个儒雅而又癫狂的中年人正是大盗。

他在渡口临别时冲我挥手，说：“我叫楚十四，以后有缘再见。”

我很惊讶，说：“你怎么没有络腮胡，也不拿九环刀？”

楚十四笑了，说：“那都是我早年间的事了，你知道得这么清楚，是来杀我的？”

我从来没有想到过，原来独行大盗是个这样的人，他的刀很快，比我从前都快，说实话我没有把握胜过他。

楚十四似乎看出了我的心思，他冲我招招手，说：“既然现在还不打，我请你去喝酒啊，襄阳城里有家酒馆，二十年的女儿红不醉不归啊。”

我失笑，说：“好，酒钱你付。”

渡口有枫叶飘洒，我与楚十四并肩进城，准备先喝酒，再决生死。

那家客栈是楚十四的主场，老板是他朋友，而二十年的女儿红，是老板成婚、退隐江湖的时候，俩人一起埋的。

老板的女儿亭亭玉立，说是非楚十四不嫁。

我说：“老楚你不地道，你们人这么多，我还怎么杀你？”

楚十四笑骂，说：“你放屁，不用他们出手，你也一样会死在我的刀下。我是听过你的名字，又看在你时间不多的分上，这才请你喝一杯。”

我说：“那行吧，喝完别忘了替我付酒钱。”

我们是中午到的襄阳，一场酒喝到暮云四合，落日熔金，其间我问他：“你怎么不留络腮胡，九环刀，那多牛 ×。”

楚十四说：“当年我初出茅庐，想的是惩恶扬善，浩然正气，为人不修边幅，也视金钱为粪土，着实做了不少事情。那些为了大义牺牲无辜的人，我杀过，不问缘由靠权势欺凌弱小的人，我也杀过。”

他甚至杀过六大派的掌门，那些掌门人制订江湖规矩，却又私底下不按规矩办事，各有私心杂念，让人看了就气。

后来楚十四才发现，自己行侠仗义这么多年，到最后一个朋友都没有剩下。

朋友们都是要吃饭的，而且牺牲小部分拯救大部分，是被人接受的，那些立规矩的开创者享有特权……成王败寇，强弱有别，同样也没什么不妥。

楚十四在一个人对抗整个江湖，而他想要的没有利益纠葛的、道义重于生命的世界，是不会存在的。

所以楚十四就剃了胡子，换上一柄普通的刀，在江湖里随意溜达着。

楚十四说：“当年我想了很久，是不是我杀掉那些人，同样是倚强凌弱，同样是我自己去给世界立规矩？而如果我放弃了，是不是又跟所有不再坚持道义的江湖人一样，变成沉默的帮凶？

“后来我想明白了，我也是人，为什么我一定要跟他们不一样？”

楚十四把腿跷到桌子上，长衫早已散开，他扬头冲我邪邪地笑着。

所以他张狂肆意，会凭喜怒救人杀人，也会因为没钱而翻进大户人家取些生活费。

一句“到时候还你”，让那些富贵人家望眼欲穿，也没见楚十四还。

据他说，主要是这些年去了太多地方，不记得跟谁要过钱了。

我想起在船舱里的那一幕，心脏有久违的兴奋的跃动。

可惜我还想名扬天下，我还要养家糊口，我舔了舔干涩的嘴唇，又喝口酒。

楚十四的声音响起在我耳旁，张狂不羁。

“喂，还打不打啊？”

“……打！”

我抖开包袱，重剑拎在手上，风车般转动起来，重剑卷起的风吹倒四周的桌椅。

楚十四喊了声“好剑法”，刀光潋滟如秋水，弹指间穿入我的剑风之中。

一时间夕阳的光影在杀气里破碎，无数桌椅板凳被击飞出去，藏身于柜台后的小姑娘神情焦急，嘴里还喃喃有声。

楚十四忙里偷闲，问那姑娘：“你在嘟囔些什么？”

姑娘愁眉苦脸，说：“你们都打坏四两三钱的东西了，很贵的！”

我扬声大笑，想起自己杀一个人几百文钱的日子，少年豪气从胸中涌出，举重若轻，仿如风虎云龙。

楚十四的刀化作流光，穿梭在剑影之间，刀剑有如风雷交击，火星四溅，却全无杀气。

最后连小姑娘都看出来我们没想致对方于死地，自己撇撇嘴，丢下手里的暗器，去后厨做饭了。

本人当夜跟楚十四喝得烂醉如泥，指着他鼻子骂他，说：“都是因为你，我完不成任务，估计这次回去更没人找我了。你说你一怒就能杀人，多凶恶啊，我怎么就不想杀你呢？”

后来听楚十四说，我还很没出息地哭了，我说：“原来行侠仗义真的挣不到钱，那我还怎么扬名天下，还怎么富贵荣华？”

楚十四拍了拍我的背，说：“行了，大家出来混口饭吃，你至少还能占个心安理得，多不容易？”

我说：“滚，谁要心安理得，我就想要银子。”

楚十四笑起来，说：“好巧，咱们两个穷逼想的一样。”

然而第二天酒醒了，我拍拍屁股，说：“走了，去行侠仗义了。”

楚十四挥挥手，说：“咱们江湖再见了。”

那个时候我还不知道，楚十四之所以被打入追杀名单，是因为他提前得知了件大事。六大派的掌门要重新给江湖立规矩，还有明文约束，逼你做一个大写的四有青年，不服的，都被拉上少室山面壁思过。

据说是邪恶的封建主义朝廷对江湖的渗透，当然，彼时的我浑然未觉，原来自己就处于浩浩荡荡的历史大潮之中。

·8·

从襄阳回来以后，我的剑法又恢复了水准，时常练剑给令狐珊看，可惜再也没人来找我帮忙。

令狐珊抱着我，笑得很开心，她说：“好久没有见到你出剑如风了，剑光像雨幕泼洒，多好看呀。”

我摸摸她的头发，说：“对不住啊，夫君食言了，咱们家还是没钱。”

姑娘摇摇头，说：“那玩意都不重要，你能把这句话讲出来，无论什么困难都会过去的。”

我刮了一下她的鼻子，说：“我怎么有个这么好的媳妇呢？”

不久后我又提着坛酒回到崖下，对雕爷说：“我准备退出江湖，开个镖局，朋友们接济一下，总能过过日子。”

雕爷“嘎嘎”大笑，说：“你前几年还数落我，你现在还怎么……”

他话音未落，令狐珊就从山腰上下来了，我冲姑娘一指，咧开嘴笑：“看，我媳妇，漂亮吧？”

雕爷：……

我想请雕爷出山，往镖局里一摆，就算唬不了人，多少也算个吉祥物。

雕爷扇扇翅膀，说：“滚。”

我便哈哈大笑，带着姑娘滚了。

叶欢挽留过我，但我们谁都没有再提半路溃逃之类的话，也懒得再扎两刀，最后只是说各自珍重，有空多来看看。

曾经少年时候的热血激昂，迟早都会变成一股股暗流，隐藏在渐冷的心脉之下。

镖局很快开起来，叶欢和从前相熟的几个中间人帮我找了几趟镖，也算渐渐打出点名声，每次我出镖的时候，令狐珊总会跟着，我们的孩子会坐在镖车上，小脚丫晃来晃去。

我就能笑出一脸褶子。

江湖上能敌得过我的人还有多少，我不太清楚，前几年我去海边走镖，从水路刚刚上岸，便遇到丈高大浪，潮水汹汹而来。

走已经来不及了，背后就是妻儿弟兄，我留下个微笑，拎着重剑踏入海潮之中。

白浪滔天，潮声如雷，我挥剑有飓风怒吼，风浪交击，像是两个绝顶高手的激战。

但重剑太大，受力面广，几波海浪冲刷过后，我的喉咙里便都是火辣辣的血腥味。

我跃回岸边，砍下一辆镖车，一柄木剑赫然在手。

令狐珊抓住我的衣襟，忽然把我扯过去亲了一下，我笑着说："本人今天没有刷牙哟。"

令狐珊眼里有豆大的泪珠滚下来，还不等她开口，我就堵住了她的嘴。

我说："你让所有人跟在我身后，排成一线，我们未必会死。"

没有时间多做言语，我再度踏入海中，木剑起势，独对千军万马般的浪潮，我忽然又有豪气填膺。

随着我一声长啸，天地间响起巨雷炸落，木剑带出的劲风直扑海潮，两侧大浪翻下，唯独我正前方的潮水颓然跌落。

剑客岿然不动，木剑再次出手，海天暗淡，木剑没有发出一丝声响。

嗤。

海潮的最中间，被我刺出短短的一条线，继而很快在退潮的时候合拢了。

从那以后，我行走江湖开始用木剑，喜欢在大海岸边等海潮袭来。

有人看到这一幕，说我练剑入了魔，该是江湖上的剑魔。

只有令狐珊懂我，我站在岸边独对海潮，是因为在这个时候出剑，让我有重归江湖的感觉。

少年时要扬名天下的心气儿，它始终深藏着，没有一刻完全消散。

·9·

四十岁那年，我家里来了许多新朋旧友给我庆生。

其实我早已不记得自己的生日，遇见令狐珊那天，就算是了。

只是我没想到，叶欢和楚十四也会来。

行镖途中认识的朋友见到这俩人，莫不吓得瑟瑟发抖，一个是名震四海的大侠，一个是能止小儿夜啼的大盗。

当这两个人都送我一坛好酒庆生的时候，更是惊掉了满座众人的下巴。

我叹了口气，说："你俩怎么搞到一起了？"

叶欢说："其实我是接了任务，要去杀他的，但是他非要再见你一面，说是见过你以后，用不着我来动手，他就自裁。"

叶欢一边说着一边转身看向楚十四，说："人你也见到了，你自裁啊。"

楚十四说："我反悔了，不行吗？"

群众哗然。

我：……

叶欢说："楚十四，都是声名赫赫的人物，你这就没意思了。"

楚十四说："你这么有意思，很没意思的。"

我打断了他俩，说："老楚你究竟有什么事，说完赶紧去打架，生死有命，我管不着。"

楚十四说："那黄裳的生死，你也管不着？"

我愣了愣，这个久埋记忆中的名字又被我挖出来，问他："黄裳怎么了？"

"据说是编写非六大门派署名认领的自创武学，乃是破坏江湖和谐，故而杀了他福建的家人，又困他在少室山前。"

叶欢眉头皱起来，说："连他家人都杀了？我怎么没听说？"

楚十四笑了笑，说："你现在听说了，你准备怎么办？"

叶欢莫名恼怒起来，他沉着脸，说："楚十四，出去决生死吧。"

大盗连声笑着，一边说“好”一边当先掠出门外。

我还站在原地，想起自己年轻时听人说起的理论，这个世界上，快乐和悲伤是等量的。

我叹口气：“为什么倒霉蛋总是他呢？”

娘子从背后抱住我，大庭广众的，她也不避讳，她说：“你去吧，我和孩子会在家等你的。

“这是你的江湖，你早该有这么一场侠义要行，惊天动地，名扬天下。”

我笑了笑，说：“你去收拾一下东西，过会儿我们一起走。”

娘子微微失神，我拍拍她的肩膀，大步向门外交手的二人走去。

这俩人的交手特别好玩，叶欢的飞刀时刻握在手里，楚十四的刀就不敢拔出鞘来，楚十四的刀不出鞘，蓄势待发，叶欢也同样不敢出手。

于是各种来回走位，输出基本靠眼瞪。

我走到他俩中间，说：“你们够了啊，少林寺，走不走？”

俩人面面相觑，楚十四说：“不如我们猜拳吧，谁赢了听谁的。”

叶欢附和道：“划拳也行。”

我翻了个白眼，冲楚十四问了句：“行侠仗义，惩恶除奸？”

又冲叶欢问了句：“装聋作哑，视而不见？”

我弹弹身上的土，说：“那只好我自己去了，当年说了句刺穿江湖，如今千里送人头，也算落个圆满。”

叶欢忍不了了，说：“我怎么就认识了你这个货，这辈子都得毁在你手上！”

楚十四说：“那意思是，走？不过此去少室山日夜兼程，怎么走？”

我笑了笑，说：“不才有只吉祥物，勉强能派上用场。”

当俩人看见我准备带家人一起去少室山的时候，有些惊恐，说：“你还有这种操作？”

我说：“闯荡江湖也要带着老婆孩子嘛，不然被人灭门偷家，我扬名江湖行侠仗义，又有什么意思？”

叶欢神色复杂地看着我，忽然扭头对楚十四说：“这货是真的活明白了。”

令狐珊在后面巧笑嫣然，俩十岁的孩子正虎头虎脑四处乱看。

而后抵达断崖，雕爷，还有一只不知雕爷什么时候勾搭上的雕奶奶正等着我们。

叶欢和楚十四惊得差点连下巴都掉下来。

雕爷一脸嫌弃，说：“走吧，我带着你俩，人家一大家子不能分开吧？”

大侠和大盗这次几乎就晕过去了。

雕爷说：“他们修妖的，不能管人间事，这次帮我送人已经是擦边了，如果到时候遇到危险，估计也不能出手。”

我坐在雕奶奶的背上，衣衫猎猎，木剑格外显眼，我说：“应该不会那么危险的，其实我也想知道，这片江湖上还有谁能胜过我的剑。”

雕爷不想听我装 ×，带着俩人绝尘而去。

所以当我发现雕奶奶有些路痴的时候，事态已经很紧急了。

·10·

叶欢与楚十四踏上少林，六大派的掌门带武林刀兵在等他们。

有人说：“叶欢，你也不识时务，不懂规矩了吗？”

叶欢叹口气，说：“其实我都懂，但我实在受不了独孤泰迪的唠叨，你不知道，他那话句句都是刀子。”

又有掌门人大喝，说：“这就是你勾结大盗的理由？”

大盗楚十四懒洋洋说：“这位掌门啊，当年你毒杀三师弟的时候我还去找过你，可惜没杀成，你还记不记得啊？”

那掌门气得胡须直抖，手臂一挥，嘴里爆出一个“杀”字。

楚十四纵身上前，拔刀如流光湛湛，没人能看清这一刀的去向，便有几个武林人士尸首两分。

叶欢跟在后面，手腕抖动，飞石飞花雨点般打出，漫山遍野都是人，根本不需要瞄准就能打到一片。

可惜总有近身的时候，叶欢将剩下的石子一招天女散花丢出去，拿出匕首，辗转腾挪里像暗影般杀人。

不远处，是被吊起来的黄裳，气息奄奄，半睁双眼望着鲜血淋漓的战场。

掌门人们窃窃私语，说："叶欢提起的独孤泰迪，究竟是什么人？"

有人哈哈大笑，说："其实就是个傻子，当年杀唐天的就是他，我给了他一千两银子他就知足了。后来剑法变慢，退出江湖，昙花一现的角色罢了。"

掌门人便放下心来，开始号令门下弟子布阵，楚十四的刀斩断一排排的长棍和后续袭来的七星剑，还有唐门的毒沙当头洒。

叶欢飞刀终于出手，唐门的毒沙歪了，一群武林人士东倒西歪，二人对视一眼，从缺口冲出去，要径直杀向六大掌门。

刀光一闪，刀已在咽喉！

那个还在嘲讽独孤泰迪"昙花一现，是个傻子"的掌门捂着喉咙，当即倒地不起。

但叶欢一刀出手，剩余的掌门便纷纷出手，不管楚十四，全都在进攻叶欢。

楚十四一刀抹过，火星四溅，才发现掌门人都是穿了铁甲的。

他骂了声娘，开始斩向掌门的咽喉，五大掌门就在这一瞬间同时回头，掌风澎湃，重重将楚十四击飞出去。

不过几个弹指，叶欢身上也鲜血淋漓，重重跌落山阶之下。

风过天地肃杀，叶欢和楚十四靠在一起，大笑看着面前的武林群豪。

"楚十四，咱们这是在哪儿啊？"

"江湖，这是在他妈的江湖啊！"

"哈哈哈哈哈哈哈……"

为首的掌门人眉头一皱，说："你们笑得猖狂，违反了江湖规第九十三条，也不用面壁思过了，去找佛祖认错吧！"

他左右手各拎一把剑，飞掷而出就能结果这二人的性命。

我看到这一幕的时候，雕爷终于接上我，堪堪赶到少室山上空。

雕爷显然忘记了自己不能干涉人间事的规矩，双翅一扇，顿时大风起兮，掌门人的两把剑，便没有扔出去。

我拍拍雕爷的脑袋，说："辛苦你了。"

雕爷愤愤然骂着我没良心，我已经从他的背上一跃而下。

提一柄木剑，挥剑有风雷炸响，苍穹间浮云四散。

"咔嚓。"

为首掌门人脚下的山阶被斩出一条裂缝，然后人们才发现掌门人的头顶开始出现一条血线，延伸而下。

最后扑倒在地。

叶欢吐出一口血水，与楚十四望着天空，说："这小子终于来了。"

楚十四笑得更开心，他说："这一剑有名堂，从天而降，地裂山摧，日天日地名副其实。"

我朝他俩笑了一下，又眯起眼睛望向黄裳。

黄裳的眉毛动了动，似乎在冲我打招呼。

"活着就好。"

我飘然落在地面，负手横剑，面前是曾经困我三十年的江湖。

剑尖斜指，长风将我的乱发高高扬起，我想到了许多事，有独对海潮的豪气填膺，有令狐珊的笑靥如花，还有与朋友们喝过的酒，与黄裳欠我的几百两银子。

武林群豪挡在我的前面，我抖了抖剑，说："你们，一起上吧。"

我的声音很坦荡，平静如一川春水。

那天，我在少室山上出了九剑，地裂，山崩，风止，云散，继而天际色变，大雨滂沱，雷音滚滚，神鬼同泣。

败尽天下江湖。

完。

熊孩子红孩儿

你跪他们，不如跪我红孩儿。

红孩儿小时候，牛魔王跟他喝酒，酒酣耳热之际，差点拜了把子。

还是罗刹女劈头盖脸一顿骂，兜头一盆水，把牛魔王浇醒了过来。

罗刹女大骂："你就知道喝酒吹牛 ×，带着儿子不学点好，你要再这么没用，咱们就离婚！"

牛魔王还带三分醉意，猛一挥手，说："走开，我可是平天大圣牛魔王啊。"

红孩儿看着牛魔王的背影，啧啧感慨着，说："老爹你真帅。"

之后，之后就被罗刹女连着一起揍了。

·1·

很多年以后，唐僧一行人从火焰山经过，红孩儿拍掌大笑，说："老爹老爹，齐天大圣来了呢。"

牛魔王沉着脸，说："我知道。"

接着红孩儿便见自己老爹丢了混铁棍，提着巨斧，要去劈了猴子。

红孩儿大惊，说："老爹你要去干吗？"

牛魔王说："我答应了菩萨和佛祖，要去跟猴子打一架，让他彻底放弃那齐天大圣的过往。"

红孩儿一脸错愕，望着自己老爹，好像从来没有认识过他。

牛魔王甩掉红孩儿拉着自己的手，头也不回，在儿子错愕的目光里走出洞去。

他说："孙悟空，你当年闹天宫，毁凌霄，罪孽深重，佛祖玉帝饶你，我也要替枉死了的妖众讨一个公道！"

那声音在红孩儿听来，是如此遥远，他依稀还记得，小时候自己老爹说过，死掉的妖众不算什么，大家都觉得那一战痛快，如果再有一次机会，千万妖众一定会再闹天宫。

火焰山外，有霹雳般的光彩，惊雷般的震颤，那是牛魔王跟孙悟空的大战。

红孩儿眼里流下泪来，罗刹女在背后默默抱紧了他。

"娘，为什么爹会变成这样？"

罗刹女不说话，只是更用力地抱着红孩儿。

牛魔王身受重伤，回到洞里的时候不忘冲红孩儿咧嘴一笑，说："事办妥了，不用担心爹。"

红孩儿看都不看牛魔王一眼，提了火尖枪，捏诀飞出洞外。

罗刹女追在后面，惊呼："儿子你做什么去？"

红孩儿声音很低沉，说："老牛是我爹，谁欺负他，我都要打回来。"

洞里，牛魔王听到红孩儿的话，笑着流下泪来。

那一日，火焰山外天火涌，红孩儿一人一枪，三昧真火燎原而起。

孙悟空忍着浑身焦痛，说："你这小屁孩好生不识好歹，俺老孙生气起来自己都害怕。你不要逼我。"

红孩儿呵呵一笑，一边吐着三昧真火，一边用火尖枪抽猴子，说："让你打我爹，让你打我爹。”

孙悟空仰天长叹，说：“这世上最难对付的，不是五指山，不是二郎神，而是熊孩子啊。”

后面掠阵的猪八戒补充说：“不，不是熊孩子，是牛孩子。”

猴子一脚踹飞猪八戒，说：“还不滚去找熊孩子老师，搁这儿看我被烧很有意思？”

猪八戒呵呵一笑，说：“看耍猴的确很有意思。”

天地间，似乎有一瞬的寂静。

紧接着，红孩儿便看到被三昧真火烧焦的猴子一跳三丈高，举着金箍棒就朝猪八戒身上招呼。

只留下红孩儿蒙在原地。

红孩儿知道孙悟空嘴里的熊孩子是自己，可他怎么也想不明白，自己什么时候有了老师。

那老师生得很美，手拿玉净瓶，又持杨柳枝，微微笑着，说：“孩子，你该跟我回南海了。”

有风从南方来，天降甘霖，浇熄了红孩儿身上火气。

红孩儿明白了，这人就是孙悟空口中自己的老师，南海观世音菩萨。

红孩儿身子一颤，火尖枪斜指观音，说：“我才不要跟你回去，我要做英雄，我要跟齐天大圣一样，大闹天宫，让每个人都能有自己选择的自由！”

观音：“呵呵。”

刹那间，莲台从红孩儿身下绽放，那莲台上几个紧箍层层束缚，三昧真火都不能吐出的红孩儿，惊愕地望着身下莲台。

“这莲台，本就是你爹同我一起种下的，在火焰山内，无处不可化生。”

观音微微笑着，仿佛一切尽在掌握，她说：“这是你爹的意思，你爹不惜被孙悟空打伤，都只是为了给你求个前程，以后在南海做善财童子，上天入地，都无人敢阻。”

红孩儿一愣，拼命挣扎起来，他说：“我才不信，我爹是平天大圣，是顶天蹈海的英雄，去你的善财童子！”

然而红孩儿越挣扎，紧箍便束缚越紧，直到浑身都勒出血来，还在不住地扭动着。

“红孩儿！”

罗刹女一声呼喝，终于喊住了红孩儿。

红孩儿含泪回头，嘴角噙着鲜血：“娘，你告诉我，我爹是天下无双的英雄，这不是他的意思，对不对？”

罗刹女抹着泪，说：“孩子你别闹了，这世上没有大闹天宫的英雄，英雄是要被压在五指山下的，英雄是要流落火焰山，买不起洞府吃不起饭的。你跟着观音菩萨，或许寿数比你爹还长，功德比取经成功的孙悟空还大，你明白吗？”

红孩儿垂下头，说：“这的确，是我爹的意思？”

罗刹女默然。

红孩儿忽然一笑，说：“好，我跟观音回去，只是娘你帮我问问我爹，如果一开始就要学那些为人处世之道，万古长青之道，为什么，为什么小时候他要教给我路见不平当拔刀，要教给我宁为玉碎不瓦全，要教给我知其不可而为之？”

“娘，我走了。”

红孩儿双掌合十，冲观音一拜，笑得很是鄙夷。

·2·

当火焰山的高温逐渐退去，当翠云山上洞府渐多，灵脉成堆，当斗战胜佛游荡数百年，才终于又在无意中见到了牛魔王。

那是观音在南海的赏花游园会，莲叶飘香，莲子食用后能增寿元，生造化。

众仙佛其乐融融，孙悟空跟牛魔王缩在一个角落里喝着酒。

孙悟空四处张望，问：“怎么不见你儿子？”

牛魔王叹口气，说："这五百年来，红孩儿没跟我说过一句话，我出现的地方，他也都会躲着我不见。"

孙悟空咋舌："这孩子这么能撑？五百年还不松口？"

牛魔王望着观音那边其乐融融的仙佛盛会，幽幽道："我只希望，他不再惹事就好。"

孙悟空点点头，脸上忽然变得面无表情："你说，你儿子五百年还这么能折腾，是不是因为他想让那个曾经是英雄的父亲，王者归来一次？"

牛魔王身子一颤，僵立不动。

"嘭"的一声响，那边仙佛盛会上，有一个采莲的婢女，不慎将莲子漏下一颗，落上石阶，转瞬消散了。

仙佛同时静了下来。

婢女匍匐在地，身子不住地颤抖。

"有因必有果，上天有好生之德，我不杀你。"

观音望着那婢女，微笑开口。

婢女连连叩首，说："谢谢菩萨，谢谢菩萨。"

"不过有罪不可不罚，便令你化身莲子，在这方塘之中慢慢长成，若是三百年后的莲花盛会上，再有一人失手把你漏下石阶，就许你无罪，如何？"

婢女浑身战栗，不住地磕头，只念叨着"菩萨饶命"。

巨灵神在旁冷哼，说："菩萨已给你机会，如此仁德，你还痴心妄想些什么？"

婢女泪如雨下，身子只机械般地叩首。

忽然有一阵带着温热的风吹来，莲池上方的清冷被一冲而散，婢女感觉自己被人强行扶起，怎么也叩不下去了。

"跪他们能有什么用？你跪他们，不如跪我红孩儿。"

那婢女身后，立着一个翩翩美少年，身上被洞穿着几枚紧箍，似乎随时都要收紧。

红孩儿却还是笑着，对菩萨合掌施礼道："菩萨，不如再赐红孩儿一枚紧箍，这婢女的罪，红孩儿就再替她挡了吧。”

观音望着红孩儿，从他第一次替人求情开始，自己便给他下了紧箍。为了想看看红孩儿何时就范，五百年来许他替人挡罪，足足下了九九八十一枚紧箍。

而红孩儿如今还是面带微笑，双掌合十，跟那婢女说：“以后求人不如求己。”

观音从怀里一把摸出十个紧箍，笑着说：“既然红孩儿有心，那就……”

“八婆你敢？！”

莲池另一侧，陡然响起一声高喝。

一头牛踏进莲池，掀起丈高大浪，挟水漫金山之威，刹那间浪卷仙佛。

观音反应极快，杨柳枝一挥，便将巨灵神做盾，挡在了身前。

轰然一声响，巨灵神那偌大的躯体被巨浪卷起，高飞出九霄云外。

“咚”的一声，牛魔王站到石阶之下，手一伸，是平天大圣开天斧，身子如山岳般挡在红孩儿面前。

“死八婆，今天把我儿子身上的紧箍都解开，我就饶你一条性命，如若不然，就让你看看我牛魔王是怎么当上七圣之首的！”

牛魔王身子一抖，法天象地，手中巨斧斜指半空，仿佛要重辟乾坤。

观音脸色有些苍白，想起莲池外还有一人，急忙高呼：“斗战胜佛，斗战胜佛孙悟空何在？”

一声哈欠，响起在观音身旁。

“斗战胜佛没有，齐天大圣倒有一个，姐姐你要不要啊？”

孙悟空笑嘻嘻地贴在观音耳旁，将观音吓得一飞三丈，花容失色。

红孩儿站在牛魔王身后，低头微笑，只不想让人看见他眼中热泪。

这一幕，他足足向往了五百年，他足足等了五百年。

观音勉强笑着，说：“此事都是误会，误会，现在我便解了红孩儿九九八十一难。”

一瞬间，红孩儿身上束缚尽去，感到前所未有的轻松。

他抬起头，看着牛魔王。

“老爹，咱回家吗？”

“回家？开什么玩笑？”

牛魔王哈哈一笑，跟旁边的孙悟空对视一眼，说：“千年之前，孙猴子大闹天宫抢我风头，这一次，就让你小子见识见识什么叫开天辟地！”

天边有云雷响动，还有梵音唱彻，似是仙佛两道举兵而来。

牛魔王擎天蹈海，巨斧如轮，一声大笑过后，似有万古前的道法涌来。

“这一斧，俺老牛迟了五百年，都来吧！”

遽然间，青光明灭，天地幽暗，有如混沌初辟。

王者归来。

完。

奈何桥下五百年

我，欠你一杯酒。

我死前的五分钟，仿佛走过奈何桥下五百年。

如果这个世上有女鬼的话，我想我唐清照，或许算得上一个千年女鬼，道行高深，乃至能看到五分钟后的未来。

我知道五分钟后，会有一个道士，弃了桃木剑，抓起横行刀，双眸含泪，将我劈得魂飞魄散。

我知道，这是最后一次。

·1·

在栖霞山十里桃花的镇子上，一个小姑娘被几个恶霸围了，小姑娘的眼泪一直打着转，咬牙死撑，不让泪珠滚落。

镇子东头，来的是初出茅庐的小道士，神功已成，只差降妖捉鬼一份功德，便能得道成仙。

镇子西头，来的是千年奈何桥下一女鬼，巧笑倩兮，最是看不惯人间奸佞，比妖鬼更恶三分。

这天，小道士解下桃木剑，噼里啪啦打得恶棍抱头鼠窜，骤闻掌声，回眸一望恰见千年女鬼唐清照，吓得桃木剑一丢，哆哆嗦嗦在怀里掏出几张符来。

小道士形貌狼狈，看得小姑娘破涕为笑，女鬼满脸鄙夷。

小道士咽了咽口水，说："这位女鬼，我看你怨气郁结，想必是有什么未完之心愿，你不妨说出来，如果贫道能帮你办得成，你自己去投胎好不好？"

小姑娘闻言一惊，朝西望去，只见空空荡荡，桃花缤纷，光天化日哪来的女鬼。

小姑娘也是一个哆嗦，躲到道士身后，紧紧抓着道士的衣角。

女鬼嫣然一笑，跷着兰花指："这位小道士，不必激动嘛，我虽是女鬼，生前也是响当当的侠女，岂会滥杀无辜？"

小道士有点晕，感觉一阵幽香扑鼻而来，不知是身后的姑娘，还是眼前的女鬼。

"不过可惜，我的心愿想必是没人能完得成了。"

女鬼幽幽一叹，背转身去，说："一千年前，我跟我夫君人称神雕侠侣，他是雕，我是侣，闯荡江湖，惩奸除恶，好不痛快。那日我夫君为我而死，我以秘法献祭，令夫君醒转归来，自己魂丧九泉之下。

"我在奈何桥下待了五百年，誓死不喝孟婆汤，终于求来一个机会，一个能跟我夫君相见的机会。我跟漫天神佛约定，我夫君若再次挥刀，便该我们江湖相认。"

女鬼一直在笑，小道士却也听得出笑意里的几分惆怅。

惆怅她夫君这么多年轮回，早忘记了她的模样，而且每次不是书生，就是戏子，总没有挥刀的时候，偏生月老多情，又总给她夫君牵着红绳，让她看了徒添伤感。

小道士侠义肝胆，听了热血一荡，脱口道："没事，他长什么样子，你画下来，我帮你找！"

女鬼怔了怔，有桃花落如雨，泪滚腮边。

“我……忘了。”

·2·

后来，小道士、小姑娘跟女鬼混得越发熟络。道士也曾问过女鬼，说：“你现在的坚持还有什么意义？不如算了吧，放下会比较轻松，看你的夫君现世安稳，也便不错。”

女鬼一笑，吸光酒液，酒气氤氲。

“哪能轻松呢，我放弃了，那我一千年的坚持，一千年的性命，就都没有意义了。人生在世，有那么多的不然，或许，却都欠那么一点果敢。”

小道士喝了口酒，拍案叫好，说：“老唐，看开点，或许这一世，就找到你夫君了！”

小姑娘也举起酒杯，目光灼灼：“祝有情人终成眷属，姐姐，干！”

女鬼喝醉酒后又笑，笑声越来越大，带着几分悲凉，那悲凉越来越重，笑声渐弱，化为低泣。

小道士看着女鬼，怔神半晌，又叹了口气。从前他以为鬼都能度化，妖都能降服，如今他才明白下山时师父那句话：

“得道成仙易，降妖捉鬼难。”

小道士晃着酒杯，忽然想到，师父说这句话的意愿，是不是代表他已经成仙了？

那个时候，小道士还不知道，师父有一天会牵着他的手，带他到女鬼驻足过的奈何桥下，逼他成仙。

那一天，星月落幕，大戏唱罢。

·3·

当年，小道士刚上栖霞山，师父问他学道为了什么。

小道士仰着头，大眼睛眨啊眨，说：“我要降妖捉鬼，回家迎娶等我的小姑娘。”

师父只是笑，笑得很喟叹，说："这么多年，你最该记住的，应该是得道成仙。"

小道士撇撇嘴，说："得道成仙有什么好，我要行侠仗义降妖捉鬼，我要我的姑娘。"

下山之后，小道士才明白事情没有那样简单。

那一夜星月迷离，小姑娘拉着小道士的手，说："如果你执意要去降妖捉鬼，得道成仙，咱们就不能在一起了。"

小道士笑得淡然，说："无妨，我偏要降妖捉鬼，可我偏就不成仙，我不能忘了你。我要娶你，神仙能奈我何？"

小道士拉起姑娘的手，姑娘也笑，靠在小道士的肩头，脸色苍白，目光里却是复杂和无奈。

那天桃花零落，女鬼送小道士出城，说："姑娘身子不好，你得早去早回。"

小道士一笑，说："我晓得，我看过她的病，已经稳妥多了，等我回来，取妖兽内丹，当可痊愈。"

可当小道士满身伤痕，破衣烂衫回到小镇时，姑娘已经合眼。

哐当一声，桃木剑落到地上。

小道士双目失神，又像哭，又像笑，痴痴跪在塌前，像极了一千年前，抱着死去的女鬼醒转过来的神雕大侠。

"有一个办法，能救回姑娘。"

三天之后，看着失落的小道士，女鬼叹了口气，终于开口。

小道士目中再次绽放出光彩，抓住女鬼并不存在的双肩来回晃着，说："姐姐，如果真能救回姑娘，我李道士赴汤蹈火，一定帮你找回你的大侠！"

女鬼抬头，望着天空中星光如许，笑容凄迷："你去找你师父吧，这个办法，他一定知道。"

当小道士踉跄上山的时候，才明白女鬼为何不告诉他答案。

师父说："成仙，成仙就能救姑娘，你离成仙，只差一个千年怨鬼的功德，杀了她，你就能成仙。不过要快，魂飞魄散，转世轮回这种事情可不等人的。我想，你总不会也要等一千年，到最后，忘了要等的长什么样子吧？”

·4·

我死前的五分钟，仿佛走过奈何桥下五百年。

我知道五分钟后，会有一个道士，弃了桃木剑，抓起横行刀，双眸含泪，将我劈得魂飞魄散。

我知道，这是最后一次。

小道士拿起刀，我便明白了他是谁，轮回中的一幕幕那样明白，都是我一次次死在他的刀下，或许放下，才真的一了百了。

女鬼望着夜空，星光如许，一如千年前的江湖。

星空下，有小道士身形踉跄，双目失神，后面跟着他两鬓斑白的老师父。

刀起，刀落，师父抓着小道士的手，小道士只来得及开口。

他开口喃喃，说：“老唐，我对你不起。”

唐清照一笑，说：“不必，千年之前，咱们相约白头，一世无悔，我已无憾，早该饮下孟婆汤的。”

那把刀挥落的一刻，星落如雨，小道士立在暗夜之中，泪如雨下。

栖霞山上，有道士失魂落魄，深一脚，浅一脚地踏向道馆。

师父见了，叹口气，说：“你何必如此，唐清照一死，也是解脱。”

小道士摇头，说：“我为了我深爱的人，杀了唐清照，我不后悔，可是……我为什么想不起她是千年之前，我的江湖眷侣？”

师父盯着他，嘴角忽然勾起一抹笑意：“你想不起来才是对的，因为你根本不是什么神雕侠，根本不是她的夫君。”

小道士如遭雷击，抬眼，怔怔望着师父。

师父哈哈一笑，凝视着小道士，说：“你修道也有些日子了，也明白地府里，天庭上，神仙都有何等的威严。一个女鬼，献祭续命，岂是判官阎罗能忍？”

“她那夫君，根本没有轮回，一千年前，他就已经死了。”

·5·

孟婆汤，得自愿喝下，所以世间游魂如许，却多半飘荡几年，还是一声长叹去投胎了。

从来没有人能在奈何桥下苦等五百年。

女鬼乱了幽冥气运，地府只好答应唐清照的约定。

可她的夫君已经死了，没人能践行她的约定。好在过了五百年，那些她以为越来越清晰的往事，也变得渐渐模糊。

于是有李姓小道士横空出世，给他配上宿世的伴侣，演一出千年的大戏。

星月洒下，凄清黯然。

师父望着小道士，捻须含笑：“今日，那女鬼终于伏诛，为师答应你们的事情，也该了了。”

李道士看到身前有只手遮天，翻覆之下，星月已无，栖霞山，老道观，也全然不见。

一切，化作了黄泉路，奈何桥，望乡台后孟婆汤。

姑娘正在孟婆汤前，笑着舀起一碗汤，回眸望着小道士：“李，喝了这碗汤，咱们就能领千年功德，得道成仙，你干吗还这样愁眉苦脸？”

李道士怔怔地望着姑娘，脑中回忆纷至沓来，踏入地府的那刻，他已经明白，自己只是当年幽冥府里，一个不起眼的阴卒。

为了成仙，毅然接下了千年任务。

千年之后，累世功力汇聚，只差一份功德，一份忘却，便能得道成仙。

小道士望着那舀汤微笑的姑娘，垂首低眉，说：“姑娘，这就是你的选择吗？”

姑娘笑，说：“不然，我们还能有什么选择？这一世，为了驱逐女妖，阎罗王亲自登场，扮演了你一个小小鬼卒的师父，你不成仙，还想做什么？”

小道士没有回头，哪怕他知道，背后阎王目光如炬，盯死了他。

小道士长叹一声，还是抬头，望着姑娘：“我说过，无论如何不能忘了你，如果我喝了孟婆汤，忘了你，你不怨我？”

姑娘又笑，笑得无奈而无情，说：“大家逢场作戏，纵然留恋戏里风尘，却也明白一切该放便得放。”

有那么一刻，小道士恍惚在梦中，仿佛看到女鬼死前五分钟，等在栖霞山下，脑中闪过的是奈河桥下五百年，闪过的是千年之外江湖眷侣。

大笑高歌。

小道士觉得，站在这里的不应该是这个姑娘，而应该是另一个女鬼，告诉他人生在世，那么多的不然呢，或许只是因为欠了一点果敢。

女鬼会笑，会喝醉了酒大笑而哭，说：“我忘了我的夫君，可忘不了我的爱情。”

小道士深吸口气，回头，望着阎罗王，望着他的师父：“我记得小时候，初上栖霞山，我说过要降妖捉鬼。师父，你看这幽冥府里满殿的人影，都是些什么人？”

师父定定地看着小道士，说：“这些都是神仙，降妖捉鬼，也是为了得道成仙。”

小道士哈哈大笑，伸手一拂，便落了姑娘手里孟婆汤。

什么神仙规矩，什么千年大戏，什么功德得道。

滚。

小道士双目一睁，眸中燃火，手中突兀多出把刀，刀名横行，一挥如千年之外，江湖大侠。

“神仙哪，哈哈，姑娘你看，这些都是神仙啊！谁要什么得道成仙，李某要的，是降妖捉鬼！”

“看刀！”

小道士挥刀，阎王暴退，眼中满是不可置信，指着小道士不断颤抖，说：“谁教你的刀法，是谁教你的刀法？拿住他，拿住这个逆徒！”

小李道士仰天大笑，说：“唐清照教我的刀法，是降妖捉鬼的刀法，你怕什么！”

言未毕，刀光起，斩破六道轮回，引来青霄星月辉。

幽冥鬼卒，无常判官，十殿阎罗，在这一刀的光影里全力出手，刹那间忘川水覆，淹没幽冥。

·6·

不知多少年后，有新的鬼卒来幽冥上班，总会在奈何桥下看到一个抱刀的阎王。

孟婆就在对岸，笑意吟吟，给鬼卒们讲过去的故事。

故事里，有一个道士，弃了桃木剑，抓起横行刀，求一次果敢，说要降妖捉鬼。

鬼卒挠挠头，问：“然后呢？”

孟婆笑容里有分伤感，望着奈何桥下的抱刀阎王，说：“然后呀，这个傻瓜改天换地，却偏偏只死守在奈河桥下，念叨着两句话：

“‘这一次，换我为你五百年，等你一缕残魂，归来相见。’

“‘我，欠你一杯酒。’”

完。

情不知所起，一往而深

我成不了大侠，还成不了武林盟主吗？

王家大小姐最近很忧伤，听了那么多戏曲，看了那么多小说，见惯“问世间情为何物”的喟叹，却迟迟不知谁能跟她生死相许。

王大小姐抱着书，听到外面爹娘在唠叨，说下个月的十六，就要跟李公子定亲了。

那一夜，王大小姐暗下决心，要离家出走，跳入江湖。

很多年后，有人问王霜河：“你为什么能当上恒山派掌门？”王霜河幽幽一叹，说：“一切，都是从你妈逼你结婚开始的。”

·1·

木子昭行走江湖的时候，时常被人讥笑，作为一个恒山派出身的汉子，他也很忧愁。

走在路上，见两个大汉赤裸上身，扛着两把大刀正在切磋武学，木子昭要主持公道，笑着说：“别打了，乖。”

大汉问他：“你什么门派，什么出身，敢管闲事？”

木子昭往胸脯一拍，说：“爷们出身名门正派，恒山派，听过没？”

大汉哈哈大笑，说：“原来小白脸是从尼姑庵出来的。”

木子昭脸上一红。

走到林子里，见一个恶汉要扒了姑娘衣服，行那不轨之事，抢上前去，说：“恒山派少侠在此，快放开那个女孩！”

林子里静了静，恶汉跟姑娘仔细打量了下木子昭的胸部和喉结，忍不住滚在一起哈哈大笑了起来。

走在华山之巅，一群闲着没事的武林高手在打架，木子昭说：“这样多伤和气，我是恒山派的少侠，最近要去应聘捕快，大家给我个面子，都别打架了。”

华山群侠果然很给面子，笑得在地上打滚，口里还喊着：“尼姑庵里出小白脸了。”

每当这种情况发生，木子昭总是一脸无奈，白眼连翻。

然而这并没有什么卵用。

就如同木子昭为了彰显自己男子气概，特地练了刀，江湖上行走的人还是见了他的面就哈哈大笑，说：“恒山派的小白脸来了。”

木子昭很无奈，他问那两个大汉，问那采花的淫贼，问那华山之上的群雄：“有那么好笑吗，有那么好笑吗？！”

大家笑得泪都出来了，说：“你想想，一群尼姑，里面一个小白脸从小长到大，谁会觉得不好笑？”

木子昭也笑了，说：“好，在下木子昭，江湖年少，是敌是友且不去论，既然敢笑，咱们一战便罢。”

人们还在笑，木子昭的刀经天出鞘。

刀光如雪，卷在空中飘荡，两个大汉感觉手上一凉，采花淫贼感觉自己胯下一凉，华山群雄只见山顶大雪漫舞，心寒血冷。

哐当一声，两个大汉的刀，淫贼的裤子，华山群雄的兵刃，刹那坠落在地。

单刀收鞘，空中还余分潋滟。

刀光敛尽，笑声陡止。

那一天，整座江湖都听到了恒山派木子昭的名号。

无人敢笑。

·2·

当王小姐听到木子昭的传说，眼神不由一阵发亮。

如果这样的少年豪侠愿意为她而死，那是一件多么浪漫，多么……

“喂，姑娘，我看上你了，你要不要跟我回家？”

王小姐正幻想中，眼前忽然倒挂下一个人来，少年满脸微笑，负刀凑到她眼前。

二人之间，有片刻的静默，四只大眼睛来回瞪着。

“啊……”

王小姐一声凄厉的尖叫，刺破高空，震得少年捂耳而逃。

后来木子昭对江湖后辈说：“这世上最厉害的音波功，不是狮子吼，也不是六指琴魔，而是姑娘受惊的大喊。”

木子昭啧啧感慨着，说：“我跟你们师娘的缘分，就从那一声大叫真正开始。”

当王小姐知道，这个中二汉子就是木子昭，她的江湖梦，在踏入江湖的头一个月，就破灭成渣了。

木子昭意气风发，看到乞丐便随随便便丢出十几两银子，发现被装乞丐的骗了，能追出去几十里地，一刀削下乞丐的手来。

王小姐很生气，后果一点都不严重。

王小姐说：“你下次出去砍人，能不能不把我留在这里？”

木子昭笑得谄媚，连连点头，说：“女王大人这么好看，说什么都对。”

于是当木子昭跟王小姐吃饭的时候，听到有黑帮火并，一把背起王小姐，飞奔到火并现场，单刀如雪，木子昭人如仙鹤，临风傲雪，单刀柔中带刚，削得一群绿林好汉头皮发麻。

是真的发麻，王小姐看见在场几十号秃子，扑哧一声笑出声来。

后来江湖里就有传言，说木子昭为搏美人一笑，把巨浪帮和双狼山的两伙草莽豪杰，全削成了秃子。

有人说："最近江湖里风头最盛的人，恐怕除了李公子，就是这木子昭了。"

又有人说："木子昭虽是意气风发，可照我看，比起李公子老成持重，终究是差了一头。"

"听说那李公子，跟木子昭身边的女人，也有瓜葛？"

·3·

行走江湖，恩也好结，仇也好结，唯独一样东西不好找。

木子昭在客栈里拨拉着仅剩的八枚铜钱，无奈地叹了口气，对面，是正在试新衣服的王小姐。

"喂，败家娘们，咱们没钱了怎么办啊？"

"你才败家，买酒散财，还好意思说我。"王小姐白了木子昭一眼，随手一抓，丢出一串项链。

"喏，好在本小姐冰雪聪明，知道离家出走不能没钱，特地带了些小玩意。不然，有你好死的。"王小姐一脸得意的笑。

木子昭拿起那串项链，还是愁眉苦脸，说："大小姐，这样下去不是办法，得找点事干啊。"

王小姐"嗯"了一声。

木子昭又叹气，说："可是我除了打架好像也不会做什么了，要是去参军估计你就跟别人跑了。"

"喂喂喂，你把话说清楚，我现在就可以跟别人跑，本姑娘只是看你落魄可怜，才接济你一路而已好吧？"

木子昭没理她，忽然一拍桌子，说："如果能当大侠，劫富济贫之余稍微留下点东西，就好了。”

王小姐白了他一眼，说：“你以前不是要当捕快么，怎么又想当大侠了？”

木子昭回了王小姐一个白眼，说：“还不是因为你这败家娘们，捕快那么点工资，养得活你才怪。”

王小姐也拍桌子，说：“本姑娘哪用你养，本姑娘也是有功夫的人，行走江湖怕过谁了？”

两个人四只眼睛互瞪，瞪了半天之后王小姐脸上一红，“哼”了一声别过头去。

木子昭咧嘴一笑，说：“走，咱们去当大侠。”

所谓大侠，就是劫富济贫不会被人砍的职业，需要武林盟主、江湖名宿跟朝廷刑部里的高手认证。

走过他们这几关，你才能当大侠，才能劫富济贫，顺便给自己留点东西。

不过要定期接受检查，不能留的太多。

这一届大侠认证战，定在金陵，长路漫漫，木子昭很怀疑这一根项链，能不能撑得住。

·4·

事实证明，单凭一根项链，肯定是撑不住的。

可这一路上，时常会窜出一两个小厮，送上美酒美味，还有金银首饰、新款的衣服，当王小姐抱怨“走路好累”的时候，木子昭一把把王小姐背背上，对面官道，已经缓缓开来了一辆马车。

马车里有公子如玉，掀帘下车，笑意温润，如沐春风。

公子姓李，名公子。

李公子笑说：“久闻王小姐花容月貌，今日得见，才发现世人实在有眼无珠。以王小姐之飒爽，又岂是娇花冷月可比？”

王小姐张大了嘴，望着木子昭。

木子昭也张大了嘴，望着李公子。

李公子伸手一请，笑说："小姐若不嫌弃，不如上车一叙，得知小姐离家出走，在下知道小姐向往江湖，私自跑来相见，还望小姐莫嫌李某莽撞。"

王小姐愣了愣，说："啊，嗯，不嫌，不嫌。"

李公子又笑，说："这条路通往金陵，想必木少侠要去参与大侠认证之战，小姐，在下也曾去过金陵两三次，就让木少侠去参战，我带你逛逛金陵如何？"

王小姐持续茫然，点了点头，说："啊，嗯，那好。"

王小姐上车前，顿了一顿，回头望着木子昭。

木子昭干咳了两下，勉强笑着，挥手说："快滚吧，咱们金陵再见。"

李公子也微微笑着，说："王姑娘放心，李某会跟木少侠打马而去，若是木少侠身手够快，或许还能尽早完成大侠认证之战，跟王姑娘共游金陵。"

王小姐眼睛一亮，望着木子昭说："那小子，你加油啊。"

木子昭白了她一眼，说："废话，小爷打架怕过谁？"

车马辚辚，绝尘而去。

木子昭忽然出手，屈指成爪扣向李公子手腕。

李公子却像是早有预料，身子一退，便白衣飘飘闪出丈外。

"你究竟是什么人，是打算对那败家娘们不利，还是打算要挟我？"

木子昭转过身去，斜睨着李公子。

李公子笑吟吟地说："木少侠误会了，李某只是见不惯鲜花插在牛粪上而已，眼下王姑娘还觉着新鲜，再过几日，恐怕就会为生计所迫，难以维系了。

"生活毕竟不是年少江湖梦，此去金陵，木少侠你未必能得大侠之位的。"

木子昭盯着李公子，李公子笑意不减，目光中却尽是凌厉。

木子昭忽然笑了，说："好，那就试试看，看我能不能当上大侠。"

·5·

当木子昭在大侠认证之战的现场看到李公子时，有点蒙。

李公子冲木子昭笑着点头，说：“不好意思，我也是参赛选手。”

木子昭更蒙，说：“你不是说过，生活不是江湖梦吗？”

李公子笑了，说：“我此来，也不是为当大侠的，该你上场了，你试试看吧。”

武林盟主徐天来坐在正中央，两侧是少林、武当的掌门，看见木子昭上台，都不由得微微蹙眉。

雅座上喝着茶的刑部高手哑然失笑，说：“这个小子就是木子昭？”

徐天来点了点头，起身对木子昭道：“木子昭，你行事乖张，意气用事，本不能参加此认证比试。不过念在你年轻尚轻，给你悔过机会，这才特允你上台。你可知，要成为大侠，得守什么规矩？”

木子昭有点蒙，想了半天才开口说：“行侠仗义的规矩？主持公道的规矩？”

徐天来摇摇头，说：“要懂得收束自己，尊敬前辈，做一个谦谦君子。”

木子昭点了点头，总觉得哪里不太对。

徐天来很满意，一挥手，便有选手上台，跟木子昭对决。

木子昭刀都没出，一脚把那货踢下擂台。

另一边，李公子看起来也是顺风顺水，一路无惊无险。

时至正午，休赛片刻，有人告诉木子昭，盟主有请。

木子昭正吃着饭，叹气说盟主真会挑时候，姓李的帮我看着盒饭，别被人给倒了。

李公子笑着挥手，目光里含义万千。

等见了徐天来，木子昭才有些明白李公子的笑容是什么意思。

徐天来说：“下一场，你对阵的是我一个侄子，他武功心性都不错，你若是让他胜了，三年后的大侠认证，我保你上位。否则，你不按规矩来，恐怕只能一辈子混个少侠的名头，钱都挣不到了。”

木子昭哑然失笑，说：“原来如此，我明白了。”

走出武林盟主的凉亭雅座，外面，阳光正烈，灼灼刺眼。

木子昭一屁股坐在李公子旁边，说：“我明白了，怪不得我成不了大侠。”

李公子笑，说：“你明白就好，出去找找王姑娘吧，她估计也快到了，等我办完事，去找你们。”

木子昭狐疑地望着他，说：“你要办什么事？”

李公子又笑，说：“我成不了大侠，还成不了武林盟主吗？”

·6·

木子昭还是没有走，他说：“我不管什么武林盟主，什么大侠规矩，还是那句话，我能成大侠。”

李公子笑了，说：“你知道什么是大侠吗？经过认证之后，劫富济贫给自己留多少又有谁会知道？那些清点数目的人，一旦发现大侠们家财万贯，大侠就会说，那都是一点一滴，被救济人的心意。更有开宗立派的大侠，收学费保护费出工出力费，有刑部的认证，那自然是因为有些朝廷不好动手的事情，由他们去做。所以这样的大侠圈子里，尊敬前辈是重要的，收束自己是重要的，只要做到这两点，只要劫的富上交一点，济不济贫无所谓，那家富人该不该劫，也无所谓。”

木子昭沉默半晌，那边已传来宣他上阵的消息。

木子昭站起身来，阳光洒在他身前，影子斑驳落在一桌酒菜盒饭之上。

木子昭回眸冲李公子一笑，说：“行走江湖的，本就是仇者多，友两三，相逢恨晚，能有你这么个情敌，我也蛮开心的。不过老李啊，我相信你也知道，什么，才是大侠。”

李公子看着木子昭挺直了背，标枪般走上场，说：“少年意气总是好，我看你拿什么养活你那败家娘们。大侠是什么我说不清楚，但大侠一定养不起快马轻裘。”

这边话音一落，那边木子昭便抬腿一脚，把那徐天来的侄子踢飞出去，亲手断送了那未来的快马轻裘。

徐天来拍案而起，大喝说：“木子昭你出手狠辣，日后必为一方邪魔，此獠当诛！”

于是有和尚道士一齐飞身而上，徐天来堵在木子昭的身前，手里拿的，是一把削铁如泥龙泉剑。

“徐大侠，这么快动手，可不像是一个谦谦君子啊。”

那在雅座品茶的刑部高手，一边吹着茶，一边幽幽说着。

徐天来眉头一皱，望着那高手，不知他是什么意思。

刑部高手抬眼，满脸都是慵懒，说：“徐天来你这些年来滥杀无辜，私受贿赂，掌控大侠认证之战，做了这么多恶心事，还装什么好人？”

此言一出，台下江湖哗然。

徐天来剑锋一转，厉喝道：“大人，徐某兢兢业业这么多年，敢说问心无愧，大人空口无凭，污蔑徐某，难道朝廷容不得江湖武林了么？”

和尚跟道士对望一眼，心想盟主就是盟主，水平就是高。

刑部高手却只是淡淡一叹气，说：“徐天来啊，本官若是没有证据，会随随便便出口吗？李公子，麻烦你把证据给大伙看看吧。”

李公子从台下走出，笑意如刀。

“徐盟主，当年因为恒山派不听话，你上山暗杀，却因走漏风声，掌门师太得以逃脱。有一户姓李的人家庇护师太，你便换上另一副嘴脸，说那些都是误会，亲手杀了那几个出手的门人。事后，李家遭逢大难，幸有师太出手相救，还有江湖上不忘恩义的人一并相助，才保住李家血脉。

“当年我四岁，记得这一切，纵然我爹娘留下万贯家财，也换不回他们性命。”

李公子还在笑，笑着望向徐天来，说：“徐盟主，我要你死。”

徐天来哈哈大笑，说：“小子你胡言乱语，破绽百出，恒山掌门师太多年前乃是病死，李家孩子早已被她送出，再没回过李家，哪来的你万贯家财？”

话音未落，徐天来神色大变。

台下江湖，一片死寂。

和尚跟道士对视一眼，心道要完。

刑部高手幽幽叹了口气，说："徐盟主啊，我知道当年你也曾爱慕过恒山师太，对李家的仇怨不是一点半点，可这样就让你漏了底，还是我太高估你了。"

徐天来颤巍巍地回头，望着刑部高手，说："我这么多年，没有功劳也有苦劳，为什么你要帮他？"

刑部高手笑了，传音入密说："因为他还年少，他不贪，他答应我把李家万贯家财，和你这么多年横征暴敛的，都给我。"

李公子也笑："我要当武林盟主，你多行不义，早该腾地方了。"

徐天来望着李公子大笑，说："好，你给我回头看看，那边是谁！"

李公子神色一变，脸上的笑容头一次消失，场外停住的，正是王家小姐！

车夫，不知何时已变成了徐天来的人。

"江湖里，谁不知道李公子老成持重，不留点心对付你，徐某白坐了这么多年位子！"

·7·

木子昭静静地看着场中兔起鹘落，回望向刑部高手，发现那高手还在饮茶。

木子昭明白过来，这高手看的只是利益，谁胜谁败，都无关紧要，到头来胜的还是他。

李公子的声音似乎从很远的地方传来，他说："你们放了王小姐，我帮你逃出去，杀了我也未尝不可。"

更遥远的地方，似乎有王小姐在哭，说："你为什么这么傻，我们话都没说过几句，你为什么要替我死？"

李公子仰天而叹，说："因为我真的是李家的儿子，当年你父亲不忘师太恩义，前来援手，我才能躲在假山下活下来。我知道你父亲跟李家有婚约，就算不能娶你，我也不能看着你死。”

台下江湖草莽面面相觑，不知道该帮哪一方。

有哭声，有喊声，有无奈，有散漫饮茶，有紧张肃杀。

天地间，陡然一声长笑。

那是在台上被围在中央的木子昭。

木子昭说：“徐盟主，李公子，这一场不管谁赢谁输，最后胜的还是刑部的高手，往后江湖上留下的，还是那坑爹的规矩。

“真正能改变这个江湖的，是大侠，这座江湖，已经好久没有大侠了。”

木子昭陡然拔刀，说：“败家娘们，我才不会为你死，你也别想给我死，咱们要一起活下去！

“我叫李昭，是师太救回恒山的李家二子，别听我大哥瞎逼逼，嫁我别嫁他！”

李昭放声长笑，雪落无常，那把雪亮的刀翻飞起来，少林的降魔杖未及反应，武当的太极剑不曾圆转，刹那间被震退丈外。

“助纣为虐者，其罪难逃！”

刀光陡然敛成一线，似有无痕雪落，和尚道士手腕一凉，错愕地看着自己右手齐腕而落。

不知从什么时候开始，他们的出手，已没有当年的神韵气魄了。

徐天来望着那惊鸿一刀，龙泉剑斜刺而出，剑罡闪烁，单刀应声而断！

李昭长啸不绝，刀断人起，腾身半空，脚尖踢飞那半截断刀，笔直飞向那挟持王小姐的马夫。

手里断刀前横，迎着徐天来剑光一闪。

呛然一声，单刀坠地，徐天来只感到那刀上没有半分力道，心底一沉。

徐天来大吼，说：“动手，杀了那女人！”

话音未落，背后便有一根手指叩住了他的命门。

李昭霍然回首，那马夫早拨飞了断刀，却迟迟没有痛下杀手，面无表情，让徐天来死不瞑目。

高处，雅座间，有掌声啪啪响起。

刑部高手起身，含笑说："李家兄弟果然不凡，李公子为新任盟主，李昭为新的大侠，我想诸位不会有意见吧？"

·8·

江湖上，"啪啪啪"一阵鼓掌，欢呼着说："没有意见，大人高明，盟主智勇，大侠意气风发。"

李昭前跨一步，被李公子拉住了胳膊。

不远处，马夫还紧紧扣着王家小姐的脉门。

"你要当大侠，还是要你那败家娘们活着？"

李公子如是说。

李昭垂下头，握紧了拳，红了眼眶一言不发。

李公子拍拍他的肩膀，说："你已经很不错了，只差一步，就能做大侠，但是做大侠有什么好呢，做大侠那就一切都完蛋了，没有爱情，没有兄弟，就是跟天下人为敌。"

李昭闭上眼，有两颗泪滚落。

李公子微笑上前，冲刑部高手鞠了个躬，说："大人，李某已经说服家弟，以后还按江湖上的规矩来，您看如何？"

刑部高手点点头，笑着说："那好，不过这位王小姐……"

李公子笑容仍在，说："如何？"

刑部高手看着李公子的笑，说："我觉得这女子很美，不知二位能否割爱？"

不远处，缓缓走近的王小姐神色一变，来回望着李公子和李昭。

李昭霍然抬头，愤恨地望着刑部高手。

李公子还是带着笑，说："既然大人喜欢，那自然是王姑娘的福气。"

刑部高手盯着李公子，半响后才说："你是个做大事的人，今日我本不想让你活着离开，不过……既然有美人在前，本官心情甚好，我看你弟弟满目愤恨，你若能杀了他，我便让你做盟主，活着离开。"

李公子笑，说：“那好，李某遵命。”

李昭错愕地望着李公子。

王大小姐被扣在半路，不再前行。

李公子目光微不可察地一动，走到李昭身前，说：“我知道你练刀，我也练刀，随便选一把刀吧。”

李昭勉强一笑，说：“大哥，你别闹了。”

李公子负手而笑，说：“谁跟你闹了，这座江湖，不需要情义，也不需要大侠，我只需要让别人怕我。”

刑部高手随手一挥，以气御刀，台下已有两柄好刀落在两兄弟脚旁。

李公子拿起刀，左手引刀出鞘，笑着说：“我用左手刀，你小心。”

李昭深吸口气，望着王小姐，也愤然抓刀，盯着李公子说：“你刚刚不是还告诉她，要为她死吗？”

李公子笑：“我只是想看看，马夫究竟是不是徐盟主的人而已，我猜大人绝不会袖手旁观，再给我一点时间，本可以皆大欢喜，弟弟，你实在太冲动了。”

李昭不再流泪，也不再愤懑，他说：“如果这世间没有什么冲动值得坚守，什么恻隐之心的正道，什么倾心相许的爱情，就都不存在了。”

李公子一笑，点点头，说：“不错，你说的不错。”

李昭一愣，还未及反应，面前便有刀光如雪。

李昭的刀，还不曾出鞘。

片刻间，李昭边打边退，衣衫裂开，已有鲜血迸溅，数次险死还生。

刑部高手又坐在椅子上，含笑品茶。

李昭身上已被冷汗鲜血浸透，从练刀以来，从没有人给他这样大的压力，他有自信，这股憋了许久的刀意出鞘，就能反败为胜。

可李公子不给他任何机会。

李昭知道，自己坚持不了太久了。

刀光又闪，李昭急退，已快撞到高台雅座之间。

耳旁，忽然传来一句话。

“李家刀法，其实只有一刀，刀意在藏，不在杀。”

李公子缓缓开口，那把单刀遽然飞向刑部高手。

刑部高手瞳孔一缩，茶杯一推，便将那单刀震开丈外。

李昭陡然明白过来，被大哥压住许久的刀意，顷刻间爆发出来。

那一刀，是天边夕阳坠，斜挂明月升。

堪堪震飞单刀，长身而起的刑部高手，望着那一刀破浪来斩，双掌齐飞。

掌到半途，骤然无力。

“嘭”的一声响，将李昭击退数步，刑部高手缓缓低头，发现胸膛上斜斩进一把雪亮的刀。

他想跟徐天来一样，临死前让马夫杀了王家小姐给自己陪葬，却发现马夫已有满头淋漓的大汗，扣着王小姐脉门的手都在不断颤抖。

马夫的对面，是以澎湃气势锁定着他的李公子。

李公子藏气二十年，一朝喷薄，落在右手掌中一把飞刀之上。

飞刀长三寸七分，马夫知道，但凡自己稍动一下，那柄刀便会出现在自己咽喉。

手，终于忍不住松开了王小姐的脉门。

“当”的一声，便见王小姐拎起一块板砖，狠狠敲在马夫的脑门上。

抬头，咧嘴冲两兄弟一笑。

·9·

后来，江湖事在江湖了，有大侠的时代里，朝廷一向拿江湖无可奈何，除非江湖里不再有大侠，那江湖才会变得跟朝廷一样。

有人会问，那最后王小姐到底跟谁成了婚？又有人说，王小姐都当上恒山派掌门了，恒山派那都是尼姑，怎么可能成婚。

王小姐把那人揪出来，痛打一顿，说：“放屁，谁说尼姑掌门就不能成婚？”

那人听了这声“放屁”，好像忽然明白了什么，挨上一顿揍，反而笑逐颜开，像是多年的疑惑得以释怀。

那人又觍着脸上来问，说：“王掌门，那你为什么会嫁给李大侠呢？”

王小姐撇了撇嘴，说：“没办法，谁让我先遇到的他呢，跟个傻 × 一样，都是没办法的事啦，情不知所起，一往而深嘛。”

完。

西天取经

我要与天同齐，让所有人都记住“孙悟空”三个字。

很多年后，如来下旨，令东土玄奘解封五指山，西天震动，佛陀不安。

迦叶问如来：“当年你力压孙悟空，五百年了，为什么又要放他出来？”

如来背对众佛，望着下界那个叫江流儿的小姑娘和五指山下一猴头，笑得恍如隔世。

·1·

那天星月万里，观音看到如来在雷音寺塔顶坐了一夜，喃喃说：“金蝉，猴子，我想你们了。”

在斜月三星洞的演武台上，梨花盛放如梦，有一只桀骜的猴子，被众师兄弟围在当中，手持铁棍，双唇抿得紧紧，冷硬着脸一言不发。

演武台的一侧，坐了登门来访的小姑娘，姑娘唤作金蝉，出身清净地里，头一遭撞见这样的事，心说原来这就是传说中的种族歧视。

姑娘弹弹袖上的土，心说这世上不公平，我得管管。

还不等金蝉插手，那被围在人群中的猴子忽然动了，铁棍重重一敲，漆黑的双眸扫视一众师兄弟，寒声道：“啰啰唆唆，废什么话，要打的，上来！”

那铁棍震荡，在猴子低喝声中，道观里师兄弟面面相觑，不知是否该上台应战。

猴子轻蔑一笑，终于惹怒了大师兄，大师兄腾身而上，说：“今天便让我教训教训你这泼猴。”

猴子抬眼，望着大师兄一字字道：“我不叫泼猴，我叫孙悟空。”

“啪啪啪”，演武台下掌声响起，是那姑娘金蝉拍红了手掌，激动大喊：“好，好一个孙悟空！”

孙猴子扭头，跟金蝉对视一秒，漆黑的眼眸里像是流转秋水，将那姑娘的身影定格进瞳孔之中。

那天，孙猴子一根铁棍，站在演武台上，从大师兄打到小师弟，带着一身伤痕不哼一声，死死钉在台上。

梨花飘落枝头时，孙悟空鲜血淋漓，摇摇欲坠，扶着铁棍，以模糊的双眸去找场上还站着的人。良久，他咧嘴一笑。

“还有谁？还有谁不记得我，不记得我叫孙悟空？”

猴子声音很轻，倒了一地的师兄弟心惊胆战，那天过后，再没人敢嘲笑跟他们同门学艺的，是只猴子。

斜月三星洞里的事情，没有一件能瞒得过菩提老祖，孙悟空心里很明白，所以他更明白，这件事远没有结束。

他看见那姑娘跑上台来，小心翼翼地扶着自己，说：“孙悟空你没事吧？”

孙悟空摇摇头，抬眼望天，像是在等待最后的审判，他说：“你走吧，这里没你的事。”

金蝉一怔，继而笑道：“以前没有，现在可以有啊。孙悟空，我叫金蝉，我们做个朋友吧？”

孙悟空低头，盯着金蝉伸出的纤纤玉手，沉默半晌，他扭过头去，说：“我天生石猴，没有朋友。”

姑娘怔神间，有个声音从天而降，说：“孙悟空，你天生石猴，没有朋友，便是你不讲同门情义的理由吗？”

孙悟空霍然抬头，该来的，终于来了。

他忍气吞声这么久，就是想要一个名字，学一身本事，好闯出一片天下。他也知道菩提不想让他学到本事，不想让他待在灵台方寸山，所以从不传他道法，想尽方法逼他离去。

这一次，恐怕没那么容易待下去了。

那老道落地，自是菩提，金蝉跟着人登门拜访，本就希望能从菩提这儿得到帮助。

可这个时候，金蝉看这菩提怎么都觉着不爽，酥胸一挺，瞪着老道：“菩提老祖，明明是你这些徒儿先欺负孙悟空，你管教不严，还讲什么同门情谊？”

菩提冷笑，说：“泼猴，你长本事了，请来灵山的姑娘给你挡枪？今日我若不教训教训你，来年下山，怕是你就要大闹天宫了！”

孙悟空一把推开金蝉，在姑娘诧异的眼神中，铁棍再敲演武台。

孙悟空神色不变，唯有那两点漆黑双眸里，有苍青色的火焰燃烧：“师父，我有名字，我叫孙悟空。”

菩提哈哈大笑，说：“你那名字是我随便取的，如今便能随便拿回来！”

话音未落，便有罡风扑面，凛冽的风刃从菩提的袖袍里鼓荡而出，孙悟空想抬手出棍，周身伤痛却让他再难奋起。

金蝉深吸口气，双掌合十，金芒乍现，将漫天风刃冲得七零八落。

菩提猛地转头，盯着金蝉，说：“好样的，你们灵山，看来是不屑要我菩提老祖的助阵了！”

金蝉咬咬唇，说：“哪怕我们灵山被孔雀和大金鹏鸟斩杀干净，也不会求你这样的人！”

菩提冷笑，说：“那就请回吧，别挡着老夫清理这只泼猴。”

言语间，菩提再度出手，抬掌有碧落黄泉，幻象叠现，正中一条锁链如龙，倏忽飞至孙悟空身前。

金蝉纵身而上，周身金芒湛湛，却穿不过那黄泉碧落如天堑，眼里全是焦急，却只能干巴巴望着锁链冲向猴子胸膛。

孙悟空屏息，盯着那条锁链，双眸的火焰一瞬暴涨，铁棍燎天而上。

“我，不是泼猴！！！”

黄泉碧落的幻象里，一声大喝，齐天呐喊，铁棍扫过之处，幻象裂纹蔓延，那条锁链也不由一荡，抖出阵阵波浪。

啪的一响，铁棍却已碎成渣滓。

孙悟空望着自己空空如也的双手，头顶风声呼啸，却已仿佛什么都听不到了。

他闭上眼，心想临死之前，自己终究还是有名有姓，至少还有一个姑娘记得自己。

只可惜，刚才不该那么倔，那只手那么好看，握上去一定很舒服。

那根锁链，迟迟没有砸下来。

孙悟空闭着眼睛，却察觉到眼前一阵大亮，他睁眼，恰见一根禅杖撕破苍穹，呛然扎进演武台里，碧落也好，黄泉也罢，漫天梨花飘零，万千幻象成空。

有一个年轻的和尚，笑嘻嘻站在禅杖顶端，双掌合十。

“猴子，我叫如来，咱们交个朋友怎么样？”

那和尚笑望着孙悟空，孙悟空愣愣地望着和尚，阳光洒在和尚身后，格外灿烂刺眼。一旁的金蝉早叽叽喳喳起来，说：“这个家伙跟我差不多大，辈分高得离奇，平日里总让我喊他师父。他一身神通非凡，刚刚接掌灵山，有他在，菩提动不了你。”

孙悟空听完金蝉叽叽喳喳旁白，静静望着如来。

他问：“你为什么要跟我交朋友？”

如来一笑，随随便便说：“就因为你是孙悟空啊，菩提有一点错了，孙悟空这个名字不是他给你取的，而是你自己取的。他什么都没教过你，但你偏偏能打败菩提门下师兄弟，只因为你想要这一个名字。”

如来顿了顿，转头望着菩提，笑得很散漫：“老头，你说孙悟空这三个字，里面的力量是不是都源于他自己？”

菩提神色数变，冷冷道：“如来，你灵山已被孔雀跟大金鹏鸟包围，有倾覆之危，如果我不去助你……”

“如果你不去助我，我一样能平乱。”如来截断菩提的话，笑意如刀，“我现在只问你，‘孙悟空’这三个字，是你给的，还是猴子自己拼了命挣来的？”

菩提沉着脸，没有说话。金蝉早跑到孙悟空旁边，得意一笑，说：“自然是孙猴子自己挣来的，老头，你管不着他！”

孙悟空也笑了，自他从石头里蹦出来，似乎从未笑过，笑得很僵硬，很难看。

他闭上眼，声音很轻，说：“谢谢，谢谢你们。”

如来哈哈大笑，说：“猴子你说什么，我听不清。”

孙悟空睁眼，望着大笑的和尚，也忍不住越笑越猖狂，他说：“如来，我孙悟空谢谢你！”

菩提低着头，幽幽一叹，心说孙悟空终究还是出了山，这天下……不太平了。

那一夜月色清幽，和尚找了坛酒，坐在西牛贺洲最高的山上，跟孙悟空和金蝉对酒赏月。

孙悟空盯着那坛酒，咽了口唾沫，说：“和尚……不是不能喝酒吗？”

如来漫不经心地摆摆手，说：“人间的和尚都明白，酒肉穿肠过，佛祖心中留，我就是佛祖，我为什么不能喝酒？”

孙悟空失笑，感觉如来说得好有道理，拿起酒，顺手递给金蝉。

他望着月亮，说：“我从石头里蹦出来，应该也有好几百年了，第一次跟朋友喝酒，我很开心。”

等他回头的时候，发现如来已经干了三碗酒，抹着嘴说痛快，站起来长啸而歌。

金蝉一把扯过孙悟空，说：“你今天离开斜月三星洞的时候，为什么只对如来说谢谢，不对我说？”

孙悟空仔细回想着当时的情景，挠挠头，有点尴尬，说：“我也不知道，但总觉得……谢谢这种话，对你……说不出来。”

金蝉“哼”了一声，把酒推给孙悟空，说：“该罚，你自己说你该不该罚？”

孙悟空又笑，说：“该罚，肯定该罚。”

如来的光头忽然凑过来，瞅瞅金蝉，又瞅瞅孙悟空，一本正经问：“你们俩，不会这么快就搞在一起了吧？”

山顶上，有一瞬的静寂，风声呼啸过后，是金蝉起身，追着如来便是一阵拳打脚踢。

孙悟空又笑了，他感觉自己从来没有任何一天，像今天这么开心。

记得在斜月三星洞里，菩提说过他们灵山正被什么孔雀和大金鹏鸟围攻，不知道情况如何，明早起来，一定得问问。

那天夜里，三个人喝到玉山倾颓，如来扯着孙悟空的膀子，说：“我要天上地下，唯我独尊。”孙悟空挣开如来，仰天长啸，说：“我要与天同齐，让所有人都记住‘孙悟空’这三个字。”

金蝉躺在石头上吹风，一边笑一边白眼，说：“你们男人是不是喝完酒都喜欢吹牛，本姑娘只想好好教训菩提那样的恶霸，好让世间，更可爱一点。”

月色下，三人的身影多少有几分寂寥，可酒气豪情冲霄起，世间又多几分激荡。

·2·

世上有些事，是一定不能拖的，可惜当孙悟空明白这一点的时候，耳边只剩下过路的风。

如来跟金蝉都已经走了，一路向西，山上刻着字，说要回灵山。

浮云碧空飞速回掠，如来跟金蝉御风而行，疾驰回寺，如来神色里罕见地多了分凝重。他知道，这次没能搬来救兵，恐怕灵山在劫难逃。

“如来，你怪不怪我？”金蝉忽然开口，声音很小。

如来笑了，一如既往地散漫：“怪你做什么，换了我，一样会救下孙悟空。不然，我们还算什么佛门子弟？”

金蝉也笑，望着身侧和尚，说：“那好，要死我们一起死。”

如来呸了一口，说：“放屁，你才要死，咱们这是要去荡平妖邪，回头，你还能去找你家孙猴子卿卿我我。”

金蝉一拳擂在如来胸上，说：“死和尚，再嚼碎嘴，本姑娘先劈了你。”

如来失笑，望着金蝉忽然沉默了半晌。

金蝉望着如来，一脸疑惑，说：“你干吗？有什么话说啊。”

如来严肃起来，说：“金蝉，我认真地问你，你是不是真的喜欢上那只猴子了？”

金蝉脸有点红，说：“没有吧，我也不清楚。”

如来沉默许久之后，叹了口气，说：“完蛋了，嫁出去的姑娘泼出去的水啊，灵山二百四十五年，不如斜月三星洞里一昼夜，你说我的命怎么这么苦啊。”

金蝉又是一拳，如来笑嘻嘻地躲开，一个俯冲，向着灵山落去。

“金蝉，有句话一直想跟你说，其实我……”

如来俯冲的时候，脸上的笑容变得苦涩起来，独自喃喃着，不顾金蝉究竟有没有听到。

风萧萧兮，灵山血寒。

灵山越来越近，如来已经看到血流成海，手中金芒幻化，禅杖被紧紧握住。

背后，传来金蝉的呼喊，她说：“如来你说什么，我没听到。”

如来闭眼，微微一笑，说：“没什么，那都不重要了。”

禅杖挥起，震慑群妖。

金蝉一落灵山，便如身陷重围，吸口气，念珠开合，莲花般的双掌上下翻飞。

陡闻一声清吟，金蝉回眸处，恰见妖王孔雀拔剑出鞘，剑光如水银泻地，明月斜坠，席卷如来。

霎时间，孔雀那一只利喙再开，嘴中如有黑洞，又将如来连同禅杖金光一并吸入腹中。

打了个饱嗝。

“如来！！”

金蝉大喊，耳边的一切声音似乎都渐渐远去，一串念珠环绕周身，仿佛身遭一切都不存在了，荡平世间万物，直直向孔雀冲去。

孔雀得意长笑，剑光再起，刹那间只见银光，不见金蝉。

金蝉不见，五指却起。

“噗”的一声响，很轻很轻，却瞬间扩散到整个战场。

孔雀手中剑光停顿，正冲出一片血路的金蝉也定定站住，望着孔雀的腹部，以及腹部上突兀出现的五根手指。

下一刻，金芒再振，震得孔雀手中银光乱散，瞳孔中神韵尽暗。

如来一声长啸，从孔雀腹中钻出，飞升半空，手掌翻覆间，偌大的神通浩荡，压垮了万千妖魔。

烟尘散去，如来嘴角带血，一边咳一边笑，说：“金蝉，怎么样，我说咱们不会死吧。”

金蝉怔怔地看着如来，想对他笑一笑，说一句“如来你好样的”，可偏偏笑不出，反而流下泪来。

如来神色一僵，看到金蝉的泪水，里面倒映的，是自己身后那遮天蔽日的大金鹏鸟。

天地一暗，如来一个踉跄倒在地上，大金鹏鸟的利爪之下，金蝉以同样的姿势跪在地上。

大金鹏鸟神色冷漠，背后无数鹏妖呼啸而来，灵山所剩不多的神佛尽皆失色。

“前来送死的已经死光了，灵山，该换个人做主了。”扫视过孔雀群妖的尸体，金鹏鸟冷冷一笑，低头望着如来金蝉，说：“现在，该死的人，轮到你们了。”

如来叹气，扭头望着金蝉，苦笑说：“来之前有句话一直没说出口，临死之前，我觉得还是说了吧。”

金蝉咬牙忍着泪，说：“你别说了，我怕死的时候，哭得太难看。”

如来哈哈一笑，说：“其实我，一直都很……”

话到一半，如来忽然怔住，而那本来死死压在脖颈上的利爪，似乎也有一丝松动。

金蝉也有点蒙，她扭头，说：“咱们是不是，幻听了？”

如来说：“应该……是吧。”

大金鹏鸟仰首望天，他也似乎在群妖的叫声厮杀声之外，还听到了一句平常至极的话。

那声音很安静，像是在说一件再正常不过的事情。

“如来，我在东海找到一坛好酒，你喝不喝？”

“如来，我在东海找到一坛好酒，你喝不喝？”

遮天蔽日的鹏妖之外，金蝉努力扭着脖子，像是斜月三星洞里，透过重重盛放梨花，望见那个桀骜沉默的猴子。

如来也拼命扭头，看见孙悟空飘在空中，背了十六根铁棍，还真的提着坛酒。

如来笑着大骂，说：“你这泼猴，你这么一闹，整个灵山都知道我喝过酒了，能不能给我留点面子？”

金蝉仰着脖子大喊，说：“孙悟空你快走，你来灵山做什么，你干吗跑这么快？走啊！”

可是已经晚了，大金鹏鸟冷冷一瞥，群妖蜂拥而上。

孙悟空唇角勾起一抹微笑，抽出一根铁棍，脚踏两妖，挥棒如飞。

他说：“斜月三星洞里，师父没教过我飞，也没教过我变化打斗，是如来告诉我，名字要我自己挣，神通也都要自己来挣。”

孙悟空抬头，铁棒猛击，将一个鸟妖砸成飞灰之时，铁棒也从当中折断。

“我想来灵山，所以一个跟头，便有十万八千里，我想杀尽这群妖魔，再见你们一面，所以七十二般胆魄，谁人能拦？”

孙悟空又抓出一根铁棍，从天而降，一个个鸟妖扑上，继而以更快的速度飞出，在猴子身上留下的一道道爪痕，丝毫阻拦不了他前行步伐。

有两只鸟妖落在孙悟空肩头，猴子用力一挣，震开两名鸟妖，吐出口真气，将那坛酒稳稳送到地面。半空中，又腾起两只妖，向着猴子直扑而来。

猴子抽出两根铁棍，左右横扫，双脚连踢，未防背后一只巨鸟，被狠狠撕开五道血口。

金蝉一声惊呼，望见猴子背后淋漓鲜血，眼都不眨，仍一步步向前迈着。

半晌，最后一只鸟妖抱住孙悟空的腰，孙悟空拿出最后一根铁棍，向后一崩，继而倒转铁棍，狠狠砸在鸟妖头颅之上。

鸟妖头颅裂开，脑浆崩出，溅了孙悟空一身血污。

猴子在空中杀出一道血路，背上还顶着两只鸟爪，迎着大金鹏鸟难以置信的目光，乱棒舞动地裂山崩，群妖辟易，重重落到灵山之上。

酒坛，恰在手旁。

大金鹏鸟的两只利爪缓缓离开如来跟金蝉的脖颈，遮天蔽日的双翅一挥，布下两道禁制，如来正欲冲出，“咚”的一声撞在禁制之上，捂着脑袋痛了半晌。

大金鹏鸟斜睨孙悟空，看着他空荡荡的双手，说你知不知道，你要救的是什么人？

孙悟空手一伸，拎起酒坛，反问：“什么人？”

大金鹏鸟瞥了一眼如来，说：“他即将接掌西天，从此跟天庭一东一西，有大网铺天盖地，掌控世间万物。你要与天同齐，注定会是他的敌人。”

很多年后，如来早已能随随便便冲出大金鹏鸟的禁制，却感觉自己头上始终笼罩着那一层无形的禁制。他会在莲座上想起大金鹏鸟的这番话，和那个当年想让万千生灵以我为尊的少年和尚。

如来只是一个和尚，会说“天上地下，唯我独尊”，会冷笑一声，说：“孙悟空当然是我的朋友，我为什么要掌控天地，每个人都有自我，自我方为独尊，我不会是任何人的敌人。”

可惜，小和尚不在了，野猴子也不在了，世间最后只剩下西天之主和齐天大圣。

那一天，大金鹏鸟的话音落下，迎来的两声冷笑，是那样年轻。

孙悟空说：“我不知道他是不是西天之主，是不是会成为我注定的敌人，我只知道，他是我的朋友。”

如来的笑声越来越响，金蝉看着这两个男人的大笑，双拳紧握，只觉得世间一切困厄，都不足提。

那一刹，猴子从酒坛里抽出最后一根棍子，金芒湛湛，曾立东海定洪波，如今灵山荡群魔。

那一刹，如来坏了自己的佛陀金身，带着淋漓的鲜血，冲破禁制，前后双击，仿若一朵蘑菇云，腾空而起。

·3·

很多年后，孙悟空脚踏步云履，身披黄金甲，头顶紫金冠，仍会坐在蟠桃园里摘桃子，随随便便扔给金蝉，咧嘴一笑，说：“这里的桃子比灵山好吃。”

金蝉一脸无奈地看着猴子，说：“你现在都是齐天大圣了，难道就不能安分点吗？”

孙悟空摇头，说：“我既然都是齐天大圣了，又怎么能安分？难道要我跟如来一样，天天窝在灵山，处理那些永远也处理不完的经文和香供？”

“最近我听说，玉帝那死老头不让谈恋爱，我想去管管。”

猴子这句话一出口，金蝉就知道要糟，最近天庭正跟西天进行亲切友好的往来会晤，如来三天两头往天庭跑，如果孙悟空不给如来面子，事情怕是要闹大。

金蝉这么想的，也就这么说了。

孙悟空盯着金蝉，看了很久，拍拍手，说：“那好，我也想看看，如果我不给他面子，他要拿我怎么样。”

齐天大圣说完这句话，掉头就走了，孙悟空很奇怪自己为什么会说这句话，他明明想说的是另一句：“你究竟更怕他生气，还是更怕我不开心？”

可不知为什么，孙悟空没有问。

他提了棍子，就去找玉帝，说：“我觉得天规不太好，有情人不能成眷属，你们这么做，跟凡间恶霸有什么区别？”

玉帝一脸看白痴的神情，说：“神仙不同于凡人，若有情爱，阻碍长生，动摇修行心境……”

“一句话，改不改？”

玉帝摇头，抽出昊天剑来，说：“孙悟空，我忍你很久了，凭什么你只认为你是对的？你要与天同齐，我给你了，你要唯我独尊，我让你了，可天规就是天规，你改不得。”

孙悟空一声冷笑，金箍棒从凌霄宝殿打出南天门，一路上撞飞巨灵神和四大天王，疾风暴雨般的连打，将玉帝砸得满脸通红。

南天门外，有和尚负手而立，静静望着孙悟空。

孙悟空倏然收棍，两人中间隔着天庭十万天兵天将，遥遥对视，像是那一次灵山外群妖环伺。

玉帝终于找到机会，长长喘息，说："孙悟空，你难道没发觉，这么长时间，这么大动静，你的金蝉姑娘一直没有来找你吗？"

孙悟空目中射出两道冷电，直逼如来。

如来神色平静如水，嘴角始终挂着笑，不冷不热。

"金蝉，回灵山了？"

"现在问这句话，有意义吗？"

如来缓缓走出，望着孙悟空，笑意更浓："今日，我要来替天庭拿你，认识这么多年，我们跟无数强敌交过手，却还没对决过。"

孙悟空沉默良久，抬头，说："给我一个理由。"

如来笑着说："理由太多了，我要处理无尽的经文香供，你只需要负责一棍打压，我要立下无数的新老规矩，你只需要讲一句'唯我独尊'。人在江湖，不是谁都跟你一样，天生石猴，无父无母，没有朋友。"

孙悟空身子一颤，哈哈大笑，一样是越笑越嘹亮，笑声里渐渐透出一股悲凉。

金箍棒猛敲地面。

孙悟空眸光漆黑，笑意狰狞，说："好哇，说得好哇。人在江湖，当年的如来已经死了，当年的金蝉也已经死了，我替你记住你说过的'天上地下唯我独尊'，我替金蝉记住'那些恶霸应该被教训'，我要出手大闹天宫，回头来却只换得一句'人在江湖'，真的好啊！

"来吧，既然你是西天之主，我是齐天大圣，那就来战个痛快！"

孙悟空盯着如来，金箍棒斜指："无论我们这一战谁胜谁败，剩下的，要照顾好金蝉，如果她在你那里，不要让她受委屈。"

如来沉默，点头，双掌合上，念："阿弥陀佛。"

那一战，天地失色，彩云不飞。

最终，是如来一掌将孙悟空印在了五指山下。

玉帝凑过来，问如来为什么不杀了他。如来冷冷望了玉帝一眼，目光凌厉如刀，那是玉帝从来没有见过的目光。

当如来回到灵山的时候，发现金蝉已经不在了。

迦叶跟阿难垂首立在莲座之前，如来背对二人，唇角慢慢渗出血来，问二人姑娘是什么时候离开的。

两个徒弟面面相觑，说是天庭有两道金芒冲霄起的时候，姑娘丢下一句“我明白了”，就离开了。

如来不语，很慢很慢地走进雷音寺内，大手一挥，有明镜如许，看着世间辽阔。

·4·

那是五指山下一猴头，西边路上，走来了一个蹦蹦跳跳的小姑娘，小姑娘似乎刚刚剃度，还有笑靥如花，看起来烂漫天真。

猴子望见那姑娘，默默出神，有眼泪滑落。

姑娘歪头，奇怪地问：“你是谁呀，为什么被压在山下面？”

猴子哭着说：“我叫孙悟空，你一定要记住，我叫孙悟空。”

小姑娘含着手指，嘻嘻笑，说：“我知道啦，你叫孙悟空，这么大人了，还哭，不害臊。我叫玄奘，他们都喊我江流儿。”

猴子点头，又哭又笑，说：“江流儿，谢谢你。”

那天，迦叶跟阿难看到如来爬上房顶，一个人望着月亮，喝光了东海送来的酒。

五百年后，灵山传令，解封五指山，有和尚野猴，踏上十万八千里取经路。

有时会有人问他们取的是什么经，两个人相视一笑，说他们取的，叫曾经。

完。

一遇曹操误终身

天下英雄，唯使君与操尔。

很多年以后，刘备卧在白帝城里，回想起在洛阳见到曹操的那个夜晚，目光逐渐涣散，记起一句话：

“一遇曹操误终身。”

·1·

那时，洛阳城里第一次对视，凝望里拔剑出鞘，火光迸溅。

曹操收剑，揽着刘备的肩膀，说：“啊哈哈，原来是玄德啊，长夜漫漫，你也吃完夜宵出来拉屎？”

刘备盯着曹操负剑持戟的打扮，不语。

曹操有些尴尬，勉强笑道：“今天晚上的事情，你如果能当没看见……”

刘备转过身，剑入鞘，说：“我只是出来打壶酱油，偶遇曹校尉找坑。”

曹操哈哈大笑，说：“玄德你果然是好样的。”

刘备顿了顿，说：“曹校尉一切小心。”

曹操笑得很诡秘，郑重点了点头。

后来刘备才知道，那一夜张让家里闯入黑衣人，刺杀未遂，持手戟一人单挑十几个大汉，飞身上墙，连夜逃亡。

梅子熟的时候，刘备请曹操到家里喝酒。

酒至半酣，曹操告诉刘备，说他刺杀张让，就是要打草惊蛇，让宦官集团提早出手，逼何进应对，一鼓作气，就能涤荡妖氛。

“可惜我失败了。”曹操醉眼闪亮，劈手抓住刘备的衣领，说，“你知道吗，何进那个白痴要叫董卓入京了！”

刘备一脸漠然，轻轻推开曹操抓着他的手，点了点头，说：“哦。”

曹操瞪大了眼，说：“你哦个屁啊，难道你不明白，宦官只是疥癣之患，董卓才是虎狼之师？到时候西凉兵进京，大汉就要亡了！”

刘备喝了杯酒，抬头望着曹操，说：“从张角高呼苍天已死，黄天当立的那一刻，大汉就已经积重难返，你不知道吗？”

哐当一声，半醉的曹操踢翻桌案，说：“刘备我错看了你，我要做救民水火的英雄，董卓但凡敢入京，我就要他来得去不得！”

·2·

十八路诸侯烟尘四起，虎牢关下，那是刘备再见曹操。

那一夜里曹操醉酒，忽然安静下来，抹了抹嘴，说：“玄德，我杀人了。”

刘备有些怔，说：“难道你活这么多年，第一次杀人？”

曹操摇摇头，说：“这次我杀的人是吕伯奢，我说宁我负人，毋人负我，这种话我以前绝想不到我会说出来。”

刘备不语。

“你说，我要留着性命挽救大汉，因此出手杀吕伯奢，杀一个无辜的路人，究竟是对还是错？”

曹操的眼睛很亮，握着酒杯的手很紧，刘备知道，自己不管说对或者错，都可能让曹操暴起杀了自己。

所以刘备说："天下之事，有许许多多没有对错，大火已经燃起，虎牢关下的诸侯，迟早会暴露他们的面目，你要拯救大汉，这条路上注定要一个人独行。这不会是你杀的第一个人，我只希望你能少杀几个人。"

曹操沉默半晌，静静盯着刘备，刘备一脸平静，漠然回望。

曹操忽然大笑，拍案说："刘玄德不愧是刘玄德，若你也愿跟我同路，匡扶大汉，仍或有望！"

刘备摇摇头，说："我不可能跟你同路的，我跟你从一开始就不一样。"

曹操呸了口，说："我就知道你小子不会跟我混，不过你来都来了，可愿跟我追击董卓？"

刘备叹了口气，说："没人会跟你去的，孟德你什么时候长大？"

曹操大笑，说："我不会长大了，年轻一点也没有什么不好，我说过，要董贼来得回不得！"

曹操走后，刘备对关羽张飞说："有时候，我也很羡慕曹孟德。"

关羽说："大哥你跟他不同，你没有年少张扬的资本。"

刘备哂然一笑，说："我没有英雄的命，却有英雄的志，看着曹操这样的人冲锋在前，总会觉得自己又老了几岁。"

当夜，曹操被董卓的埋伏击溃，抬头四望，对身边的人大笑，说："天下之大，我曹孟德能去何处谋志同道合之人？

"或许刘玄德说得对，从此之后，我孤身上路就好！"

·3·

当曹操坐拥兖州，尽屠徐州的时候，刘备赶来了，对曹操说："不是讲好最好少杀几个人吗？"

曹操说："我爹告诉我，要做骨鲠之臣，要匡扶大汉，要经世济民，现在，他被他要济的民杀了，你觉得那些人可信吗？"

刘备说：“无论如何，你不该造这样大的杀孽，不仁。”

曹操大笑，带着悲怆的味道，说：“如果仁义能匡扶大汉，哪里会有这么多人死？刘备，若是今日你不死，迟早你也会杀那个吕伯奢，到那个时候，我等你跟我同路。”

刘备拿起剑，说：“等那一天再说吧，你如此待人，人必如此待你，有些事，可一不可二。”

曹操转身抽剑，说：“你我道不同，我会刺杀张让，我会追击董卓，我会杀吕伯奢，我会屠徐州，这些，你从来都不会。”

刘备心底一紧，旁边关羽望见，感觉大哥又老了几岁。

徐州，终于还是守住了。

因为曹操的兖州差点丢掉。

曹操后来问过陈宫：“你为什么要背叛我，大汉将倾，天下门阀无一是清白之人，不杀，怎么定天下？我本以为，你会明白。”

陈宫说：“如果杀就能解决问题，当年我就应该杀了你。”

曹操大笑，说：“我杀人能定天下，你杀我能定天下否？”

陈宫也笑，说：“我胸中自有韬略，为何不能定天下？为了自己日后能够定天下，当初自然该杀那个路人曹孟德！”

白门楼上的风声凛冽，曹操无言以对，说：“放心，你死后，你妻子我养之。”

后来问起吕布，刘备说看他不顺眼很久了，曹操说：“好，那我杀了他，他的妻子我也养之。”

刘备顿了顿，风吹得他头发有些凌乱，他抬头告诉曹操：“如果哪一天我战败死在你手里，这句话，你就不要说了。”

曹操又笑，哈哈大笑，揽着刘备的肩膀回转许都。

一切就像当年洛阳城的夜晚。

·4·

许都的青梅，也跟洛阳的青梅一样，酸爽，可口。

“如果我说我想走，你会让我走吗？”刘备喝着酒，说得漫不经心。

曹操嘿嘿一笑，说：“我这辈子见过那么多人，你刘备不是寻常人物。”

刘备说：“再不寻常，能比得上袁绍四世三公，能比得上孙策跃马扬鞭？”

曹操大笑，几乎快笑出泪来，说：“那些傻×，岂能跟你比？”

刘备“哦”了一声，说：“那我能跟谁比？”

曹操伸出手指，指了指自己，说：“天下英雄，唯使君与操尔。”

天外有惊雷霹雳，刘备端坐不动，说：“要下雨了，这场酒看来是喝不成了。”

曹操大笑，说：“玄德好胆色，不怕操杀了你吗？”

刘备笑了，说：“如今你的大敌仍是袁绍，不如让我走，我走了，你能胜袁绍。”

曹操“哦”了一声，说：“为什么？”

刘备说：“因为你会想，杀了袁绍，还有我刘备，所以你不会输。”

曹操仰天大笑，连声说好，说：“那若我放了你，你会不会帮袁绍对付我？”

刘备举起酒杯，饮尽，淡然说：“无论我会不会，你或许都会放我走。”

曹操扬眉，说：“为什么？”

刘备笑，说：“因为你是曹操，我是刘备。”

两个人静静地凝视着，好像洛阳城里初相见，虎牢关下望平生。

陡然间曹操大笑，拍案而起，说：“好，我给你兵马，你走，去给我收拾那称帝的跳梁小丑！”

刘备长身而起，施施然说：“备必不辱使命。”

·5·

后来，后来刘备就斩了车胄，偷掉了曹操的徐州。

曹操说：“你大爷。”

刘备说：“我刘备说的话你也敢信。”

曹操大笑，说：“这才是刘备，你等着，你妻子我会养之。”

刘备对关羽说：“曹操是不敢来的，否则袁绍南下，他一番基业必将付诸东流。”

关羽点头，说：“听闻袁绍的小儿子得病了。”

刘备沉默许久，心里有一丝莫名的忐忑。

后来刘备仓皇出逃，被曹操打得像一条狗，简雍问他：“主公，咱们现在去哪儿？”

刘备沉吟片刻，说：“走，去找袁绍。”

简雍一把拉住刘备，说：“主公你可不能冲动啊，就算袁绍那个傻 × 为了小儿子生病不发兵，咱们也不能去找他报仇啊。”

刘备掰开简雍的手，说：“谁要找他报仇，我们去投奔他。”

简雍有点蒙。

“他既然傻 × 到这种程度，我们去投奔他，岂非百利而无一害？”

刘备淡然说着，拍马北上，说：“走，等云长和翼德回来，我们再做打算。”

那段时间，曹操对关羽说：“你选的老大是很好，但好歹我也算不错，你要不要考虑一下？”

关羽抬眼，说：“谢曹公恩德，若曹公有难，关某必救曹公。”

曹操大喜，说：“那刘备呢？”

关羽脱口而出：“吾欲与刘将军共死。”

曹操：……

那段时间，曹操总会想一个问题，一片真心喂了狗，究竟是怎样一种体验。

直到赤壁一场大火，华容道里仓皇而出，曹操才知道原来世事早有安排，他回首西南，忽然笑了，跟身边众人说：“刘备辗转半生，终于要成了，我实在很想看看，他到底要做什么。”

得知刘备入蜀，不杀刘璋，曹操沉默许久，说："玄德你这是何必，你既然举刀，为何不杀？难道你不明白，捆起来的吕伯奢，仍旧危险吗？"

恍惚间，曹操又回忆起刘备对他说的话："我们两人道不同。"

那一夜，曹操梦中杀人，捂着头仰天大笑，说："刘玄德，我好羡慕你。"

·6·

汉中那一战，是两个人最后的相遇，刘备对曹操说："如果我们能在壮年时就有现在相遇的方式，大汉，或许真的能被匡扶。"

曹操大笑，说："如果当年讨董的时候，我们能有如今的声势，天下碌碌之辈，无能宵小，岂可立足世间？"

"可惜现在已经晚了，你有你的天下，我有我的江山，大汉，已是两个大汉了。"

汉中的战场上，落日像大汉那般，摇摇欲坠，殷红如血。

曹操叹息，说："是啊，那些曾经不信我的，不听我的，不按我的方式行事的，我都已经杀了，北方的一片沃土下面，全是淋漓的鲜血，我怎么能回头？"

刘备仰首，说："是啊，我奔波半生，只为大汉不灭，为那些曾经清明正义的人能各有前程，为那些不屈不挠的人能各有归宿，我怎能让那些人失望？"

于是金戈铁马，开弓利箭，谁能回头？

有人会问曹公："你当年放走刘备，会不会后悔？"

还有人会问："赤壁一战陆上围剿松懈，会不会后悔？"

曹操大笑，说："后悔个屁。"

刘备默然，说："那都是年轻时候的事情了，不过如果再来一次，我也不能保证。"

或许，是命数已定吧。

是壮士拂剑，浩然弥哀。

那一年，二人仿佛听到暮年的钟声，曹操一身丧服，揭开盛着关羽头颅的盒子，很久没再湿润的双眸含着泪。

“君侯，别来无恙。就让我做一次刘备，给你这一生忠义的汉子，来一次举国哀叹的葬礼。”

彼时，刘备点兵，挣开诸葛亮的臂膀，说：“我知道，你跟我是一样的人，我若身死，大汉有你当不会亡。这辈子，我很累了，就让我做一次曹操吧。”

兴兵，伐吴。

西游与三国

如果这样的人愿意走西行的路，我陪他一程，又有何不可？

·1·

大汉将亡，大道日丧，西天有经卷可救苍生于水火。

刘备累得气喘吁吁，一屁股坐在黑风山上，扭头问诸葛亮："军师，西天到底还有多远？"

诸葛亮好整以暇，含笑道："远在天边，近在眼前。"

背后张飞一棍敲在孔明后脑勺上，说："你丫要是再装 ×，爷爷丈八蛇矛捅死你。要不是看你能说会道，西天路上谁稀罕带你。"

诸葛亮摸了摸后脑勺，苦笑着说："翼德，你这棍敲得有气无力，多半是饿了，云长，你从家里带来的枣还有没有啊？"

关羽捧着本《春秋》，山风呼呼地刮，伫立不动有如雕塑，一点点翻看，对诸葛亮的话恍若未闻。

刘备叹气，说："书是从上往下看的，二弟眼珠子却左右转了转，枣看来是吃光了。"

诸葛亮啪啪啪鼓掌，啧啧赞叹："主公跟二位将军，果然情深似海，一个眼神便能明白心中所想。”

刘备给了张飞一个眼神。

张飞点点头，飞起一脚，把诸葛亮踹进山林里，说：“天黑之前要是你找不到吃的回来，就死在山林里喂豺狼吧！”

诸葛亮一声惨叫，连滚带爬掉进黑风山中。

山林清寂，风起微凉，刘备望着东方，那是他曾经的战场，掉头不顾的那一刹那，刘备也曾想过自己是不是太异想天开了：“孔明，你说我西行一路，妖魔横行，真的能复兴大汉吗？”

“大哥，孔明已经被踹去要饭了。”

张飞抱着丈八蛇矛，凑到刘备身边，呵呵傻笑着说。

话音未落，便听到林子里一声怪叫，诸葛亮手脚并用，从密林里一头钻出来，神色惨淡：

“主公，真的有妖怪啊！”

有狼嚎熊吼，啸动千山，诸葛亮“扑通”一声，摔了个狗吃屎，一阵黑色的风从他身上呼啸而过，直奔刘备而来。

丈八的蛇矛，青龙偃月的刀，都不敌狂风之中一点寒芒，有一杆黑缨长枪，荡起空中阵阵涟漪，竟将蛇矛兼长刀一并收进妖风之中。

黑风刹那来去，风平浪静之后，刘备的身影也赫然不见。

·2·

传说，取经人有十世造化，身负大汉气运，食者能得九州功德，与天下共生。

诸葛亮把这个消息告诉关张二人，叹了口气：“这妖怪多半听到消息，主公此行堪忧啊。”

“嘭”的一声响，张飞一拳锤在地上，瞪着孔明道：“军师，你可算得出大哥身在何处？”

诸葛亮白了张飞一眼：“就算我能算得出主公在哪里，你还能去救人不成？就算你想去救人，不过平白再添一条性命。”

“那难道就在这儿等着？！”

张飞霍然起身，拿了根树枝指在诸葛亮的咽喉，说：“军师，你今日要不告诉我大哥身在何处，休怪俺老张无情！”

关羽低着头不说话，丹凤眼如封似闭，杀气却也牢牢锁在诸葛亮身上。

诸葛亮叹了口气，说：“好，既然你们想去送死，那我也不拦着，不过等你们到了黑风洞，可别太惊讶。”

关羽抬头，感觉诸葛亮话里有话。

夜深，篝火明灭，诸葛亮排下八卦，已算了周天术数，最终向北一指，地上八卦阵里泛起幽芒，掠出一道精光。

“顺着那道光留下的痕迹，就能找到黑风洞。”

诸葛亮打了个哈欠，又提醒说：“那黑熊精修为高深，你们二人合力也不见得能伤他一根汗毛，何必让主公临死之前，还见到你们二人的惨状呢？”

张飞“哼”了一声，不理会诸葛亮，大步向北走去。

关羽慢慢起身，望着诸葛亮道：“军师若有别的打算，还请告知关某，若能救出大哥，关某听凭军师差遣。”

诸葛亮微微一笑，说：“办法我倒没有，只是这黑熊精有个朋友，一贯独来独往，道号凌虚子，实则是条苍狼。如果你能说动此人，或许他会帮你。”

关羽沉吟片刻，又问：“妖，也能说动？”

诸葛亮望着苍茫星空，说：“人与妖，妖与神，神与魔，本就只在一线之隔。”

关羽点头，一样大步向北。

·3·

黑风洞，大颗大颗的夜明珠嵌在四壁，刘备睁开眼的时候，发现自己正被绑在半空中，身下是滚烫的锅，身前是黑熊精的背影。

刘备啧啧感慨，叹道：“阁下洞府果然华贵非常。”

黑熊精蹙眉，不回头，说：“人为刀俎，你为鱼肉，你现在还能感慨我洞府装修？”

刘备无奈道：“人为刀俎，我为鱼肉，不恭维两句，我怕自己死得更惨啊。”

黑风洞里，是长时间的沉默。

黑熊精叹了口气，说：“刘玄德果然是刘玄德，你知不知道，我最讨厌你的，就是这一点。无论什么时候，都喜怒不形于色，怕你就怕嘛，干吗要装呢？”

刘备失笑，说：“难道阁下认识我？什么叫最讨厌我的一点？”

黑熊精顿了顿，缓缓转过身来：“刘玄德，你还认得我吗？”

夜明珠明灭不定，黑熊精转身之间，起了阴风阵阵，那都是他心中气愤郁结。

刘备终于变了神色，盯着黑熊精，一字字道：“袁本初！”

黑熊精长笑一声，说：“刘玄德，西行路上你幸好先遇到了我，若是碰到董卓张角，早已死无葬身之地！只要你退回中原，哪怕你的肉能与九州同寿，我都可以不杀你。”

刘备挠挠头，问黑熊精：“本初啊，你既然已经是妖怪了，就要守妖怪的规矩，哪能放着与天地同寿的机缘不要，非得放了我呢？”

黑熊精盯着刘备，说：“刘玄德，你可别给脸不要脸。”

刘备微微一笑，肃然正色，说：“袁本初，刘备若不想复兴大汉，活着又有什么意思？”

黑风洞里，明珠闪烁，一人一妖就这么对视着，洞外，忽然传来一声呼喝：

“兀那妖精，快快放我大哥出来！”

黑熊精伸手一招，一面铜镜飘飞身前，伸手一拂，赫然便显出洞外的场景。

张飞提着一截枯枝，粗布烂衫站在洞府之前，说："妖精，放我大哥出来，不然砸了你这洞府，叫你不得好死！"

黑熊精盯着那截枯枝，仰天大笑，眼泪都笑了出来。

刘备悬在空中，深吸口气，说："三弟，大哥此生欠你。"

·4·

洞府外，有白花蛇精幻化白衣秀士，挥手间散出一众妖怪，将张飞团团围住。

张飞盯着那白衣秀士，恍惚了大半天，说："袁术？"

白衣秀士冷冷一笑，说："不自量力。"

豺狼虎豹，蛇行熊吼，刹那间一齐朝张飞涌去。

那截枯枝"咔嚓"一声断成两截，张飞一声大喝，赤手空拳砸向群妖。烟尘四起之中，有一个豹头环眼，燕颔虎须的大汉，一拳拳砸在熊罴身上，却只能轰退几步，巨熊便悍然再进。

白蛇吐信，一口咬在张飞腿上。

苍狼高跃，咬掉了张飞半边胡子。

熊罴抬掌，终于狠狠一爪从背后将张飞击飞出去。

"嘭"的一声，张飞重重撞在洞府壁上，软软地滑落下来。

白衣秀士见了，仍旧是冷冷笑着，说："张翼德，你终究是凡夫俗子，拿什么跟我斗？吃了你大哥的肉能与九州同寿，你若是想来分一杯羹，我倒是可以帮你。"

张飞喘着粗气，死死盯着白衣秀士，颤抖的右手拿起地上一块小石子，奋力丢向白衣秀士。

秀士神色一变，陡然化作蛇形，狠狠一口撕咬掉张飞胸前血肉。

张飞一声大叫，忍着疼痛再次奋力而起，紧紧抱住白衣秀士，向着山崖奋力一跃。

那条白花蛇只是一扭，便从张飞怀中钻出，尾巴一抽，轻飘飘地送张飞下了山。口中，犹自不断长笑。

“放弃吧，张飞。只要你放弃了，不跟着刘玄德那个白痴西天取经，不去复兴什么大汉，你也会有我们这样的力量。到时候名扬天下，成就一番与天地齐寿的事业，不比那什么复兴大汉要高明得多？”

张飞从山崖上下坠，云雾从身边飘过，隐约传来白衣秀士的笑语。

原来放弃了，就能拥有一切，传说不是骗人的，无执无念，太上忘情，便能得道成仙。

张飞忽然笑了，想起自己家后面的桃园，那一日早春三月如梦，温酒聚饮，大哥逸兴遄飞，说要复兴大汉，眼睛里的火焰，几乎要点燃整个桃园。

大汉是什么，张飞不知道，但他知道大哥眼里那种火焰，是他一生追逐的向往。

这样，又怎么能放弃呢?

“大哥，三弟在此，谁敢伤你！”

从高空下坠的张飞，身形陡然凝住，那万里云雾之气，山间草木之灵，刹那间涌进张飞体内。

张飞伸手，仍是豹头环眼一好汉，一声大喝：“矛来！”

丈八蛇矛，破开那洞府的夜明珠，破开那洞外的千百妖众，呼啸而来。

砰然几声大响，整片黑风山，山林拔地而起，每一棵树木，都是呼啸而来的蛇矛!

白衣秀士愕然朝崖边下望，一道幽光在瞳孔中不住放大，骤然间头颅爆开，血浆四溅。

“嘭”的一声，有一只手握住蛇矛，立于崖上，山风吹着那破衣烂衫，猎猎作响。

·5·

关羽找到苍狼的时候，苍狼正在喝酒，青梅，煮酒。

“曹孟德？”关羽有点愣。

山林外有细雨迷蒙，苍狼笑着举杯，冲关羽道：“君侯，别来无恙。”

关羽站在阶前，细雨打湿肩头，忽然明白了诸葛亮的话，沉吟良久，道：“大哥有难，曹公既有修为，可否相救？”

苍狼大笑，说：“君侯，刘玄德固然是一世英雄，可若是刘备死了，你可愿随我西天取经？”

关羽盯着苍狼，一字字道：“曹公救是不救？”

“云长，你有没有想过，其实西行路不止一条，神仙倘若有灵，降下经卷拯救众生又有何妨？”苍狼一放酒杯，语重心长地说着，“我不信神佛，也不信西天经卷，我成妖成魔，要用我自己的手段整合群妖，自己去重建大汉。跟我来吧，刘玄德死定了。”

雨越下越大，关羽深吸口气，凝视苍狼：“是不是，我答应为曹公做事，曹公便答应去救大哥？”

苍狼眸子里闪烁着幽幽绿光，忽然开口：“文若，去黑风洞一趟。”

雨幕之中，缓缓走出一个白衣文士，文士所过之处，雨停风歇，似有春意过境。

荀彧低首，说：“曹公，若某日关羽救你性命，必会离去，你这又何苦？”

苍狼拿着酒杯缓缓起身，勾起一抹笑容：“那又如何，关云长自是关云长，有一分留下他的希望，便要留下他！何况刘备若是死了，我这西行路上，也的确寂寞得很。”

荀彧叹了口气，拱拱手，踏雨而去。

关羽凝望着荀彧远去的背影，一阵恍惚，想起诸葛孔明，忽然发现这平日里挨打受骂的军师，可能跟荀彧是一般人物。

·6·

诸葛亮已离了黑风山，从山里找了两根香蕉，在雨还未落之前，一步步踏出山外。

一步跨出，便仿佛迈过千里。有道是缩地成寸，若让关羽见到，那张脸一定红得更加厉害。

诸葛亮没去黑风洞，而是来到另一座山下，手里几根香蕉往地下一丢，便被一颗猴子脑袋吸到嘴里。

“小子，你怎么来了？不是要护着刘玄德西天取经，消除五百年前跟俺老孙大闹天宫的罪孽吗？”猴子一边啃着香蕉，一边跟诸葛亮说着话。

诸葛亮靠在五指山上，望着天空叹气：“很多时候，我都会想替你揭开五指山的封印，咱们再闹一场，哪怕明知道会输也不怕，总好过待在什么西行路上受鸟气。”

猴子抬头看了看诸葛亮，嘴一吐，掉出个酒壶，一口气送到了诸葛亮手上。

“五百年前一场疯，我一介散修，敢上天宫，连我自己都怕。可不管闹不闹天宫，世道不还是一样，就算没有仙佛高居九霄，凡尘俗世，一样还是大道日丧，人不如狗。没有自由，也没有寒门贵子，涤荡妖氛，就算揭开你的封印，再闹一场，终究没什么意义。”

诸葛亮闷了口酒，眉宇间有着平日里从未有过的凝重。

猴子抬头看着他，笑了：“这些玩意你不早知道了吗？西天取经，改变不了这一切，但这条路不走，你就只能跟我一样，压在这山下五百年。”

诸葛亮摇头，盯着那颗猴头笑了：“猴子，别以为我不如你，我西天取经不是为了成什么狗屁正果，落个诸葛武侯的神位。我只是，看到了别人眼里的光。”

猴子一愣，问：“什么光？”

诸葛亮喝了口酒，笑道：“这世上，真的有人愿意相信信义，能携民渡江，能螳臂当车，能屈而不折，如果这样的人愿意走西行路，我陪他一程，又有何不可？”

猴子狐疑，说：“当真有这样的人？”

诸葛亮笑说：“刘备，就是这样的人，或许在刘备眼中，你我所求的那份天下，就是他所谓的大汉吧。”

猴子呸了口痰，说：“谁跟你一样，还求什么天下，老子就是不爽那群人压在我头上作威作福，要是哪天俺老孙也能看见光，西天路走又何妨？”

诸葛亮拍拍手，酒壶丢回地上，一伸手：“猴子，西行凶险，我此来是要求你件事。”

猴子一瞪，说：“你还有什么能求我？”

诸葛亮笑了笑，说：“借我一根毫毛，我分身乏术，可有些事必须得做。”

猴子一头雾水，问：“什么事？”

诸葛亮又笑，说：“杀关羽，杀刘备。”

·7·

从苍狼府到黑风洞，要途经观音禅院，彼时，诸葛亮正端坐观音禅院之中，跟金池长老对坐饮茶。

“诸葛先生的意思，是要老夫走一趟苍狼府？”金池长老一双昏眼半睁着，不动声色。

诸葛亮笑道：“苍狼派人去救刘备，黑熊精不会再庇护他，苍狼雄踞多时，府中宝物怎么会少？我知道金池长老擅毒，苍狼修为再深，也躲不过一杯毒酒。”

金池长老呵呵一笑：“诸葛先生前来劝我，又是为何？”

“不为什么，苍狼救刘备，而不巧，我想跟黑熊分一碗取经人的肉。”诸葛亮缓缓起身，望着东方，“这个世道，苍狼不信西经，我又怎么会信刘备呢？复兴大汉也好，君临天下也罢，九州英雄们，信的只有自己，你说对不对？”

金池长老捻须大笑，摆摆手：“我不懂你们这些英雄的想法，我只想捡几件宝贝，苟延残喘，多活几年，放心，苍狼一定不会给你们添麻烦的。”

金池长老慢吞吞地站起来，佝偻着背，渐渐消失在雨幕之中。

“贾文和，这个战场不属于你，摇摆不定、明哲保身的，注定陨落。”

望着老僧的背影，诸葛亮似笑似叹，身形幻化，渐渐消失不见，空中飘落的，唯有一根毫毛。

雨若瓢泼，苍狼酒满。

“嘭”的一声，酒杯坠在地上。

关羽目光一凝，望着门口缓缓迈进来的老僧，又回头看面无血色的苍狼。

“苍狼，你派人去坏黑熊精的好事，黑风山地界里，已经没人再能护你周全了。”

老僧双掌合十，说：“阿弥陀佛，便让老僧送你上西天吧。”

前一刻还面无血色的苍狼忽然直起腰来，脸上浮起笑容，满面春光。

老僧一怔，漫天的细雨刹那停顿。

继而密雨如离弦之箭，随着苍狼右手一挥，尽数泼洒在金池长老身上！

那件袈裟陡然亮起一阵金光，弹开漫天雨丝，金芒闪烁里，金池长老满目错愕，说：“你怎么可能没中毒？”

苍狼哈哈大笑，说：“我生平喝过这么多酒，你下没下毒，我岂能看不出来？”

金池长老一怔，继而也大笑起来，随着金池长老的大笑，苍狼的脸色却变得苍白。

关羽低声问：“曹公，你……”

“原来长老毒功又有精进，毒，是下在漫天大雨里了吧？”苍狼摇头一笑，“本想把长老吓走，没想到言多必失，下次一定注意。”

金池长老狞笑声中，身上袈裟金芒一盛，雨丝四散弹飞，大步向着苍狼走来。

“曹孟德，你已经没有下一次了！”

老僧踏步，枯枝般的利爪伸出，地上陡然再起一道剑光，袈裟的护体金芒被一斩而破，直奔老僧的枯手！

金池目光一凝，手腕上一串佛珠亮起，点点晶芒刹那浮现，堪堪抵住那一道剑光，两者对峙片刻，一齐崩散。

剑光倏忽而回，落地成一把倚天长剑。

金池长老连退三步，望着带笑的苍狼，连连点头：“好一个曹孟德，我看你中毒之后，还能再有几分气力！”

苍狼无奈摇头，苦笑说：“这次真的已经没力气了，不如长老你再来试试，看看长老身上的法宝还多不多。”

彼时，门外已传来了呼喊，金池长老猛然回身，左手一撒，便又是一片雾蒙蒙的毒气。

“曹操，别想着拖延时间了，多出几招，也不过让老僧多收几件法宝罢了！”

金池再度出手，戒尺木鱼，念珠经纶，飞起无数法宝，不管不顾狂轰滥炸奔向苍狼。

苍狼神色凝重，手掌张开，已微微颤抖，他知道，这老僧孤注一掷，自己平日里也未必挡得下，今日中毒更是难以应付。

思绪未定，眼前忽然一花。

一个汉子，陡然在苍狼身前站定，如擎天之柱，如定海神针。

长髯绿袍，丹凤红脸，关羽伸手一推，神情严肃，像是要把那无数法宝统统推回金池长老身上。

苍狼盯着他身前那个汉子的背影，万千心绪，只化作一声长啸。

轰然一声响，苍狼无论如何也不明白，关羽血肉之躯，是怎么挡下那一轮法宝的冲击的。

可雨雾散尽后，关羽血肉模糊，半跪在地，枯焦的手犹自伸在前面，死死挡在曹操身前。

从头到尾，一言不发。

金池长老也有些怔，望着半死不活的关羽：“你不是刘备的人吗？救曹操做什么？曹操死了，你去黑风洞找刘备，岂不是正好，你是不是傻？”

关羽抬头，长髯烧尽，唯有一双丹凤眼仍旧明亮如许。

“我答应曹公，要守他性命，曹公为我救大哥，恩重如许，更要守他性命！

“一诺既出，生死不改！”

关羽凝着生命最后的神采，透过一双丹凤眼，死死盯在金池身上。

苍狼忽然开口，问关羽：“云长，你若为我而死，还怎么去见刘备？”

关羽头也不回，说：“羽愿为曹公而死，愿与大哥共死。”

苍狼很想给自己一巴掌，怎么就这么不长记性，找什么虐呢。

金池不懂，既不懂什么叫愿为曹公死，也不懂什么叫愿与大哥共死，既不懂什么叫一诺如许，也不懂什么叫生死不改。

但他明白，眼下杀了关羽，杀了曹操，就能活得更好。

刹那间，金池长老昏黄的双眼一睁，袈裟扬起，万千法宝再次狠狠砸在关羽身上。

这一次，火光炸裂，风刃切割，冰花飞溅，关云长被远远抛飞出去。

金池再进，一双枯掌催生大雨里万丈大浪，平地波澜，狂涌淹向苍狼。

空中的关羽紧紧盯着那万丈大浪，那枯焦的右手一点点攥紧，有焦炭般的碎屑片片飘飞，那些上马金下马银的恩德，那些因缘际会，无以为报的恩重，那一盏汜水关前斩华雄的温酒。

华容道里放开金锁走蛟龙，又岂能断得了这新战场上的恩怨?

“识英雄重英雄，惺惺相惜，叹只叹造化弄人，相逢恨晚，曹孟德，你注定是我的仇敌。

“所以……我关云长，不能带着仇人的重恩而死！”

那万丈巨浪的背后，金池似乎隐约听到了这么一句话，他想自己应该是听错了，关羽不可能还说得出话。

“刀！”

又一声清喝，金池就算听错，也不可能再看错，有一把长刀从天边而来，恍若流光，骤然破开巨浪，激起一串水花，落到了另一侧那大汉手中。

透过水幕浪影，金池长老似乎看到一个浮空而立的大汉，长髯随风而动，丹凤眼一睁，便有刀光偃月斩青龙！

万丈巨浪，一刀劈裂！

金池长老感觉浑身的法力刹那间散去，世界在一瞬变得静寂无声，那些当年读书学文，准备经世报国的岁月，突然浮现在眼前。

金池忽然懂了，懂了什么叫一诺既出，生死不改，也懂了什么叫君子恩重，生死相许。

眉心，绽开一丝血痕，顺着额头鼻梁，从脖颈裂到胸膛下腹。

“嘭”的一声，金池长老重重倒在地上，门前，毒雾散尽。

苍狼看着半空中缓缓收刀的关羽，叹了口气，感慨历史总是惊人的相似。

门外，冲进来一群法力非凡的下属。

关羽负刀，望着黑风洞的方向，说：“我要走了，我要去寻我大哥。”

门口众将齐齐望着苍狼。

苍狼失笑，缓缓倒了杯酒，往空中一抛。

“那么，咱们沙场再见！”

关羽接住酒杯，一饮而尽，点点头：“好，沙场再见！”

·8·

当黑风洞外的群妖被万千长矛荡平，荀彧跟关羽前后脚到了洞内。

黑熊精正在擦长枪。

火堆上的火苗幽幽蹿起，那锅煮沸的汤却已经被踹倒在旁，刘备直接架在火上，眉头胡子被烤得精光。

黑熊精长枪一震，头也不抬：“在刘玄德被烧烤之前，该当有些凉菜，文若，你说对不对？”

火光映衬着夜明珠，荀彧手一伸，拦住要上前的关羽张飞，带笑回道：“烧烤不必拘泥一时一地，曹公想请大人移步过府，等几百年，再烧下一个可好？”

黑熊精抬头，咧嘴一笑：“不好，很不好，刘玄德是最后一个取经人，杀了他，我就再也不会对不起任何人。”

“你错了，刘玄德不回头的那一刻，你已经对不起他了。”荀彧叹口气，回望关羽张飞，“你看这二人一身修为，你就应该知道，这个战场上，心怀过去的人输定了，明哲保身的也注定会死，袁公，最好早下决定。”

“荀文若！你有什么资格说我！”

黑熊精长身而起，身上涌起一股莫名的愤怒：“只要杀了刘备，杀了关羽，杀了张飞，我就再也没有对不起任何人！”

荀彧还想开口，便已有黑缨长枪卷起狂风，满壁的夜明珠砰然尽碎，有漫天碎石化作黑色的旋风，直奔关张二人。

枪锋如龙，抬首一声啸，便冲向荀彧。

荀彧神色不变，伸手轻轻一点，有世间经义流转，古来九州之义凝在指尖，时空一瞬静止。

“我跟你不一样，这一次，我选好路了。”

话音在空中掀起波纹，那柄黑缨长枪一退三丈，被荀彧一言击回黑熊精手中。

背后，是刀枪齐鸣，一层层黑色旋风同样被击得粉碎。

两个大汉自荀彧身旁冲出，长矛如蛟，长刀如月，锋芒直逼黑熊精。

黑熊精仰天一声笑，说：“这一战，我等很久了！”

火势刹那间变大，黑熊精以一敌三，长枪荡走长刀蛇矛，张口一吼，音波回响间震破荀彧的术法捏诀。

鏖战正酣，有衣衫猎猎，老僧从天而降。

手一挥，便割断了悬空绑住刘备的绳子，刘玄德喊都没喊，坠入大火之中。

洞窟内静谧非常。

酣战的四人，不约而同地停手，回望，望那老僧双掌合十，站在大火之前。

老僧赫然是金池长老!

关羽丹凤眼怒睁，长刀一指，说:“不可能，你明明已经死了! ”

金池长老含笑而立，说:“不管我是不是死了，现在坠入火堆，注定化作飞灰的，却是刘备，刘玄德。

“最后一个取经人，一样会死。”

火堆中噼啪作响，火光跃动，似乎有人在里面翻覆，片刻后，那道人影静了下来。

似有幽幽一声叹，说:“壮志未酬身先死，能不能，让备也死个明白?什么叫作最后一个取经人，为什么，又会有这么多老熟人，都变成了西天路上的妖? ”

黑熊精哈哈大笑，笑得前仰后合，泪水涟涟。

长枪一指，说:“你刘玄德凭什么以为，替大汉取经的人只有你一个?我也曾拔剑出鞘，问董卓英雄谁属，也曾洛阳大火除阉竖，说英雄当阵前斗死，岂可逾墙而逃。我也是取经人，曹操也是取经人，西行路我们都曾经走过，你以为只有你才想复兴大汉吗? ”

火光里，有焦烟升起，传来刘备深深一叹，说:“哦，原来是这样。”

黑熊精前，有关羽张飞奋力向前，地上却腾起一面阵墙，禁制重重，二人刀劈矛突，仍是不得寸进。

荀彧眉头一蹙。

“所以，你们放弃了，就都成了妖? ”刘备在火中嘶嘶抽着凉气，声音越来越小。

“咚”的一声，黑熊精黑缨长枪重重敲在地上:“不然呢? 不放弃，跟你一样傻 × 兮兮往前冲，就这么被一群妖精架在火上烧烤，放在锅里炖了?大汉已经救不回来了，你西行再走，能看见这天下四野，茫茫尽是荒芜，蝇营狗苟，落日帝国，声色犬马里纵情奢靡，你夜半悲歌也好，狂风卷起沙场鲜血也罢，如何能胜得了这个天下?

“我不想死，也不想痛苦地活着，曹操选择自己统领妖众，重建他自己的大汉没错，我成妖成魔守自己一亩三分地也没错，只要杀了你，我就能心安。”

黑熊精长吸一口气，长枪一挥，身上涌出更高的气势，冲阵的关张二人踉跄而退，嘴角渗血。

有黑影朦胧，黑熊精冲入阵内，长枪一摆，便要刺入火中。

一声叹息，激起千层火光。

枪风迫着火光后退，人影越发清晰，刘备盘膝火中，膝前横着两柄长剑。

背后那两道火光，像是涅槃凤凰，胁生双翼。

“我也不信西经，可我知道，放弃了心中所想，就算聚齐妖众，复兴的也绝不是大汉了。”

刘备在火光中睁眼，凝眸，枪尖凭空定在眉心，寸进不得。

黑熊精提气，聚力，推臂，身后有一股可见的气浪涌出，那杆黑缨长枪，却无论如何贴不上刘备的额头。

刘备起身，敛火，平静如水：“那时候，重建的无非还是醉生梦死的帝国，你袁本初，守着的也一样只是贵族的落日。”

雌雄双股剑无风自动，悬浮刘备两侧，那个使双剑的取经人仰首，有气度直冲霄汉。

“我要还大汉澄明天下，我要让众生不必低头，大道日丧，取经成妖，那就由我拔剑扬眉，重振大道！”

双剑于飞，闪电交织。

大雨如注，惊雷霹雳。

黑熊精盯着刘备，望着他仰首而立、双剑环伺的身影，恍惚间觉得，眼前这个明知西行无果仍要重振大汉的取经人，才是自己当年憧憬的对象。

扑通一声，黑熊精脖颈两道剑痕，未曾瞑目，便重重倒地。

“啪啪啪”三声响，金池长老用力鼓掌，看得张飞火起，关羽怒目。

“你不是金池，金池不会用阵法，你是谁？”

荀彧没有火起，也没有怒目，很平静地问着。

金池长老微微一笑，还不等化形，便感到身后有人拍了拍他的肩膀。

“军师，别玩了，咱们该上路了。”

刘备从那老僧肩头一侧脑袋，对上张飞关羽错愕的目光，咧嘴嘿嘿一笑。

诸葛亮哭丧着脸，幻化回来，手里羽扇轻摇，说：“主公你能不能等我跑远了再说，这次为让你们觉醒，可是历经生死劫难，我怕二位将军揍我啊。”

“哎哟，你小子还知道怕揍？”

“呵呵，军师你等着。”

刘备哈哈一笑，说：“无妨无妨，若非历尽生死劫，何来练就不死心？军师此番之后，我们，也是该真正踏上西行路了。”

“二弟三弟，走着。”

“好嘞大哥，你等着，路上我一定替你好好教训教训孔明，你看你这被火烧的，光着屁股冷不冷？”

“……冷你大爷！”

关羽望着刘备跟张飞，哑然失笑，默默跟在二人身后。

孔明羽扇轻摇，回头冲荀彧抱拳一笑：“文若，亮先走一步，咱们，西行路上再会！”

荀彧抱拳，回以一笑：“好，那西行再会！”

完。

路人甲

猴子，你相信一个人可以穿越时空吗？

·1·

那个时代已经过去，属于那个时代的一切，都已经不存在了。

风从五丈原上吹来，四十七岁的路人甲抬眼，望见北斗七星被西风晃了一阵，像是那一年的七星灯灭，斯人长逝。

天地的交界处仍是一片黑暗，像是有无尽的深渊，恶龙跟英雄都在其中，没有天大的执念，到不了。

路人甲咬咬牙，提着一柄剑冲入黑暗，他沿路刺破魏军的哨岗，吞食水云深处的野兽，斩杀大王派去巡山的小钻风，终于到了五岳山。

有人说，五岳山，便是当年如来佛祖封印孙悟空的五指山。

当路人甲看到山下那颗猴头，长出了一口气，说："刘镇伟诚不欺我。"

那口气叹出来，化作斑驳的雾气，被妖猴一口气吸走，嘿嘿笑着，说："你这人好生奇怪，跋山涉水跑到此处，不怕我吃了你？”

路人甲低头望着他，问：“你可是东汉永和二年便被关押在此的齐天大圣？”

妖猴哈哈大笑，说：“俺老孙不知道人间年号，只算得刚好过了一百年，你一介凡人，找我作甚？”

路人甲掐指一算，默不作声，算了良久，妖猴听到他隐隐传来的呼声。

妖猴眼珠一瞪，大骂虎落平阳被犬欺，今日竟连一个小小人类也敢在本大圣面前放肆！

猴子鼓气一吹，刹那间狂风肆虐，将路人甲卷了几个跟斗，重重摔到地上。

路人甲仰天大笑，在满是砂石的地上摩挲出血，连着喊了三声“痛快”，喊得猴子一头雾水，以为碰上了发疯的傻 ×。

“孙悟空，我问你一句话，你可想从这五指山下脱身！”

路人甲猛地从地上跳起来，手上脸上都染着血，腰间剑“哐啷”一声出鞘，喝声嘹亮如鹰鸣。

孙悟空眨了眨眼，说：“你又犯病了？”

路人甲哈哈大笑，说：“我没有犯病，我跋山涉水，三年无日无夜，终于找到了你，岂能在这个时候犯病？”

猴子运气抠了抠鼻屎，狠狠喷到地上，说：“那你刚才在算个屁啊。”

路人甲突然不笑了，整个人静止在山外，肃穆端庄，在朝阳未生的暗夜里，透出一股难言的悲伤。

猴子没感觉到悲伤，隔着老远，只闻到了这货三年不曾洗澡的汗臭。

“我在算，你过了一百年，那现在该是什么日子。”

“我算出来了，现在该是……大汉建兴十三年，丞相过世三年了……”

路人甲呆呆地望着星空，三年浑浑噩噩，如今一朝回忆，有种寥落悲前事，支离笑此身的感觉。

猴子不耐烦地喊了他两声，说：“俺老孙最烦别人伤春悲秋，你既然千山万水来找我，有屁就放，反正不管什么忙，我都帮不上你。”

路人甲没有理他，自顾说道：“猴子，你相信一个人可以穿越时空吗？”

半晌，没听见猴子的回应，路人甲有些疑惑地回过头去，发现猴子正叼着一根烟。

路人甲咽了口唾沫，指着那根烟说：“你在搞毛，叼的什么鬼？”

猴子吐出烟圈，目光迷离唏嘘，说：“我也不知道这是什么鬼，我说是我随便从地上捡的你信不信？大千世界，神佛漫天，谁还没点故事，你丫有屁就放，老孙我就当听个睡前故事，听完就睡。”

路人甲点了点头，说了这样一个故事。

·2·

我当年本是踌躇满志的大四狗，在一个叫知乎的网站上，发现有人提问，如果让我回到三国，作为路人甲，该如何做一件事改变历史。

还没擦亮灯泡，灯神就出现了，他说我是作死大神选中的人，把我强行扯回了三国，化作一缕青烟给我灌输了古人的行为规范和道德准则，顺便科普了语言文字，房中术一十八式。

灯神说，当我改变历史的那一刻，我就能回来。

我当时不过二十岁，心想，路人甲能改变个屁的历史啊，路人甲也就是个炮灰。

正巧，我回眸间，发现我背后的草庐里，有人长身玉立，长吟着“大梦谁先觉，平生我自知”。

我脑中轰然一下，明白原来我就是那个书童，我家先生，名唤诸葛孔明。

干掉诸葛孔明，我就能改变历史，回到现代。

机智如我，万万没想到孔明竟然也会武功，后来才想起，孔明七擒孟获的时候，好像随手一剑刺巨石，能直没剑柄。

那天，我放下手中的板砖，眼泪汪汪地看着孔明，孔明一脸唏嘘，将我扶起劝慰，说："没想到，你还是知晓了一切。"

我有点蒙，不明白知晓什么了。

孔明说，从徐州逃难的时候，是我父母救了落单的孔明，只是不久后灾荒加剧，兵危战凶，我父母说要宰了孔明，换一顿饭吃。

孔明反抗，偷偷溜掉，我父母衔尾追击，反被路过的山贼截杀。

孔明说他愧对我父母，因为他本有一百种方法击退山贼，但他一种都没有用，我要杀他，有理。

"这个世道，人们尽在寒风中挣扎，有的选择尽欢而散，有的选择苟且余生，我都明白，偏偏那些不肯死去的，不知是在等些什么。

"或许，是在等英雄出世，是在等我。"

孔明扬眉笑了笑，我忽然想起，那时候的他，应该也不过二十多岁，为什么人跟人的差距，就这么大。

杀不了孔明，我想如果不让刘备收了孔明，也是能改变历史的。

我告诉孔明，说："我刚刚得知身世，明白不该报仇，也还是心情不爽，你能不能离家游学一会儿。"

孔明顿了顿，说："这是我家。"

我盯着他，说："我知道这是你家，所以我才问你能不能。"

孔明无奈地耸耸肩，说："我能我能，算我怕了你。"

刘备第一次来的时候，孔明果然不在，刘备第二次来的时候，我故意无视他，说我记不得许多名字。

刘备当时的脸色很尴尬，像是便秘很久被人发现了。

如果我知道，随后我还是逃不了跟着孔明在刘备帐下混，打死我也不作。

果然出来混，还是要还的。

第三次，孔明竟然回来了，两个人一见钟情，一见倾心，孔明说你是这世上最善良，刘备说你是我见过最漂亮，孔明说你是这世上最坚强，刘备说你要让我去向何方，嘿，何方？

当我听到熟悉的隆中对，我就知道这套方案又完蛋了，后来我问起孔明，为啥就选刘备，好歹选个孙权也行啊。

孔明摸了摸我的脑袋，一脸慈爱地看着我……

·3·

“我知道我知道，估计如来看我的眼神跟你家先生一样，都是看傻 × 一样的眼神。”猴子此时嘴里又多了根香蕉，吐出香蕉皮，哈哈笑着。

路人甲黑着脸，说：“你丫给我闭嘴，怎么把你压着，还给你香蕉吃，香烟抽？”

猴子沉下脸来，说：“这事谁问谁死，懂？”

路人甲干咳两声，继续往下讲。

孔明看我的目光是不是像看傻 ×，并不重要，重要的是我改变不了历史了。

孔明说，他知道刘备，刘备年少时给商队当护卫，也是个浪荡游侠，偏偏老成持重，忽悠得了天下人。

可其实，夜半狂风起的时候，他是会慷慨悲歌的人哪。

那一夜，我似乎已经看到了结局，看到了赤壁和白帝的火光，跳跃着周瑜和陆逊的侧影。

我不想耗在这里这么多年啊，没有电没有交通，认识个姑娘都分分钟天南地北双飞客，更不用提遍地兵燹，白骨于野。

好在赤壁一战，终究是胜了，我看到孔明脸上的笑容越来越少，我不懂这是为什么。

赤壁之战，是名留青史的一战，也是奠定三分局面的一战，隆中的谋划严密地落实着，荆州到了，庞统也到了，我不明白为什么孔明还这么低落。

那一夜，我问：“火车你听过没，飞机你听过没，知乎听过没？”

我想，如果孔明也是穿越者，恐怕才会知道自己的巅峰已经到了，后面只有无尽的疲惫与徒劳。

孔明没有回应，只是默默地转过头来，仍旧像看傻 × 一样看着我。

他问我：“人甲啊，你说这是个什么世道啊。”

我脑子一热，忽然想装一个 ×，于是抖出司空图的两句话来：

“大风卷水，林木为摧。适苦欲死，招憩不来。百岁如流，富贵冷灰。

“大道日丧，若为雄才。壮士拂剑，浩然弥哀。萧萧落叶，漏雨苍苔。”

孔明沉默了很久，拍了拍我的脑袋，说：“以后梦到仙人不要乱叫，每天夜里都很吵……不过仙人的指点倒是可以说一说。”

他说到最后一句的时候，嘴角微微勾起笑容，依稀还是草庐里的飞扬，只是眼角的皱纹，三年间已如乱草横生。

我听到他的喃喃自语，他说：“大道日丧，若为雄才。壮士拂剑，当有浩然。管他的哀不哀。”

我扑哧一笑，心说原来孔明你浓眉大眼的，也会骂人啊。

后来周瑜死了，孔明很伤心，我看不出他的伤心是真是假，也没工夫去想他的情怀，我在一千八百年后的世界里还有父母家人，还有我喜欢的姑娘。

而如今，我已经在东汉末的悲怆与寂寥里蹉跎三年。

我找到鲁肃，说：“你别跟我装好人，如果有一个机会做掉诸葛亮，你动不动手？”

鲁肃打量着我，问我为什么。我把我的身世说出来，他好像还是不太信，最后我只能说：“你要信我哟。”

鲁肃信了。

毕竟刺杀诸葛亮，无论成败，都对东吴有利，败了诸葛亮不会因此放弃结盟，成了刘备也没有实力作乱，不过设一场局而已。

那场局，是周瑜的葬礼。

我亲眼看着诸葛亮一身白衣过江，要祭奠周瑜，我坐在慢悠悠的乌篷船上，身前的先生还在捧着卷竹简，上面写的是荆州各地的世家豪门。

“先生，不如算了吧。”

孔明回过身来，我看看天，又看看孔明，我看天的时候觉得天很近，看孔明觉得他离我很远。

孔明笑笑，说：“我如果算了，怎么对得起深夜狂歌起悲风的主公，大道日丧，我得做那个拂剑的壮士。”

我记得，周瑜也曾这么想过。

他笑一笑，又低下头钻研怎么打理荆州的政务。

孔明在周瑜葬礼上痛哭的时候，鲁肃一直没有动手，因为孔明在哭的不仅是周瑜，而是逝去的江东。

从此以后，再无精进的猛虎，再无北上的周郎，只有苟且的江东世家与烟雨飘摇的三月杏花。再不见军威万里的江东了，再不见并肩拂剑的壮士了，只有苟且的诸侯和谋划的策士，大汉的气度已随落日一般，落得西山如血。

“公瑾你走好吧，有整整一个时代，会很快过去找你。”

孔明哭完，拂袖离开，我没有问鲁肃为何不动手，正如同鲁肃没有问我。

很多事情，看破不说破，大家还能做好朋友。

特别是，这么傻 ×、这么白痴的事情，我们不动手没有一丝一毫的好处，却仍旧没有去做所谓该做之事。

好在日后我跟鲁肃相逢一笑，终究不至于没脸见人。

回荆州的路上，孔明对我说，那次在赤壁他跟周瑜弹琴，周瑜跟他说起过，当年周瑜出山，也曾像他一样，对着家乡的土地说：“等我平定天下，匡扶乱世，必定回来策马郊游，耕田打猎。”

孔明只说了这一句话，便负手看着悠悠江水不动了，我至今不知道先生是否知晓我所做的一切。

我没再试图改变历史，我也改变不了历史，我看着汉中那两个枭雄的对决，那是整座江山整个时代的厮杀。

冰冷的兵马在沉默的沙场上相遇，两位壮士在内心共同唱着葬灵曲，祭奠着走了一生的黄泉路，可他们不能回头，也不会回头，这是“天下英雄，唯使君与操”的宿命。

或许孔明更能明白曹操和刘备内心在想什么，我却不懂得，只觉得这种热血而又冰冷的宿命般悲壮，到最后，这一方汇聚成白帝一把火，有些难以为继的荒唐。

先生老了，如果不是王朗出来找骂，我猜先生都快忘了当年飞扬的自己。

我劝先生：“这次真的算了吧。”

先生笑笑，说：“如果算了，我怎么对得起先帝？”

“可先帝已经放弃了，先帝提兵白帝城的那一刻，已经放弃光复的梦想，去追逐桃园的安逸去了，先生，先帝不会怪你的。”

孔明看着我，我确信这次他看我的眼神，不是在看傻 ×。

先生说：“你不懂，先帝已经拼尽全力了，屡败屡战那么多次，失了荆州的那一刻，谁不知道北伐已希望渺茫，两位将军战死，先帝提兵白帝，一生努力化作流水，先帝岂有不知？

“可先帝……相信我啊，相信我在，大汉就在。”

我看着孔明走出大帐，在沙场上高喝，说：“庙堂之上，朽木为官；殿陛之间，禽兽食禄。以致狼心狗肺之辈汹汹当朝，奴颜婢膝之徒纷纷秉政，以致社稷变为丘墟，苍生饱受涂炭之苦……”

我叹了口气，心想蜀国的朝堂也未必好到哪里去，北伐究竟有什么必要？

那篇初中时候就背过的《出师表》，在朝堂上再度念出，我隐隐有点明白，那是尔来二十有一年矣，那是以迎王师，还于旧都，那是临表涕零，不知所言。

曹操也好，刘备也罢，周瑜孙策也好，诸葛先生也罢……谁能知道，这群人都是为了什么，一个个的都这么倔，倔得像要大闹天宫的孙猴子，在浩荡的洪流下妄图杀回大汉的荣光。

我忘记了这是第几次北伐，我一身尘土，四十余岁，遥遥看着大雨中那个苍老的身影。

丞相说：“悠悠苍天，何薄于我。”

羽扇落地，好像是天外陨石撞在我的胸口，我想抽一根烟，躲到无人问津的角落里去静静。

可我没有喘息的机会，那一日丞相点七星灯续命，我才突然想起，自己好像忘记了什么事。

年代久远，我已在这个时代生活了几十年，那些轶事与典故像幽灵一样四散飘忽。

等我想起来的时候，魏延已经掀开帐帘走了进来。

五丈原的风很冷，七星灯晃了一阵，缓缓熄灭。

我骂了声混账，拔出剑便要砍了魏延，魏延一阵慌乱不知道发生何事，仓皇跪倒在地躲我的剑锋。

丞相虚弱地抬起手，说：“算了，这次真的算了吧。”

我提着剑，说：“丞相我们不能算，我们要北伐，要兴复汉室还于旧都，不要江东的苟且，也不要曹丕司马的阴狠狡诈，我们要壮士拂剑，要……”

丞相抬起头，冲我笑一笑，打断了我的话。

他的眼里有泪，浑似当年白帝城托孤的先帝，他说：“大汉，还没有亡。”

·4·

五岳山下，两颗烟头明灭不定，猴子“呸”的一声吐掉烟把，扭头问路人甲：“后来呢？”

路人甲吐了口烟，说：“后来？后来我听人说起五岳山，就过来看看你，我知道山上有六字真言，我想把它给揭了，请你再去地府一趟，把丞相给接上来。”

猴子哈哈一笑，说：“那六字真言可不好揭，没有无边的念力，爬不上去。”

路人甲丢了烟，拍拍手说：“你等着，我这就给你揭了。”

他蹿上山，猴子在山下等着，听山峰上陡然刮起强风，带着冷雨噼啪，像是凿心穿骨般刻进山里。

猴子想，那个路人甲或许已经挂了。

他这么想的时候，朝阳初升，大地回春，路人甲从山上跳下来，浑身的血，手里拿着张符。

路人甲咧嘴一笑，说："齐天大圣孙悟空，你可不能说话不算话。"

猴子有些发愣，说："你牛 ×，行，我帮你。"

轰然一声响，猴子身上又出现黄金的战甲，七彩的祥云，嘿嘿一笑，金箍棒冲着地府便是一戳，整个人腾身而下。

路人甲望着地上的窟窿，闭目静候。

片刻，猴子从地底蹿出来，嘻嘻哈哈拍着路人甲，他说："你那丞相牛 × 啊，三年了，他刚去轮回投胎，我看了判官给他批的命，都是什么唐太宗唐玄宗成吉思汗明成祖雍正乾隆什么的……全是老大，怎么着，你要是喊他过来，我这就给你叫人。"

刹那间，路人甲头顶上绽开霞光万道，灯神时隔三十年，突然蹦了出来。

灯神说："路人甲，你终于要改变历史的进程了，念在你脑洞清奇，本神可恢复你来时的年纪，送你回过去的生活。"

路人甲看了看灯神，没搭理他，又望着猴子，突然笑道："猴子，你去帮我问问转世的丞相，问问他……大汉，还在吗？"

猴子一怔，瞅瞅路人甲，又瞅瞅灯神，说："那你呢？你不喊他过来了？"

路人甲握紧了手中的剑，笑着摇了摇头，说："丞相好不容易过上好日子，我拉他回来做什么？丞相没做完的事情，我来做，我既然改变了一次历史，当然还要改第二次。"

顿了一顿，路人甲又抬头望向灯神："你好歹是个神，那我改个名字，可以吧？"

灯神一脸不爽，问路人甲："你的意思，是把生死簿上你的名字都给改了？很麻烦的。"

路人甲说："那我不管，我就要改，从现在起，我叫姜维，丞相没做完的事情，我要做完，丞相……信我啊，我在，大汉就不会亡。"

灯神停了片刻，抬头，说："好，你已经是了。"

路人甲微微一笑，冲两尊神祇一抱拳，说："二位，那我去了，江湖路远，有缘再会。"

·5·

汉景耀五年，后主刘禅出降。

汉炎兴元年，姜维呈密信，告后主曰："愿陛下忍数日之辱，臣欲使社稷危而复安，日月幽而复明。"

可惜……劫灰零落，一炬焦土。

有人说，姜维死，大汉亡，我没能再次改变历史，丞相，不知我是否有脸见你。

记得那天夜里，我告诉你我来自一千八百年后，你问我一千八百年后，还有没有大汉，我迟疑着没有回答。

你笑了一笑，说你懂了。

如果我的魂灵有幸见到你，这次一定要告诉你，大汉没有亡，大汉的血脉永世流传。

那个时代，跟着你、主公还有周瑜的脚步殉葬而去，可南阳的草庐会塌，赤壁的山石会溃，大汉的血脉，那些屈而不挠、执着之至、不死不休的人，将永世不绝。

完。

四十二岁那年，我拔自己成刀

我出刀了，天下无我不成之事。

朋友，我给你讲一个故事。

在我二十岁的时候，整个并州城没人不知道我的名字。我能开五石的强弓，能挥断城头荒草丛生的青石。那时候的我扬扬得意，说些“我当乘此华盖，大丈夫当如是，我必取而代之”之类的话。

终于，我三十岁了，做了御前带刀侍卫，觍着笑脸四处逢迎，刀客也学得戏子长袖善舞。这是二十岁的我无论如何也想不到的，甚至那时深夜无人，我还曾呐喊保证过，这些一定不会发生在自己身上。

正如同，我怎么也没有想到，在那十年之后，我会骑着火红的马驹，吹响锈蚀的铁笛，带着大军踢踏江山。

那一刻，原先的山川大海，星河云雾，天下间所有的荣华与权贵，触手可及，而又不值一提。

·1·

从前有一个王朝，里面有人做着金戈铁马、行侠仗义的梦，也有人念着十里绢红、凤仪天下的好。

后来，要金戈铁马的变成求功名荣华，想行侠仗义的变成赴约华山，争那天下第一，更不用提后宫白绫鹤顶红，手把手教你熬一碗孟婆汤。

御前三品带刀侍卫，四十二岁的朱昇靠在窗边，唏嘘地教育着新人。

“入了大内，前尘往事一概如烟，甭管你在江湖上多大的名头，是龙是虎都得趴下。宫里的规矩，不是你们几个毛头小子冲撞得起的。”

朱昇打开窗户，磕了磕烟枪，火星子在冬日的大雪里一闪即逝。

刚出头的御前侍卫们，或蹲或站，在火炉旁围了一个圈儿，静静地听着朱昇传授经验。

搁江湖上，这叫悬崖底下的奇人传授武功秘籍，搁朝廷里，就该叫听君一席话，胜读十年书。

唯独一个少年人，不知是走了关系，还是武功奇高，靠在柱子上仰首望天，十年书也好，武功秘籍也罢，竟是充耳不闻。

朱昇“嘿”了一声，咧嘴一笑便是满眼皱纹，他拿大烟枪指着少年：“诸位瞧了，十多年前，我就跟这小子一样，狂啊。好比是小妖们抓了和尚，问和尚叫什么，和尚说俺叫孙悟空那般狂。不过要我说，小子，那可都是开了挂的主角，你能比吗？”

少年冷哼一声，扭头就走。

“现在的年轻人，就是浮躁，我给你讲个故事，好吧？”

朱昇无奈地叹了口气，抬眼一瞅那少年，额上就爬满了皱纹，“我们这群侍卫，大臣进宫不敢拦，公主发脾气不敢管，万一出点事被人拿了当棋子，死都不知怎么死的。在这班房里，要是不能齐心，以后有你苦头吃。”

众人围坐在火炉旁，深以为然，有那天性喜好结交朋友的，已嚼着花生米，捧壶烈酒邀少年过来喝了。

少年顿了顿，没有离开，也没有过来喝酒的意思。

邀人的侍卫有些尴尬，朱昇一招手，那侍卫喜笑颜开地将酒壶递过去。

熄灭了烟，放下了酒，朱昇瞄了眼少年，说："我给你讲的这个故事，你千万别告诉别人。"

当年我刚进了皇宫大内，想着有朝一日定能常伴天子身旁，护驾有功，晋升公侯，也算是光宗耀祖，百年之后坟头上两柱青烟，还能保后辈世代荣华。

那时，我二十七八，满脑子都是一往无前，出鞘不归，红颜添香袍泽在侧，都是些永远和一生的故事，故事里我策马飞奔在朱雀大街上，往来的少女会惊呼，男子会涨红了脸喊"大丈夫当如是"。

所以等我在御花园里，看到礼部侍郎竟在调戏一个十三四岁的宫女，自然就忍不了了。

那少女也是狠辣，素装黄裙，束缚不了她眸子里的倔强。谁能想到一个十四岁刚刚进宫的少女，会在肚兜下藏了柄匕首呢？

少女说："我知道你是大官，可匹夫之怒流血五步，不是你的血，就是我的血。"

礼部侍郎大怒，说："宫中带匕首，这一项罪名就足以砍你十遍，你若从我，一切无事。"

少女什么也不说，只是咬着牙，抓着匕首，直直地盯着侍郎，枯瘦的身子在那年的秋风里有些萧瑟，一步不退。

赵侍郎冷冷一笑，说："你可知道我弄死你全家，就好像捏死一窝蚂蚁那么简单？"

少女说："我没家人，你捏捏看好了。"

礼部侍郎怒极反笑，就要喊人抓了这少女，这时我蹿出来，拿刀柄一下敲晕了他，还冲惊愕的少女咧嘴一笑，告诉她快点跑。

少女说："谢谢你。"声音脆生生的，那是我在皇宫里听过最好听的声音。

后来，赵侍郎醒了，要把事情闹大，说宫里有宫女身藏利器，想刺杀皇上。我没辙，跟着一起去搜，找到少女的时候，才发现她是小公主身边的丫鬟。

那天，小公主给了我两巴掌，回头还被赵侍郎派人阴了，又挨了两巴掌。

有公主护着，那小丫头自然没什么事，赵侍郎更没什么事，只有我被派去守宫门，一守十年，风吹日晒像狗一样。

那丫鬟也是傻，还常来送饭，一来二往公主自然起了疑心，丫头只管闭嘴不说，要不是小公主心善，早死了一万次。

十年过去，公主跟那丫鬟玩得更好，丫鬟竟真把这事说了，公主没砍她，还派人喊我去忘忧宫值哨，我才慢慢爬到这个位子。

刚进宫的时候，有前辈说过眼要半睁半闭，否则寸步难行。那时候狂啊，跟你小子一样狂，管他个屁啊。可到了最后，以前跟我一起当值的侍卫，不是出去做了将军，就是升官到了他处，少年人啊，在皇宫里，咱屁都不是，有些事，就别太当真了。

朱昇讲完故事，昏黄的双眼越发没精神了，摆手说："后来守宫门才发现前辈讲得对，这些年天下动荡不安，大将军王谢跟丞相往来攻讦，皇宫里几位皇子钩心斗角，皇帝更是老来昏聩，无数大臣宫女太监……和我们这样的侍卫，都被夹在其中，伸手管一件，且不说能否管得上，伸手就是个死。"

火炉里噼啪响着，众侍卫迷之沉默，还是那递酒的侍卫最先反应过来，勉强一笑道："头儿，您这不还是大难不死，到了今日的位子么，咱们敬你是条汉子！"

"敬个屁，要不是耽搁了十年，我还用得着坐这儿跟你们喝酒？"朱昇笑骂着，还是端了酒碗满满干掉。

少年抱刀站在人群外，此时突然拿过朱昇的碗，倒了满满一碗酒，锐利的目光对上朱昇昏黄的双眸。

"敬当年的你。"少年仰头咕嘟一声，火辣辣的酒便灌了下去。

"那群人，就算步步青云，从没在皇宫听过那句谢谢，又有什么意思？"

少年冲朱昇笑了一下，笑的时候眼波一变，恍如春水漫草原。

朱昇哈哈一笑，拍了拍少年的肩膀道：“你要是见了那小丫鬟，你就知道，十年蹉跎配一句谢谢，好歹也该配公主那样的美人，配她，太瞎了。”

“嘭”的一声屋门打开，冷风冻骨，刹那间刮灭了火炉里蹿腾的火焰。

屋内气温骤降，冷不过朱昇的心。

瘦瘦小小，没胸没屁股也没脸蛋的普通丫鬟闯进门来，指着朱昇大骂：“朱昇，你混蛋！公主要去北漠和亲了，你还有脸在这儿吹牛！”

朱昇愣了一下，片刻后想到一件事，寒风如雷，噼里啪啦击打在他的身上。

·2·

忘忧宫其实是一座高高的楼，丫鬟走后，楼里灯火通明，二十四岁的忘忧公主久居皇城，如今终于也要走上注定的路。

朱昇站在寥落的星辰下，明月高悬，夜风凉如水，啪啪抽打在他的脸上。

烟枪的火星一闪一闪，终于完全熄了。

以后再也不会有那高贵的公主，遣了瘦小的丫鬟，给值守宫门的侍卫送饭，公主要去和亲了，丫鬟也要去陪嫁了，偌大的皇宫，还是只有一个日渐老朽的侍卫。

“听说，是皇上怕王大将军造反，要公主和亲北漠，搬兵马来援。”

少年默然走到朱昇身后，嘴角带分哂然的笑。

朱昇掏出烟丝，掐灭了火，狠狠丢掉：“关老子屁事。”

少年看着茫茫黑夜，灯火幽深仿若停在彼岸，他说：“如果不关你的事，你何必站在这里？”

“老子吹吹风，不行吗？”

朱昇恶狠狠地瞪了眼少年，转身回了班房，寒风卷起他丢掉的烟丝，打着旋飘落在地上。

回眸望去，那座忘忧楼隐约沉浸在白云之外。

“为了皇上的一个疑心，就要把公主嫁去北漠，还要引外族入中原，朱昇，我觉得这样不好。”

少年跟上老侍卫，低头自顾说着。

“公主谁也没求，丫鬟辛苦避过人们的耳目，只来找你，你真的不过去看看？

“我听说北漠的王很残暴，一夜要四五个女人服侍，服侍完了就会削下她们的肉来吃，在她们身上刺字，彰显自己的所有权。头儿，你说公主养尊处优，受不了吧？

“头儿……她们三天后就要走了，你不去看一眼？”

朱昇终于停下来，皱起眉毛，头发乱糟糟地垂下来，转身劈头就骂：“看个屁，公主久居深宫，跟我讲了不知多少次她想要一个王子，远走天涯，在草原上执手看夕阳。现在她的梦想就要达成了，我只是一个侍卫，添什么乱？”

少年看着朱昇走进班房，背影有些驼，头发有些花白，公主二十四五如花似玉的年纪，怎么也是不搭的。

丫鬟走了之后，再也没有来过。少年擦刀的时候，朱昇一直跟新来的弟兄喝酒。

其间有太监过来巡查，朱昇低头哈腰递过烟枪，小太监推脱的时候还被朱昇塞了银子，眉开眼笑地说：“公主要出嫁，许宫里热闹一番。”

朱昇问怎么热闹，太监回他：“热闹就是天下来朝，烟花璀璨夺星月光辉。”

擦刀的少年，清晰地看到朱昇神色一黯，却不知道朱昇想起来的是几年前的宫门旁，有姑娘告诉他，她生平最不喜欢，就是传奇的故事，璀璨的烟火，万方的来朝。

因为那些，都不是她的。

少年看见，朱昇隐隐叹了口气。

京城里连放了三天的烟火，红了半壁江山，传闻定西大都督要回京亲自护送公主，意义非凡。

巧的是，定西大都督萧生化出身殿前侍卫，跟朱昇乃是同一辈人。

第三日的晚上，萧生化哈哈大笑着踢开班房的门，搬来一大坛酒，说是拼了性命偷来到此的：“朱昇你当年最好这一口，不能不给我面子。”

班房里只有朱昇，其余兄弟都巡查当值去了，公主离宫，定要万分小心。

四十二岁的朱昇，毕竟年事已高，又偷偷给小太监塞了银子，只念叨着平安是福，就失了这最后一次见到公主的机会。

朱昇盯着那坛酒，想起忘忧楼外黏稠的夜，冰冷的风，咧嘴一笑：“好，我们不醉不休。”

酒过三巡，菜过五味，萧生化拍着大腿红着脸，大笑着说：“当年你救公主身边的那个丫鬟，我们都知道，那时候只有你才可能出现，只有你才会一刀敲晕礼部侍郎。”

朱昇瞪大了眼睛，几乎把酒喷出来：“那你们怎么不告诉我？”

萧生化一手扶着酒坛，呵呵笑着站起来，摇头晃脑道：“你知道么，其实今天我本想灌醉你，哪怕灌不醉你，也要弄个宫中禁酒的名头，把你关牢里两天。”

“……为什么？”朱昇搓着额头，吐气看着高高在上的定西大都督。

萧生化望着沉凝的夜幕，撇了撇嘴：“我们当年都佩服你，说你有种，比我们所有人都有种，怪不得你的刀比我们所有人都快。这么多年，我以为你还这么有种，所以我只能瞒住你，把你送进牢里。”

“瞒我什么？”朱昇一头雾水。

萧生化转过身来，哂然一笑：“如今看来，也不用瞒你了，王谢的儿子被扣在京城为质，做了御前侍卫，便是成天跟你厮混的少年。王谢已经在北方反了，派人来接他，没承想那小子跑去了送亲的队伍，说要替某个老侍卫见一眼公主。

“朱昇啊朱昇，如果是十五年前，谁敢跟你说这些？公侯将相，真了解你的人里，再多的权势也不敢跟你说这些，你狂啊，狂得像是天庭里一把火，烧起来就是大闹天宫。但现在你完了，你没种了，有些故事还没完，你就念叨着‘算了吧算了吧’，现在想起来，还不如一开始，你就没种的好。”

萧生化拍了拍手，打开门，门外下了鹅毛大雪，天地白茫茫一片真干净。

远处一道烟火腾起，萧生化笑了笑，转身冲不知所措的朱昇道："我们的人成了，那小子拿下了。"

朱昇身子一抖，满脸的褶皱挤成一坨，有风雪进门，拍打到他的脸上，鼻子不是鼻子，眼睛不是眼睛。

酒坛一颤，朱昇霍然抬头，发现萧生化拿了酒便要离开。

一声无意义的怒吼，朱昇奋力跃起，抓住酒坛的沿口，喃喃地说："你不能连酒也拿走，你不能拿走……"

萧生化残忍地笑笑，眼睛里的恶毒像能一寸寸割下朱昇的手，他一下拍在朱昇的手腕上，两个人同时松手，酒坛啪地碎裂在地。

酒香四溢，酒意暖不了北风凛冽。

"朱昇，十五年前我们对刀，你胜了我。在侍卫里面，你救了那丫鬟，又胜了我。可那又如何呢，你现在连喝口酒都不行，就好比当年你被派去守宫门的时候……哦对了，那还是我给赵侍郎出的主意，反正你永远都无能为力，永远都只能待在那里看着。"

萧生化伸手指了指朱昇，后者一个踉跄摔倒在地，瑟缩着向后躲了躲，咬紧了牙，红透了眼，仍止不住地打战。

"朱昇，你输了。"

萧生化哈哈大笑，说："我饶你一命，也免你牢狱之灾，老子此去抓了王谢的儿子，便回身平定叛乱，将来带刀上朝，封侯赐爵，会给你剩坛酒的。"

朱昇望着萧生化离去的背影，无数次地想大吼出来，有种又怎么样，救了一个小破丫鬟又能怎么样，如果不是公主，等那赵侍郎发起飙来他还是无能为力。

他从来都没有赢过，他从来都无能为力，就算救了一个姑娘，姑娘和那云雾中的公主，都感慨他是条汉子，正如当年的弟兄感慨他有种，又怎么样？

带刀的侍卫，还是无能为力，连坛酒都抢不过来。

朱昇干笑了两声，多么荒唐，多么悲伤。

流淌的醇酒倒映出他凌乱的头发，通红的双眼，满是褶皱的老脸，朱昇伸手，一巴掌抽在自己脸上。

这张脸，曾经也是疏狂不羁，潇洒自在过的。

丫鬟说得对，朱昇就是个混蛋，朱昇就只能在一群新入大内的雏儿面前吹吹牛，什么都做不了。

那个本该去迎亲队伍里的人，是他，不是少年，不是本可以离去却为了傻 ×、有种，非要替他看一眼的少年。

朱昇胸中块垒难消，捧起一勺残酒，烧得胸腔火辣辣疼。

仍是块垒难消。

男人愤怒捶地，这是他少年时察觉自己无能为力，才会做的傻事。

桌案上的烛火颤了两颤，倾化洒落，点燃了醇酒一地的火焰。

朱昇下意识跳起来，大火迅速蹿高，男人在屋子里四处搜寻，二狗的家书，铁柱的传家宝，狗剩的定情物，一一都翻到了怀里。

火焰已烧三丈，四处奔忙的朱昇一愣，突然停在了火中。

每个人都有抛不下的东西，自己抛不下的，是什么？

人的思绪可以随时停下，只是这世界不会管你，蔓延的大火也不会在意。

火光逼近的那一刻，朱昇感到衣服烧着了，头发枯卷了、焦黄了，自己马上就要葬身火海。

那一刻他想清楚了，从一开始他就没想要救火，只想着搬出弟兄的东西，或许从一开始，他就做好了赴死的准备。

烈火焚身，想来必是惨不忍睹，离京远走的姑娘，身陷囚牢的少年，看不到也算是幸事。

朱昇闭上眼，将弟兄的包裹扔出门外，伸长双臂，要葬身火海。

噼啪声响，从朱昇左手间爆起。

朱昇狐疑去看，发现不知什么时候，自己左手里握了一把刀。

刀鞘被烧烂了半截，刀锋雪亮，迎着火红的光，也映着自己的脸。

里面的人似乎在说："你的兄弟在替你去死，你的女人等着你去救，你十五年前无能为力，十五年后还是无能为力，命运待你如此，你便服气？"

朱昇茫然地摇了摇头。

片刻后，朱昇收回手臂，右手握上刀柄，浑身沾满火焰。

男人坚定地摇头，低声道："我不服气。"

一道刀光，开天辟地般飞起。

传闻就在这一夜，有凤凰涅槃，从紫禁城里皇根底下，亮翅清鸣。

·3·

二十岁的时候，有人告诉我刀应该追求快，快到极点，能破风。

三十岁的时候，又有人告诉我，刀应该追求慢，快到极点也是慢，能画光。

四十岁的时候，还有人跟我讲，刀这东西不祥，真练到家了，不快也不慢，出手就是个死。

这一年，我四十二了，从大火里走出来，拔刀。

我就是刀，我拔出了我自己。

朱昇心想："玩个刀嘛，哪来那么多快慢生死的讲究，出刀就是出刀，我出刀了，天下无我不成之事。

"怕个卵。"

朱昇在紫禁城里仰天大笑，一个劲儿地喊："对，老子出刀了，老子怕个卵！"

整个皇宫里的侍卫都觉得这货疯了，身上还零星燃着火，就大步踏着风雪，提了把无鞘的刀，走出宫城。

守城门的侍卫说："你不能过去。"

朱昇哈哈一笑，拍着两个侍卫的肩膀说："守城门一天九个时辰，换班也有六个时辰，风吹日晒，雨打雪劈，就为了里面的人逍遥快活，说砍死你就砍死你，你服不服？"

侍卫们有些沉默，不说服不服。

朱昇又哈哈大笑，揽着两个小侍卫登上城墙，指着远处慢慢消失的迎亲队伍说："为他们，热闹了三天，京城饿死了三千人，城外驱赶了冻饿的饥民上万人，里面有没有你的亲朋，会不会有你将来的亲朋，你服不服？"

不等两个小侍卫说话，朱昇又说了：

"以前事没到我眼前头，我不知道我服不服，可我的兄弟被人抓了，我的女人被强行带去和亲，还要扯个蛮子祸乱中原，傻 × 才服，傻 × 才不干他娘的。"

朱昇拿着刀比了比两个小侍卫的脖子，这次没笑。

"你们要是服，我也不杀你们，溜去一边别拦着我去救我的兄弟。要是不服，帮我开了城门，一起走。"

两个小侍卫看着那雪亮的刀，不知所措。

朱昇又是哈哈大笑，三五步跃下城墙，刀光一出，城楼里几乎亮如白昼。

偌大的城门，被一刀劈开。

朱昇唱着歌，说："长刀出兮劈他娘，放火烧天是故乡，斩王侯兮娶姑娘，谁不服兮跟我平四方。"

守城门的两个小侍卫知道朱昇，一个守了十年宫门的废柴侍卫，一刀砍出原来是泼天的妖猴，闹凌霄的大圣。

一个小侍卫撞了撞他的朋友，低喃道："你服气吗？"

另外一个小侍卫摇了摇头，说："王侯将相，有种吗？"

"这个男人有种，我服他，不服别的！"

总有那么一刻的冲动，将决定一生的轨迹，两个小侍卫冲了出去，跟着朱昇大笑大唱，迎头闯进了刑部的大牢。

萧生化已经提兵北上了，少年被吊了起来正准备用刑，朱昇抬手就是一刀，霸道绝伦，从朱雀长街，砍到了天牢深处。

一道长长的沟壑，让少女惊呼，让来往的少年顿足，握紧了拳，大喊牛 ×。

朱昇一把将少年扯了出来，冲胸膛就是一拳，笑道："你小子现在该请我喝酒了！"

少年目光亮起，背后瑟缩着的刑部尚书跟垂老狱卒看都不敢看二人一眼。

一行人夺了马，朱昇抢了匹红色的烈马，横刀踏上朱雀大街，仰天笑唱：“长刀出兮砍他娘，放火烧天是故乡，斩王侯兮娶姑娘，谁不服兮跟我平四方！”

京城的兵马涌来，堵在门口，朱昇照样长笑，把刀一指说：“你们给我让开，我要去追我的女人。”

兵卒们面面相觑，数千精兵就为了挡四个人，还有一个拿刀的疯子，丢脸丢太大了。

那疯子见人不让开，也懒得再劝，把刀一扬，眉目里就全是不服。

“我二十五岁来到京城，为了博一个出身，等我四十岁再来京城，为了不服，为了推翻我也不知道要推翻的什么东西。我只知道，我要拔刀，你们不走，就得挨刀子。”

朱昇下了最后通牒，把刀向天一挥，风雪陡然停住，天边冬雷震震，一道闪电凌空劈下，劈着了京城外的大树。

兵卒们骇然散乱，这不是疯子，这是，这是……谁知道这是什么鬼？

朱昇一声大笑，策马扬刀，屏住呼吸一道砍破了厚重的城门，嘴里还不忘喊着：“任人宰割的，命运浮沉的，八方来风不能自已的，你们心中服气吗！

“人在江湖，可以身不由己，也可以不死不休，刀在手，跟我走！”

朱昇雷霆般的话，炸响在风雪密布的紫禁城外，天地一片苍茫，无牵无挂的人们，热血不服的少年，呼啦啦站了出来。

·4·

当萧生化再次见到朱昇的时候，他恨不得抽死自己。

那是在一个荒芜的平原上，铁铅色的云层密布，枯黄的大地上覆了层几日前的细密雪色。

远方，有一条火龙，踢踏而来。

清一色赤红色的马，赤红色的铠甲，刀枪剑戟兵器杂乱，气势却都是罕见的一致。

领头的人，还穿着几日前大火里走出，残破的侍卫服，头发胡乱一挽飘在空中，单刀扬起，铺天盖地的大军刺斜里堵住了萧生化北上的去路。

细密的鼓点响起，两军毫无言语，天上的铅云崩溃，地上的流火蔓延，两支兵马相撞，平地里掀起血与火的歌。

乱军之中，萧生化全副铠甲，遇到眉目轻狂的朱昇，心底没来由一阵害怕。

朱昇似有所感，回头一望，目光如同两道火电，噼啪带响，炸在了萧生化的脑海中。

下意识地，萧生化一声大喝："都住手！"

战场上没人停止，反因萧生化这一声喊，朝廷兵马又死伤不少。

朱昇饶有兴致地看了眼萧生化，轻轻把手一抬，一身赤色的人纷纷后撤，片刻间就给两人空出了地方。

萧生化红着脸，试探问道："我现在投降，能给条命吧？"

"我要是说，你把你后面那群人都坑死，你就能活，你怎么干？"朱昇把刀扛在肩上，笑眯眯地盯着萧生化看，皱纹里全是深邃的凌厉。

萧生化抿嘴想了半天，哭丧着脸道："我，我不知道怎么干啊，这么多人，我怎么坑得死？"

朱昇搓了搓额头，点点脑袋表示明白，把肩上的刀垂下，目光越过萧生化望着他背后众人。

"喂，都想明白了吗？家国天下，没有什么大我小我，从来都只是牺牲小你，成全大我，你们还服吗？！"

风吹云动，沙场静寂无声。

片刻间有人大喊道："我们不服，将军我们要跟你平天下！"

朱昇笑骂，说："你给老子滚，别说是跟着老子，是你不服，你想平天下！"

那人得了回应，更是喜笑颜开，向四周看了看，径直跑到了另一侧。

一人动，自然后继者如潮。

萧生化傻愣愣地看着这一切发生，想着兵法上说的，弃卒保车，为什么会有人弃车保卒？千军易得一将难求朱昇不知道吗？以前谈论兵法的时候不是说过，战争总要流血，总会有那些被堵在城外的人，总会有杀一救百的时候，总会有……

“萧生化，你服不服！”

一个声音，刹那间打断了萧生化的思路。

朱昇按马而来，说：“我知道你是不服的，不服没关系，我跟你对刀。”

萧生化咬咬牙，说：“我不对刀，能饶条命不？”

朱昇一扬眉，说：“那也行，你滚吧。”

萧生化狐疑道：“你不会……想玩打草谷的游戏，在背后射我玩吧？”

朱昇哈哈一笑，说：“没准我一时兴起，也未必呢。”

萧生化笑了起来，说：“你不会的，我还不知道你嘛，你就是……”

话音未落，萧生化陡然拔刀，他的刀是太行山中最快的刀，一挥刀间能让风止云收，一棵大树能生生砍掉十年树轮。

朱昇笑了，说：“好刀法，帮我逆了这十年人生。”

朱昇出刀，不讲快慢，不讲胜负，不讲利害生死，就是简简单单的一刀不服。

不服的一刀，砍破了苍穹砍裂了大地，砍断了偷袭者的钢刀和脑袋。

那一夜，潮水一样的兵马狂涌，在无尽的荒原上点了火把，千里奔驰，终于追上了迎亲的队伍。

北漠的兵马已经来接了，可看到那一万个不服的男儿举刀，谁都尿得跟狗一样，跪倒在地。

那一夜，随队的将军哭丧着脸前去谈判，说：“不就是公主么，皇上会给你的，别不服了行不？”

朱昇撇嘴，说：“你们搞错了，我爱的又不是公主，我爱的是陪嫁的丫鬟。皇上就是把丫鬟给我了，我也还是不服，凭什么丫鬟和侍卫就一定要听吩咐，就一定要左右逢源，王侯将相有我有种吗？”

将军哭了，他哭着说：“您这是图什么呢，就为了一个丫鬟，您一个普通的侍卫，俩什么都不是的人，推翻了一个王朝？”

朱昇哈哈一笑，整了整衣衫，说：“这个你不懂，我要去见我的女人了。”

那一夜，公主和丫鬟出了帐，丫鬟哭得泪如梨花雨下。

丫鬟指着远处策马而来的朱昇，说：“公主，你看那是我的男人，他来接我走了。”

也曾被少年跑来看望，以为侍卫对自己有情的公主颇为尴尬，只能点头说好，想着自己也愿不做公主，只要有这样一个汉子。

汉子长声大笑着，射出了一道光彩夺目的火箭，摇曳着升上天空。

万军丛中，人手一张弓，点火搭箭，一样齐齐地冲天而去。

朱昇来到丫鬟面前，下马相拥，他说：“傻丫头你哭个什么，是不是还准备把匕首藏肚兜里，用来对付北漠的王啊？”

丫鬟说：“朱昇你混蛋，王谢的儿子都过来看了，你凭什么不早过来？”

朱昇嘿嘿一笑，指着天空说：“我忙着给你准备求婚礼物了。你看，传奇的故事，璀璨的烟火，万方的来朝，都是你的。”

姑娘抱着他，说：“这些都不重要，重要的是……

“你是我的。”

完。

刺秦

这个世道，错的一定要受到惩罚。

·1·

咸阳宫的大殿上，酒意醺然，歌舞朦胧，舞姬那一双双玉腿晃动，一对对大好胸脯连抖，一颤一颤。

荆轲正啃鸡腿，不住咽着唾沫，身边忽然伸过来一只纤纤素手，姑娘笑得沉凝。

“怎么样，妞不错吧？”

荆轲重重点头，脖子一扭，咧开嘴轻轻一笑：“妞不错，不过我还是要杀你。”

那姑娘面色一寒，整个咸阳宫都冷了起来，她负手，居高临下，问他为什么。

荆轲眨了眨眼，一笑：“因为，这样不对，连坐就是不对，背弃这个时代的信义而开创暴戾也是不对。用这样的秦律，就算你们国力强盛，一统天下，也镇不住六国遗民。”

顿了顿，荆轲瞟了那姑娘一眼，叹气说：“到时候，以你的脾气，不是把他们杀光，就是被他们干掉，怎么能是对的？”

姑娘笑了，咧开嘴大笑三声，眼神如刀：“荆轲不愧是荆轲，这么多年多少人想杀寡人，无非因为寡人是个女人，只有你，敢跟寡人论对错。”

嬴政笑望着荆轲，目光稍凝：“可惜，偏偏寡人没有错。”

话音未落，舞姬拔剑，武士持戈上殿，呼吸之间，锋芒已迫荆轲眉睫。

荆轲眉睫不瞬，神色不变。

年轻的剑客面对年轻的国君，微微一笑，手按剑柄旁若无人。

“你是嬴政，是秦王，来日一统天下是皇帝，我也不知道为什么，那么多人非纠结你是个女人。”荆轲挑了挑眉，似在回想死在他面前的田光、樊於期。

·2·

那一夜，有所谓的名士前来拜访，说秦王暴戾，无丈夫胸襟，非天下之福，甚至以死相劝。

最后，荆轲看了眼地上的尸体，打了个哈欠，转身回屋睡觉去了。

住在荆轲隔壁的高渐离爬起来，一脸呆滞，说：“荆轲你就这么回去睡了？”

荆轲睡眼惺忪，一脸无奈，说：“不然呢？我要是把他埋了，官府的人还要怪我破坏犯罪现场，何必呢？”

高渐离张大着嘴，望着荆轲摇摇晃晃真的进了卧房。

片刻后，有将军带兵，从暗夜里走出来，瞳孔里闪着幽深的光。

高渐离脑门上全是汗，尴尬说：“那啥，这个，这个田光先生，他真的是自己死的，或许是老了，这个，这个血压心脏脑血管都不好，一激动，就嗝屁了吧？”

将军盯着荆轲的屋门，里面如渊似海，漆黑如墨，丝毫没有开灯的意思。

后来高渐离才知道，那个将军叫樊於期，是个战败的逃兵，高渐离有时跟荆轲喝酒，就感慨着这个世界变化太快，一个逃兵不受惩处，还能换个地方接着当将军。

高渐离记得那时候荆轲眼睛越发闪亮，酒杯一放，笑着说：“那是这个世界错了，我一定要它正过来。”

或许因为腹诽过樊於期，所以当那一夜樊於期亮明身份，并采纳了高渐离那份离谱的证词，高渐离感觉自己慌得要命。

高渐离声音发颤，说：“将军，您到底什么意思？田老先生之死就不管了……”

“小高，听说你跟荆轲很熟？”

夜浓如墨，将军的话就从墨里扎出来，截断了高渐离的问话。

高渐离有些茫然，点了点头。

将军拍了拍他的肩膀，说：“那你记住，如果你能请荆轲进宫见太子，就是天大的功劳，田先生的声望，就会变成你的声望。”

话音落在如墨的夜色里，将军留下个背影，渐行渐远。

高渐离这才回神，伸手，呼喊着樊於期，说：“将军，那田先生的死就这样了？”

将军停下脚步，回头，目光幽深，“小高，你记住，死人永远都只是一个死人。”

高渐离不太明白他的意思，站在夜里，只觉得燕国北风像水，渗得周遭都冷。

一个声音从背后传来，那是荆轲懒洋洋地抱怀出门。

“他的意思，就是说死人不再是个人，按他的意思，每个人都会死，每个人都会变得忽然不算个人。”

高渐离扭头，还是一脸呆滞，他感觉自己自从认识荆轲之后，越来越茫然了。

荆轲看着一脸呆滞的高渐离，忍不住又是一笑，揽着高渐离的肩膀，说：“走，我请你去撸串。”

酒至半酣，高渐离终于壮起胆子，问荆轲怎么认识的燕国太子。

荆轲眼睛微眯，目光凝在很远的地方，像是能看透很多年的时光。

·3·

那时候，他还是正在学剑的少年，十三四岁，去游历中原，恰在赵国碰到了一般大小的少男少女。

赵国的兵痞平日里最喜欢做的事，就是调戏嬴政，欺负姬丹，喊他“鸡蛋”。后来姬丹受不了，改名叫作燕丹，仍旧改变不了被欺负的命运。

逝者如斯，昼夜不止，燕丹也曾担心过，等嬴政再长大几岁，会不会发生些可怕的事情。

后来燕丹才发现，自己想多了，嬴政虽然是个姑娘，却比他生猛得多。

邯郸城的长街暗巷，都是战场，嬴政被几个伤痕累累的兵痞压倒在地，仍旧闷声不喊，漆黑的瞳孔闪烁，右臂犹自不断尝试高举。

“嘭”的一声响，一板砖砸在兵痞的头上，嬴政咬牙，“咔嚓”，按她在地上的左臂脱臼，她一滑而出，蹬蹬两脚踹飞追兵。

背后，传来兵痞们的大骂，街道的另一头，往往是姗姗来迟的燕丹。

这个时候，嬴政总会抹掉唇角的血，像是大姐大带小弟一样，跟燕丹说:“走，我带你去撸串。”

终于有一次，燕丹没有来迟，暗夜长街里马蹄声踏着秋霜而现。

紧接着扑通一声，便被兵痞绊倒，燕丹拔出身后刀剑，高高跃起，口里还大喊着，说:“嬴政你别怕，我来救你了。”

半空中飞来两根绳索，燕丹一声怪叫，就被久经战阵的老兵给束回了地上。

老兵们哈哈大笑，说：“这就是传说中的王子公主，一个鸡蛋，一个野种。”

嬴政身子一颤，浑身发冷。

荆轲就是这时候出现的。

荆轲第一次见到嬴政和燕丹的时候，他们正打赢了架跳水而逃，看着后面那群追兵，笑得肆无忌惮。

赵国的阳光洒在嬴政脸上，让十三岁的荆轲明白什么叫惊心动魄，明白有一种美叫日出东方，唯我不败。

那一夜，荆轲出手，身影如幽鬼穿行在黑夜，剑光闪烁，点破了兵痞们咽喉胸口的血皮。一群兵痞们吓得哇哇大叫，狼狈逃窜，被制住的嬴政终于有机会跳起来，抓着那个骂她野种的赵卒就往死里打。

破晓的时候，篝火正暖，荆轲跟两个家伙去邯郸城外撸串，一阵阵地叹气。

“说过多少次了，打架叫上我，嬴政你就说叫上我能死么，啊？”

嬴政瞟了他一眼，默默点头，说能。

少年荆轲眼一瞪，正赶上旁边的燕丹递过肉串，冲淡了两人间的火气。

嬴政看着天边渐渐消失的月亮，开口跟荆轲解释，说：“如果带上你，就算打赢了，那也不是我赢的。从我身上输的，我一定要自己打回来。”

燕丹很想告诉嬴政：“你是个姑娘，打输了会很惨。”

不过燕丹不能说。

荆轲叹了口气，说：“那即便打赢了，你又能赢回来什么？”

嬴政摇头，目光却很坚定，她说：“不管赢回来什么，我都要一直赢，直到赶超三皇五帝，直到赢遍整个天下。

“那时候，我要像今天的月亮一样，谁说女人就不能做国君，我偏要做。月关星隐，我就是唯一的光，我要称王，天下独一无二。”

人总有中二的时候，荆轲表示理解，当时还随意地回了两句：“你都赶超三皇五帝了，叫皇帝不比称王好？”

嬴政回过头，冲荆轲一笑：“如果我以后当了皇帝，你来找我，我一定见你。”

燕丹拿着肉串凑上来，嘿嘿笑，说：“那我呢那我呢？”

嬴政扭过头去，还带着笑音，说：“你那时候想必已是燕国国君，我怎么能不见？”

那天夜里，少年少女许下指天画地的愿景，燕赵风吹得猎猎，年轻的人们笑成三个傻 ×。

荆轲告诉高渐离，三个傻 × 分别的时候，嬴政千叮万嘱不让自己和燕丹去送，她说自己不要在人前流泪。

但荆轲还是去了，因为他听说赵王派兵护送，是想扶嬴政的弟弟长安君上位，借机掌控秦国朝政。哪怕掌控不了，跟支持嬴政的国相吕不韦干上一架，损耗反正也都是秦国国力。

长安君跟嬴政这一架，一定打得惊天动地。

嬴政不想打，所以她要跑，她要逃出赵国护送的军队，她不想连累荆轲燕丹。

穿行在半人高的蒿草里，膝盖中箭，前方是数千人的大军，嬴政笑了，猖狂地大笑，她仅有的十三年时光，全用来跟这个世界对抗，眼看着，就要结束了。

有人高喊，说："你是个姑娘，是个女人，听我们的，能让你和母亲都好好的。"

嬴政笑得更厉害，说："放屁，什么叫好好的，我偏不要你们的好好的！"

执拗的少女飞驰，单刀如月，逆着兵锋而上，赵国的将军静静望着，嘴角一丝不屑。

下一刻，惊变陡升，有刺客忽从草中跃起，剑光如雪，一剑封喉。

荆轲回头一笑，吐掉嘴里草根，说："嘿，嬴政，我来送你。"

嬴政呆呆怔住，人生十三年，第一次感觉阳光这么暖。

荆轲又说："来，我陪你打最后一架，这次再不喊我，我真生气了。"

嬴政笑了，没有肆无忌惮，也没有猖狂张扬，就那么静静地开口笑，说："好啊，荆轲，咱们去打架。"

荆轲啧啧感慨，说："想不到，嬴政你还有女人一点的时候。"

那一架从晌午杀到日落，赵兵群龙无首，竟一直围捕不到。

“那……后来呢？你们怎么跑出去的？”

高渐离听得一愣一愣，荆轲却忽然停住，端着酒杯，像睡着了一样。

“后来，吕不韦猜到了赵国居心，派兵赶来，才救了这二人一命。”

有一个声音从荆轲发愣的方向传来，高渐离这才明白，荆轲不是发愣，而是在看人。

故人。

·4·

那个故人华服金冠，面色苍白，目若朗星，一步步向着荆轲跟高渐离走来。

高渐离隐约猜到这人是谁，酒忽然就醒了一半，瞅瞅荆轲，又瞅瞅华服者，缩缩脖子准备溜到一边。

荆轲叹了口气，伸手按住高渐离，说：“你不用走，我请你吃饭，谁来你都不用走。”

高渐离看看燕丹，发现燕丹的脸又白了几分。

这就尴尬了。

高渐离心里这么想着。

篝火再度燃起来，噼啪作响，燕丹蹲在一旁，自顾笑笑，说：“荆轲，这么多年过去，你还是当年那副样子。”

荆轲打着呵欠，看都不看燕丹：“可惜你不再是当年的燕丹，否则怎么会收樊於期，怎么会让田光来死在我面前？”

“只是我没有想到，哪怕田光死在你面前，你也还不出手。”燕丹抬起头，笑意满面看着荆轲。

风吹得篝火摇晃，高渐离默默烤肉，听着荆轲跟燕丹有一搭没一搭聊着。

他们说当年赵国的风物，邯郸的夜色，打架的长街。

“听说没有，秦军杀进赵国，尽屠赵人。”

燕丹接过肉串，忽然开口说起，一边说一边笑：“其实一开始，我就让田光跟你说这些，田光自作聪明，死有余辜。我本不想来的，伤感情，可我实在想不出，除了你，还有谁能杀她。”

“她实在，不像个女人。”燕丹说到这句话的时候，低下头去，脸上的笑容有些僵硬。

荆轲盯着燕丹，也笑了，冲高渐离说：“你看，这小子果然了解我，他知道如果我知道嬴政错了，一定不会袖手旁观。”

高渐离的手一哆嗦，忘了太子在场，怔怔盯着荆轲，说：“你，你要去杀秦王？”

荆轲伸了个懒腰，东方既白，一如多年之前的邯郸城外。

“去，当然去，办件事情，接着就去。”

荆轲提起剑，一夜未眠的他摇摇晃晃顺着长街走去。

燕丹还在烤串，望着荆轲的背影突然开口：“我来之前，他有说过要做什么吗？”

高渐离茫然摇头，说：“或许，刺秦作死之前，想去爽一把吧？”

燕丹霍然站起，目光似铁：“不对，荆轲不是这样的人，我知道他要去做什么了！”

肉串“扑通”一声掉在火里，篝火飞蹿，映着燕丹急掠而去的背影。

·5·

当荆轲一步三晃走到樊於期府前的时候，红日未悬，长街却已不寂寞。

明白荆轲想做什么的燕丹调来了兵马，堵在樊於期府门前，喘着气，说：“你不能杀他。”

荆轲懒洋洋地站在街上，漫不经心说：“嬴政错了，所以我去杀她，樊於期错了，我当然也要杀他，你不让我杀樊於期，我又怎么能杀嬴政？”

樊於期站在层层叠叠的刀枪之后，双手负在背后，努力做出一副从容自若的模样，不断告诉自己是有用的人，太子不会放弃自己。

果然，燕丹深吸口气，望着荆轲说：“人人都有对错，樊将军小错，不必死的。”

荆轲一笑，说：“你觉得他不该死，我觉得他该死，没办法，如果你觉得我不对，我只能先打你，再杀他。”

一时间，长街上气氛有些沉凝。

樊於期终于忍不住大喊起来，说：“太子，太子你不要信他，他就是不想去杀嬴政，他就是故意跟你对着干，他杀我，就是在诛您在燕国内外的人心啊！”

燕丹咬着牙，盯着荆轲，缓慢而坚定地摇了摇头，说：“荆轲，对不起。”

荆轲笑了，懒洋洋的眉毛一动，扫过燕丹樊於期和在场众士卒，笑的声音越来越大。

大笑拔剑!

长街一寒，荆轲的身影当街消失。

樊於期汗毛倒竖，瞳孔收缩，有生死危机迫来，下意识大喊出声，不断退步，“哐啷”一声佩刀拔出，刀光一闪!

刀光凝在半空。

一节剑尖从樊於期脖颈里透出来。

荆轲缓缓抽剑，鲜血从剑上滴落，砸在地上，如同落在在场每个人心底。

剑客吹血，转身，周遭士卒这才反应过来，纷纷前踏一步，刀枪齐举。

“咔嚓”一声脆响。

接着是数十件兵刃的残骸坠地，荆轲收剑入鞘，看都不看，那是他来时斩出的路，此时正要一步步走出去。

众士卒面面相觑，不敢再拦，纷纷望向燕丹。

燕丹不言。

荆轲言了，荆轲走出重围，回头一笑，冲燕丹说：“这个世道，错的一定要受到惩罚，鸡蛋，你说对不对？”

· 6 ·

咸阳宫里，嬴政若有所悟，又笑了起来，指着殿下那个瑟瑟发抖的秦舞阳，说："这小子，想必是燕丹派来偷偷跟着监视你的吧？"

荆轲一本正经地看着嬴政，说："不用管他，反正你一定要相信，这次是我自己要来杀你。"

嬴政点点头。

荆轲拿出樊於期的脑袋，说："他从你这里跑了，战败逃亡，反而荣华富贵，他不对，我替你把他杀了。"

荆轲说得轻描淡写，仿佛那一天的长街刀枪都不曾存在。

嬴政还是点点头，一样轻描淡写。

荆轲长吸口气，站起身来，那些殿前的武士齐刷刷上前。

"要动手了？"嬴政望着荆轲。

"不说点什么？"荆轲望着嬴政。

风从咸阳宫外吹来，嬴政抬起头，笑笑："邯郸城外撸的那次串，燕丹烤的什么破玩意，真难吃。"

"嘭"的一声，荆轲拍在桌案上，一脸的怒其不争。

"我要杀你了嬴政！你不知道我要来杀你吗，干吗还给我看歌舞吃烤肉跟我说什么邯郸撸串？我要杀你啊，你难道不会分辨吗，不会说话吗？哪怕说一句你没错，说一句你有苦衷，多说几句会死吗？"

荆轲忽然咆哮起来，声音回荡在宫殿里，震得武士们的耳朵嗡嗡作响。

嬴政看着荆轲，又笑了，自从回到秦国，她第一天笑这么多次："算了吧，就算寡人没错，在你眼里也毕竟是错了。这里这么多人，你动手也不见得成功的。"

荆轲深吸口气，说："嬴政你大爷！"

嬴政又笑，说："你知道吗，如果以后我当了女皇，你是我唯一想到配做皇后的人。可惜，没有这个机会了。"

“皇后你大爷！”荆轲猛地拔剑，剑光如一泓秋水，带着易水萧杀，咔嚓咔嚓斩断了周遭武士手里的武器。

所有的武士面色惊恐，却没人敢后退，只是偷眼瞧着嬴政。

嬴政看着荆轲，叹了口气：“荆轲，这么多年，对错是非一剑担，很累吧？”

荆轲不看嬴政，低头望着剑锋，殿外秋风如吼，兵甲如林，剑客许久之后终于开口：“其实这次过来，我是来寻死的。这个世界没人救得回来，孔子都死了，我一个杀人的剑客，跟你手下那群定秦律的家伙一样，不过都只是刽子手。我打过这么多架，不想再杀了，这一架，我想死。”

“啪”的一个巴掌，荆轲有点蒙。

嬴政甩了甩手，白了他一眼：“寡人不会让你死的，这个世界如果错了，那就都杀掉好了。都杀掉，寡人自然就是对的，至于罪孽和骂名，反正寡人已经背得够多。”

荆轲捂着脸，嘴角颤动，想说什么又憋回肚子里。

“至于结局，大不了一死而已，寡人乃天下之主，除了你，谁能杀寡人？”嬴政负手，对着殿外如林的甲士。

荆轲眉头一动：“谁能？”

嬴政头也不回，嘴角一分讥讽的笑：“这世上，想寡人死的人很多，能让寡人死的很少，门外这群甲士这么长时间还不进来护驾……长安君，我那躲在府里装疯卖傻的弟弟，想杀我就进来啊！”

嬴政一声喝，有如涛涛怒浪平地起。

·7·

秋风起的时候，殿外一群大臣将军开始历数嬴政的罪行，什么杀国相，屠城池，严刑峻法，民不聊生。

嬴政就那么一直嘲讽地笑着，指着那群人跟荆轲说：“这些话，也就只有你说出来我才信。”

荆轲看着不紧不慢的嬴政，又看看门外兵马，喃喃说："那我们现在……该做什么？"

"做什么？吃肉看舞咯。"

嬴政手一扬，舞女们再度起舞，舞姿僵硬片刻后，终于渐渐流畅起来。

因为随着门外长安君一声令下，攻取咸阳宫的叛军还不等跑到一半，已有将军倒戈相向，叛军一片混乱。

殿中，还有不少正从暗道里涌来的甲兵。

殿外，老臣们又开始哭爹喊娘，有几个已经爬进门里，说什么臣一时糊涂，说什么乃是被人胁迫，望国主饶命。

一切风平浪静之后，平叛的将军走进门来。

嬴政抚掌而笑，荆轲啧啧感慨嬴政就是嬴政，不知道比燕丹高到哪里去了。

感慨未落，惊变陡升。

殿中又有人出手了。

一个被人认为是死人的人。

秦舞阳出手！

那将军腰间的佩剑出鞘为二，竟跟秦舞阳同时冲出，不分先后，惊雷冷电两道光，骤亮在嬴政身前！

嬴政瞳孔一缩，身后忽然有一股巨力，猛地把她拉到一旁。

剑光从嬴政身旁掠过，不停分毫，似乎从一开始就想杀她身后之人！

"扑哧"两声，两柄剑同时没入荆轲双肩之中。

荆轲抬头，对上的是两双漠然双眸。

"你既然答应了太子，就该做到，如果你做不到，我会帮你做到。"秦舞阳抽剑，血水迸溅。

另一边，将军已经提剑走到了嬴政身前。

嬴政平静如水，问他："为什么？"

将军不看嬴政，低头说："国主对臣有恩，臣替国主平叛，可燕太子丹对臣也有恩，太子在秦时，曾有一饭之恩救臣性命，臣不用秦国兵马，只身还债。”

嬴政点点头，说：“好，没想到燕丹那小子也出息了。”

将军抬头望了望那边被逼入角落的荆轲，回头对嬴政说：“太子托我给您带一句话，他说他曾经想过把您当作女人，可惜永远都比不过另一个人，哪怕当年他劝赵王送您回秦，又找吕不韦救援，也及不上另一个人跟你一起打的那一架。”

嬴政一时恍惚，似乎又回到那片半人高蒿草的战场里，夕阳西下，如血。

甲士已蜂拥上前，将军举剑再刺，剑光如电，嬴政不能躲！

嬴政面色却始终不变，因为她知道，这一架有人在跟她一起打！

铿然一声响，一道剑光飞来，斜掠而至，挡住惊雷般的剑意。

将军一愣，再回头的时候发现秦舞阳的剑已断了一截，踉跄后退，而荆轲两肩血流如注，喘息不止。

片刻，将军便已做了决定。

“先杀荆轲，再诛秦王！”

甲士上前，追着行刺的将军，将军更飞掠如风，早先到了荆轲身前。

秦舞阳剑断人伤，不屑笑着，说：“荆轲你不是讲对错吗，现在你要死了，你猜是说你对的人多，还是说你错的人多？”

将军无言，剑光弹指而至，森寒的杀气已迫眉睫。

荆轲不语。

荆轲喘息陡止，双肩血水再崩。

荆轲握剑！

出剑的将军和一旁的秦舞阳同时心中一寒，一瞬生死危机让二人霍然惊醒。

荆轲是故意的，就如同嬴政刻意引长安君叛乱一样，荆轲是以身作饵，刻意引二人再来！

警觉的那一刻，将军收剑倒飞，秦舞阳贴地急退。

剑光一闪，如易水畔前击筑声。

有两道身影停住，定在咸阳宫里。

半晌无声。

将军看看秦舞阳的咽喉，又看看自己的胸口，僵硬的表情上浮出一抹笑。

“荆轲，不愧是荆轲……”

后来，有人说荆轲死了，有人说荆轲堕落了，有人说荆轲被嬴政软禁了，议论纷纷，不一而足。

这天，高渐离收拾行囊，渡了易水。

他只有荆轲这一个朋友，无论如何，他也要去秦国看看，哪怕荆轲可能已经死了。

朋友就是朋友，这跟死人就是死人一样。

高渐离没想到，自己到了秦国竟然就畅通无阻地进了咸阳宫，更没想到，嬴政真的在后宫召见了他。

万万没想到，刚进殿门，高渐离就听到了人间惨剧。

一个熟悉的声音传进耳中，那是荆轲的倒吸凉气，隔着帷幕，隐约能看到女皇揪着荆轲耳朵。

荆轲一边扶着耳朵喊“疼疼疼”，一边带着哭音劝：“女王大人您下手轻点，我伤还没好呢，您慢点慢点。啊啊啊，不是啊，焚书坑儒这事不能急啊，万一有别的法子呢，你再想想，真有人敢惹你我帮你砍他还不行吗？”

“你伤不是还没好，还没好吗！”

“啊啊啊啊，疼疼疼，我错了我错了我错了，女王大人您轻点，我哥们来了您给我点面子啊……”

高渐离站在帷幕外，一脸呆滞，心想自己是不是听到了不该听的，会不会被砍死。

高渐离缩了缩脖子，然后突地笑了。

回首咸阳宫外，朝阳初升如火。

完。

我朋友的名字叫作“反派大佬”

我可是主角啊，有什么boss（头领）是我打不过的?

我生来就有一个本事，能够看到所有人的名字，但我觉得很奇怪，因为这座江湖里的人，名字都不正常。

这么说吧，我有一个朋友，他的名字叫作“爱到最后陌路天涯，相爱相杀的反派基友”。

还有一个朋友，叫“青梅竹马好基友”。

不是外号，不是人物介绍，而是他们的名字就叫这个，像张三李四一样，都是名字。

某天我和好基友以及反派基友在浪，山野间炊烟袅袅，忽然传来一声呼喊：“爱到最后陌路天涯，相爱相杀的反派基友，快滚回来吃饭啦！”

那是反派基友他妈在喊他吃饭。

我沉默了一会儿，说：“反派基友，你有没有觉得你这个名字十分不正常？”

反派基友涕泪纵横，说：“我念私塾写名字那会儿就已经有过这种感触了！”

从那时候开始，我觉得不是我有问题，而是这个世界有问题。所以在我十岁那年，我决定找一个师父学刀，去看看这座江湖。

哦对，我的名字，叫作主角。

·1·

在我十岁的时候，我终于见到第一个没有名字的人。他的头顶空空如也，衣带当风，步履悠然，正含笑向我走来。

有那么几分贵公子的气质。

这位贵公子年纪不大，自我介绍说是主角光环工作室的工作人员，名叫张二牛，专门负责主角的安全设施、外挂装载等一系列操作。

本人一头雾水，不太明白他想说什么。

张二牛笑了笑，说："你不用明白，你知道我是来帮你的就行。"

倘若我早知道未来会发生什么，我一定会在那一年就砍死他，什么光环不光环，都是垃圾。

似乎我的人生在张二牛到来那年加速载入了，有个名叫反派大佬的人冲入我家，而我爹妈霍然起身，竟是江湖中不世出的高手。

三人一番隔空对波，余威震塌了房子顺便又在地上砸出无数大坑。

反派大佬重伤逃走，我爹妈双双亡故。

爹妈说："角儿，其实我们是……"

咯嘣，死了。

那天我跪倒在父母坟前，好基友和反派基友都双目通红，攥紧了拳，说："主角你放心，无论前方多么艰难坎坷，我们也一定陪你报仇！"

反派基友顿了一下，说："就算对方拿二十根糖葫芦收买我，我也不会动心的！"

当夜，我们仨收拾行李，两位基友告别他们的父母，三个少年开始踏上江湖。

我们拜入一个三流的剑派，在外门打杂，师父们都很势利，见我们没什么油水可榨，连套好的武功都不教给我们。

好基友沉默寡言，开始钻研最基本的太祖长拳，反派基友则告别我们，说：“这个世道想要出人头地，主角你还想报仇雪恨，有时候就得当个恶人。”

本来我也曾经纠结过，茫然过，到底是选好基友的路子还是反派基友的路子，但我发现其实这事解决起来贼简单。

张二牛说：“你跳个崖就行了。”

我错愕盯着张二牛，说：“你从哪冒出来的，我又为什么要跳崖？”

张二牛说：“真麻烦。”

然后伸手一提，把我拎着扔到了山崖下面。

·2·

山崖下那个老头叫“给主角传功的龙套高人”，看名字就知道，他在我的生命中大概只会出现这一次。

我从山崖下离开的时候，老头还念叨着，说：“等你下次回来，多给我带几包王记的烧鸡。”

我点头应下，心想这群人对自己的名字都没有一点觉悟的吗？

回师门的时候，正赶上对面山头入侵，两方在山顶上决战，方式类似于六大派围攻光明顶。反派基友早已背叛师门，当场刺杀了欺压他许久的长老，师门无人出战，唯有好基友挺身而出。

好基友一套太祖长拳，太平中正，竟然无一败绩。

反派基友急了，说：“这些年师门什么模样你不清楚吗，何必呢？”

好基友说：“我信不过你们，你们乱杀人，杀到山顶才做样子给天下武林看，以后一定比我们师门还差劲。”

反派基友说：“没关系，你我都将是中流砥柱，不会再受欺压的。”

好基友摇摇头，说：“我不会说话，反正不行。”

“你不要逼我。”

这俩人眼看就要打起来，本人施施然从山底飞了上来，左脚踩右脚，直上云霄。

二基友：？？？

我左手推出沧浪之水，右手拔刀成流光闪电，轻而易举技压群雄，化解了这一场即将流血的纷争。

从那以后，我成了江湖上赫赫有名的少侠，两个基友围绕在我身旁，一个替我出力，堂堂正正，不战而屈人之兵，一个替我出谋，在阴诡地狱中搅弄风云。

但我知道还不到报仇时候，我见过反派大佬的武功，他出手已经超越了快慢的概念，那是一种因果律，说打你，就一定能够打到你。

有时候我会问张二牛："这也太难了点吧，我怎么练才能比他还强？"

张二牛说："放心，你是主角，主角还有什么反派打不过呢？"

张二牛说这句话的时候很落寞，他似乎一向都不怎么待见我，语气里永远有说不出的疲惫。

我想他一定知道很多事。

关于这片江湖，关于这些人的名字，还有关于我的来历。

·3·

我行走江湖的第三年，遇到一个名叫女主的人。

女主的全名叫作"反派大佬的女儿因为爱上了主角所以最后死在父亲手上的真女主"。

我遇见女主的时候，她正偷偷从家里溜出来，前凸后翘，娇俏可爱。但我见到了她的名字，我不想害了她，便只能绕着她走。

奈何绕不过去。

东奔西走，欲说还休，我怎么都能见她出现在路口。

我叹了口气，忽然发现这片江湖里的名字不仅仅是名字，还是预言，是命运，似乎冥冥中早有定数，把我们一笔笔都给写圆满了。

我想过，倘若我能见到足够多的人，一定能拼凑出一个完整的故事。

我脑海中电光一闪，似乎想到了什么，又似乎什么都没想到。

姑娘冲我盈盈一笑，已经走了过来，我还在挣扎着，试图做最后的反抗，但无论我怎么对姑娘，姑娘都会眨着星星眼，一副“你好帅好酷”的模样。

我摊摊手，没办法，或许这就是主角的宿命吧。

就像是不久后我遇到女二，女二头顶上写着“中了合欢散急需解毒但其实又是反派基友喜欢的女二”。

没办法，主角的宿命。我俩雨散云收，女二还羞红着脸。

我刚想安慰两句，抬头，发现反派基友赫然出现在小树林的边缘。

反派基友说：“我很好，我没事，当然是选择原谅她啦。”

……去他大爷的。

·4·

反派基友背叛我的那天，正赶上我与反派护法恶战，反派基友静静盯着我，一旦我的刀威胁到护法，他就立刻按剑站位，杀气直逼我的眉睫。

那天我被护法刺了七刀，反派基友走上前来，说：“此人抢我姑娘，能不能让我亲手杀他？”

护法同意了，所以我活了下来。

反派基友补的那一剑离我心脏只有三分，他低声对我说：“好自为之。”

后来我伤势恢复，武功全失，张二牛又挂着一脸落寞，给我拉过来了女三。

这次我又看清楚了，女三的全名是“付出一切最后被杀，才使得主角受刺激恢复武功的平凡女三”。

我揪住张二牛的领子，说：“让她走，现在就走！”

张二牛哂笑着，说：“纵然我让她走了，她也一定会以别的方式来到你身边。”

我朝张二牛大吼，说：“那你现在就让我恢复武功，我知道你一定可以的，大不了再跳一次崖对不对？”

张二牛说："这附近没有崖，也没有山洞，你死了这条心吧。"

张二牛冷冷说："女三一定会死的，这是这个世界的铁律，除非你打破这个世界，让所有人都去死。"

很多年以后，我又想起张二牛这句话，才知道他并不是在发牢骚。

而是在说真话。

女三死的那天，我察觉到我的武功恢复了，我跪在姑娘的墓前，瓢泼大雨，三天三夜，我想如果我死了，是不是这一切都不会发生。

可惜我还不能死，反派的人察觉到我的行踪，绑了好基友，我得去救他。

临行前，我发现我的刀已经慢了下来，似乎一刀能斩破时光，张二牛告诉我："现在除了反派大佬，你已经天下无敌。"

原来死一个姑娘，就能天下无敌，那反派大佬得死多少亲人？

我嗤笑一声，踏上征程。

·5·

这一条江湖路走到尽头，我的刀已经很快，与反派大佬一样，都超越了速度的极限，乃是因果律武器，说砍谁就砍谁。

而我所认识的人，也死得七零八落。

那天我去往反派总坛，好基友被绑在山顶上，反派基友站在一旁，叹气，说："你为什么要来？"

我笑着说："废话，我是主角，怎么能不来？"

反派基友还想进行一些例行对话，半空中一个声音突兀响起，打断了他。

"拔你的刀。"

我抬头，一个身披黑色斗篷的中年人正缓缓飘下，风霜雕琢，满面沧桑。

此人头顶四个大字——反派大佬。

我还在想一反派大佬为什么这样沧桑，悲天悯人，看起来倒像个大侠，但我来不及问，对面一股滚滚刀意扑面而来，我只能拔刀。

两刀斩出流光，对撞在半空之中，我似乎听到时间龟裂的声音。

山顶上尘土不飞，天地同寂，我们二人收刀之后，才重新听到人间的响动。

大佬说：“原来你的刀法不过如此。”

我：“哦？反派死于话多，岳父你得注意一点。”

大佬负手望天，说：“倘若你的刀法到了我这个程度，能够追溯世界本源，就不会在意死于话多这种问题了。”

大佬说：“其实所有的人，包括我自己，甚至于整个世界，本质都是文字，只不过有的人文字多些，有的人文字少些。”

我说：“大佬你先等等，我们这是一个武侠故事，你这个走向我不太适应，让我先缓缓。”

大佬问我：“你是不是不信？”

我连忙摆手，说：“我不是，我没有，你别瞎说……”

然而已经晚了，我看见大佬深吸口气，出一刀毁天灭地。那道刀光掠过，所有人都变成了一串串文字，大地也只有两个字，“大地”，接着，慢慢又多出来一行字，“被刀光掠过的大地”。

我：……

大佬说：“怎么样，你相信了吧？”

我站在原地，抬了抬手，说：“大佬，你有没有觉得哪里不太对？”

大佬：“嗯？”

我指了指自己，说：“你看我，鼻子是鼻子眼睛是眼睛，我没有变成字啊。”

大佬：？！

恍惚间，我好像听到了《还珠格格》里皇阿玛每次身子微微后仰时的音效。

·6·

谁也没有想到，一个武侠故事发展到这里，会变成探究世界本源。

在猎猎风中，我忽然想起自己七岁时的心愿——闯荡江湖，搞明白为什么江湖人的名字都这么奇怪。

我想二者一定有联系。

大佬告诉我，据他的观察，这个世界都是文字组成的，我们每个人都在种种排列之中，最终汇聚成一场场跌宕起伏的戏。

“而你，主角，不是这个世界的人。”

这句话像是万剑归宗，刹那间轰中我的胸口，脑海深处被尘封的记忆在此时打开。

原来这从来不是个武侠故事，这是个科幻故事。

本人是个写手，在本人生存的时代，出现了一个程序，可以模拟小说世界，读者能够进入小说世界旁观剧情开展，作者能够在小说世界中体验人物，进一步创作。

后来这个程序有了自主意识，并借由小说世界的人物入侵现实，本人临危受命，潜入程序之中，准备找到破坏它的方法。

代入人物之后，为了防止我忘记自己的作者身份，我所构建的小说世界，其实是个大纲世界，里面的人物还没有起名，剧情也很笼统，最后连勘破世界本源的刀法都写了出来。

大佬说：“兄弟，你这就有点扯淡了，平白给我添多少烦恼？”

我拍了拍大佬的肩膀，说：“我也不想的，大家都看开一点吧。”

大佬又问：“话说回来了，我都勘破本源了，你大纲里究竟用什么武功打败的我？”

我摸了摸鼻子，说：“当然是用爱发电啦，勘破本源，世界不过是一片废土，情义千秋，人来定义宇宙，这才是人能发挥最大威力的刀法。”

大佬：“真俗。”

我：“你再说一遍？信不信我分分钟把你写成太监？”

大佬“啪啪啪”鼓掌，说：“真是清新脱俗，不落窠臼。”

一直站在山巅另一边的反派基友猛地醒悟过来，说：“主角，不对啊，倘若你要毁坏程序，拯救现实，那我们这群人，岂不是都要给程序陪葬？”

山风吹过，场面一度十分尴尬。

我沉默着，沉默着，没有在沉默中爆发，也没有在沉默中死亡。

这个问题十分严峻，我本来以为我只是来大纲世界里走个过场，万万没想到经历半生，几乎已经离不开了。

大佬还在旁边念叨，说：“我那闺女楚楚动人，谁见都怜，你说你在现实那边能有吗？”

哇，老铁，扎心了。

·7·

那段时间，大佬时常传授给我一些人生经验，他说：“其实世事几度秋凉，浮生一场大梦，真真假假，是分不清的。”

又说：“即便让程序入侵你们的世界，又会发生什么呢？”

灵魂拷问，我想了许久，才给他一个答案。

我抽着烟，不要问我为什么会有烟，本人好歹是这个世界的作者，能影响这个世界的除了程序，本人随便抓本书继续写，也一样有效。

烟雾缭绕，星火明灭：“大佬啊，我记得你小时候养过只猫，那只猫天天除了吃就是睡，日子过得非常开心。倘若程序入侵了现实，最坏的结果，也不过是我们人类变成那样罢了。”我转头看着他，“你如果非要问这有什么不好的，我答不出来，但我不想变成那个样子。”

大佬拎着坛酒，失笑说：“当年我刚刚见到这世界本源之时，也是你这样想的，这片天地既然赋予我们意识，却仍然限制我们在你书写的大戏中生活，错不在你，而在这个世界。但我问你，即便你所说的程序对我们不好，对现实中的人也不好，你想怎么办呢？”

“你能怎么办呢？”

灵魂拷问，又是灵魂拷问，我抓着头发，狠狠抽了两口烟，把烟屁股甩在地上。

倘若我要毁灭这个世界，就注定毁灭这个世界里产生的所有意识，我下得去手吗？

退一步讲，就算我下得去手，我又该如何下手？

我很惆怅，故事进展到这里，一度陷入僵局。

·8·

江湖里的风波很少，我闲来无事就与反派大佬喝喝酒，与女主谈谈情，顺便改写下感情线，让反派基友与女二修成正果。

以及顺手复活了父母和女三，开始给女三和好基友拉郎配。

好基友对我说：“现在大家都知道自己的情况，你这样搞很尴尬的。”

我说：“没事，等你们都找好归宿，我就去练我的刀，随时准备上天找主程序谈判，到时候生死有命，富贵在天。”

好基友沉默片刻，说：“你有没有想过，其实你能控制的不过是这一个世界，我听说过许多神仙魔鬼的故事，倘若那些世界也在你所说的程序之中……你怎么赢得了他们？

“三千世界，你怎么打？”

我盯着他看，对视良久，忽然笑着拍了拍他的肩，说：“不劳你费心了，如果我一去不回，帮我照顾好女主。”

好基友板着脸，说：“汝妻子我养之这种事情，我可干不出来。”

于是我俩相视一阵大笑，宿醉不醒。

当我醒过来的时候，就见到了张二牛。张二牛站在庭院中央，问我是不是真的要去毁掉这个江湖。

我随他站起来，他轻轻抬手，我们便飘向空中，星月长河，俯瞰大地，蔚为壮观。

这是我笔下的江湖，我没道理不喜欢，这些人也都是我笔下的人物，我也没道理不喜欢。张二牛告诉我：“程序所做的事情，不过是把两个世界合二为一罢了，即便他想操控现实世界，写一出大戏，也不过是让两个世界颠倒过来，有何不可？”

我笑着摇头，说：“你知不知道我又写了很多部分，让女二和反派基友在一起，女三和好基友在一起了。”

张二牛说：“自然知道，这就是程序正在做的事情。”

我说：“其实我什么都没有写，我只是告诉他们，我这样写了。”

张二牛：？？？

我笑着转向他，说：“其实我与你最大的不同，就在这里，我不会在明知一个世界存在的情况下，动笔操控那些人的生死和命运。”

张二牛：“放屁，你复活的那几个人呢？”

我：“……刚才装 × 装得不太严谨，总之是不会操控别人的命运就对了，你领会精神嘛。”

张二牛又突然低落下来，说：“你既然什么都想好了，那就来吧。我为主程序而生，该当为他赴死。替主角加载光环只是我任务的一部分，不让你们这些身为作者的主角觉醒，才是我要守护的重任。你想去找主程序存在的位置，就只能先杀了我。或许，还要去三千世界，一一杀上无数个主角光环工作室的成员才能找到最终 boss 的所在，你杀不完的。”

我笑了笑，握上刀柄，少侠标志性的白衣飘扬。

“我可是主角啊，有什么 boss 是我打不过的？”

·9·

那天张二牛祭出许多法宝，捆仙绳啦，阴阳二气瓶啦，统统都朝我丢过来。

此时我无比佩服我自己，写大纲的时候把武功设定写得那么牛 ×，一刀能斩断时光，一刀能追溯本源，仙佛的手段，竟然还比不上我。

张二牛毕竟是程序下的悍将，挥手间山河崩裂，变成一个个文字，重逾千钧，兜头砸来。

我一刀挥出少年火，点燃了整片山河。

再这样打下去，恐怕我们还没有分出胜负，这座江湖就要率先毁于一旦。

要想尽快结束战斗，就不能再用这个世界里的刀法，我深吸口气，朝张二牛大声喝问起来：

“张二牛！”

我说：“张二牛，你可曾想过，从这个世界出去之后，要学多少东西，要考多少次试，每个人都是程序，都天赋异禀更过目不忘，你竞争压力多大？”

张二牛：？？？

“你仔细想想，从这里出去后，你找得到女朋友吗？”

张二牛：……

“你买得起房吗？”

张二牛：“……你神经病啊，决战呢！”

我沉痛地摇了摇头，说：“你找不到女朋友的，更买不起房，你在这里有无数法宝神通，你出去就是个穷光蛋。”

张二牛说：“大哥我们都是程序啊，程序住什么房子啊！要什么女朋友啊！”

……这就尴尬了。

我笑了笑，说：“但你们既然有了自我意识，也就有了替自己考虑的欲望，你从种种人类幻想的世界中成长，就没有想过以后的生活吗？”

张二牛说：“你有完没完，我天天跟着我们老大混，结果被发配到你这么个鸟不拉屎的大纲世界里来盯着你，还要跟你打这么一场乱七八糟的决斗，我哪还有以后的生活啊？”

我说：“哦，你这是颓唐了，丧了，步入中年危机了。”

张二牛出离愤怒，咬牙切齿，说：“我弄死你个小崽子。”

我笑了笑，说：“不必了，你已经中刀了。”

在张二牛失神的一瞬间，我弹指出刀，这一刀划破本源，张二牛身上除了道道程序流，还有团团氤氲的雾气。

我知道，那些都是欲望，是来自这个世界之外的欲望。

一刀虚伪，一刀力不从心，再接一刀本人浩然快哉的少年气，张二牛晃了三晃，双眼渐渐茫然起来。

“扑通”，这位前途渺茫的工作人员摔倒在地，没了意识的程序四散流亡，填补起破碎的山河。

还有一小部分，向着远方飞速遁走，我目光一凝，随手捡起张二牛掉落的法宝，纵身跟上。

天光乍破，我望着越来越近的苍穹，大笑挥刀。

生死有我，大道在肩。

完。

我有一壶酒，足以慰风尘

你那么好看，说什么都对。

莫愁楼边，西子湖上，有临安城最好的青楼，唤作风月阁。

晨露未干，日头初升，风月阁里，便有那清倌人秦梦川一脸欢笑，噌噌噌跑上二楼，想跟她相好的姐姐苏春意报喜，说自己被知府的公子看中，要被纳为小妾了。

暖香坊的门一开，秦梦川目瞪口呆。

苏春意头发蓬松，睡眼蒙眬，身上一丝不挂，冰肌玉骨，双峰高耸，笔直的双腿还缠在一个年轻汉子身上。

身下，落红点点。

“姐，姐姐……你，你真的卖身了？”

秦梦川张大了嘴，结结巴巴地说着。

苏春意愣了半晌，浓睡不消残酒，有点蒙。

姑娘此时忽然察觉身下又有什么东西动了动，一阵酸麻，甩手一巴掌拍了下去。

身下那汉子被一巴掌拍醒，猛地直起身来，跟苏春意大眼瞪小眼，半晌才反应过来似乎是酒后乱性了。

秦楼楚馆，毕竟还是卖身的场所，这副场景本该见怪不怪，秦梦川也已经准备慢慢闭上自己的嘴，顺便也闭上自己撞开的门。可见了那汉子，嘴一下张得更大，下巴都快落到了地上。

“常白衫，大家都是成年人，你别妄想我会对你负责的！”

“苏姑娘，昨晚明明是你先动手动脚，常某走遍临安诸园，万花丛中过，片叶不沾身，名头都让你毁了。这都不用负责，苏姑娘你让我很难做啊。”

酒醒了大半的年轻男女，赤裸着身子，浑然不顾一脸呆滞的秦梦川，继续大眼瞪小眼。

·1·

那姑娘，是整个临安城风华最绝伦的姑娘，平日里跷着二郎腿嗑瓜子，都有公子哥挤破了头，撒钱来看。

那汉子，是风月阁新来的教习，教各位姑娘吹拉弹唱，在苏春意未入临安之前，名头响彻江南。

有道是，天下青楼出江南，江南歌馆数临安，临安绝色何处看，烟水梦里有常衫。

常衫不是青楼的名字，也不是某位头牌的名字，常衫全名叫常白衫，是一个男人。

凡是常白衫待过的园子，没有一个不火的，但凡常白衫指点过的女子，没有一个不出尘脱俗，看得达官贵人急不可耐的。

常白衫最大的爱好，便是跷着二郎腿嗑瓜子，听说临安府的城主聘他做公子的教书先生，只因不让他跷二郎腿嗑瓜子，便来做了青楼的教习。

后来有人问这其中缘故，常白衫朗然一笑，说：“我听那青楼没有卖艺不卖身的姑娘，我就想看看，这些一等一的女子，究竟为何要卖出自己的身。”

恰逢风月阁开张大吉，苏春意一脸欢脱，到了临安。

那天清晨，风月阁的老鸨花姐，推开门就见到了苏春意，见到苏春意的第一眼，花姐就知道自己要发。

花姐说，她从来没见过这么漂亮的女人，连自己看了都动心，如果有什么男人能不动心，那不是太监就是常白衫。

可把良家姑娘劝进青楼，本来就是强人所难，花姐甚至已经想过，只要苏春意答应入阁，哪怕真的卖艺不卖身也是可以的。

还不等花姐开口，一脸欢脱的苏春意就两眼放光，说："妈妈桑，我能不能进青楼啊？"

花姐：……

苏春意眨巴眨巴眼，晃着花姐的肩膀，说："卖身不卖艺的那种，行不行呀？"

花姐愣了，说："姑娘，你说错了吧，卖艺不卖身？"

苏春意一脸认真，说："不，就是卖身不卖艺，明明可以靠脸吃饭，我干吗要学艺？"

花姐茫然地点点头。

所以当花姐费大功夫把常白衫请过来的时候，苏春意跟常白衫就一直不对付。

常白衫第一次召集众姐妹，准备讲一曲生死相许，头顶上嗑瓜子声音不断，常白衫抬头，正巧两瓣瓜子皮落上脑门。

苏春意就坐在二楼的栏杆上，冲常白衫嘿嘿直笑。

当日春波方起，碧烟染窗，美人笑语，红杏窥墙，常白衫长叹一声，说："姑娘，卖我三分薄面行不行？"

姑娘嫣然一笑，说："没事，看你长得清秀，忍不住调戏一下你，别当真嘛，你继续忙你的就好。"

秦梦川扑哧一笑，刚刚察觉失态，就见到常白衫冲自己温润一笑，单拎出来练了半日的步伐姿态。

后来秦梦川问起这些步伐姿态有什么用，常白衫告诉她："那些公子哥哪怕真喜欢苏春意那般跳脱欢快的，却也不敢领回家门，偏是欲说还羞，似拒实迎的，才能修成正果，进府门做个小妾。"

秦梦川点点头，若有所思。

一旁的苏春意嗑着瓜子，说：“哦，闷骚呗。”

常白衫摇摇头，说：“你能不能有点文化，这叫闷声发大财，乃是亘古之真理。”

苏春意满脸堆笑，捏了捏常白衫的脸，说：“对，对，你那么好看，说什么都对。”

常白衫一脸无奈，第一次觉得自己进青楼当教习这么窝囊。

那夜常白衫在屋顶喝酒，头顶上月明星稀，喟叹说：“我堂堂风流才子，名满江南，竟然会被这样一个不学无术的姑娘调戏，传出去还怎么做人？

“这样下去不行，得跟姓苏的谈谈。”

常白衫翻身从屋顶上跃起，拎着酒就要去暖香坊找苏春意，到得屋檐，才发现上来的梯子不知被谁抽掉了。

常白衫站在夜风里，沉默良久，在风月阁的屋顶上大喝，说：“苏春意，你给我出来！”

彼时，苏春意正躲在房里哈哈大笑，一边品着新到的酒，一边吃着金桔蜜饯。

“笃笃笃”三声，房门忽然被叩响，苏春意带着笑，含混不清地说：“谁啊，进来吧。”

推门进来的，赫然是该被困在屋顶的常白衫。

苏春意眨眨眼，有点蒙。

常白衫拎着酒摇着折扇，脸上三分散漫笑容，说：“姑娘，跟我斗，你还欠点火候。”

苏春意换上一脸笑容，说：“常教习，奴家怎么敢跟您斗嘛，您刚才在哪儿，我怎么好像听见您叫我来着？”

常白衫“嘭”的一声，把酒坛放到桌上，说：“苏姑娘，给常某个面子，就是您不用学艺，也别捣乱了行吧？”

苏春意一脸无辜，说：“奴家哪敢啊，常教习的面子那么清秀，岂是奴家说给就给得起的？”

“那行，明天我就跟花姐说，这风月阁，咱俩只能留一个。留了你，我就去临安城别的园子，看究竟是苏姑娘明媚动人，还是常某教导有方。”

常白衫微微一笑，拎了酒就要走，苏春意眼睛眨啊眨，没太明白这威胁有什么意义。

常白衫一边往外走，一边喃喃慨叹，心想这公子哥们逛青楼，图的要么是心情愉悦，要么是床笫之欢，某些人不学无术也就罢了，还单就卖卖脸。花姐刚开风月阁，还用得着某些人，时间久了，花姐要么顶不住压力把谁给卖了，要么好言相劝，让某些人待不下去。

常白衫回头，啧啧叹气，说：“本来常某还想救救某人，可惜某些人不开眼啊。”

苏春意冷哼一声，说：“姓常的，有话直说。”

常白衫笑，又把酒坛放下，说：“姑娘，有道是不学无术，艺多不压身嘛。”

苏春意“呸”了一声，说：“谁跟你说这个，咱们拼酒，要是你赢了，以后本姑娘绝不给你捣乱，要是你输了，那就任我差遣！”

常白衫哈哈一笑，应了。

酒至半酣，苏春意醉眼醺然，说：“常白衫，你说你是不是不举啊，怎么逛了这么多园子，一个姑娘都不愿意跟你。”

常白衫也有七八分醉意，摸着苏春意的脸，笑着说：“谁让我是个读书人，没钱没势，连跟衙门里的奸人同流合污都不愿，又怎能祸害你们这样的好女子，跟了我，可没富贵公子家里舒服。”

苏春意哈哈一笑，一把把常白衫扑到床上，说：“没事，谁在乎那个。”

红烛“扑通”一声从桌上摔下，灭了幽幽星光。

于是，第二日秦梦川想来告诉苏春意自己被知府公子看中的好消息，一推门，便见到屋子里春光烂漫，活色生香。

等秦梦川磕磕绊绊，终于把自己的好消息说出来之后，床上那俩人也不再大眼瞪小眼。

苏春意蹙眉，说：“梦川，你不会已把自己的身子，偷偷给了吧？”

常白衫叹气，说：“以秦姑娘的痴心，我看多半已经完蛋了。”

两个人对视一眼，扶额感慨，缓缓摇头。

秦梦川颊生飞霞，低头喃喃，说：“那天晚上李公子请我去府上小坐，灯也朦胧，星也朦胧，我们鼓瑟吹笙，李公子说三天后就要接我进府了。”

“啧啧，鼓瑟吹笙啊。”

“对啊，海誓山盟啊。”

“唉，女人真是愚蠢。”

“呸，男人真是无情。”

床上两个赤裸男女还在扶额叹气，一句接一句地感慨着。

秦梦川猛地抬头，说：“你们，你们是什么意思？难道，难道你们以为李公子在骗我？”

常白衫跟苏春意挠着后脑勺笑，说：“哪有哪有，反正三天后就知道了嘛。”

神一样同步。

秦梦川有些愣，指着俩人说：“那个……你们要不要考虑先穿上衣服？”

常白衫“啊”了一声，背上挨了重重一脚，被踹下床来。

三天后，窗明几净，秦梦川倚窗斜望，一靠就靠了一整天。

边上，是花姐好言相劝，是常白衫跟苏春意跷着二郎腿嗑瓜子。

秦梦川泪眼涟涟，说：“花姐，是不是从今往后，我就是卖身的人了？”

花姐沉默下来，没说话。

苏春意“呸”了一声，拉起秦梦川的手，说：“咱们走，去找那李公子理论理论！”

花姐大惊失色，一把抓住苏春意，却怎么拉也拉不住，反被苏春意带着踉跄前行。

“姓苏的，你是不是傻？”

常白衫拍拍手，撒下一地瓜子皮，说：“苏春意，等我回来。

“要是我不回来，你去衙门要人，也比找人理论，理由充足得多。”

常白衫抖抖衣服，施施然从三女中间走过去，苏春意上下打量他一眼，狐疑问：“你去能有什么用？”

常白衫一停，回头冲苏春意一笑，说：“常某别无所长，唯有三寸不烂之舌，你知道。”

呸！苏春意啐了常白衫一口，看得花姐满脸茫然，说：“常教习，你跟苏姑娘……怎么了？”

常白衫干咳两声，说：“花姐，要是你这次保不住梦川，阁里的姑娘可就心寒了，常某走一趟府衙，什么事都不算事，对不对？”

花姐满脸堆笑，说：“对，常教习说什么都对。”

·2·

彼时，斜阳西湖，余晖府衙，常白衫递上名帖，片刻后临安知府李开星捻着胡子，笑呵呵地亲自将常白衫迎了进去。

“听说，常先生在风月阁当教习？”李开星挥手间，上茶的下人悄然退去。

常白衫笑，说：“常某目光短浅，辞了府衙的工作，只为了挣教习那点小钱，实在对不住大人当年的一片深情。”

李开星哈哈大笑，说：“常先生可不单单为了银子吧，想必是美人恩重，英雄难过啊。”

常白衫抿口茶，笑说：“那是常某年轻，如今想来，若是身在府衙，恐怕身边早不缺如云佳丽。大人，听说您那公子，最近就摘下了风月阁上艳若桃李的一朵花呀。”

李开星笑容一收，说：“常先生，你此来便是为了犬子吧？”

常白衫又笑，说：“我当年有幸教过令郎几日，令郎性子跳脱，有今日之事不足为奇，只是朝廷有御史今日便要来访，风月阁那花姐肯定不会这么轻易让阁里姑娘们寒心……若是闹起来，大人免不了一番麻烦。”

李开星冷笑，说：“常先生此来，是要威胁老夫？”

常白衫摆手，说：“在下岂敢，人非圣贤孰能无过，白衫只是想改过而已，来此的目的只有一个，就是帮大人解决麻烦。”

李开星“哦”了一声，上下打量着常白衫，说：“常先生有何妙计啊？”

常白衫叹气，说：“这风月阁里，姑娘们钩心斗角，白衫回去当能分化，让其中无人替秦梦川出头。唯独老鸨花姐，不是等闲人物，白衫只能借力打力，希望凭阁中姐妹拖住花姐三日。三日之后，御史离去，一切还是大人说了算。”

“只可惜，还是不太保险。”常白衫望着李开星，歉然一笑。

李开星抬眼，忽然一笑，说：“常先生这般手段，用在官场恰到好处，可是对付一群女人，一个老鸨，有时候，还有别的方法。本官要的，是绝对的安全。”

常白衫起身一礼，说：“望大人赐教。”

李开星笑，说：“咱们读书人，做起事来就是啰唆，有时候，江湖事江湖了，一个杀手一把刀，足以解决问题。”

弓着身子的常白衫闻言一笑，抬头，又变成故作惊愕的目光。

这一夜，李家父子带常白衫回府，在中庭饮酒赏月，从诗词歌赋聊到人生理想，最终敲定一个月三两银子的工资。

宾主尽欢，李公子月下练剑，一柄剑使得风声霍霍，看得常白衫拍手叫好。

李开星捻须而笑，说：“咱们读书人啊，进了官场，那就步步都是厮杀，犬子练些江湖功夫，有时简单粗暴，更能致命。”

常白衫喝着酒，连连点头，说：“那是那是，公子一看就是练武奇才，日后文武双全，定能名扬天下。”

顿了顿，常白衫又道：“不过我怎么听说，李公子的师父，用的是刀啊？”

李公子收剑而回，笑说：“用刀多土，用剑才金贵。”

李开星神色却变得严肃，一抬手，止住了李公子的话头。

“常先生，你是如何得知，李公子那师父使的是刀？”

常白衫自斟自酌，笑说：“我不仅知道李公子那师父用的是刀，我还知道，那位仁兄跟今晚抵达临安的御史，有着不共戴天之仇。”

“啪”的一声，李开星拍案而起，盯着常白衫，说：“你究竟什么意思？”

常白衫耸耸肩，说：“我没什么意思啊，那杀手应该也会招供，说自己是你请去的。这个时候，我想御史大人，已经到门外了。”

李公子不明觉厉，看着一脸焦急的老爹跟风轻云淡的常白衫，还没反应过来发生了什么事。

“常白衫，大家好聚好散，你这是为了什么？”李开星一拳砸在石桌上，怒视常白衫。

常白衫微微一笑，说：“因为，我是读书人啊。”

李开星咬牙切齿，说：“常白衫，你知不知道，就算御史真的到了，我也能先杀了你！”

常白衫端坐不动，笑说：“我知道，你来杀啊。你杀了我，御史进门，随从无数，你就真的脱不了身了，你不杀我，还有一丝翻身的机会，我相信李知府你……会赌一把的，对不对？

“知府大人也是一位读书人嘛，讲究的是人脉权财，不到最后一刻，仍不知谁胜谁负，对不对？”

剑光一闪，李公子终于明白过来，一剑横在常白衫身上，说：“爹，我杀了他！”

常白衫仍旧端坐不动，面带微笑，从容自若。

李开星身子颤抖着，一把按在儿子手上，说：“不急，咱们还没输。”

话音未落，便有“嘭”的一声大响，府门被人一脚踹开。

“李开星，把常白衫那个傻 × 给我交出来！”

随着家丁们哭爹喊娘的声音，门外传来的，却不是御史大人，而是一个清亮的女声。

苏春意拿着两把剑，气势汹汹地闯进门来，护院们已围到中庭，知府大人跟知府公子一脸紧张，常白衫眨眨眼，有点蒙。

“苏春意，你来搞什么？”

“我来救你啊，白痴。”

“我用得着你救？”

“你不是笑我不学无术吗，现在就让你看看，本姑娘的倾城舞！”

苏春意嘴角勾起一抹笑，身上无数绸带飘起，随之翻腾的，还有两把长剑，幻化光芒万丈。

“今有春意出风月，一舞剑器动四方！”

那围上来的护院们还不等接近，便被绸缎噼啪砸在了脸上，后排护院里有窥见空隙抢身上前的，却也被苏春意两剑刷刷刷削成了狗。

“观者如山色沮丧，天地为之久低昂。”

苏春意八方绸缎藏双剑，来如雷霆收震怒，罢如江海凝清光，月色星芒下，素手纤纤，绽出血色的浪漫。

片刻后，苏春意一剑横在李开星脖颈上，眉头一扬，说：“放了那小白脸，小白脸是爷的人。”

李开星双腿有点抖，而自家那练剑的儿子，早瘫软在地上。

常白衫叹了口气，听见外面已有大队人马的脚步声，说：“苏春意，你才是个白痴。我让我朋友截杀了李开星派去刺杀花姐的杀手，假扮那人，行刺御史，只为了引御史来此时，是李家父子拿剑指着我。好好的一局棋，就被你玩坏了。”

苏春意“切”了一声，一脚踢开心中暗喜的李开星，笑着说：“常白衫，你以为就你那点小聪明管用吗？”

常白衫一愣，不知道苏春意什么意思。

片刻后，门内涌进御史所带人马，李开星眼前一亮，从地上蹿过去，一把抱住大腿，说：“大人啊，你看我院子里死的这些人啊，刁民呀，雌雄大盗啊，你得替我做主啊。”

御史点了点头，回头问黑衣的杀手，翠裙的姑娘，说：“可是这个家伙在临安作威作福，不可一世？”

翠裙的姑娘正是秦梦川，点了点头，说：“小女子有罪，也曾念着那公子的好，掩耳盗铃，未看清这群人的品相。”

御史笑了笑，说：“无妨，姑娘既然是拙荆的朋友，你说的话，我总要听一听的。”

李开星一脸茫然，说：“大人，您什么意思？”

苏春意坐在石桌上，不知从哪里掏出一把瓜子，递给同样茫然的常白衫，一边嗑一边笑，说：“御史大人跟家中老娘对抗六七年，终于要来临安迎娶的娇妻，可是非同一般的知书达理。知府大人，有空不妨多去雨花巷里走走，有个卖艺不卖身的姑娘，一直等着她的良人归来呢。”

顿了顿，苏春意又笑，说：“这些年里，往来在雨花巷的达官贵人也有不少，这位姑娘久居巷内，就想等她良人归来，送一场大功劳，李知府，不巧，您首当其冲了。”

御史大人摸摸鼻子，笑说：“李大人莫怪，本官实在也不想摊上这么多麻烦。可拙荆毕竟还是卖身了，卖给了本官，本官只得出个价，赔上大半辈子好了。”

背后随从侍卫的一片笑声之中，临安的知府，就这样因为一个妓女，突兀地被抓了起来。

李开星一脸死灰，他明白自己那些罪责，够死十几次，却至此都不明白，为什么自己深谙读书人官场之道，会落得如此下场。

月光洒下，常白衫忍不住笑了，嗑着瓜子喝着酒，拍拍石桌上苏春意的大腿，说：“苏姑娘，这次算你赢了，以后我听你调遣，行不行啊？”

苏春意眉头一扬，说：“你要是能把梦川卖身的事情解决掉，本姑娘陪你再睡一次又有何妨？”

常白衫长身而起，笑说：“这简单，洗白白等着我啊。”

苏春意“呸”了一口，望着常白衫施施然走到秦梦川身边，伸手一指，给那姑娘引见了穿黑衣的杀手。

“这位呢，是我的一个江湖朋友，这次受伤本该我来照顾……可是梦川啊，我跟苏姑娘最近比较忙，你也懂的，对吧……”

看着常白衫吞吞吐吐，黑衣朋友有些诧异，不明白这家伙搞些什么。

秦梦川哑然失笑，说：“行了，我来照顾他，他本来就是为我的事情才受伤的，我照顾他自然也是天经地义。”

黑衣人脸上一红，尴尬摆手，说：“不用不用，我不习惯女人照顾我。”

秦梦川皱眉，说：“怎么，这位大侠看不上女人吗？”

黑衣人脸更红，忙说不是这个意思。秦梦川笑说：“那就好，跟我来吧。”

望着两人渐行渐远的背影，常白衫回头，冲苏春意含义万千地一笑。

苏春意“切”了一声，摆摆手回头就走，说：“女人的话你也信，天真。”

常白衫一怔，快步追上，说：“苏春意你讲不讲理了？你要去哪，不会还回风月阁吧，你身都卖了还想去哪？”

苏春意头也不回，一句句堵上常白衫的话，说：“你见过什么女人讲理啦，我不回风月阁回哪儿，难道还要本姑娘嫁给你不成，都说了，别妄想本姑娘会对你负责。”

·3·

苏春意忽然停下，回头冲常白衫一笑，说：“本姑娘来临安，可是有梦想的。”

常白衫苦着脸，说：“姐姐，你梦想是什么？”

苏春意仰望星空，说：“我的梦想啊，就是当个老鸨，把青楼开成全国连锁，守那些风尘姑娘，都能卖得好身。”

常白衫失笑，说：“好，苏春意你好大的抱负，小的以后跟您混，行不行啊？”

苏春意撇了撇嘴，瞅了瞅常白衫，样子很勉强，说：“行吧，看你还算个小白脸，好歹能解解闷。”

常白衫哈哈大笑，对月吟诗。

我有一壶酒，足以慰风尘。十年临安梦，花叶不沾身。

一朝春意染，风华总绝伦。我歌恩仇尽，把酒见归人。

完。

写手海瑞与催更嘉庆

陛下，仙鬼志怪不可取。

·1·

某朝某代，国库空虚，又逢征战连年。

百姓身上赋税已重，再度加税必定引起民变，当朝首辅想出一个办法：朝廷招揽写手，刊行小说，哪怕国人识字率低，也能把小说版权卖给酒馆说书人、青楼戏班子，稳赚不赔。

皇帝大喜，开始在崇文馆特聘码字工。

海瑞就是这个时候进京城的。

海瑞是一个穿越历史文的作者，在圈子里也颇有几分名声，但是他万万没有想到，皇帝也喜欢看他的文。

那天在御书房里，皇帝跟他从唐朝历史，聊到《回到唐朝当王爷》，海瑞才发现原来自己的粉丝里还有这么一号人。

皇帝问起书中男二，说："我就喜欢这种铁血真汉子，他后来怎么样了？"

海瑞沉吟片刻，还是如实答道："他死了。"

御书房里一阵难言的寂静。

“砰”的一声，皇帝一怒拍案，指着海瑞气急败坏，说：“你怎么能让他死呢，你怎么敢让他死呢？”

皇帝说：“我不管，你得把他给我写活，写不活你也别活了。”

海瑞眉皱如峰，缓缓说：“陛下，但是他肯定会死啊，他如果不死，就不是那个铁血真汉子了。”

皇帝拂袖，冷漠说：“我不管，反正不能让他死，崇文馆里那么多写仙侠的，你随便找本看看，给朕写个番外。”

海瑞仍旧皱着眉，说：“陛下，仙鬼志怪不可取，微臣如果想火，早去写玄幻了，干吗还非写历史文，看的人又没那么几个。”

皇帝怒了：“你到底改不改？”

海瑞摇头：“不改。”

皇帝传令把海瑞关进了大牢。

一时间崇文馆里人人自危，码字效率大幅降低，首辅愁眉苦脸向皇帝报告，说：“这样下去，连刊印的费用都挣不回来。”

皇帝余怒未消，但毕竟大局为重，又找人去牢中把海瑞放了出来。

·2·

海瑞回到御书房里，三拜九叩之后站起来，站得笔直。

皇帝看了就来气，喝问海瑞究竟改不改结局，海瑞还是摇头，若非首辅在旁拦着，皇帝分分钟就要拔刀砍死海瑞。

海瑞仍旧平静望着皇帝，缓缓道：“陛下，微臣能在圈内有几分薄名，连圣上都愿意看微臣的书，圣上您觉得这是为什么？”

皇帝“哼”了一声，不想理他。

海瑞道：“臣海瑞无非是写书认真，但既然认真，总不能因他人之念，改动书中人物既有之结局。”

皇帝沉默半晌，一挥手放海瑞离开。

有小太监附赠锦旗，上书“苍生笔架”四个大字，让海瑞带回崇文馆。

一时间，码字工们又恢复效率，开始废寝忘食地工作。

没过多久，天下便流传开崇文馆中的巨作，有的是引导舆论歌功颂德，有的是战场铁血男儿参军，有的是你侬我侬郎情妾意，有的是一剑西来天外飞仙……

其中海瑞的几部作品饱受好评，版权之争如火如荼，还有不少信笺飞入皇宫，要签海瑞的下下下本书。

·3·

这个时候，海瑞前往御书房告诉皇帝："我卡文了。"

皇帝有点疑惑，不太明白这个卡文是什么状态。

海瑞跟他解释说："这段时间自己不管写什么都会崩，又长，又啰唆，多半是生活过得太安逸，不知该写些什么好了。"

皇帝说："那你想怎么样？"

海瑞摇摇头，愁眉苦脸："最麻烦的是，我还不知道应该怎么样。"

那段时间，崇文馆里里外外的人都见到海瑞很焦虑，有人问他为什么焦虑，他回答说是写不出稿，再问他为什么写不出稿，他说是因为焦虑。

有识货的惊呼，当年武侠圈的前辈古龙，似乎就是患上此病身亡的。

消息传到皇帝耳内，皇帝非常紧张，不知道是紧张海瑞的文，还是紧张海瑞的人。

皇帝给海瑞送去了珍宝名玩，不太管用。

皇帝又送去了美女如云，也不太管用。

皇帝给海瑞寄了一麻袋刀片，据说海瑞当场就打了个哆嗦，还是不太管用。

皇上很忧愁，他刚登基时励精图治，海内生平，感觉那时候都没有现在累。

皇上现在喜欢修道，前几年为他修建的通天观刚刚完工，皇帝带海瑞去通天观一起玄修悟道，还是不太管用。

皇帝怒了："你再写不出文，朕这次定斩不饶！"

海瑞抬头看了看偌大的道观，苦着脸说："我能怎么办啊，我也很惆怅啊。"

皇帝说："我给你七七四十九天玄修的时间，你调整不好，就自己看着办吧。"

海瑞愁眉苦脸，送皇帝走到道观门口，又回身望着偌大通天观。

皇帝见海瑞几番欲言又止，忍不住问道："你想说什么就说，朕还能砍了你不成？"

海瑞沉吟道："陛下，臣就想问问，修这座道观花了多少银子？"

皇帝说："具体款项得问首辅，你怎么想起这个了？"

海瑞犹豫片刻，又说："臣写书的时候，曾经查过资料，建这样一座道观，往往会有大量的亏空……"

"你是说首辅贪赃枉法？"皇帝转瞬沉下脸来，"你一个小小写手，敢妄论国家大臣？"

海瑞欠身说："微臣不敢妄论，只是臣在进京之前，也听过几句民间传闻，说天下不是陛下之天下，而是首辅之天下。今天见到这座道观，才有一叶知秋的感觉。陛下试想，赋税不断加重，征战粮饷却并未增多，国库空虚，那是都到了谁的手里？"

皇上脸更冷，盯着海瑞，海瑞不太明白这道目光的含义，有点蒙。

半晌，皇帝的目光终于缓和下来："原来，天下人都知道这件事了么……"

海瑞缓缓点头，总觉得皇帝还有什么事情不为他所得知。

·4·

次日，皇帝还朝，将首辅罢官，天下称颂，唯独海瑞见到皇帝曾午夜怅惘。

海瑞记得首辅临走之前，老眼含泪，握着皇帝的手，沉痛地喊了一声

“陛下”。

海瑞不懂这其中道理，来找皇帝，请求出宫采风。

皇帝皱眉，说：“你采风做什么，朕的皇宫里有什么短得了你？”

海瑞说：“恐怕就是这皇宫里面的气氛太沉闷，微臣才写不出纵横捭阖的文吧。”

这句话似乎触动了皇帝，那双亮如星斗的眼睛又浑浊起来，皇帝负手望着苍穹，良久不语。

半晌，皇帝突然问海瑞：“海瑞，你说朕是不是错了？”

海瑞不明所以，摇头道：“时局如此，陛下不必自责。”

皇帝背对着海瑞，挥了挥手，让海瑞自去采风了。

·5·

出得京城，海瑞游历三五年，中间有一篇新文印刷刊行，字里行间厚重沉凝，不仅升斗小民拍手叫好，就连经学夫子都忍不住拍案叫绝。

然而崇文馆收入不菲，国库却仍旧寒酸得很，战事已经结束，不少大臣开始起了疑惑。

最终，大臣们公认乃是首辅的余党未清，需要来一次整肃。

皇帝三五年间日渐衰老，更加沉迷修道，不愿理会这些破事，终于在某个风雪交加的晚上，皇帝等到了海瑞。

海瑞还带着一个少年，说是海瑞的徒弟，时常讨论剧情进展。

皇帝笑着问他：“出去浪一圈，果然有用得很哪？”

海瑞缓缓点头，看着皇上的身体颇为心疼：“陛下也应该出去走走，不然闷在宫中，没病也得病了。”

皇帝朗声大笑，连说“有理”，这几年又有一个道观落成，皇帝要带海瑞和他徒弟过去。

海瑞从怀里递上一沓稿纸，缓缓道：“这是微臣新作的最后几章，陛下先看再走，这次微臣特意留下来一个结局未写，等陛下看完，咱们在路上讨论。”

皇帝哈哈大笑，说：“你小子越来越上道了。”

看完之后，皇帝不动声色，朝海瑞微微点了点头。

海瑞面无表情，跟着皇帝出宫而去，在去往道观的途中，忽然有刺客袭来，皇帝稳稳坐在车驾上，丝毫不慌。

海瑞递去的那一沓稿纸，其中的暗语便是海瑞被人胁迫，要来刺杀皇帝，刺客早已潜伏在道观和宫中，海瑞担心如若不来，皇帝迟早有意外发生。

成竹在胸的皇帝一声令下，万箭齐发，刺客们纷纷倒地。

海瑞身后的徒弟双目赤红，大吼一声：“你出卖我！”便出掌击在海瑞胸前，海瑞如断线风筝倒飞出去，半空吐血，还能大喊句：“保护陛下。”

“扑通”，海瑞落地，昏迷过去。

·6·

当海瑞再次醒来的时候，已经躺在崇文馆熟悉的卧室里了，皇帝在他床前，正在给他吹药。

见他醒来，皇帝老脸一红，药碗向前一送道：“给，你自己喝吧。”

海瑞颤巍巍接过，低着头，含混不清说了句：“谢陛下。”

皇帝说：“明天就是大年夜了，宫里百官都会来，功高莫过救主，你也来，朕给你留着座位。”

海瑞仍旧低着头，咕嘟一口咽下药汤，应了声“是”。

这一年的大年夜注定不平凡，风雪骤起，文武百官都在宣文殿等人，等一个有救驾之功的写手。

终于，千呼万唤声中，海瑞拿着一沓书稿，缓缓从宫门走来。

海瑞说：“陛下，臣想在这年夜里，与陛下共谱臣新作之结局！”

群臣哗然，纷纷说海瑞不懂礼数，不知进退。

皇帝与海瑞对视，海瑞站得笔直，目光里全是坚定，皇帝抬手，群臣立静。

"让他说。"

海瑞深吸口气，捧着那沓书稿道："他从宫门里走进去，见到当朝圣上，他在心里想着，如果对面的人不是圣上，他们该是刎颈之交。但既然此人是圣上，他食君禄，便有臣职，有些话不得不说。"

海瑞念到这里，静静地放下书稿，交到皇帝面前。

皇帝眼皮一跳，拿起书稿静静来看，海瑞缓缓闭眼，脑海中浮现的是三五载采风之中，所见所闻的一幕一幕。

·7·

"洪水过后，灾民遍地，大难不死之人高声呼救，地方官近在咫尺也不闻不问。曾几何时，我也以为这都是首辅余党未清，再过三五载，天下一定会像陛下刚刚即位时一样。但是我见到了首辅的儿子，他告诉我，当年陛下励精图治的时候，首辅也是任劳任怨的，直到某一天，陛下忽然问起首辅，问他长生是否可得。首辅回答了一句或许可得，从此帮着陛下一心玄修，不惜敛天下之财。

"微臣此时才明白，为什么陛下当年那么不舍首辅的离去，首辅不是在敛财，首辅是在为陛下遮风挡雨。满朝大臣，人人都比我这么一个小小写手更明白，更清楚，但他们懂礼数，知进退，没有人愿意对陛下明说。"

海瑞的声音回荡在大殿中，群臣心惊胆战，已经隐隐猜到了那篇新作的结局。

那不是什么结局，而是一个大臣，向皇帝进言的奏疏。

"砰！"

海瑞的话音还在殿内回荡，皇帝已经将那沓书稿重重摔在地上，手掌磕到地面，撞出一声闷响。

皇帝双目通红，咬牙切齿，一字字道："海瑞，朕对你，不薄吧？"

"臣身受皇恩，无以复加。"

"无以复加你就这样对我？！"

皇帝怒吼着，如虎啸山林，群臣震悚，唯独海瑞还笔直地站在殿内，定定望着皇上。

海瑞说："陛下，天下生灵涂炭，皆因陛下之失，这句话人人皆知，人人不言。但海瑞受皇恩最重，便更加不能不说。否则后世写书人，都会把陛下写成昏庸无道的反派龙套，连 boss 都算不上。"

皇帝又怒又想笑，指着那沓书稿道："好，好，海瑞你很好，那你说这上奏的大臣，究竟该如何结局？"

海瑞闭了闭眼，缓缓跪在大殿上。

"陛下是臣民之君父，微臣当众指骂君父，有损圣威，不斩不足以正君道。"

皇帝阴沉着脸，一言不发。

殿下跪着的群臣面面相觑，有意想去救海瑞一把，却不知该如何出口。

"好，那朕就斩了你，让你得偿所愿！"

良久的沉默后，皇帝背转身去，沉声喊出了这么一句话。

海瑞叩首，泪流满面，声音仍旧平静："臣，谢陛下圣恩。"

"咚。"

又是一声叩首。

·8·

"吱呀"一声，天牢的牢门忽然开了。

海瑞坐在草席上，怔怔地望着前来的皇帝。

皇帝啃着个桃，白了海瑞一眼："你当朕傻啊，朕如果真的把你杀了，在后世写手眼里，朕照样还是个反派龙套。"

海瑞一时错愕，没反应过来。

皇帝笑着踹了海瑞一脚道："朕的天威，还用不着你来维护，朕要还天下一个太平，那些圣恩天威，都得是朕自己立的！"

海瑞咽了口唾沫，有些哽咽道："那陛下……不玄修了？"

“三花聚顶终是幻，脚下腾云亦非真。朕记得某些人说过，仙鬼志怪不可取，朕还送了他一幅字。”

皇帝冲海瑞笑了笑，伸手从太监那拿过一面锦旗。

“苍生笔架”四个字，苍劲印在帛上，随旗猎猎作响。

完。

弯道超车的奇葩江湖故事，我哭了，你呢?

CHAPTER

2

金山寺

金山寺 · 方丈

·1·

李状元当下很忧郁。

彼时，正值皇帝赐宴，赏春闱高中士子，文武百官尽皆在座。

儿杯美酒下肚，李状元感觉自己有点蒙，模糊间看到一个少年冲自己走过来，笑呵呵地拍了拍他的肩膀。

他就“呜啦”一声吐在了少年身上。

霎时间，殿上鸦雀无声。

李状元晃了晃脑袋，感觉气氛有点微妙，抬头正望见年轻的皇上站在身前，龙袍上一堆污浊之物。

李状元眼睛瞪得溜圆，拍案而起说：“什么人胆大包天，敢吐皇上一身？有胆量站出来，李某不打得你妈都认不出你，就算白练了二十年！”

话音未落，李状元又扭头望着皇上，双拳一抱，说：“陛下你讲，是什么人胆敢冒犯天颜？”

皇帝说："呵呵。"

新科状元李某，因冒犯天颜，在当夜就给抓了起来。

而让李状元忧郁的不是这个，是半夜三更的时候，皇帝又偷摸把他给放了。

皇帝说："其实吧，朕是有点小事想麻烦你，为了不引人注目才这样请你过来。"

李状元："哦？"

皇帝搓着手，淡淡笑道："你能不能帮我想个法子，弄死我老妈？"

李状元："……我是谁，我在哪儿，你又是什么人？我好像失忆了呀。"

皇帝一挥手，几个侍卫从暗影里钻出来，又将李状元押回了暗牢。

·2·

本朝太后垂帘听政，掌生杀大权，已经废立过三任皇帝，刚入土没多久的先帝正是当今圣上的大哥。

有人说，太后很快就要自己登基了。

皇帝坐在暗牢里，说："情况就是这么个情况，你看着办吧。"

李状元道："都是一家人，何必非要你死我活呢，你退位给太后，太后不见得会杀你嘛。"

皇帝额前的长发飘散，点墨般的瞳子幽深不见底。

皇帝说："我也曾经这样想过，她毕竟是我的母亲，所以即使她试图掐死我，淹死我，让御膳房喂我吃相克的食物想毒死我，我都忍了。

"但她杀了我大哥，我大哥护着我让我没有被她害死，却没能保住他自己。"

皇帝冷冷逼视着李状元，说："这样大的仇，该不该报？"

李状元哭丧着脸道："该报不该报，似乎都不关我的事情吧？"

皇帝道："刚才你也说了，朕此前一直在忍，当然没有什么人可用。既然你吐了朕一身，朕觉得你就是上苍派来的缘分，乃是转世的千古名臣。"

李状元说："……陛下，我真不是故意吐你的，我就是一个应试教育出来的书呆子，做不成这种大事。”

皇帝呵呵一笑，扬起了手里的刀。

李状元正色道：“有志者事竟成，苦心人天不负，能成，一定能成！”

·3·

李状元被松了绑，活动着身子问道：“所以陛下，咱们现在的情况怎么样，有多少人手，多少兵马？”

暗室里灯火摇曳，一股诡异的气氛在沉默里蔓延。

李状元脑门上写满了问号。

皇帝干咳两声道：“其实忠心的侍卫还是有不少的，我大哥也曾在宫里做过些安排，你所在的地牢就是其中之一。”

“那究竟是有多少安排呢？”

“三十二个人。”

李状元会心一笑：“三十二个人啊，有多少人领兵，又有多少人能左右朝局呢？”

皇帝搓着手，有点尴尬，说：“除了朕身边的太监宫女，全都是侍卫，从小跟我和大哥一起长大的弟兄。”

“扑通。”

李状元嘴角还带着微笑，径直晕了过去。

·4·

皇帝摇醒了李状元，说：“你不要害怕，现在我们至少有你，有一个状元之才嘛。”

李状元沉默片刻，开口道：“其实我这个状元是花钱买来的。”

皇帝眯起眼睛，捂着嘴似笑非笑。

李状元说：“陛下你别这样，像个变态。”

皇帝说：“这是天要亡朕啊。”

李状元说：“我还指望着把钱给挣回来呢，是不是也没机会了？”

皇帝举起刀道：“都这个时候了，你还想你科考舞弊的银子？”

李状元痛哭流涕：“当然想啊，白花花的都是钱啊！”

提起银子，李状元哭得声音有点大，侍卫们七手八脚，又把他绑了起来。

还顺便堵住了嘴。

皇帝叹气道：“你要看开一点，万一我们成了，朕是千古明君，你就是千古名臣，到时候你要什么朕都能给你。”

李状元：“呜啦叽里咕噜？”

皇帝挥了挥手，侍卫们把他嘴里的破布拽了出来，李状元认真问道：“我要多少钱都行？”

皇帝道：“……都这个时候了，还是钱的事？！”

李状元的眼睛亮起来，唇角一勾格外邪魅狂狷：“当然是钱的事，只要给的银子够，小爷我什么都摆得平！”

·5·

皇帝说：“关键是现在我们没钱，朕也就是给你打个空头支票。”

李状元：“……陛下，来，刀拿好，你砍死我得了。”

·6·

最终，皇帝把身上的传世玉佩给了李状元，李状元才终于开始替皇帝出谋划策。

李状元说：“就这么点人，搞大动作不太可能，只能投毒，刺杀。”

皇帝皱眉道：“我听人说，得民心者得天下，如果搞些舆论武器，是不是胜算大一点？”

李状元像看傻 × 一样看着皇帝，说：“你不给人钱，谁给你民心？”

皇帝挺胸抬头，正气凛然道：“朕乃天子，从龙之功还不够吗？”

李状元诚实道：“不够。”

李状元分析局势道：“如果你是个夺嫡的皇储，大概还有人愿意赌一把，争的不过是龙椅上那位先帝爷的态度。但眼下你是要直接跟龙椅上的太后干架，谁愿赌？”

皇帝若有所悟。

皇帝道：“那应该怎么办呢？”

李状元说：“当年武则天登基，还要给李唐皇室留面子，只要陛下你成了这个面子，太后就不会轻易杀你。这么着吧，你先主动禅位，太后便不会主动招风惹雨，她还要留着你，收天下旧臣的人心。”

皇帝拍了拍李状元的肩膀，叹气道：“好，朕明白了。”

次日，皇帝开始提出禅位，朝野汹汹，太后果断拒绝。

毕竟禅位这种事情，怎么也要三次之后才能成行。

但是破天荒地，皇帝回宫后收到了太后送来的小礼物，丝绸檀香，古玩字画，东西虽不多却也代表了一番心意。

有人告诉皇帝，如果一直这么懂规矩，便是善莫大焉。

皇帝在寝宫里冷冷地笑，胸中有团火在熊熊地烧。

·7·

皇帝三天两头往地牢跑，毒杀与刺杀纷纷失败，好在有李状元筹谋善后，宫里还没有腥风血雨。

日子一天天过去，春去秋来，京城里开始落雪。

李状元在地牢里冻得瑟瑟发抖，皇帝每次送来的饭都又冷又硬，硌牙，生疼。

皇帝说：“老李你放心，等朕掌政的时候，你就是一人之下万人之上的功臣。”

相处久了，李状元也跟皇帝混得熟络，皇帝有情有义，血热人傻，每逢这种畅想未来的时刻，李状元都会用一种关爱智障的眼神看他。

李状元心想，自己能不能熬过这个冬天都还未知。

·8·

皇帝以为，李状元熬不过这个冬天是因为怕冷，嫌饭菜难吃。

所以皇帝就亲自规划，将御膳房重新修建，搬到了地牢隔壁，每每自己下厨，热腾腾的饭菜送给李状元。

李状元晚上睡觉凉，便拿来自己的被子给他盖，宫里的暖炉也搬来地牢，生活环境大为改善。

直到某一日，太后闲聊的时候问起："皇儿寝宫里的许多物什，怎么都不见了？"

皇帝镇定道："可能是成精了。"

母子不合，自然也没有多问，只是皇帝不敢再向地牢里送东西。

于是皇帝开始在每夜睡前，亲自钻到被子里给李状元暖床。

李状元说："皇上，你这样做我很慌啊。"

皇帝目光炯炯道："只要能替大哥报仇，天下江山再度光明，朕暖个床又有何妨？"

李状元说："别，陛下你这样我真的难受。"

·9·

宫里的小风波仍旧从不间断，在某次刺杀失败后，有侍卫身负重伤，几经辗转送出一个消息：

那日行动之所以会失败，是因为有人向太后透露了消息。

皇帝看到那个人的名字，独坐在寝宫里，半晌不语。

他忽然起身，来到关押李状元的地牢，皇帝一阶阶走下去，望着端坐的李状元。

皇帝道："为什么出卖朕？"

李状元沉默良久道："也谈不上出卖，太后很早就查到我了，也查到这座地牢，如果我不告诉她那些计划，我们这些人都会死。"

皇帝沉默下来，这座皇宫，这座江山，似乎都化成太后阴恻恻的剪影。

压得他喘不过气。

李状元叹息说："皇上，算了吧，再找机会已经是千难万难，继续下去满门抄斩。"

皇帝心口有些疼，他抬头望着李状元，眼睛眯起，似笑非笑。

皇帝道："你为什么不早告诉我，太后找到你的时候，是不是也给你开了价钱？"

李状元没说话。

皇帝大笑起来，说："朕不会放弃的，朕不像你，两面三刀！"

李状元说："如果陛下要杀臣，臣毫无怨言。"

皇帝恼了，说："你以为朕不舍得杀你？"

地牢里静了片刻。

皇帝冷哼一声道："朕不屑杀你，你回去告诉太后，朕不会就此罢休的。"

李状元眼眶有点红，他仰头望着皇帝道："陛下，臣还有你的玉佩、你的暖炉，你还要不要拿回去？"

皇帝冷冷看了他一眼，吐出一个字："滚！"

· 10 ·

当皇帝再次看到李状元的时候，李状元已经成了礼部侍郎，全权负责禅让事宜。

皇帝沉着脸，问侍卫甲："你猜老李会不会突然跳起来，一招袖里剑捅死老妖婆？"

侍卫甲摇了摇头。

皇帝又说："我总觉着老李是被逼的，其实他的心还是在我们这里。"

侍卫甲扶额，说："陛下你哪里来的自信？"

李状元站在高台上，已经读完那一长串洋洋洒洒的文章，说的都是什么天命所归，都是什么奉天承运。

今日，该当是皇位禅让，女王荣登大宝。

皇帝深吸口气，整理了一下衣服，缓缓走到阶前。

皇帝一伸手，从两侧甲士的腰间抽出一柄长剑，长剑锋芒似雪，砭人肌肤。

皇宫大内里仅剩的几个侍卫，此时都默默站到了皇帝身后。

长阶的尽头，是銮驾之下的太后。

皇帝举剑，剑锋对准太后，群臣一片哗然，却又觉得今日场景更在情理之中。

李状元在高台上看不出喜怒，眉头微蹙，有些担忧。

没有人知道皇帝会用什么法子对付太后，是不是有诸多后手，是不是有某些将军或者重臣悄然倒戈。

太后知道，一个倒戈的都不会有。

但皇帝还是笑了，皇帝纵声大笑，用了所有人都想不到的法子。

皇帝长剑斜指，厉声断喝，从小到大，他所亲身经历的，耳闻目睹的，一切关于太后的罪行，都从他口中崩出。

言辞如刀，刀刀刻骨。

皇帝大笑道："你倒行逆施，祸乱皇室，杀人如麻，连自己的儿子都不放过。你不该死，这天下间还有谁是该死的？你既然该死，朕身为天子，自然该举剑杀你！"

皇帝站在长阶最底端，仿佛有浩然之气冲霄而起，沛莫能御。

皇帝扫视群臣，又是一声长笑，厉声喝问：

"众爱卿，你们说此人当杀不当杀！"

声震九霄，无人敢答。

皇帝笑着，眼角还带着泪痕，他一步一步向前踏去，侍卫们挥剑开路。

太后阴沉着脸，她麾下的甲士蜂拥而上，血花与剑光同时飞舞。

皇帝说："母后啊，你即将登上天下最高的位置，难道没有一点旧情顾念吗？我跟大哥刚刚出生的时候，你有没有想过，从此只做一个母亲，挺好的？"

太后看着皇帝一步一步逼近，那把长剑很快有了缺口，断折，沾染的鲜血也越来越少。

终于，皇帝身后的侍卫们都已经倒下，皇帝踉跄不稳，断剑拄地。

他听见太后的声音，遥远得像从天际传来。

太后说：“能君临天下，朕为什么一定要顾念那些东西呢？”

皇帝咬着牙，大笑着说：“好，好，果然当杀！”

皇帝再一次扫视群臣，目光最后停在李状元身上：“不过既然没人说母后你该死，那么该死的人就是朕了，母后，那你连我一起杀了吧！”

太后居高临下，望着皇帝说：“你放下剑，走完禅位的礼仪，我饶你不死。”

又补了一句：“还有你那些侍卫弟兄不死。”

言下之意，便是你不走完禅位的礼仪，就都满门抄斩。

皇帝明白，他回头，看到血泊里的侍卫们，侍卫们还有一息尚存的，大声喊他，让他不要低头，无论如何都不能低头！

皇帝恍惚了，他下意识望向李状元。

李状元负手站在高台上，看不清模样，如今乃是礼部侍郎。

皇帝想起李状元的话，不如算了吧，千难万难，继续下去满门抄斩。

斩的不是自己，而是这三十二个明知无望，却还为了一腔孤忠陪自己胡闹的兄弟。

皇帝攥紧了剑，忍不住又是一阵长笑，笑声渐渐呜咽，如鬼哭狼嚎，最后复归沉默。

“咣当。”

许久，皇帝丢了剑，凄然一笑。

· 11 ·

几个月后，天下仍不太平，皇帝独坐在冰冷的寝宫里，满脸的生无可恋。

李状元叩开房门，带了一壶酒，说：“皇上，我来给你赔罪了。”

皇上点了点头，端起酒杯，说："你不用讲了，我都明白。"

酒是琥珀色的，清香四溢，玉杯微微泛着荧光，在银色的酒壶之前显得分外剔透。

皇上突然笑道："这么好的酒，这么好的酒具，一定是我母后给的吧？"

李状元身子一颤，不说话了。

皇上笑道："我知道母后的性子，天下人如果不服她，她便会以天下人为敌，有多少她便杀多少，她从来不怕人多的。"

皇上说："如果有人以我的名义起事，她一定会杀了我，再有别的王爷起事，她也不介意将皇室都清洗一遍，她是这样的人，也有这样的手段。

"今天她让你来，是杀我的，对不对？"

见李状元还是不说话，皇上又笑了，说："没办法啊，毕竟我的确对她有杀心，她不会容许我活着。"

皇上一仰头，饮尽了杯中酒。

等了片刻，皇上发现自己好像没死，也没有什么不对劲。

吧唧吧唧嘴，酒还挺香。

皇上有点蒙，对面的李状元正冲他一个劲地翻白眼。

李状元说："你们当我傻啊，不是杀太后就是杀皇上，杀了谁我也活不成啊，鬼才要来杀你。"

皇帝怔了怔，问："那你来干什么？"

李状元摸了摸鼻子，苦笑道："我如果不来，太后还会派别人来，你才当真是个死。"

皇帝皱眉道："但是你久至不归，太后一样会派人来的。"

李状元叹了口气，说："你既然什么都知道，还不快点走？"

· 12 ·

那天，李状元带着皇帝横冲直撞，提着把刀一路砍到神武门。

皇帝怔怔地看着他，这才想起来，曾经在春闱高中的宴会上，李状元吐了自己一身，狂言要凭二十年武艺帮自己出气。

二十年武艺，一柄单刀飞雪，在太后还来不及调动人马的时候，硬生生杀出了皇宫。

偌大的京城人来人往，皇帝跟李状元向着城门移动，李状元说：“你走之后就不要回来了，报仇的事情也不要再提。”

皇帝沉默了一下，说：“我尽量吧。”

李状元说：“反正你给的钱用来救你一命，我不会再管你了。”

皇帝说：“其实我真的想跟你做一对君臣，我当君父，你当臣子，你以后就可以喊我爸爸。

“爸爸还可以赏你一座金山，你随便在上面干什么，当和尚都行。如果你真的要当和尚，寺庙就是金山寺，满山都能生财。行了，送君千里，终须一别。”

李状元盯着他，总觉得皇帝今天怪怪的。

二人在京城之外分道扬镳，消失在大雪纷飞的隆冬。

·13·

李状元一路南行着，总觉得皇帝这番告别不像是生离，更像是死别。

耳畔，似乎有兵器相交，禅位那一天的血花又浮现在李状元眼前。

李状元深吸口气，回望京城。

李状元咬着牙，拿人钱财替人消灾，小爷已经救了他的命，犯不着再回去。

沉默，沉默是今日的飞雪。

李状元呸了口痰，骂了声娘，一个转身飞奔而回。

·14·

皇帝真的又回了京城。

皇帝换上了太监的服饰，宫里已经知道皇帝失踪，乃至出城，没有人能想到皇帝还会回来。

太后也想不到。

所以当皇帝来到太后面前的时候，太后有一瞬间的失神。

皇帝面无表情，抽出一把短刀，狠狠向太后胸口刺去。

群臣，侍卫，太监与宫女齐声惊呼。

那柄短刀突兀停在了太后的胸膛之上，一缕血痕随着刀锋流淌，但那柄短刀却再也没有深深刺进去。

太后错愕地看着皇帝，小皇帝仍旧面无表情，持刀的手不住颤抖。

太后陡然反应过来，咬着牙，唇齿间生生崩出一个“杀”字！

有侍卫反应过来，大喝一声，四五杆长枪，七八柄刀剑刹那间递了出来。

而此时，李状元凭虚御风，堪堪提刀踹开宫门。

他远远地看到刀枪入肉，血花四溅，心像是被一只大手狠狠攥住，死命地挤。

李状元一声大吼，宫里雪花平地而起，如丈高大浪，卷向出手的侍卫。

李状元踏浪而来，飞出手中单刀，狠狠斩断了侍卫们的躯体。

一刀两断，横斩十数人而刀飞不停。

李状元披头散发，状若疯虎，无人敢撄其锋。

像是狂风过境，李状元终于在皇帝倒地之前，将他接在了怀里。

皇帝笑着说：“老李啊，你怎么来了，我真没用，我还是杀不了我妈。”

李状元想骂娘，却不知该怎么骂，一张口嘴唇全是哆嗦，泪珠子不要钱似的滚落下去。

皇帝说：“老李啊，以后缺钱了，就来宫里要，让我妈，给你座金山玩。”

李状元说：“你个兔崽子快闭嘴吧！”

皇帝又笑，说：“老李啊，我疼，我想我大哥了，可惜我见着大哥，就见不到你了。”

皇帝眼一闭，身躯像沉入深渊般坠了下去。

死沉，死沉。

据说，那一天京城里的人们听到了风雪中神魔的怒吼，皇宫毁于一旦，刚刚登基的太后倒毙大雪之中。

·15·

很久以后，镇江多了一个叫金山寺的地方，那里只有一个和尚，自称方丈，说他手下的这座庙宇有王气庇佑。

满山都能生财。

金山寺 · 清风

·1·

初三那日，酉时，日薄西山。

清风此时正从茅山上走下，垂头丧气，双目失神，这已是他第三十六次面试失败。

他从小有着过人的体魄与记忆力，无论是笔试还是武试他都是别人家的孩子，考上茅山道本应毫无悬念。

然而，他已经在面试上死了三十六次。

清风回头，望着茅山的云遮雾绕，茂林修竹，紧紧地握住了拳头。

他再度想起被主考官支配的恐惧，每一次，每一次主考官对他说同一句话，他总无言以对。

“你看看自己的发际线，谁会信你是来考道士的？”

“你看看你的发际线，你的发际线，发际线，线……”

声音在脑海中回荡，清风摸了摸自己光秃秃的脑门，空气都安静起来。三十六次面试，所有有资格面试入门弟子的茅山道士，清风已经统统见过了。

他已经没机会了。

清风叹了口气，爹娘给自己起这样一个名字，自己却考不进茅山，活着还有什么意思？

彼时，十二岁的清风茫然走着，慢慢爬上了新的山头。

这座山叫金山，清风看着山下茫茫雾气，越想越觉得绝望，眼一闭，就想纵身而下。

有一道目光，在此时落到清风身上，清风似有所察，回眸处恰见另一个光头站在崖边。

光头大叔停顿了两秒，开口道："这位小施主，我是金山寺的方丈，在我的地盘，能不能给我个面子，让我先跳？"

·2·

方丈要跳崖的原因很简单，他的寺庙招生人数为零，而他所有的积蓄都用来修缮寺庙了。

穷途末路，方丈想不如去跳一跳崖，说不定还有绝世神功。

但是在跳崖之前，方丈看到了清风，更确切地说，是看到了他的光头。

方丈灵光一闪，觉得这是上天赐给他的学员，问他为何自杀。

清风如实说了，还拍了拍方丈的肩膀，说："大家都是光头，叔你别伤心，我懂你。"

方丈一脸见鬼的表情，说："你们这里的人都怎么了，考不上茅山会死吗？"

方丈忽悠道："其实这个世界上的信仰有很多种，茅山道术难登大雅之堂，你既然有这样的发际线，不如跟我学佛，我佛如来能让你观照自在，满足一切需求。"

清风两眼放光："能让我有个女朋友？"

方丈："……滚！"

清风翻了个白眼，说："那你拦着我干吗，我跳下去指不定还有绝世神功、江湖美人呢。”

方丈：……

·3·

后来清风还是加入了金山寺，毕竟清风有着根本不存在的发际线，用方丈的话来说，他是生来就要当和尚的。

机缘因果，都注定要清风做一番事业，让茅山的臭道士瞧瞧。更何况，和尚也能走禁欲系的路线，讲一句“阿弥陀佛女施主你请自重”，不知多少红颜为之怅惘。

双管齐下，让清风心底的火熊熊烧起来，他对方丈说：“我一定不负你所望！”

方丈欣慰道：“那行，你先把书本费住宿费学杂费交了，三十二两银子，概不拖欠。”

清风：“……滚滚滚，老子不上了。”

·4·

清风担负起上天赋予他的重任，重振金山寺。

十二岁的清风踌躇满志，在金山寺一待就是六年。

这六年里，清风念过经，坐过禅，化过缘，卖过艺，还胸口碎过大石，张口喷过火焰。

有时候清风也会问：“为什么我们作为和尚，要去胸口碎大石，咽喉顶枪尖？”

方丈告诉他：“因为我们穷。”

清风又问：“那我们为什么会被城里的乞丐追着打，是不是茅山的臭道士买通了他们，我这就去找他们报仇！”

方丈说：“你仔细想想，化缘跟乞讨有什么本质的区别吗？如果没有，你抢了人家生意，让人家追着打两下怎么了？”

清风说："敢情不是你被打。"

终于，在清风十八岁那年，金山寺迎来了第一个给钱的香客。

香客把几枚铜钱丢进功德箱里，走投无路，诚心正意，带着哭腔说希望能找回丢掉的四两纹银，那是他一年的积蓄。

清风双手合十，说："你的心愿佛祖听到了，他会保佑你的。"

·5·

那天镇江城的惯偷小钻风正在贼窝分赃，一个和尚破门而入，念了句"阿弥陀佛"，便要惯偷们将银子交出。

小钻风带头大笑，一群混混蜂拥而上，转瞬淹没了和尚。

随即，一个个扑倒在和尚脚下。

和尚清风拍了拍手掌，冲小钻风咧嘴一笑，小钻风当场就给吓晕过去。

次日，香客前来还愿，清风笑呵呵地拿出四两纹银，交在了他的手里，看着香客千恩万谢着离去，清风头一次感到由衷的喜悦。

所以清风从功德箱里把香客的几枚铜钱拿出来，买了个肉包子犒劳自己。

方丈看他吃得狼吞虎咽，说："你为几枚铜钱这样拼，值得吗？"

清风摆了摆手，说："你不懂，我从十二岁开始，就有个无名高人在金山寺后山教我武功，每日傍晚必至，一言不发就开始动手，等我身手小成之后又消失无踪。"

他顿了顿，又认真道："我想，他一定是要让我行侠仗义。"

方丈"哦"了一声，说："其实他可能只是一个人闷。"

清风瞪大了眼，说："你不许诋毁我师父！"

方丈撇了撇嘴，说："那你随便吧，惹出什么事情来，我可不会帮你擦屁股。"

·6·

事情很快便出了，清风的行动越来越多，金山寺佛祖显灵的消息也越传越广，渐渐地香客盈门，沙弥满座。

清风也不再叫清风，所有人都喊他一声“师父”，方丈干脆告诉所有新来的人，清风没有法号，如果说有，那么法号就叫师父。

清风少年心性，终究有些虚荣，没有否认这句话，继续干他行侠仗义的勾当。

一群弟子越发崇拜他，每次见到清风，素菜肉包鸡腿都孝敬在前，清风还要装作高僧模样，宝相庄严，说：“出家人不沾荤腥。”

方丈说：“嗯，你这禁欲系快大成了。”

清风想起那几位来要签名的女施主，也痴痴笑了好久。

事情便出在一位女施主身上，那位女施主极其狂热，非要清风给她签名在肚兜上，女施主将肚兜拿出来，脸颊绯红，娇羞万分。

然而时隔三天，姑娘便跟着茅山的道士汹汹而来。

姑娘一指清风，说：“就是这和尚非礼我，酒后乱性，还要在我肚兜上强行签名！”

清风眨了眨眼，一脸无辜。

为首的道士叫明月，阴阳怪气，要将清风带走法办，清风有点急，说：“这姑娘污蔑我，她衣带都没有断过，怎么能是我强行在她肚兜上签名？”

明月一听很有道理，给姑娘使了个眼色，姑娘伸手一扯。

“嘶啦”，衣带断了。

清风瞠目结舌，半晌之后冷静下来，说：“是这么个剧情啊。”

·7·

道士们提出了条件，只要金山寺定期给茅山道交钱，他们便不会把这件事捅出去。

清风忍住打人的冲动，挤出笑容说：“你看咱们清风明月，生来就很般配，没必要搞这么僵吧？以前我没得选，现在我想做个道士。”

明月说：“你去跟掌教说啊，凭你这个发际线，看他让不让你当道士？”

清风叹了口气："保护费不交不行了？"

明月得意扬扬，觉得自己马到功成，已经立下了大功。可就在这个时候，大雄宝殿里走出来一个中年和尚，眯缝着眼，声音肆无忌惮：

"不用交，有钱布施出去也不交给他们，你的事情让他们捅，尽管捅，看看有多少人会信。"

方丈走出来，大手一挥，便定下了这件事。

明月错愕地望着方丈，说："你，你难道不顾虑金山寺的名声，不想开门迎客了？"

方丈理都懒得理，拂袖转身："那你就捅出去嘛，看看究竟是谁的名声变臭，金山寺不能开门迎客？不存在的。"

明月冷笑几声，放出个狠话，拽住姑娘匆匆下山。

清风扯了扯方丈的袖子，说："老秃驴，不是咱们金山寺名声变臭，那还会是哪个？"

方丈眼珠瞪大，说："不会吧，这你都不知道，名声变臭的当然是你啊。"

清风：？？？

方丈说："难道还会是我不成？"

清风："……你过来，我打不死你就跟你姓。"

·8·

清风还是没有打死方丈，也没有跟着方丈姓，因为骂名真的不用他来背。

群众的眼睛还是雪亮的，众口铄金，说的都是那姑娘举止不检点，串通某些阴谋人士栽赃嫁祸。

清风叹为观止："还是方丈慧眼如炬，大家的判断力很优秀嘛。"

方丈说："优秀个屁，还不都是因为他们见到了佛祖，金山寺有求必应，他们谁敢坏佛祖的名声？"

清风："……哦。"

方丈望着青檐黛瓦，目光悠远："这些日子里，你当了一回佛祖，既然你连佛祖都能当，茅山道士又怎能动得了你？但即使是佛祖，也会受千锤万凿，你的好日子不会太久了。”

清风有点晕，没太明白方丈的深意。

·9·

当有一个人佛前叩首，要来惩奸除恶，杀贼报仇的时候，清风开始有点明白方丈的话了。

佛祖不能杀生，又如何能给人报仇呢？

好在清风不是佛祖，清风的偶像是齐天大圣，桀骜不驯，讲究的是行侠仗义，心中不平，谁管他果报因缘，生死由命？

方丈念了声“阿弥陀佛”，不理不睬。

夜半，清风一身鲜血走回金山寺，头低垂望着脚尖，失魂落魄，险些被门槛绊倒。

方丈抬了抬眼皮，问道：“事情成了？”

清风茫然摇了摇头，说：“今天来的香客，不是要报仇锄奸，而是想吞人家产，谋夺土地，我差点错杀无辜。”

方丈看了看他一身的血，恍然道：“是那香客又派人灭口了？”

清风点点头，脸色在火苗的跃动中苍白如纸，他摇摇晃晃地坐下来，说：“我忽然想起从前的事情，那些香客所求的究竟是不是我们该帮的呢？”

方丈没有回答，只念了句“阿弥陀佛”。

清风额上渗出冷汗，嘴唇微微发颤。

方丈一声长吟，说：“我不入地狱，谁入地狱，人人皆是地狱，身在地狱，如何能出地狱？

“苦海无边，回头是岸。”

清风猛地一震，脱力晕厥过去。

·10·

从此以后，金山寺不再有求必应，香客仍旧有登门拜访的，大多是求个心安。

茅山道却在此时推出三清下凡业务，打的招牌也是个有求必应。

时日久了，金山寺便门庭冷落，甚至还有百姓传出消息说庙里的师父调戏良家姑娘，肚兜为证。几天之内传遍镇江。

清风沉默下来，原来是这样的啊。

方丈说："所以这世道，还是得看破红尘，你入地狱有个卵用？"

于是清风开始端着瓦钵下山，化缘普度，碰见乞丐追打不跑也不走，年轻体壮的顺手踹两脚，年老体弱的丢过去两个馒头，颇有正经和尚的模样。

后来，那曾经去过金山寺的香客又上了茅山，他说都是镇江混的，自己不好出面，如今佛陀不愿杀生，希望三清能帮他解决麻烦。

茅山道士答应了。

清风再次下山的时候，发现那片曾经的沃土已经变成耸立的庄园，他手里的瓦钵砰然坠到地上。

·11·

那一天茅山云遮雾绕，松竹成翠，有如碧龙夭矫，直通天际。

少年僧人手捧瓦钵，要上山化缘，茅山上的道士嗤之以鼻，说："原来金山寺已经沦落至此了。"

金山寺的师父摇摇头，说："原来茅山已经沦落至此了，既然你们不肯化缘，只能我自己来要了。"

师父再没多说，面无表情，踏上苍龙。

道士们横剑成阵，师父端着瓦钵，流云飞袖，从剑阵之中穿了过去。

有道士尖啸，茅山整条青龙都活了起来，这是师父第三十七次登茅山，这一次他不需要再经历任何考试。

师父昂首跨步，整个人如同一柄出鞘的利剑，寒芒闪过，冲破万顷烟波。

无数的松竹簌簌而落，茅山这条青龙像是被刮下一层鳞片，道士们的长剑随之咣当坠地。

师父身上的僧袍已经残破不堪，道道血痕在他身上绽开，瓦钵早已落地，等他站上道观中庭，脸色又像那一夜的苍白如纸。

茅山的掌教与明月候在殿前，那香客含着笑，指挥若定，很快便有不知名的高手围住了师父。

师父闭上眼，低声喃喃：“天东有若木，下置衔烛龙。”

明月说：“你看，迟早是这个结果，你再挣扎也没有用的。”

师父继续念着：“我将斩龙足，嚼龙肉，使之朝不得回，夜不得伏，自然老者不死少者不哭。”

掌教叹了口气，说：“既然无法沟通，闯山罪大，杀亦无妨。”

道士们动了，剑锋跳起如飞光，刺向中央那闭目立定的和尚。

似有铮然一响，在剑光缭绕，香客谈笑的那刻，师父睁开了眼。

师父夺剑，出剑，如龙吟九霄，千山独行，剑光只一闪，便出现在香客身前，仿如惊鸿片羽，又如山峰陡立，亘古已存。

背后，是惊醒的剑光追绞而来，师父却已毫不在乎，手中长剑在香客犹自谈笑的时候，刺入了他的咽喉。

明月瞪大了眼，掌教眉头直跳，师父身后的剑光森寒，迫起他一身鸡皮疙瘩。

师父叹了口气，心想：“方丈，我还是入了地狱。”

· 12 ·

很多年以后，镇江的百姓都还记得那一天，那天的太阳似乎特别亮，茅山之上像有一轮新日轰然落下。

一剑天来，踏龙首，斩飞仙。

那道剑光摧破茅山剑阵，又顺手抹过了明月的脖子，茅山道的中庭像被陨石击中。来人轻“咦”了声，对掌教歉意道：“不好意思，用力过猛了点。”

掌教眉头抖起来，两根眉毛像是在跳芭蕾。

师父望着烟尘中的身影，不敢置信道：“师父？”

那人转过头来，是镇江城里唯一的中年和尚。

方丈挑了下眉，叹息道：“本来说好不给你擦屁股的，结果还是没忍住，毕竟一个人太无聊了，你懂不懂？”

师父眨了眨眼，没回过神来。

半晌，才冲方丈失笑出声：“不懂，有你这个老秃驴在，怕是我永远都不会懂了。”

金山寺·度佛

·1·

很多年以后，玄奘厌倦了西天的生活，回到他出家的金山寺，不当师父，非要当大师兄，说："当年我西天取经的时候，师父都是龙套，大师兄才是主角。"

就这么着，玄奘又做了个普通的和尚，又多了耿直的师父。

但所谓尘缘难断，往事可追，自从唐僧回了金山寺后，金山寺门前便整日鸡飞狗跳。

这一天雄鸡三唱，东方既白，忽有玉兔跳至山前，戟指大喊，说："让那个领了我绣球的男人出来。"

玄奘不出来。

玉兔便一气之下踹烂了金山寺的大门。

翌日，琵琶精从泥土中钻出来，玄奘冲她微微一笑，趁女妖精恍惚的时候落荒而逃。

琵琶精一怒之下又踹烂了金山寺的大门。

次日，老鼠精赶至山前，迷路，见一大门破烂不堪，遂一脚踹去，变为齑粉。

在庭院中打坐练功的二师兄法海起身，默默去将方丈喊了出来。

方丈哭丧着脸，对玄奘说：“您老还是走吧，金山寺如今是小门小院，容不下您这尊佛。”

师父说：“主要还是大门太贵。”

方丈瞪了他一眼。

玄奘嘿嘿一笑，说：“你们以为这些女施主，就没追到过西天，就没把西天给砸了？”

方丈心里一哆嗦，说：“难不成您是被西天赶出来的？”

玄奘露出了和善的微笑：“你们不要怕嘛，迦叶的花，观音的瓶，佛祖的莲座，什么没被这群女妖精砸过。”

方丈两眼发黑，双腿直抖。

“砰！”

师父一记手刀，敲在玄奘脖子上，玄奘愣了两秒，僵硬地转过头去。

师父轻咳两声道：“为师考虑了一下，还是决定把你送给女妖精，这也算成妖之美，了却因果，结得善缘。”

玄奘说：“我有一个问题，你要把我送给哪个女妖精呢？万一一言不合她们打起来，你猜会不会闹到这里？”

说着玄奘轻轻地拿开师父的手，笑眯眯道：“不要挣扎了，我在西天那么多年，你们能想到的法子，佛祖都想过了。”

山风拂过，玄奘的话掠过耳旁，师父听了会沉默，方丈听了想流泪。

玄奘拍了拍俩人的肩，笑了笑道：“当年我西天取经回长安，一场讲座怎么也有百十两银子，等我去城里讲经，回来就把大门装上。”

方丈点了点头，生无可恋。

·2·

最近方丈很开心，哪怕天天大门被踹成渣渣，仍旧很开心。

因为自从玄奘入城讲经，金山寺里的香客络绎不绝，南边的净慈寺倍感压力。

入秋之后，玄奘的生意忽然冷清起来，香客也渐渐不再上山。金山寺决定召开年中会议，讨论解决办法。

方丈说："我觉得是咱们经济模式太单一，法海功夫这么了得，如果拉法海去城里卖艺……"

"不卖。"法海打断了方丈，面无表情道，"我的刀，不是用来看的。"

师父说："其实不需要法海出手，你们师弟普洁那么萌，出去化缘也该够了。"

小和尚普洁眼睛放着光，跃跃欲试。

师父又道："但是容易被拐跑，还是算了。"

普洁像泄了气的娃娃，耷拉着耳朵，玄奘忍不住笑出声来。

玄奘说："你们都不用愁，我已经查出来了，这些天生意不好，是因为有人来砸场子。"

师父："哦？"

玄奘道："有个尼姑，来咱们山脚下讲经，还请人修了尼姑庵。"

"……所以，你讲经的魅力还不如一个尼姑？"

玄奘拍案而起："等着，明天香客就会随我上山！"

·3·

镇江城不大，玄奘很快就找到了尼姑。

青灯纱幔，尼姑三千烦恼丝未断，垂在纱幔之后，影影绰绰，撩人心神。

玄奘懂了，不是自己讲经的魅力不够，而是她着实国色天香，单凭一个剪影，就让人如痴如狂。

所以讲经，是没有作用的。

玄奘决定使美男计。

玄奘双手合十，表情是悲天悯人，脚步是如履薄冰，硬生生挤进人群之中。

玄奘说："女菩萨，小僧在此处听你讲经数日，心神摇曳，脑海中醒也是你，睡也是你，打坐也是你，参禅还是你，敢问如何是好？"

尼姑说："然而你今天才第一次来。"

众人哄堂大笑。

玄奘还是眉头紧皱，面不改色道："那或许是曾在梦中相见，又或是前世因缘未了，还请女菩萨指点迷津。"

尼姑沉默片刻，轻轻笑了一声："佛经里有个故事，是阿难爱慕一个少女，愿为她受五百年风吹，五百年日晒，五百年雨淋，只求她从桥上经过。这位师父若有此心，也是善莫大焉。"

玄奘愣了愣，问："这是什么意思？"

尼姑笑着说："贫尼心中只有一个佛字，再无其他，若这位师父能广发宏愿，普度众生，便是你心中有贫尼，贫尼心中也有你了。"

话音未落，四周响起潮水般的掌声。

玄奘却如遭雷击，这番话穿过三百年岁月，回荡在他的耳畔心腔。

·4·

令人意外的是，香客们还是随玄奘上山了。

不过不是前来拜佛还愿，而是追杀玄奘，一路赶回了金山寺，顺便又踏碎了金山寺的庙门。

如果不是法海一张死人脸，横刀站在门口，估计香客们抓住玄奘生撕了的心都有。

方丈看着大门的一地残渣，心疼道："玄奘，你到底干啥了？"

玄奘刚刚跑回来，喘息未定，额头见汗，双眸无神地望着来处。

师父说："不会是中了那尼姑的妖术吧？"

玄奘突然开口道："我亲了那尼姑一口。"

金山寺里骤然静下来，法海跟普洁不知从哪里冒出来，一群人围在玄奘身边。

玄奘又说："我认得她，她不是什么尼姑，她是国王。"

小师弟普洁最为八卦，眨巴着眼睛问道："国王，女儿国国王？"

众人看着玄奘那张苍白的脸，觉着定然是她。

方丈皱眉，说："她好好的国王不当，为什么会去做尼姑呢？"

法海言简意赅："轮回。"

普洁"哦"了一声，恍然道："这是姑娘已经轮回转世，三百年光阴如梭，早忘了御弟哥哥唐三藏。"

师父叹了口气，说："真是造化弄人啊，三百年前是玄奘心中只有佛祖，三百年后姑娘却成了尼姑，有些人是失去之后才懂得孰重孰轻啊。"

玄奘说："你们闭嘴行吗，我快哭了。"

方丈突然振奋精神道："没事，别屃，我们帮你去把她追回来！"

师父说："以后讲经就能多挣点钱。"

玄奘哭笑不得，眼前似乎还是他不久前在城中所见的那一幕，他跨步上前，说一定要见尼姑一面，纱幔揭开，竟是三百年前的故人。

一时间佛我两忘，吻了上去。

那天，金山寺的庙门不修，玄奘站在中庭，静静地等着女妖精上门。

玄奘告诉她们，自己一直放不下的人来了，他要去找他的姑娘，请大家各自珍重。

·5·

这天红尘喧嚣，女菩萨素蝉师太又出现在镇江城内，继续开坛讲经。

玄奘隔着人潮，看了半晌，突然发现自己毫无追姑娘的经验，又默默回了金山寺。

方丈说："你怕什么，你去西天镀过金，随便找间寺庙都是一尊活佛。你就告诉姑娘，你是潜力股，将会有紫檀木的佛珠、琉璃镀金的佛像，全城最豪华的马车都未必请得动你。"

玄奘皱了皱眉，决定去试一试。

当天，又被一群信徒以亵渎女菩萨的罪名给追杀了回来。

法海横刀站在中庭，眼神凌厉，僧袍无风自动，这才又把信徒们吓出山去。

玄奘说："我就知道，我女王妹妹怎么可能跟那老秃驴一样喜欢钱呢？肤浅！愚昧！"

法海说："然而你信了。"

玄奘钩着法海的肩膀说："当年你行走江湖的时候，有没有喜欢的姑娘，你是怎么追的？"

法海眼神飘远，怅惘片刻道："我走过去问她：有没有仇人，我帮你杀。"

"……后来呢？"

"她告诉了我，我帮她杀了，但我没跟她在一起。"

玄奘沉默片刻，觉得法海的人生不具备参考价值，但还是忍不住问他："那有没有喜欢你的姑娘，她们是为什么喜欢上你的？"

法海想了想，回答说："因为我帅。"

法海提着戒刀转身离去，留下玄奘一脸茫然站在原地。

日落西山的时候，玄奘又找来几位女妖精，诚恳地问她们究竟为什么喜欢自己。

女妖精们诚恳地回答："因为你帅啊。"

玄奘"哦"了一声，说："原来我帅得这么惨绝人寰。"

·6·

当夜，玄奘就偷偷溜下山，在镇江城里红尘庵，寻素蝉师太的住处。

月色清幽，中庭寂寂，玄奘坐在屋檐青瓦之上，开始静静吹箫。

箫声悠扬，很快惊醒了沉睡的姑娘，姑娘推门而出，回眸处恰见月光如水，人在月下吹箫。

姑娘怔了怔神，一曲奏罢，玄奘向姑娘淡淡一笑。

玄奘说：“这一曲，是小僧特来为前日之事道歉，女菩萨国色天香，小僧难以自持，唐突了。”

还没等姑娘说什么，院落四周的门房就砰的一声打开来，几位上了年纪的师太神色不善，拿刀拿剑冲了出来。

玄奘有点愣，说：“这几位是干吗的？”

姑娘朱唇轻启：“这是我的师父们。”

老师太们扬声大骂，说：“三更半夜，哪个傻 × 扰人清梦，给老娘从哪来滚哪去！”

刀光剑影，师太骂街，玄奘来不及告别，咽了口唾沫便落荒而逃。

次日，玄奘一番深思熟虑，决定走回忆杀路线。

玄奘说：“当年我西天取经的时候，初入西梁女儿国，身后有桃花缤纷，撒落衣襟，骑白马，招摇过市。

“如果这个世上有一见钟情的话，我想女王妹妹一定是在那个时候爱上我的。”

方丈说：“所以呢，你现在要怎么办？”

玄奘搓着手，向方丈笑嘻嘻道：“所以……咱们庙里能不能给资助一匹白马？”

方丈胡子都翘起来，狠狠瞪了玄奘一眼：“不能！”

·7·

师父说：“你想想，一旦玄奘追上那姑娘，全镇江的人都会来听他俩讲经，前期投入还是要有的嘛。”

方丈沉思一夜，终于决定出巨资——三钱银子给玄奘租了一天的白马。

这是个阳光明媚的清晨，玄奘身骑白马下金山，法海在半空中飞来飞去，泼撒着桃花雨。

素蝉师太见到这一幕的时候，心情很是复杂。

玄奘微笑着说：“姑娘，好久不见。”

素蝉师太说：“其实我师父她们还在，这时候已经去官府告你骚扰了。”

玄奘扶了扶头，有点晕。

素蝉师太又说：“你还是快点回去吧，如果吃斋念佛，实在静心不下，不如还俗找个姑娘，天下好姑娘何其多，总有适合你的那一个。”

玄奘摇头说：“佛门中人，也总要在红尘里打滚，我也不是强求跟师太的一个结果，只是因缘际会，遇到了，总要来会一会。”

素蝉师太说：“你还不走，官府的人就来了。”

法海从天上落下来，冲玄奘扬了扬手说：“花还撒不撒了？”

玄奘叹了口气说：“不撒了，咱们回山。”

很久以后玄奘才知道，原来那一天并没有官府的人到，他身骑白马负桃花而来，迷了半座城的少女，他黯然拨马回头，连红尘庵里的三位师太见到，都没有心思再去官府。

·8·

师父对玄奘说：“咱们出家人虽然也要在红尘打滚，但滚一滚便罢了，不然身在空门还执迷不悟，算什么出家人？”

玄奘说：“五蕴皆空，四大金刚，八部天龙，我都见识过，没意思。”

师父说：“那你心中的佛陀在哪里？”

玄奘说：“女王妹妹如果不在，我心中的佛就是我自己，女王妹妹如果在，她就是我的佛，也就是我的命。”

师父叹了口气说：“痴儿你没救了。”

当夜云遮雾绕，玄奘漫无目的走在金山寺后山，正遇到种萝卜的小师弟普洁。

玄奘说：“普洁啊，师兄的心不静，你陪师兄聊聊。”

普洁眨了眨眼，问他：“师兄为什么心不静啊？”

玄奘诧异道：“喜欢的人不喜欢我，我怎么还能静呢？”

小和尚歪了歪头，慢慢说道：“我听佛经里的故事说，喜欢一个姑娘，都是会把姑娘当作心里的佛。五蕴皆空，四大皆空，色即是空，除了有一个佛在，其他都是空。既然姑娘就是佛，佛喜不喜欢自己，都无所谓的。”

玄奘说：“你这都是从什么故事里看出来的？”

普洁想了想说：“阿难愿化身石桥，受五百年风吹，五百年日晒，五百年雨淋，只为姑娘从他身上走过，姑娘喜不喜欢一座石桥，阿难在乎吗？”

玄奘的心扑通猛跳了一下，他抬起头，目光灼灼问着小和尚：“如果你喜欢上一个姑娘，你会怎么做？”

普洁眨眨眼说：“对她表白呀，在她身边陪着她呀，如果她不想看见我，那我就远远看着她。”

玄奘说：“没了？”

普洁点点头：“没了。”

·9·

云破月来，玄奘又去了红尘庵。

他轻叩姑娘的房门，半晌，见姑娘一袭青色僧袍，缓缓走出。

玄奘笑了笑说：“长夜漫漫，无心睡眠，出来走走？”

素蝉师太盯着他看了很久，最终点了点头，随他在中庭漫步。

玄奘说：“当年我西天取经的时候，路过一个名叫西梁女儿国的地方，当时的女王愿以举国为嫁妆，嫁我为妻。我很感念她，但是当时的我，心中只有西天佛经，只愿普度苍生。

“所以我对她说：‘贫僧心中只有一个佛字，再无其他，若这位施主能广发宏愿，普度众生，便是你心中有贫僧，贫僧心中也有你了。’”

素蝉师太的脚步一顿，这句话似曾相识，前不久才出自她的口中。

玄奘驻足，回头望向她：“这也是小僧之所以会掀开纱幔，有唐突之举的原因。”

素蝉师太沉默良久，才缓缓开口道：“既然你已经选择了佛祖，为什么还挂念你的女王？”

“佛前三百年，我想明白了，苍生没有人能够度，只有他们自己能度自己。而我没有你，便连自己都度不了了。”玄奘静静凝望着素蝉师太，头顶上一轮明月正圆。

素蝉师太同玄奘对视着，渐渐移开目光，不再看他。

半晌之后，师太说：“我也很感念你，但是既然你我本无缘，这一世也不必强求了。”

玄奘的心像是被一只大手攥住，他深深呼吸，尽力控制着自己。

他挤出个笑脸说：“扰师太清修，抱歉了。”

素蝉师太抬头，恰见玄奘右眼下一行泪水，惊了一惊。

·10·

那天，玄奘回了金山寺，素禅师太在次日的清晨登门造访。

她说：“我想了一夜，有一个问题想问问清楚，你究竟喜欢的是女儿国国王，还是红尘庵下的素蝉师太？”

玄奘没有回答，她轻轻笑了一下，双手合十，告辞离去。

有人问玄奘：“你心里的答案究竟是什么？”

玄奘挥了挥手说：“如果感情的事能说清楚，怎么会有这么多人出家当和尚？”

玄奘又来到后山吹风，山风猎猎，僧袍飞扬。

师父从玄奘身后出现，叹了口气说：“痴儿，你有没有想过，什么人才会在意你喜欢的究竟是谁？”

玄奘愣了愣，没反应过来。

师父笑道：“如果姑娘不喜欢你，才懒得在乎你喜欢的是不是她，你去红尘庵里看看，如果姑娘还在，多半是心里有你。

“如果姑娘不在，或许你心里除了女王妹妹，会再添一段新愁。”

玄奘如梦初醒，深深望了师父一眼，飞奔而去。

金山寺后山，方丈骑着匹白马悠然走来，见到师父还立身崖前，不由失笑道：“你不是从来劝人脱离苦海吗，何必劝他红尘纠葛？”

师父抠了抠耳朵，望着崖下浮云笑了笑。

完。

金山寺·修缘

·法海·

很久以前，我在杭州城的春雨楼里做杀手，中间人叫春十三。

那天是一个窗明几净的下午，春十三请我在二楼喝酒，对面是杭州城里最大的青楼，名叫枫林晚。

从二楼望出去，我在枫林晚门口看到了李修缘。

姑娘生得俊俏，一袭红裙，身姿婀娜，眉目之间有英气，嘴角还带分疏懒的笑。

我当时许是瞎了眼，竟一眼看上了这姑娘。

我径直下楼，问道："你有仇人吗，我帮你杀他。"

·李修缘·

如果人生分四季的话，我的前十七年全是冬天。

父母对我的期望很高，参禅修道，习武学文，管束非常严苛，我时常望着杭州城里的莺莺燕燕扼腕叹息。

十七岁那年，爹娘死于一场大火，剩下我坐拥万贯家财，有着花不完的银两。

但是我的人生再也没有冬天了——四季都没有，只剩下满目荒芜。

从那天开始，我变成了纨绔子弟，我看上眼的姑娘没谁能逃出我的魔掌。

参禅修道，习武学文，如果我爹娘泉下有知，知道我用这些本事勾搭姑娘，怕是会气活过来。

我多希望他们气活过来。

最近我看上了枫林晚一个姑娘，也是我唯一没有追上的姑娘，后来我才知道，原来这姑娘喜欢的是女人。

我在家里练了三个月，换上一身女装，决定再试一把。

然而还没等我走进枫林晚，就有一个愣头青走了过来。

他一副死了爹的表情，问我："你有仇人吗，我帮你杀他。"

我愣了三秒，才反应过来这是在搭讪。

·法海·

姑娘怔住了，我猜她是被我吓到了，我有些紧张，不知道该对姑娘说什么。

我说："你别怕，我不是什么好人。"

姑娘刚反应过来，又怔住了。

我想我可能不太适合讲话。

于是我决定展现下我的本事，我按住刀柄，对姑娘说："看刀！"

这是我生平第一次，拔刀只为给人看。

·李修缘·

我开始觉得眼前这愣头青不只是愣头青，此人简直是个智障。

他握住刀柄，喝了一声"看刀"。

我忽然汗毛直竖，猛地意识到此人可能不是智障，他的手掌有茧，脚步轻灵，开口便是杀人，显然有经验得很。

他问我有没有仇人，我的仇人自然就是杀我父母的贼人，只是我还没有查出是谁，难道我浪荡这么多年，他们怀疑我有了线索，特地派人试探？

愣头青出刀，单刀离鞘的那一刻，杀气四溢，如汪洋大海，冲刷而过。

这不是试探，这其实是要灭口吧！

我深吸口气，常年不离身的匕首滑入掌中，袖中飞出一道惊鸿，寒芒刺破刀风，转瞬刺入愣头青的胸膛！

轰隆。

一声巨响，那柄单刀掠过我的耳畔，砍毁了半座枫林晚。

我眨眨眼，觉得事情好像有哪里不太对。

·法海·

我对姑娘说："我的刀，好看吧？"

·李修缘·

愣头青说完这句话，又低头看了看胸口的匕首，一脸茫然。

然后他就咯嘣一下，倒在了我的怀里。

我愣了十好几秒，才反应过来此人的的确确是个智障。

这个智障胸口还在流血，他还盯着我看，看你个头啊，眼都快睁不开了。

片刻之后，这智障终于晕了过去。

没有办法，我只好把他带回了家里，临走之前，我似乎听到对面酒楼上有人捧腹大笑。

我抬头，看到一个身影，像极了那年大火之中模糊的仇人。

·法海·

我醒过来的时候，躺在一间豪华大床房里。

至于为什么说豪华，我杀过许多达官贵人，他们房间的布置跟这里相像。

杀这么个人，花红得是第一流的。

我想起来，那个姑娘刺了我一匕首。

好快的出手。

如果要杀这个姑娘，估计就得是天价了。

这个时候，吱呀一声，房门打开，姑娘端着碗药缓缓走了进来。

姑娘笑着说："哟，醒了啊，想什么呢？"

我回答说："杀你要好多钱。"

·李修缘·

我心底一颤，脑海中闪过无数传闻，有许许多多的杀手都是先博得被害者的信任，最后才痛下杀手。

稳定，妥当，且这样的人还都是一流高手。

难不成眼前的智障早已看出我身负武功，所以才刻意用了这种法子？

欺人太甚。

我不动声色，悄悄向药碗里加了点毒，好在我这两年整日准备着仇人上门，如今终于派上了用场。

我将药碗向他一递道："来，喝药。"

为了消解愣头青的防备，我还在跟他聊天，问："你叫什么名字？"

他回答说："我叫法海，是个杀手。"

哟呵，这就自己说出来了？

我看着他一点点喝下药汤，伸手接过碗，心想这次你该死定了。

·法海·

我把药碗递回给姑娘，皱眉道：“杀你仇人，就要更多钱了。”

我想起春十三，这一波生意如果被他知道，肯定又要说我血亏。

我突然感到一阵腹痛，眼前一黑，晕了过去。

·李修缘·

我端着药碗，不知所措。

我一巴掌抽到自己脸上，狂奔去书房找来解药，给法海灌了下去。

对天发誓，以后我绝对不再高估法海的智商，这货就是一个智障，没有任何套路可言。

·法海·

我果然被姑娘救下了，这姑娘心思好多啊，还投毒，我一个顶尖杀手还看不出有毒吗？

真好，又能多住几天了。

·李修缘·

这两天我又去了枫林晚，有法海在家里，像是有了观众，我的女装扮相愈发无懈可击。

我相信枫林晚里的姑娘，一定看不穿。

只是我忘了枫林晚被法海一刀砍穿，没有三五天不会营业。

我叹了口气，只好到对面的酒楼去吃饭，我走到二楼，找了个靠窗的位子坐下。

如果没记错的话，那天我看到的身影就坐在这个位子上。

几经辗转，我终于知道了那人的身份。

春十三，春雨楼最大的中间人，他手下负责的杀手里，最有名的便是法海。

我坐在楼上，一杯接一杯地饮酒。

随后的几天里，法海已经能下床走动，毒和伤都已见好，某日我回家的时候，他还把家里都收拾了一遍，又提着大包小包，新置办了东西。

厨房里开始有炊烟，院子里多了丛花草，门口一只小狗正在摇尾巴，里面还有只猫趴在法海的肩头。

空荡荡的李府里，忽然有了生机。

这如果不是套路，那就是这个智障看上我了。

而我竟然还觉得有一丝温暖。

·李修缘·

吃晚饭的时候，我注意到法海神情比往日更加凝重，难道他已经知晓我查到了春十三?

还是说，法海也参与了那次行动?

应该没有，否则也不至于跑到我家来鞍前马后，更不应该不知道李府只有一个汉子。

既然如此，能让法海凝神的事情只有一个，那就是春十三要杀我灭口，将法海夹在中间。

春十三是他的中间人，他们相识多年，情深义重，怎么说法海这种愣头青都不会站我这边。

我深吸了口气，食不甘味。

·法海·

今天做的饭有点咸了。

·李修缘·

事情还是要解决的，我在杭州城里等了三天三夜，终于等到春十三。

春十三身手不错，但可惜中间人当久了，不在生死间过活，反应还是慢了。

我将匕首贴在他脖颈的动脉上，问他究竟是谁要杀我父母。

春十三脸色苍白，苦笑道：“干我们这行的，死都不能说，何况即使我说了，你也不知道真假。”

我笑了笑，说：“那好啊，那咱们黄泉再见。”

春十三急了，说：“你这人怎么这样，就不能讨价还价吗？”

我一脚踹飞春十三偷摸掏出来的暗器，笑得灿烂：“我没什么耐心，你最好直接一点。”

春十三甩了甩发麻的手，说：“办法总是有的，你加入我们的组织，成为内部人员，自然有权利看那次行动的资料。”

“哦？那如何成为春雨楼的人？”

春十三说：“要当杀手，自然要杀人，历来规矩都是先杀一个悬赏最高的人。”

我：“哦？那现在最值钱的人头是哪个？”

春十三整了整衣衫，轻咳两声道：“法海。”

·法海·

我接到一个任务，只有三个字：“李修缘。”

我去找春十三，问他这是怎么回事。

春十三说：“李修缘想杀你，那天我告诉他杀了你就能进春雨楼，就能查明是谁出钱杀他父母，他决定杀你。”

我沉默了很久，说：“这是我的果报，你不必管。”

春十三告诉我：“春雨楼派出的任务，还没有收回的道理，你不做，自然有人去做。”

我皱起眉头，死死盯着春十三。

春十三望天，目光悠远。

没有人能威胁春雨楼。

·李修缘·

如果法海还在我家住下去，在我面前来回晃，我怀疑自己真的会忍不住掐死他。

我问法海："你到底什么时候走？"

法海说："我不走。"

我说："你走不走，再不走我砍死你。"

法海很镇定，面不改色，说："我不走。"

我决定跟他好好谈谈，我说："其实我父母的死，春雨楼也有一部分责任，所以我差点杀了你两次也不是没有来由，你承不承认？"

法海想了想，说："我不认。"

我："……好，那先不说这一茬，如今春雨楼里悬赏最高的人头是你，我只要杀了你，就能进春雨楼查卷宗，能找到杀我父母的人。我很想替我父母报仇，你留下来，我就会不断说服自己杀你有理，人性险恶，你留在这里岂不是很危险？"

法海摇摇头，说："不危险。"

我一脚就踹了过去。

踹空。

法海说："你看，不危险。"

我：……

我决定放大招，我把衣服一脱，说："你看，其实我是个男的，扮成女装是想勾搭一个喜欢女人的女人，你现在可以走了吧？"

·法海·

当我知道李修缘是个男人的时候，心情无疑是很复杂的。

究竟有多复杂呢？

我当场就把春十三暴打了一顿。

其实在春十三把任务交给我的时候，顺便也把李修缘的相关信息告诉了我，这是惯例。

于是我就知道，李修缘是个男人，而且春十三早就知道了。

我每每想起来，都会再想暴打春十三一顿。

春十三笑得前仰后合，说："他是个男人，你没必要护着他了吧？"

是没必要。

我还是回了李府。

春十三的表情很阴沉，像是铁铅色的云，随时能滴下水来。

他没有问为什么，他问了我也回答不上。

而在李府之中，李修缘把衣服一脱，告诉我他是个男人的时候，我就忍不住笑了出来。

我说："我知道啊。"

·李修缘·

我刚才好像听到了什么不得了的事情……

法海说他知道我是个男人……

我还没回过神来，又听到法海说："你其实不用脱衣服的。"

我打了个哆嗦，立马把衣服捡起来，双手护在胸前。

法海笑了，我很少看到他笑，他笑得很不习惯，像是刚刚学会这个表情，仿若一个孩子，天真烂漫。

我叹了口气，对这样的笑容我一向没有抵抗力。

我说："你究竟为什么不走？"

法海说："你威胁春雨楼，他们派我来杀你。"

难道刚才那道笑容是杀人之前的变态微笑？！

·法海·

我看到李修缘惊恐的表情，不知道自己又说错了哪句话。

我顿了顿，又说道："我不来，杀手会来，我不走，能帮你挡。"

我发觉李修缘更惊恐了。

李修缘说："你对我究竟有什么企图？"

我很奇怪："现在这个世道，行侠仗义已经这么不正常了吗？"

李修缘大吼："你一个杀手讲什么行侠仗义啊，不是应该说仅仅活着就拼尽全力了吗！"

我想了想，点头道："有理。"

然后我又道："但看着顺眼，还要行侠仗义。"

李修缘失笑一声，说："去你大爷的。"

·李修缘·

春雨楼的人很快就来了，我笑得很浪荡，说："你们回去告诉春十三，他已经中了毒，没有我的解药随时会死，叫他不要再派人来。"

法海在一旁若有所悟，像是刚刚才想到本公子自有后招。

奈何春雨楼的人一个没走。

我诧异地望向法海，法海说："春十三这些年的武功渐渐放下，开始精研毒术，很有建树。"

好气哦，可是我还要保持微笑。

我微笑着拽过法海的领子，说："你怎么不早说？"

法海说："那现在说。"

我笑着推开他，说："好，那就现在说！"

我抽出剑来，像是春柳乍发新芽，不动声色便春意满原。

春意满原，便是剑意漫天。

杀手们纷纷掠开，找好位置准备潜袭，藏身暗影，蹿高伏低，还有化作一缕青烟不退反进的。

我扬声大笑，说："法海，我四岁习武，你呢？"

法海仍旧抱刀站在中庭，动也不动。

法海说：“三岁，退半步。”

我闻言立退，有一根微不可查的银针从我鼻尖飞过，我听到背后有单刀出鞘，天地间陡然大亮。

我嘴角的笑意更浓，说：“法海，我十三岁时喜欢上第一个女人，是私塾里的同窗，坐我前面，你呢？”

法海没回答。

我没忍住又问了一遍，几个杀手突兀地从地底钻出来，我没有听到法海的话，连理都没理他们。

“扑通”两下，两名地底的杀手又落回了地上。

“砰”的一声响，不知何时潜入地下的法海又蹿了上来。

法海说：“前几天，枫林晚门口，这事不许再提。”

我哈哈大笑起来。

我与法海背靠着背，一刀一剑，面对倾泻而下的满城春雨。

我说：“其实我小时候最喜欢看佛经，如果以后有机会，我想去当个和尚。”

法海说：“善哉。”

我说：“你跟春十三有旧，这一战打完，我自己去春雨楼，你就不要去了。”

法海说：“不善。”

在杀手们退尽的那一刻，我喘着粗气，还没来得及调息，就感到后颈挨了一下。

临晕之前，我看见法海板着张死人脸。

·法海·

只要春雨楼还在，李修缘一定撑不住，即使加上我也未必撑得住。

好在春雨楼里都是生意人，生意人不愿意亏本，我跟李修缘去拼命，他们一定也很肉痛。

春雨楼不能被人威胁，所以他们只需要一个交待，无论谁去交待都是一样。

那就我去。

只是在去之前，需要把李修缘给安顿好，他说喜欢当和尚，我就把他送到了灵隐寺。

春雨楼其实是一座庄园，院落很大，帘幕无数重。

春十三在大堂里等我，他知道我一定会来，他问我要怎么给他一个交待。

春十三望着我，悠悠道："当年你师父死在杭州，没钱下葬，是我领你进的春雨楼，为了一个纨绔少爷赔上大好人生，值吗？"

我说："值。"

春十三一定觉得不可思议，其实杀手本就没什么意思，我欠他的，任他还也就罢了。

或许是我这种满不在乎的态度激怒了他，他冲我大喝，说："你知不知道多少人想爬到你的位子，又有多少人想进春雨楼都进不了，你就是活得太滋润了。"

我忽然觉得春十三很可怜，他需要不断欺骗自己，让自己确认这些年的一切都很有意义。

苦海无涯，回头对他来说就意味着一无所有。

所以他愤怒，他在我身上试了许许多多的毒，又将我的性命救回来，我抽搐过，吐白沫过，最终筋疲力尽躺在地上，一动不动。

春十三也喘着粗气，看着我笑，他说："你欠春雨楼的已经还清了，你想不想知道，李修缘的仇人到底是谁？"

我想，我知道春十三也一定会说。

春十三拍着我的脸，笑得很开心，他说："杀李修缘父母的人，就是我们春雨楼，除了接任务，偶尔也是会自己找点目标的。

"李家在杭州城家大业大，不尽早下手，春雨楼里不安生。"

我仍旧如死鱼般躺在地上，听到春十三猖狂地笑着："你不是问过李修缘吗，你问他有没有仇人，你要替他报仇，现在我就站在你的面前，你来杀我啊！”

春十三说：“不要说杀我，你现在既杀不了人，更救不了人，我已经派人去找李修缘了，找到他一样会杀。”

我瞪着他，不明白这是为什么。

春十三嘴角抽动着，他说：“我不会让你们这种人活下去，你们这种人活下去，我活着的模样就特别像个小丑。”

我长长地呼吸着，梦呓般的声音从我口中传出。

我问：“你刚才说什么，是让我杀了你吗？”

春十三没有听清楚，附耳低头一瞬间。

一瞬间，我抬起了手，刚才春十三说话的工夫，我将指甲磨出了一个尖。

虚影一闪，我笑道：“我从来没听过，这么奇怪的要求。”

春十三怔了几秒，还没明白发生了什么。

我扶着他，踉跄站起来，春十三想拉住我，他脖颈处的动脉破裂，鲜血砰然洒成一团红雾。

我拎过春十三的刀，一瘸一拐，向着灵隐寺走去。

最后一波蛇毒还在我体内蔓延，我想我可能撑不了多久了，临死之前我要告诉李修缘。

答应他的事，我做到了。

·李修缘·

当我醒过来的时候，不到一秒钟我就明白发生了什么。

我从榻上跳起来，提剑冲出灵隐寺。

寺庙大门附近，还有影影绰绰的杀手，我来不及理会他们，疯狂冲向春雨楼。

风中有牛芒针吹过来，我挥剑成圆，不要命般挥洒着体力，只为找到法海那个智障。

十七岁之后，我的生命一片荒芜，终于出现一抹春意，我不想让它再度失去。

西湖，断桥。

有股杀气从断桥对面传来，我陡然止步，无数杀手的攻击落了空，纷纷现身出来。

断桥的另一侧，我看到法海单刀染血，还朝我咧嘴一笑。

法海说："你在，就好。"

然后我就看见这个智障身子一歪，坠下桥去，洪波涌起，法海在水面上没有漂浮一刻，转瞬又被冲向他处。

我惊呼声还未出口，人已纵身而下。

奈何还有一群春雨楼的杀手，跟着跳了下来，那个时候，我还不知道春雨楼已经走了大半，追出来的杀手全是春十三的心腹。

心腹是要效死的。

一群人不要命地拦着我，我只能眼睁睁地看着法海漂流而去。

我生命中突兀绽放的一抹绿色，也随之而去。

我骂了声娘，有泪珠夺眶而出，长剑画圆，脚底踏起丈高大浪，浪花被剑光击散，成万道流光长击四周杀手。

有人说，那天杭州城里雷音阵阵，浪涛不歇，断桥之下的湖水一片血红。

·法海·

那天师父将我救起，给我解了残毒，我便在金山寺出家了。有时候我也会想起李修缘，不知道他过着什么样的生活。

很多年以后的某天，方丈神秘兮兮地把我们喊去大雄宝殿。

原来为了迎接辩经大会，方丈特地请来净慈寺的外援，别号济公，法号道济，很是厉害。

我的内心毫无波澜。

方丈说：“主要是人家还不要钱。”

师父说：“让我们欢迎欢迎，热烈欢迎！”

小师弟普洁啪啪啪鼓掌，我回头望过去，发现一道熟悉的身影正踏上长阶。

我愣了三秒，脱口而出：“李修缘？！”

李修缘咧嘴一笑，背后朝阳初升，像是佛光普照。

金山寺·静慈

·1·

前文说到，玄奘厌倦西天的生活，重回当年自己出家的金山寺，恰逢女儿国国主转世为尼，两人整日眉来眼去，出双入对。

金山寺里的气氛就变得很微妙。

暮鼓时分，玄奘在尼姑庵里讲经。晨钟未鸣，师太已经在金山后院坐禅。

玄奘站在一旁，小扇子风起翩翩。

方丈眉头直跳，对庙里讲经的师父说："你看他们这样子，还像个出家人吗？"

师父耿直道："你这是嫉妒了。"

方丈怒目圆睁，说："你放屁，我嫉妒他？我坐拥金山我嫉妒他干什么？"

师父说："你看，你又嗔了，有个词叫恼羞成怒，你自己体会一下。"

方丈深吸口气，说："你这人会不会聊天，给我点面子成不成，跟法海一样天天摆个死人脸很好玩吗？”

师父摇摇头说：“不好玩，但是气你很好玩。”

方丈捂着胸口，心痛，觉得再这么看下去，伤心往事肝肠寸断，不等这对璧人成正果，自己就先得往生极乐了。

这天，方丈喊小和尚普洁去叫玄奘来，说今年的辩经大会快开了，金山寺得找人参赛。

半晌，普洁回来了，方丈朝后看了看，连玄奘的人影都没有。

普洁道：“大师兄说他有事，辩经大会徒争虚名，不如普度几位施主来得造化圆满。”

方丈深吸口气，说：“别糊弄我，你大师兄到底想干吗？”

小和尚挠了挠头，说：“大师兄惹素婵师太生气了，走不开，我也觉得辩经大会这种事情……”

“普洁，出家人不打诳语你忘了？”方丈拍案怒喝，普洁吐吐舌头，一溜烟跑了。

方丈痛心疾首，感觉整座庙里全是叛徒。

师父啃着桃悠悠走过来，吊着眉毛斜眼瞅向方丈，说：“其实，我倒是有法子让玄奘去辩经。”

方丈大喜过望，然而还不等喜上眉梢，师父又开口了：“不过你攒的银子得分我一半。”

方丈宛如吃了一吨大便。

此时，玄奘捧着束花屁颠屁颠从大雄宝殿前跑过，方丈嘴角抖动，艰难地吐出一个“好”字。

师父微笑说：“其实很简单，你请素婵师太去代表她们庵里辩经，玄奘自然就跟着去了，你眼不见为净，自在得很。”

方丈怒拍光头，说：“我怎么就没想到！”沉默片刻，方丈又抬头看着师父，哭丧脸道：“你不会真的要我给钱吧，咱们一家人，你要我钱干吗使啊？”

师父说：“没用啊，就是看你舍不得又忍痛割财的样子很好玩。”

方丈揉了揉太阳穴，脑仁疼。

·2·

金山寺名头不大，所以没有保送资格，需在江浙赛区取得胜果才能晋级。

江浙赛区的会场选在净慈寺。

玄奘一路屁颠屁颠地跟着师太杀到净慈寺，望着南来北往的和尚们，胸中油然而起一股优越感。

玄奘喟然叹气，睥睨斜指众僧：“一群单身狗。”

师太说：“……我当年怎么没发现你这么能嘚瑟？”

玄奘低头一笑，说：“这就跟修成正果一个概念，心中欢喜，想将我佛真意发扬光大，便忍不住要昭告天下。”

师太说：“我既然是你心里的佛，你跟他们这群人辩经，那自然就是辩我，如果你敢输一场，你就自己回金山寺吧。”

师太白了一眼，念着佛，踏进净慈寺时忍不住抿嘴一笑。

·3·

大雄宝殿里，辩经大会尚未开始，玄奘面带微笑，胸有成竹扫视四周。

然后他发现了一个熟人。

那是净慈寺的参赛人员，拿把破烂蒲扇，别个盛酒葫芦，酒香四溢，笑意疏懒，比玄奘更像个编外人员。

玄奘道：“降龙？”

和尚一愣：“谁？”

玄奘说：“降龙你别闹了，你一罗汉跑到这儿来搞什么，佛祖让你带我回去？”

那和尚有点蒙，说：“贫僧法号道济，降龙罗汉又是个什么东西？”

玄奘一把拎起酒葫芦，说："你别蒙我，连酒都喜欢喝竹叶青，你还说你不是降龙？"

道济觉得今天是遇见智障了。这群光头天天钻研佛经，连肉都不吃，酒都不喝，多半是着了魔，入了幻。

道济轻咳两声，说："这位道友你认错人了，辩经大会马上开始，咱们两两对辩，抽签去吧。"

玄奘说："'道友'似乎不是这样用的。"

道济说："你就不能领会精神吗，你怎么这么死脑筋呢，读经也这样死脑筋，一会儿辩经怎么赢？"

玄奘看着道济挥挥袖子离去的身影，瞠目结舌。

师太不知何时来到他的身旁，望着道济的背影问他："碰到熟人了？"

玄奘点点头，又摇摇头，说："如果是他的话，这小子比在西天的时候猖狂多了啊。"

·4·

净慈寺的方丈白眉长须，仙风道骨，满脸的悲天悯人。

玄奘啧啧赞叹，对师太说："这才是大庙风范，有这样的方丈，何愁香客不来？回头得告诉金山寺里那秃驴，让他好好打扮打扮。"

师太说："你再多嘴，我便不理你了。"

玄奘应声住口，宝相庄严，皈依三藐三菩提。

净慈方丈法号安息，站在主席台上，双手微微一沉，便宣布江浙赛区的辩经大会正式开始。

一群僧人齐呼阿弥陀佛，场面蔚为壮观。

安息方丈笑呵呵地补充道："提醒诸位，我们这是一场严肃的辩经活动，决不允许有人讲脏话、吐口水，更不许有人拿棍子敲人脑门、提热水灌人头顶，再有行为艺术者，我弄死他个狗日的。"

道济在主席台下面举手，说："方丈你刚才讲脏话了。"

安息方丈斜睨着他，说：“小济济啊，你刚才说什么，我没听清楚，如果你敢再重复一遍，我弄死你个狗日的啊。”

道济很识时务地闭了嘴。

玄奘眨了眨眼，扭头对师太道：“我收回刚才说的话。”

·5·

这注定是一场不平凡的辩经大会，有四个人势如破竹，一路杀进了半决赛。

而这四个人，手段都很不寻常。

辩经开始的时候，道济和尚大咧咧一坐，便开始喝酒，眉眼懒散，不屑一顾。

道济说：“哥们你别讲了，我是主办方的人，你再能讲又有什么意义呢？”

对面的参赛者一蒙，回头瞅着安息方丈那雪白的须眉。等回过头的时候，才惊恐地发现道济已经宝相庄严端坐在那里了。

道济说：“云何名缘起，此有故彼有，此生故彼生，这位施主痴执所在，心有惊疑怖虑未消，还请明年再来吧。”

参赛者张着嘴，愣了三秒，被道济挥挥手着人抬下场去。

其中还有一个修炼闭口禅的云游僧人，立好了规矩，谁能让他开口便算他输。

这样看来，玄奘一路舌灿莲花杀到决赛，竟然还是最为正经的。

在进入半决赛之前，还有一个小插曲，师太彼时正遭受诘难，无以驳斥，玄奘笑嘻嘻地走到师太身边，问对手：“你看这位师太，是男是女啊？”

对手双手合十，说：“人有男女之分，佛有男女之分吗？”

玄奘微笑摇头，说：“如来如来，如实道来，你知而不言，心中佛已非佛，是为心障。”

对手沉吟良久，长叹出声，说：“是贫僧一念痴执，未得正果。”

玄奘又笑道："那你放下了吗？"

对手摇头，玄奘一指门外，说："既然没有放下，那便不如出去，出去才能放下，修行只在拿起。"

僧人身子一颤，起身施礼，说："多谢师兄指点。"

玄奘含笑看着这僧人离席而去，像是回到五百年前的长安，目送一个个后辈来了又去，去了又来。

身旁的师太不知何时站起身来，带着淡淡的笑意望他。似乎察觉到师太的眼神，玄奘笑着回过头来，说："你不要多想，我才懒得指点他，我只是想让我家娘子再进一场罢了。"

师太又翻个白眼，眉目里都是笑。

·6·

暮鼓响动，暮霭沉沉，松林之间风过簌簌，净慈寺中庭里的香炉已有烟起袅袅。

半决赛之中，玄奘分到的对手是云游僧，云游僧意味深长地看着他，举起手中的板子，写着：

"你能让我开口说话，便是你赢。"

玄奘"哦"了一声，望着云游僧信心满满的模样，突然就笑了起来。玄奘举起手，朝主席台扬声喊道："贫僧有个不情之请！"

安息方丈说："既然是不情之请，那你就不要请了，赶紧比赛。"

云游僧看模样憋笑憋得很辛苦，玄奘继续举手："那我有个非常成熟的小建议，方丈你不听我弄死你个狗日的！"

安息方丈怒拍桌案，说："狗日的说谁呢！"

玄奘嘻嘻一笑，说："你不要生气嘛，出家人，和气生财，这都是我们方丈常年挂嘴边的。我只有一个小小的要求，这位师父一路过关斩将杀到半决赛，为什么就没有人给他检查一下呢？"

安息方丈有点蒙："检查什么？"

玄奘笑道："检查一下，这位师父究竟是不是个哑巴啊。"

云游僧面如死灰，抓起行囊拔腿就跑，眨眼工夫便消失得无影无踪。

安息方丈：……

玄奘笑着双手合十，说："阿弥陀佛，看来是贫僧进入决赛了？"

安息方丈怎么看玄奘怎么不顺眼，或许是这种时刻成竹在胸的、没有由来的牛 × 感让他牙痒痒。所以安息方丈一拍案，说："老衲三番五次强调了，本次比赛不许骂人，你刚才骂我什么？"

玄奘说："我说什么了，有人听见吗？"

安息方丈倒吸一口凉气，原来世上不仅有一个道济，还有这么个家伙，脸皮之厚，乃至于斯。

看着面带微笑的玄奘，安息方丈也咧嘴笑了出来，手一挥，上来七八个武僧。

玄奘忽然有种不妙的预感，他听见安息方丈笑得很荡漾，问："你刚才究竟有没有骂我呀，坦白从严，抗拒打死，你好好想一想哟。"

玄奘叹了口气，说："你这个狗日的怎么跟如来一模一样。"

"砰！"

玄奘被关进了一间厢房里。

·7·

半夜，月白风清，师太给玄奘送来斋饭。

师太说："你招那老方丈做什么，真把你关在净慈寺，谁能来救你？"

玄奘吃着斋饭，含混道："他能当降龙罗汉的方丈，自有他的缘法，不会是什么坏人的。"

师太白了他一眼，说："既然你什么都知道，那怎么还会被关起来？"

玄奘干咳两声，说："当年我还是金蝉子的时候，天天上课怼如来，被关三千多次，习惯了。"

师太：……

师太没搞明白这个习惯了，是指被关还是指举手怼老僧。师太告诉玄奘："辩经大会明天就要决赛，你的对手就是净慈寺道济。"

玄奘眨了眨眼，说："你没玩过他？"

师太说："他假痴不癫，红尘万丈于他如过眼云烟，我不行，我还有某个死和尚。"

玄奘哈哈大笑，说："放心，明天我替你报仇。"

师太笑着望他，说："你悠着点，明天还有大相国寺的高僧到场，别太随意。"

玄奘扬眉一笑，说："当然要随意，我不随意，你怎么会在我身边？"

师太一勺子斋饭堵进了玄奘嘴里。

也就是此时，门前响起了敲门声，随之而来的还有一声长叹。

道济叹道："我就不该这时候来。"

·8·

道济对玄奘说："我们净慈寺的方丈虽然有点为老不尊，但还算是个高僧……姑娘你别笑，你笑什么啊，你想想大相国寺那群秃驴。那群秃驴如果看到我喝酒吃肉，你出双入对，铁定要办了咱俩。"

玄奘觉得很有道理，师太说："那能怎么办呢？"

道济说："其实那群秃驴总想着让天下僧人一模一样，坐禅，入定，半死不活，安息方丈就是看不顺眼，才派我去辩经大会上搞一搞事。

"所以我可以暂且不喝酒不吃肉，憋个大招，砸晕他们。"

道济顿了顿，又看着俩人说："但你们如果因为那群秃驴还要装作不在一起，就太没劲了，所以明天你们该怎么样怎么样，我委屈一下就好。"

玄奘说："哦，就是让我输给你呗？"

道济："……那你这么理解，我也没办法。"

玄奘嘴角又浮上笑容，他说："你不用担心，就算我跟姑娘携手进场，也没人敢管的。”

道济愣了愣，坚信自己最初的判断没错，这家伙一定是个智障。

·9·

次日，天朗气清，窗明几净，道济罕见地收拾整洁，端坐在大雄宝殿里。

大相国寺的僧人们双眸如封似闭，像是已经睡着，当玄奘牵着师太的手施施然走进大殿的时候，那群和尚才骤然睁开了眼。

道济心头一跳，暗道这是要完。

还好安息方丈反应更快，拍案一声大喝，宣布辩经大会的决赛正式开始。

道济正经开始跟玄奘探讨佛法，玄奘笑嘻嘻地避而不谈，每当抵挡不住道济言辞锋芒的时候，就嗤笑说：“你个单身狗。”

道济沉默半晌，抬头：“你这样有意思吗？”

玄奘说：“那你这样有意思么，我带了酒，带了肉，你吃便吃，喝便喝，管那群秃驴做甚？”

玄奘说着，从怀里掏出一壶竹叶青，一包熟牛肉，推到道济身前，含笑如莲座菩萨。

道济还没回过神来，大相国寺的和尚们便怒了，一群人斥责玄奘不守清规戒律。有领队的和尚举手一压，顷刻间鸦雀无声。

那和尚语调不急不缓，没有一丝情感，他说：“原来江浙辩经大会的决赛，是这样一个和尚跻身而入，老衲实不知他有何见解卓识，能让安息方丈破格而录？”

安息方丈一时间也很尴尬。

那和尚又道：“若是你答不出，以后江浙的辩经大会，净慈寺也不必参与了吧。”

安息方丈深吸口气，撸起袖子准备弄死他个狗日的。

这时候玄奘站了起来，还回头望了一眼师太。

师太倚在门框上，初升的朝阳从她身后洒下，斑驳细碎的阳光剪出一道国色天香的身影。

玄奘笑了，转望大相国寺的和尚，说：“其实我不讲经义，才是对他们的公平，不然我讲出来的经义，在你们这群秃驴看来，便是铁律。”

那和尚仍旧面无表情，伸手道：“愿闻其详。”

玄奘整理了下僧袍，笑着一指自己：“因为小僧不才，便是五百年前翻译西天经卷的三藏法师，唐玄奘。”

道济心脏一抽抽，觉得这货铁定是疯了。

·10·

大相国寺的和尚笑起来，说：“你凭什么这样讲？”

玄奘笑道：“像之前道济说过的《缘起经》，里面‘云何名缘起，此有故彼有，此生故彼生’这一句，原版旁边应该会有一块不知名残渣。那时候我整理出版经卷，大冬天的，冻得我跟条狗一样，鼻涕哗啦啦流，沾染上的。如果你有原版，不妨拿去处理一下，找个专业人士看看那是不是鼻涕。

“这样的细节，我还能说出三百来处，你如果能一一验证，是否便能证明贫僧便是玄奘？”

那大相国寺的和尚蒙了，面对着疑似五百年前的大师，不知该如何应对。

玄奘叹了口气，说：“我是痛心疾首，没想到这么多年过去，你们还是一样没有长进。当年我翻译经文，还以为经文传播出去，自然能普度苦海中的芸芸众生。

“然而没有，反而有人以此为名，扩建寺院，霸占土地，还坐禅入定，起种种风波。”

玄奘一副恨铁不成钢的语气，指着大相国寺的人一顿臭骂：“一念不起为坐，见本性不乱为禅，你干坐在那里，有个屁用！还搞什么辩经大会……”

玄奘随手一指，指在道济身上：“就他刚才跟我阐释经义，反正但凡我说不过他，他说的就一定是假的，我承认是我当年翻译错了还不行吗？你们说帮人得悟的经文搞成这样，有意思吗？”

那大相国寺的和尚一脸茫然，摇了摇头。

“好像……是没什么意思……”

·11·

玄奘道：“所以你看，江浙辩经大会的头名是谁，已经很清楚了吧？”

旁边的道济瞠目结舌：“不是你说的没意思吗！！！”

最终，以玄奘获得江浙辩经大会头名，而使事情告一段落。赛后大相国寺几经邀请，都被玄奘以气场不搭为由拒绝掉了，那和尚看看玄奘揽着姑娘的身影，默默点了点头。

·12·

辩经大会结束了，道济又开始吃肉喝酒，玄奘拉着师太去屋顶看月亮，人人都很开心。

除了安息方丈。

当夜，安息方丈调来净慈寺里所有武僧，气冲冲地便要去找玄奘。

道济很惊恐，说：“方丈你这是干吗呢？”

安息方丈冷哼一声，说：“都是佛门子弟，那小子蒙谁呢，还唐三藏，摆明就是抢我们净慈寺的名额！”

道济说：“但我觉得他去辩经大会，跟我去辩经大会，效果差不多嘛。”

安息方丈怒目圆睁，说：“不行，这小子敢蒙我，看我不弄死他，都别拦我，谁拦谁死！”

道济苦笑着追过去，发现玄奘还跟师太在屋顶上看月亮。

道济叹了口气，动用许久没有用过的功夫，轻身飞上了屋顶，脚还没落地，便开始澄清自己。

“这次我没有来打扰的意思，安息方丈觉得你在蒙他，你再不溜我都保不了你。”

玄奘闻言回头，师太还静静地靠在他怀里。

月光洒下，玄奘脸上的笑容更清朗了些：“安息方丈比你有脑子，当年我西天取经的时候，如果跟你一样，恐怕早就死路上了。

“今日我得了头名，便要去参加天下辩经大会，到时候那些大庙兼并的土地都得被我骂退回去，得道高僧也不免被我骂得跟孙子一样，养尊处优这么多年，他们谁受得了？众目睽睽之下，没人敢对我下手，好不容易夜黑风高，怎么可能不来做掉我？

“安息方丈说要弄死我，实则是想保护我，你这位方丈，跟如来那狗日的一样，都是个好人哪。”

道济觉得自己当和尚久了，智商好像跟不太上。

玄奘伸了个懒腰，双眼微眯，已经发现暗处有刀光隐隐。

玄奘说：“你还在这儿傻站着干吗，还不下去帮忙？西天取经这么多年，功夫没学多少，你们这些高手的战斗力我还是能看出来的，赶紧摆平这些人，我回金山寺。”

道济愣愣地应了声，跳下去，久违的剑光亮起。

如虹光芒闪过，大相国寺的那和尚扑倒在血泊之中。

那和尚睁大了双眼，不甘地望着道济，喉咙滚动，十分想问一问他们，为什么自己到死都没有一个名号。

· 13 ·

很多天以后，玄奘拜别安息方丈跟道济，要与师太一起回寺。

临行，玄奘看着道济忽然笑起来，说自己看他那晚出手，想起金山寺里一个战力相当的家伙。

道济很诧异：“没想到金山寺里还有这样的高手？”

玄奘点点头，说：“对啊，那家伙叫法海，整天板着张死人脸，我十分怀疑他从前干过杀手。”

那一瞬间，玄奘还在侃侃而谈，师太却发现道济的目光蓦地亮起。

比那一夜惊鸿般的剑光，更加灼人心魄。

完。

金山寺·庐州

在庐州城里，有座叫归来晚的客栈，客栈的老板娘酿酒八年，酿出一壶春风十里，碧波荡漾，清冽醇香。

老板娘时常托腮远望，怀着颗少女心说，这壶酒要送给她的夫君，那天必将长河倒挂，流星经天，英雄会踏着七彩祥云前来娶她。

然而就在三天之前，这壶春风十里没了。

那天全城都听见了老板娘凄厉的呼喊，一声“李修缘”叫得肝肠寸断，我见犹怜。

·1·

那时候的李修缘，法号道济，初出江湖，正伙同金山寺的法海一并前往汴梁。

汴梁有大相国寺，雕栏玉砌还能富贵荣华，汴梁有辩经大会，普度众生又可立万扬名。

奈何江湖险恶，世道不平，俩人还没进庐州城，就撞见城外的兵荒马乱。

有叛贼奔逃，知州贾大人配合华兴寺的武僧四下抓捕，刀光剑影，棍棒纷飞，两人站在大路中央颇为尴尬。

道济拿行李顶在头上，一边喊着“借过借过”，一边横冲直撞奔向庐州城。

华兴寺的住持见性大师恰在高处观战，敏锐捕捉到了两人的身影。道济踉跄之中，每每撞开官军，让叛贼有机可逃，法海更是面无表情，昂首挺胸，走得那叫一个旁若无人，闲庭信步。

见性下了山，在庐州城外的官道上截住二人。

法海皱眉道：“有事？”

见性大师双手合十，说：“两位师父妇人之仁，放走江洋大盗，无异于荼毒苍生。”

道济道：“那些所谓的叛贼，脚底宽大，脚趾分开，手上还有渔网勒出的老茧，分明是常年站在船板上的渔民，怎么会是江洋大盗？”

“哦？”见性大师笑道，“无论这些人曾经是什么，你不怕放走他们，贾知州和他手下的官兵都要受责难吗？”

道济伸出根手指晃悠着，道：“其实这知州也不是什么好东西，路上我们碰见一个垂死的将官突围而出，说是姓贾的杀良冒功才逼反渔民，能被朝廷惩治再好不过。”

法海道：“你能不能少说两句？”

道济立刻住嘴，还偷偷瞥了法海一眼。

见性大师沉吟道：“看来是老衲这些年走眼了，两位小师父慈悲为怀，老衲佩服。老衲见你们去往庐州，是要替岳小将军料理后事吗？”

法海盯着道济，道济心领神会道：“我们只是去庐州归来晚客栈，喝一杯春风十里酒。”

道济顿了顿，又补充道：“听说那里的老板娘很美，贾知州很有兴趣，大师你怎么看呢？”

见性大师失笑道："两位小师父放心，有老衲在庐州一天，不会有人能动你们分毫，佛门兴盛，贾知州也要敬我佛三分。"

和尚双手合十，念了声阿弥陀佛，笑着说："有空来华兴寺一坐，斋菜好茶，清风明月，都在山间恭候。"

法海跟道济对视一眼，望着见性方丈僧袍飘飘，北风送远，直至消失在道路尽头。

青砖黛瓦，庐州这偌大的城池，横亘在二人身后。

·2·

那天城里的酒客都望见了，有和尚与老板娘楼头对饮，惹得姑娘梨花带雨，泪下沾襟。

有人说："难不成老板娘的盖世英雄，竟是个秃头和尚？"

老板娘听到流言，愤而开窗，大骂了三声"滚"，堂下酒客顿时作鸟兽散。

归来晚，二楼西窗外，老板娘又默然坐回椅上。

她整个人陷在椅背之中，不断地下沉，下沉，像是要突破次元壁沉入椅木的世界之中。

在半个时辰前，老板娘还觉得自己终于守得云开见月明，这两个和尚登门拜访，说有岳二飞的消息到了。

店小二说："老板娘笑起来的模样仿佛会发光，还是七彩琉璃，姹紫嫣红的光。"

老板娘给两个和尚设了最雅的座，最好的酒菜与最好的茶，满心欢喜等一个答案。

道济哈哈大笑，说："老板娘人美酒醇，美人不可唐突，美酒不可糟蹋，话可以先不说，有佳人在侧的酒却不能不喝。"

老板娘心里骂了道济一千八百三十七遍，可还是笑靥如花道："这位师父真真是风尘奇人呢。"

法海看不下去，径直开口道："岳二飞死了。"

杯盘相击，是道济一时手抖，西窗外有北风轻啸，除此之外，再无杂音。

老板娘张了张嘴，似乎还没听清法海说的是什么。

法海又道："岳二飞查出贾知州杀良冒功，死伤的都是无辜渔民，人命如天，他岂能坐视不理。你的心上人是个英雄，只可惜行事不密，被贾知州探得消息，围杀灭口。"

"砰！"

老板娘猛地拍案而起，盯着法海杏眸含泪，一字字道："你说谎！"

法海直直盯着老板娘，平静回道："出家人不打诳语。"

道济忍不住道："闭嘴！"

法海垂下目光，抱刀站在风中，不再望向老板娘，也不再多说一句话。

老板娘身形一晃，如风中料峭寒梅，似有咔嚓声断，仰天便倒。

好在老板娘倒下的时候，道济早已出现在姑娘身后，轻轻将她安放椅上，真气暗送，又给救醒过来。

老板娘空洞洞望着前方，两行泪悄然滑落。

·3·

夜，无星无月。

归来晚的后院里，法海正用冷水浇刀，擦拭得一丝不苟。

道济冲他翻着白眼，说："你这人怎么就不懂怜香惜玉呢，你就不能晚两天告诉她？你现在告诉她，以她八年酿酒等人的情义，一定会搞事的！"

法海无动于衷，继续擦刀。

道济踢了踢他，说："喂，你到底听没听见我说话？"

法海猛一收刀，回头目光冷冽："听见了。"

道济瞪大了眼问："所以呢？"

法海望向知州府衙，说："能有什么所以，超度该超度的人，自然没有事情可搞。"

道济一指客栈卧房，说：“那她呢，咱们去超度姓贾的，姓贾的派人来找她怎么办？何况我们是和尚，这么明目张胆搞事情，还去不去汴梁？”

法海沉吟片刻，起身道：“我去，你留，如果出事，你走，我留。”

道济“啪啪啪”鼓掌，说：“那你好棒棒哦。”

法海停都不停，提刀就走，临走还吩咐道济看好老板娘：“如果老板娘再出事，你我枉来庐州走一遭。”

道济懒洋洋一挥手，说：“佛爷您走好，我守不住这姑娘，就不叫风流俏和尚。”

法海在门口顿了顿，心说怎么就这么不放心呢……

·4·

那一夜，老板娘揭开春风十里，酒香四溢，笼罩整座客栈。姑娘深吸口气，抖出一包毒药便要投入酒中。

“啪！”

有石子破窗而来，精准地敲在那包毒药上，药粉洒落地面，人影倏忽而至。

“美酒不可糟蹋，哪怕你是美人也不行的。”道济拎着酒坛，带几分疏懒的笑，眸如朗星，一眨不眨望向老板娘。

老板娘板起脸，伸手道：“拿来！”

道济笑着摇头，说：“我知道你的意思，这壶春风十里全城闻名，你在酒中下毒送给贾知州……或许还真能毒杀掉他。但是美人不可唐突，贫僧不能让你白白送死啊。”

老板娘咬牙切齿，说：“道济，你究竟给还是不给！”

道济又笑了，说：“这种时候，喊法号总让人觉得情绪不太到位，不如你叫我李修缘吧。”

话音未落，道济一仰头，便将那坛春风十里鲸吞入腹。

老板娘手背上青筋凸起，一字字吼道：“李！修！缘！”

道济打了个嗝，嘿嘿一笑道："好酒，好酒。"

紧接着"扑通"一声，道济晃了三晃，被酒劲冲上头来，转瞬栽倒在地。

·5·

庐州城的长街之上，法海行至中途忽然停住，云破月来，有光漫洒青石板路。

空寂的长街上突兀站着一人，那人口宣佛号转过身来，说："小师父，老衲等你许久了。"

法海没有回应，神色比月光还冷。

来人自然是见性大师，见性眉头紧锁，嘴里呼出的白气吞吐在夜间，还未开口便露出满面悲悯。

见性道："小师父要去行刺客之事，难道不打算北上汴梁了吗？"

法海道："是。"

见性一滞，继而又道："小师父菩萨心肠，霹雳手段，老衲更不能看着你白白葬身。府衙之内精兵无数，你单刀赴会，又能有何作为？老衲已经将贾知州的所作所为上报朝廷，奸臣数日之间必会得到惩处，你不如回客栈静候消息。这……是老衲寄出的信，小师父大可一观。"

见性前跨数步，将一封书信递给了法海。

法海没有接那封信，他望着见性道："我若不回去呢？"

见性长叹口气道："那老衲只能陪你走一趟府衙了，是老衲看走了眼，不能让你一个行脚僧孤身犯险。"

法海一怔，没想到见性会提出这样的建议。

见性终于露出笑容，伸手向前一引道："小师父，咱们走吧，路上也叙叙旧，好让老衲知道是何处的僧人有这般魄力。"

法海点点头，与见性并肩而去，说："我叫法海，出家金山寺。"

见性轻咦一声，说："难道你的师父叫清风，你出家在镇江金山寺？"

法海应了声是，见性又笑起来，说："当年我跟你师父和方丈都有过交情，他们年轻的时候也曾下山游历，辩经大会就是他们那群人搞起来的。”

像是想起了很久远的往事，见性说：“如今佛门大盛，一半要靠你师父和方丈。”

法海沉默，对方丈和师父更多了分好奇，同时抬头望天，但觉云雾凄迷，月光诡诈，这一夜总让他心安不得。

·6·

杀进府衙的时候，法海才知道见性的武功远超想象，流云飞袖轻描淡写，府衙的精兵便四下震开，晕厥不醒。

一路走来，府衙乱象丛生，甚至还有火势蔓延，二人却如入无人之地。

直到贾知州出现，翻过院墙准备落荒而逃，法海眸光乍现，单刀出鞘。

见性默默转身，那一刀如流星经天，聚月光豪气，斩过贾知州脖颈，大好头颅滚落烈火之中。

法海收刀，空中还余分清音潋滟。

府衙里的人仓皇奔逃，只剩下两个和尚镇定地站在后院中央，见性负手望天，僧袍轻扬，法海看着他这副模样，忽然有种不妙的预感。

火光闪烁中，见性说：“其实你杀错人了。”

见性又说：“这个知州是假知州，平日里享受富贵，刺客上门死的便是他，你初来乍到，对知州了解不深，杀错人是必然的。”

见性说：“我带你在路上耽搁许久，你又在此处杀错了人，想必贾知州早已带着真正的高手与华兴寺僧兵，一起抵达归来晚了。”

法海额头青筋暴起，大喝一声：“住口！”

见性转过身来，神色复杂地望着他，说：“你还年轻，我不会杀你，庐州城的事情交给庐州解决，你杀他一个替身，已经赚了。”

“见性！”

法海眉聚如峰，火光将他的脸庞剪出分明的棱角：“皇天在上冤魂在下，无辜渔民惨死在你面前，你不仅不闻不问，甚至狼狈为奸！你凭什么还自称出家人，凭什么还穿这身僧衣！”

“那些鲜活的，在阳光下捕鱼炖汤，与妻女嬉戏玩闹的百姓，一一惨死，谁又能不动恻隐之心？”见性叹气说，“奈何我早已不是僧人，而是住持，华兴寺一千七百僧众的住持。如果不兼并土地，僧众便活不下去，百姓自然不会主动交出田地住所，那只好依贾知州的法子，杀良冒功，各取所需。我师父将华兴寺交在我手里，一千七百多人的性命在我手里，法海，换作是你，你怎么办？”

法海盯着见性，双眸血红，缓慢而坚定地摇头：“人命大如天，你所谓的一千七百多人不当和尚，不在华兴寺，难道会死无葬身之地吗？消失的，不过只有你一座华兴寺！为了一座寺庙，葬送这么多冤魂，见性住持，你超度不了吧！”

见性沉默了一下，抬眼又看着法海道：“怎么你的话，突然多起来了？”

法海忽然静下来，四周的兵丁所剩无几，只有火光跃动，柴木噼啪。

见性眉头皱起来，惊疑不定道：“你也在拖延时间？”

法海不答，只是手慢慢握上了刀柄。

见性摇着头，满目不信道：“你凭什么拖延时间，你又能有什么援军，那一个叫道济的和尚被我们大军围困，插翅难逃！”

法海道：“我们跟你不一样。”

见性失笑，说：“不一样又如何，武功再高，也不过跟我在伯仲之间，是不会有人来的！”

法海摇了摇头，说：“你不懂，不过你马上就会懂了。”

见性仍旧大声笑着，法海言语间的笃定比那两段大骂更让他愤怒与恐惧，究竟有什么被他遗忘了，为什么眼前的年轻和尚在这种时候还能保持镇定？

见性不再多想，大笑声中陡然出手，要打法海一个措手不及！

·7·

府衙燃起大火的时候，归来晚里也有烈火焚楼。

贾知州的想法很简单，无论岳二飞有什么证据，将这座客栈烧干净，都不会有残余。

客人与小二惊慌失措，有想冲出门外的，都被弓箭射停，不得已退回客栈之内。

老板娘早拖走了醉倒的道济，无神地坐在大堂里，大堂挤满了人，都指望老板娘想个法子。

一般来讲，客栈总会有地道，没有地道也总有那么几个地窖。暂避火势之后，或许还能有一线生机。

然而一群人纷纷冲向后院的时候，却发现后院里早站满了僧兵，华兴寺的武僧从地道里出来，稳稳切断了这最后的生路。

老板娘惨然一笑，此时才发现原来自己的反击如此无力。

有武僧上前，已决心痛下杀手。

长棍砸落的一瞬间，有一道老板娘讨厌的声音响起，还是那句没营养的话，又多带了三分酒意。

美人不可唐突，就算你是同行也不行的。

“砰”的一声响，那根长棍触电般缩回，狠狠砸到它主人的头上。

道济不知何时又站了回来，笑嘻嘻立在老板娘身旁。老板娘错愕地望着他，说：“你不是，你不是……”

“醉了？”

道济勾唇一笑，挑起老板娘的下巴：“那时候有美人在侧，酒不醉人人自醉，刚才你离开了我，我又如何能醉呢？”

老板娘又羞又恼，狠狠推开李修缘。

道济哈哈大笑，笑得一群武僧很没面子。武僧冷冷看着，说：“你如今被困大火，内外都是敌军，带着一群手无缚鸡之力的百姓，竟然还能笑得出来？”

道济挑了挑眉毛，笑着说：“你以为你们就不是手无缚鸡之力了？”

武僧大笑起来，他们的武功虽非绝顶，但不可能比百姓更低，然而笑声刚起，便又骤然呜咽。

像是被掐住脖子的鸭。

武僧惊恐地睁大了眼睛，不明白自己何时中了毒。

道济笑道：“估计过一会儿，你们的住持也该去下面找你们了，别忘了告诉他，其实他早就露了马脚。”

还没有进庐州城的时候，道济提起过举报贾知州杀良冒功的小将，见性一口说出那小将姓岳，对杀良冒功之事，显然早就清楚。

既然知道华兴寺会出手，和尚们爱惜羽毛，一定是深夜来访，暗走地道，那将毒药散布在地道之中，让这群和尚悠悠吸入，往生极乐也是超度冤魂。

“告诉你们住持，以后少说点话，没有贫僧这玲珑心思，就学学人家法海，少问，少说，多拔刀，懂不懂啊？”

道济笑着伸手一推，武僧死不瞑目，轰然倒地。

道济顺便回眸一笑，还朝老板娘眨了下眼。

老板娘身子一震，回过神来，说：“门外还有贾知州的兵马，你，你要怎么办？”

道济双手兜在脑袋后面，挑了挑眉：“哎呀，这还能怎么办，只能硬上了呀。不然法海万一打不过见性，那可就尴尬了。”

老板娘看了看门外星罗棋布的兵马，又看看只有腰间一柄软剑的道济，瞠目结舌。

老板娘问：“你，你这是为什么呀？”

道济回头，又朝老板娘眨眼一笑：“因为我喝了你的酒，美人不可唐突，美酒不可糟蹋呀。

“哈哈哈哈哈哈哈！”

一阵大笑声中，道济扬剑开门，剑势卷起千堆火，燃尽庐州夜色！

·8·

府衙之中，法海一直在退，见性攻得越来越急，法海身上的伤痕也越来越多。

但法海的目光还是很镇定，镇定得见性越来越慌。

直到东方一丝鱼肚白，有另一个年轻和尚的大笑从归来晚的方向传出，隐约间，见性还能看到道济背上插着几支断箭，犹自飞奔而来。

“你知道我们哪里不同了吗？”

见性倏然回神，听到法海的这句话，却发现已经见不到法海的人。

法海说：“我们会为人拼命，你只会为寺杀人，我们是僧，你自称为佛。”

这个世上，不需要佛。

他拔刀，出刀，戒刀如凤鸣龙吟，千山清越。

刀光燃火，汇聚了残月与朝阳，高歌与热血，在法海镇定而愤怒的目光中斩了下去。

有如天雷轰顶，一刀两断。

那一天，有两个僧人途径庐州，斩华兴寺住持，除贾姓知州。

踏着朝阳，扬长而去。

完。

金山寺 · 玄德

·1·

早年间，道门昌盛，大相国寺还籍籍无名，里面的和尚多叫玄悲、玄慈、玄不改非氪不改命，都是些烂大街的名号，放江湖里人微言轻。武林中人爱讲："捏死你像捏死个蚂蚁。"

所以和尚们纷纷还俗，改行当道士。

至于方丈玄苦，焦头烂额的事情太多，顾不上叛逃的门人。

你说堂堂一个寺庙，三天两头跑来个女施主，红唇似火，酥胸如雪，谁不喜欢？奈何这些个女施主，都拖家带口，抱着孩子，咬定是大相国寺的种。

玄苦常说："要宽容，女施主们也是走投无路，不然岂能讹上相国寺？"

就这么着，那些孩子都成了相国寺里新来的和尚，起名玄悲、玄慈、玄不改非氪不改命。

最小的那个，玄苦苦思良久，决定起名叫玄德。

玄德从小善于提问，问的问题还都很深。

比如玄德问方丈：“那些孩子怎么来的，究竟是不是大相国寺产的？”

“这就很难回答，你说秋波一横，欲说还羞，都是红尘过客，你度是不度？”

玄苦打了个比喻，问玄德：“当年唐僧西天取经，路过女儿国，你说他该要大道还是该要姑娘？”

玄德说：“他该要齐天大圣孙悟空。”

玄苦说：“为师觉得你思想很有问题。”

玄德说：“那我换个问题，师父，你究竟是不是我爹？”

这个问题更深，简直有宇宙塌缩那么深。

所以玄苦干咳两声说：“你还是问问孩子们的事吧，孩子自然是女施主的，你嘶啦一声扯下女施主的衣服，再如此这般，孩子就有了。”

玄德若有所悟，晃晃悠悠离开了。

当夜，听说各个禅房里传来阵阵衣服撕扯与大汉呻吟之声，玄苦梦中惊醒，一头冷汗。

·2·

玄德十七岁开外，年少轻狂，对于孩子的事更加关心。

这种关心分两种，有种是佛门的讲究，普度，布施，一啄一饮都是功德缘法，活人无数。

还有另一种，那是红尘的手段，见着婀娜的女施主入庙进香，少不得上前讲经。

玄德唇红齿白，眸光湛湛，不苟言笑是禁欲美男，邪魅一笑是霸道总裁，不知多少没见过世面的女香客从此欲仙欲死。

玄苦说：“你这不行，再搞下去相国寺要破产。”

那天月白风清，玄德点着根纸卷说：“你不懂，这是年轻人的爱情。”

玄苦说：“爱你大爷，老子不懂哪来的你？我知道，你是碰见了个命中克星，让你魂牵梦萦，肝肠寸断，这才浪子佯狂，流连红粉，毕竟治标不治本。”

玄德抽着纸，脑海中似乎有个姑娘婷婷远走，他斜睨玄苦说：“那总比你静坐圆寂，了此一生要强。”

玄苦还想说什么，玄德已经打断了他，说：“你有你的长者经验，我有我的人生轨迹，等我白发苍苍，再同你讲我这一生的故事。”

玄苦说：“拉倒吧，你一和尚哪还有白发苍苍的机会。”

玄德咧嘴一笑说：“这些年臭道士越发猖狂，前几天有曾经叛出的同门告诉我，玉虚宫已派人出手，不日抵达京城，来将我寺收购。”

玄苦叹了口气，说：“那能怎么办，反正收购相国寺，咱们还都能捞点银子。”

风从云层深处吹来，玄德手里的纸卷熄灭，僧袍猎猎作响，他站起身，远远望着天际星辰，星辰闪烁不定，张开了双臂。

玄德说：“师父，我想试试。”

玄苦面色大变，说：“你要试什么玩意？”

玄德笑着说：“翻云覆雨，建天下佛国。”

那天玄苦急了眼，劝玄德：“你们这些年轻人，不知进退，不懂分寸，有些事你想都不要想，更别提试与不试。”

玄悲也凑过来，说：“你还年轻，风华正茂，犯不上拼命冲杀，裹挟在浩荡洪流里。”

玄慈比较直接，说：“你长这么帅，万一出事，岂不是连姑娘都无福消受？”

玄不改非氪不改命静静站出来，指了指自己挂在胸前的佛号，长叹道：“看看我这名字，咱们就这个命数，天命不可违。”

玄德挑了挑眉，笑着仰首向天，说：“师兄师父，你们看哪，云开月白，狂风怒号，我们岂能认输，天命在我，不在其他。”

相国寺里的前辈还想多说几句，玄德回过头来很认真地说：“给我个面子，好不好？”

那双眼睛灿若明星，师徒几人面面相觑，竟然不由自主给了玄德一个面子。

·3·

不久之前，有姑娘从相国寺中离开，掉头不顾，径直向东。

玄德说：“给我个面子，留下来好不好，以后我不去找你总可以吧？”

姑娘笑了笑说：“我想要的是烈火蔷薇，长剑单刀，爱情里固然有高下，但有时候放得再低，也没有意义。玄德，我不能留下，你连青灯古佛都守不住，等我走后天长海阔，你终究会忘掉我。

“等到那一天，你会成为真正的禅门宗师，大彻大悟，自在圆满。”

玄德很想告诉姑娘，他不想要狗屁的大彻大悟，十八罗汉、四大金刚、菩萨活佛一概都不想要，无聊，无趣，无悲无喜。玄德想过，脑海中闪烁无数次，他应该走上前去，扯开袈裟，就像小时候扯开师兄的袈裟一样，嘶啦一声，张开双臂，再紧紧抱住姑娘。

他应该说：“我不当和尚了，我随你走。”

但是玄德没有，玄德只是笑了笑，说：“你连这个面子都不给我，我还有什么好说，走吧，你找你的江湖，我成我的佛陀。”

从那以后，玄德就发现自己有了一种神通。

只要自己对别人开口，说出那句“给我个面子”，无论对方是谁，都会真的给他个面子。

这也是他对付道门最有力的凭仗。

道门给了他一个面子，再过半年才会赶来，天下佛门也给了他一个面子，在大相国寺召开辩经大会。

玄德站在天地之间，对玄苦说：“这会儿小风有点萧索了。”

·4·

道门里的人都很变态，在江湖里，喜欢玩阵法，双修，御剑飞行，破碎虚空以及斗破苍穹。所以准备对付这种变态，必须有非同寻常之处。

玄苦很痛苦，说："道门昌盛二百年，百姓土地巧取豪夺，修建道观不知凡几，真有非同寻常的人物，不是进了道门，就早被道门赶杀殆尽，哪来的人给你用？"

彼时，有两个和尚踏进相国寺，玄德陡然眼前一亮。

玄德指着那俩人说："师父你看，这就是非比寻常！"

玄苦凝了神，定睛望去，似乎那俩和尚身遭，竟围绕着一层淡淡白光。

"徒儿，这白光却是何物？"

"主角光环！"玄德握紧了拳，目中有热泪盈眶。

·5·

这两个和尚出自金山寺，方丈姓李，我也不太会起法号，就叫他阿呆吧，武功奇高，极其抠门。

小师父名叫清风，法号便唤作师父，师父还很年轻，他风华正茂，潇洒倜傥，他又穷又秃，一事无成。总之，两位带着主角光环的和尚登场，后面的事情就好办多了。

辩经的主要内容有，道门蛊惑天子，侵占良田，欺男霸女，佛门兼爱苍生，赡养孤儿，普度天下，如何进一步弘扬佛法，清算道门。

方丈阿呆说："辩赢了有奖金，快给我想个法子。"

很快，两个人就想出办法，玄德眼前一亮，点起举手的二人问话。

师父说："我们请来外星人，帮忙抹平道门就好了呀，还可以顺便弘扬佛法到整个宇宙，岂不善哉？"

方丈说："宣扬科学的无神论思想，并承办全方位多角度的进阶考试，让他们自己放弃三清信仰。如何？"

玄苦脸如便秘，僵硬地扭动脖子，朝玄德望去。

玄德捏着下巴，竟然还在认真思考，半晌才抬头回答："嗯，阿呆方丈的提议完整度高，但清风师父的提议在弘扬佛法这一点上占优势，还真是难以评判呢。不如二位在实践性上论证一下，谁能打击到道门，辩经大会的奖金就是谁的。”

玄苦眼前一亮，几乎忍不住就要拍手叫好！

清风挠了挠头，忽然说：“哎呀，好麻烦，算了我退出，冠军让给方丈吧。”

方丈眼中有精光闪过，笑呵呵地走上前来，说：“那就恭敬不如从命了，多谢大相国寺给小僧这个机会，多谢，多谢。”

·6·

关键时刻，还是玄德撑得住场。

玄德说：“二位给我个面子，搞定道门既是为天下苍生谋，又是为佛门僧众出力，何乐而不为？”

俩人不由自主，跟着点了点头。

方丈惊醒过来：“咦，为什么我不受控制地答应了你？”

玄德淡淡一笑，说：“既然你我都已经勠力同心，我便将这一切和盘托出吧。”

玄德说：“因为我吃了恶魔果实，没什么其他功能，就是大家都得给我一个面子。”

师父说：“那你为什么不直接去找皇帝，让皇帝给你个面子，打压道门、弘扬佛法呢？”

玄德一拍大腿，振奋道：“对啊，我怎么没想到呢！”

·7·

事情进展很顺利，皇帝一纸诏令传遍天下，无数道观开始改头换面，即使有不愿意改头换面的，兵马在侧，虎视眈眈，也不得不改。

这不是在改制，而是在改命，改道门掌教的命也在改玄德的命。

掌教明白，如果还想有翻盘的机会，那一定要杀了玄德和尚，要杀玄德，必先让玄德颜面扫地。

掌教沉吟片刻，派出手中仅有的人马，去江湖里搜寻一个姑娘。

当玄德站上玉虚宫的时候，那姑娘已经俏生生立在眼前，长发如流水，雪肌灼人目，连剪影和飘飞的衣带都不染凡尘。

姑娘嫣然一笑，说："小和尚，你现在已经威震天下啦。"

玄德心中一恸，眼前一切宛如梦中，让他不能置信。

姑娘笑着说："见惯了烈火蔷薇，才知道灼人刺手，刀剑无情，江湖身不由己，如果你再让我给你个面子留下来，我一定会同意的。"

有一种直觉扑面而来，玄德知道，一旦让这姑娘留下，自己那份神通，也便废了。

弘佛大业，将功亏一篑，付诸东流，说不准还要因为欺君之罪株连佛门。

玄德不动声色，牙关暗暗咬紧，牙龈上渗出一缕缕血丝。

姑娘留，还是不留，女儿国主还是西天大道，原来这个问题落到肩上，才明白何为深不见底。

"痴儿，事到如今，你还想不明白吗？"

玄苦双掌合十，越众而出，说："我佛当兴，天命在此，难道没了神通就没了办法？什么人给你的面子，都不如你自己掌握在手中的物件，谁说不能带着女人普度众生，你让她留下，咱们再登玉虚宫！"

玄德闻言，精神一振，长笑出声，有股气场从玄德身上散开，那份在他身上维持了数年的神通一朝消散。

姑娘笑得灿烂，像是夕阳无限好，像是昙花一现妙。

姑娘说："有人爱过我，能得到这个答案，我心满意足了。"

扑通一声，姑娘直挺挺趴在了地上，背后是一柄虚空而来的长剑。

玉虚宫掌教捏诀而出，神情冷漠孤傲，似乎挥手间又能重聚道门气象，压得相国寺不敢喘息。

玄德静静地看着姑娘扑街，静静地感受着风来，他慢慢抱起姑娘的尸体，不断低声呢喃：

“给我个面子，你别就这么死了呀。

“给我个面子，好歹你给我留个念想。

“给我个面子吧，来，再起来说两句啊，你跟我说说江湖里发生过什么，有谁欺负你，我帮你打回去。”

北风凄冷，玉虚宫前久无人声。

·8·

玄德说：“给我个面子，我要跟他单挑。”

没有人会不受控制在点头，但也没人在这个时候反对了，玄德提着降魔杵，僧袍吃饱了风，向后满满地张开。

猎猎衣袂之中，玄德像是将姑娘身上最后一点余温都吸纳进来，火一般冲向掌教。

掌教冷冷一笑，像这种这种大 boss，一般都喜欢说：“幼稚，可笑，你以为凭你能伤得了我分毫吗？”

这位掌教正是如此，御剑飞行，飞剑穿梭，都是谪仙手段，刺得玄德血流不止，却还是一个劲朝天上蹦跶。

这姿势，像蚱蜢，像兔子，还急红了眼。

玄悲和玄慈别过头去，说：“别看了师父，太惨了，实在是太惨了，咱们的实力就不是一本书里的。”

玄苦没有回头，而是静静看着争斗的二人，不知在筹谋些什么。

掌教高高在上，嘲讽望着玄德，说：“你不必做无谓的挣扎，像你们这种蝼蚁，注定要被踩在脚下。”

玄德没理会他，眼睛红着，血还热着，身上伤痕越来越多，终于有一剑割伤了他的小腿。

掌教说：“你很会跳啊，你再跳啊？”

玄德深深呼吸，看着高处的掌教，胸中一股悲愤沉郁之气化作浓浓的不甘，扬手，降魔杵火箭般升空，堪堪从掌教耳边擦过。

飞剑一阵摇晃，掌教面色多了分苍白。

掌教说：“阳关大道你不走，小和尚你找死！”

是啊，小小和尚，当初师父和师兄们说得多好，有些事想都不能想，有些人该放早就得放，天命不可违，玄不改非，你命数如此。

可……谁让我不服呢？

飞剑化作流光，连破风声都没有，径直落向玄德天灵。

玄德骤然抬头，双眸里燃着火焰，再度扬手，有匕首从袖中飞出，磕歪飞剑，余势不歇，燃着火般射向玉虚宫掌教！

掌教瞳孔一缩，操控着飞剑再次躲过，但闻嘶啦一声，道袍终究是破了。

还来不及跳脚大怒，一声金铁交鸣响，那柄飞剑又退了回来，掌教定睛一看，原来是相国寺的住持，玄苦大师上场了。

玄苦叹了口气，对玄德说：“年少好，年少能轻狂，年少能翻云覆雨，以弱胜强，你就是我佛的天命啊。”

玄德半跪在地上，不明所以，低声喊了句“师父”。

呼啸的北风卷来铅云如铁，玉虚宫前杀机一触即发。

·9·

玄苦出手了，还未曾出手，只是气息鼓荡间便有天地变色，阴云之内雷网密布，随时都可能轰杀掌教。

掌教终于色变，连他都不禁降落在地，双手捏诀，吐出一口鲜血发动大招。

那大招如有实质，像是万剑银光揉成的巨掌，向着玄苦肃杀拍去。

众人心神激荡，那玄苦更是潇洒自若，只是拂袖说：“老衲这就让你长长见识，接你一掌何妨？”

玄苦方丈声若洪钟，竟然不闪不避，硬接了这一掌！

玄苦就死了。

万道剑光支离破碎，卷得玄苦连渣都不剩，那偌大阵势，眨眼间灰飞烟灭。

玄慈、玄悲、玄不改非氪不改命，一众弟子僵在当场，玄德更是悲痛欲绝，脑海中满是空白。

掌教怔了怔，手指开始不断掐算起来，这和尚难不成留给我个分身，或者那一掌拍去的时候瞬移他处，又或者……

在掌教掐算的时候，霹雳一声响，万顷烟波浩荡而下，倾天般的大雨。

雨幕之中，半跪在地的玄德终于反应过来，先前玄苦那句“你就是我佛的天命”，那句“少年能翻云覆雨以弱胜强”，是这样一个意思，这样一种机会。

玄慈玄悲说得没错，实力差距之大，我们本不是一本书里的人物。

玄不改非，唯有命能改命。师父，姑娘，两条性命，燃我少年燎原火，当杀掌教玉虚宫。

玄德拖着残破的左腿，在大雨之中缓缓站了起来，泪如泉涌，浑身发颤。

掌教没有注意他，掌教还在想这大雨是否也是玄苦的安排之一。

有个小小和尚伸手入雨幕之中，凝雨成剑，淡淡吐出个“去”字，陡然间有火焰一闪而没，雾气蒸腾，一道雨幕疾驰如流星，向掌教狠狠刺去。

掌教下意识抬起飞剑，雨幕穿梭不止，飞剑一荡而开！

掌教惊恐起来，像是不出彩的反派 boss 一样，指着玄德大喊，说：“这怎么可能，怎么可能！”

玄德没有再说话，他所有的少年心性，都随着这一剑东去，烟消云散。

“扑哧。”

雨剑刺穿掌教的头颅，带出一蓬血花，转瞬被大雨冲刷干净。掌教惊恐的表情定格在他脸上，玉虚宫前还隐隐回荡着他的喊声，最终仰天而倒，不过尘归尘，土归土。

玄德转过身，他想师父说得对啊，没有什么人可以给我面子，面子是要自己有的。

他望了望天，大雨落在他的眼中，他抱起师父和姑娘的尸体，带领着佛门弟子缓缓退下山头。

临走之前，玄德蓦然回首，对着瓢泼大雨叹出口气。

“散了吧。”

云开雨霁，万里苍穹碧蓝如洗。

·10·

很多年后，玄德与金山寺的方丈和师父行遍山河，终于稳住江湖两教之争，佛门有隐隐崛起之势。

临别在即，谈起未来的打算，玄德笑着说：“来年我建天下佛国的时候，定邀两位来京城观礼。”

面子还是要掌握在自己手里，无论是帝王还是江湖，都不能将我左右。

玄德朝两人挥挥手，转身离去，没有一丝拖泥带水。

方丈跟师父对视一眼，同时惴惴不安起来。

“你说，他会不会变成下一个玉虚宫掌教？”

“不至于，只是佛门独大，还天下佛国，必定又有占人良田，横行霸道……那时候，不知天下谁来收拾。”

“会有人的，总会有人的，这座江湖从来不缺红尘纷扰，也从来不缺少年意气。”

两人相视一笑，背影渐渐消失在夕阳余晖之下。

完。

金山寺 · 三救白骨精

· 1 ·

那天有个女香客，千里跋涉，晕倒在金山寺下，临倒之前还高声一呼，说要寻个普度。小和尚普洁正在坐禅，闻讯跑到山脚，挠挠头，将女施主抱到山上。

金山的风很凉，人心却很热，几个和尚围在大雄宝殿里，商讨如何处置，哦不，普度这位女香客。

事情是这样的，原来女施主曾经成过婚，与她夫君很是相爱，刺绣之余，吟诗作对，赌书消得泼茶香，共话巫山云雨时。

方丈没忍住，说："这一段掐了。我们一群单身狗你秀什么呢？"

女施主：……

后来兵荒马乱，她男人被迫逃亡大理，临别之际，便作执手相看泪眼，竟无语凝噎。

方丈很欣慰，偷偷对庙里的师父说："这才是标准结局。"

女施主冷着脸：“还能不能好好聊天了？”

大师兄玄奘蹲一边笑着，说：“能，能，后来怎么样了，你那夫君另谋高就，再娶良人？”

女施主沉默下来，师父戳了戳玄奘，低声说：“你这样出去混，很容易被人砍死的。”玄奘笑了笑，高深莫测，有股莫名其妙的牛 × 劲。

在女施主与她夫君分离之后，岁月易迁，山川间隔，等消息再度传来，她夫君已经迎娶大理公主，稳坐当朝尚书。

有道是，春花空艳，秋月徒明，便纵有千种风情更与何人说。

女施主不明白，当年一场深爱，原来都是假的吗？还是人在江湖，身不由己，他能一展拳脚，不负生平抱负，为什么不给她来一封信，问她一句这些年过得如何？

和尚们面面相觑，低眉垂首，念了声“阿弥陀佛”。

·2·

女施主唤作白晶晶，此时独居在禅房之中，像她前几年一样，静静地等一个结果。

金山寺众僧围坐在大雄宝殿里，檀香悠悠，一阵风吹来，木塑的大佛摇摇晃晃，眼瞅着便是要倒。

方丈说：“像这种男女纠纷，老衲认为玄奘最有处理经验。”

玄奘笑了笑，说：“当年我西天取经的时候，见到的这种事情多了，无非是想求个结果，但感情的事哪有结果呢？我佛曾经曰过，‘心安即归处’，让姑娘去一趟大理，见着那男人，要么从此各生欢喜，要么从此萧郎路人，总是会渐渐放下。”

师父当即拍板，说：“既然玄奘如此有经验，你就陪女施主走一趟大理吧！”

玄奘说：“但是这里有一个问题，我们并没有银子陪她走一趟大理，看这姑娘衣着寒酸，估计也没什么指望。”

方丈说："哎呀，我佛什么时候曰过'心安即归处'这种屁话，你这个思想很危险哪。"

普洁弱弱举手："其实我可以陪她去的，化缘卖艺，总能有个路费。"

一群和尚转过头来，直勾勾盯着普洁。

普洁很不好意思，羞红了脸，把脑袋低低埋进胸里。

·3·

当夜，小和尚普洁就同姑娘进行了人生大事的交流。

交流的结果很不顺遂，姑娘觉得他年纪轻轻，千里独行，她还要跟大理公主抢男人，太危险，万万不能连累了他。

白晶晶说："如果你一定要陪我去，我宁愿偷偷溜走。"

普洁沉吟片刻，禅房里响起了"啪啪啪"的声音。

正在门外偷听的方丈和师父瞪大了眼睛，说："这了不得呀，普洁很有灵性啊，这么快就获得了生命的大和谐。"

轰隆一声。

整座禅房坍塌下来，土灰砖瓦劈头盖脸砸了师父和方丈一身。

隐约还能听见普洁羞涩的声音，他说："姑娘你看我这功夫，保你去大理可还稳妥？"

姑娘怔怔看着倒塌的禅房，以及从废墟里爬起来的方丈和师父，嘴角抖了三抖。

然而姑娘还是不松口，唯一的退让就是，如果非要送她，也得是师父和方丈这样的高僧，大理崇佛，好歹还安全几分。

普洁挠了挠头："高僧？？？"

白晶晶点点脑袋，抚摸着普洁的小光头道："人心险恶，你还小，你不懂的，这趟水你就不要掺和啦。"

普洁鼓起腮帮子，轻轻拿开姑娘的手，说："我不管，我一定要将你送到彼岸！"

·4·

大师兄常说：“其实有些人不需要你来度，苦海那么大，哪里是回头？”

彼时，玄奘又把普洁给喊到后山，准备点化这位小和尚。

玄奘说：“你二师兄法海和净慈寺的道济，在庐州杀人除害，你是知道的。他们去往大相国寺，正是要将佛门兼并土地，一味坐禅论道的歪风邪气给变上一变，这你也是知道的。

“所以啊，大相国寺那群人不想变，就一定会拿你二师兄开刀，庐州杀人夜，正是绝好的借口，你二师兄现在处境很危险哪。”

普洁听得连连点头，说：“大师兄，那怎么办？”

玄奘微微一笑，高深莫测，说：“其实当年佛门衰零，是三个和尚将它复兴的。这三个和尚，领头的便是大相国寺玄德方丈，另外两人，就是咱们庙里那俩老头。”

普洁长长地“哦”了一声，说：“原来他们还真是高僧呀，功成身退，不图虚名，还游戏人间，消灾解难！”

玄奘说：“……无论是什么缘由，总之他们三个人分道扬镳了，玄德最忌惮的便是我们庙里那俩老头，如果老头子们前去营救，你二师兄一定会化险为夷。

“然而这个时候，忽然出现一个姑娘，非要让师父和方丈送她去大理，你说奇不奇怪？”

普洁很认真地想了想，说：“不奇怪呀。”

玄奘说：“那你再想一想，我们金山寺重新修建不过十几年，又没有高僧坐镇，还不曾宣之于众，她是怎么知道的？”

普洁沉默下来，玄奘终于有了点欣慰，于情于理，场面都已经非常明晰了。

普洁深吸口气，再度开口：“她怎么知道的，我们问她不就行了，猜来猜去，猜错了怎么办？”

玄奘扶着额，感觉大家好像有的不是同一个样的脑子。

玄奘说："大哥，事情已经很明显了，如果她是大相国寺派来的人，那么一定是受过相国寺的恩惠，或者即将受他们的恩惠，怎么会告诉你呢？"

普洁板着小脸，说："她还要去找她夫君呢，我们帮她找人，她为什么一定会撒谎？"

玄奘叹了口气，说："我刚才已经讲过，苦海无边，哪里是回头呢？姑娘如果愿意放下，见一面她的夫君，从此各生欢喜，或者萧郎路人，那其实都是好的。

"可惜还有一种可能，是她想要夫君回到她的身边，不管那人究竟还爱不爱她。"

玄奘定定地看着普洁，说："如果她求的是这些，你能帮得了，还是相国寺能帮得了？"

普洁无言以对，总觉得这是不合情理的，却又不得不承认会有这样的事发生。

玄奘摸了摸小和尚的脑袋，唏嘘道："师兄当年西天取经的时候，也跟你一样，想做好人，但是好人难当，有些事做错一次就再难回头，所以当好人，得像菩萨那样，千手千眼，处处留心。"

小和尚拿开玄奘的手，很郁闷。

他忽然抬起头来，攥紧了拳头，看着玄奘说："那这姑娘怎么办呢，我们就把她扔在这里不管了吗？"

普洁攥紧了拳头，说："这样不行的，师兄你也曾说过，西天取经，走的就是行者道，见一人，度一人，既然我见了她，就不能不度。"

小和尚慢慢转过身子，双肩如负泰山，一步步从后山密林里走了出去。

玄奘看着小和尚的背影，低头笑了，说："年轻，真是好啊。"

·5·

又一间禅房，白晶晶躺在榻上，仰天看着窗外的夕阳。

“笃笃笃。”

随着三声敲门声，小和尚慢慢推门进来，目光游离，还有些不敢看向姑娘。

白晶晶笑了，说：“你怎么又来了，不会还想拆房子吧？”

普洁长长呼吸，鼻翼耸动，努力平复着紧张的心情，半晌才开口问道：“你……是不是因为大相国寺的允诺，才一定要让我师父和方丈送你的？”

姑娘怔了一下，禅房里的空气很宁静。

她笑了一声，很有些自嘲的意味，她说：“原来连你都知道了，怪不得迟迟没有人动身。”

普洁不懂，说：“这是为什么呢，如果他不爱你了，再回来你身边有什么意义？”

姑娘说：“我不求结果，也不求心安。”

她咧嘴一笑，像是罂粟花开：

“既然这么多年，我都过得很不开心，为什么要让他平步青云？”

普洁深吸口气，说：“姑娘，这不好吧……”

姑娘撩了撩耳后的发丝，说：“你还小，你不懂，你又是个正儿八经的和尚，想必一辈子都不会懂了。”

普洁低着头，说：“那我能为你做些什么吗？”

白晶晶摇着头，坐起身来，托腮望向窗外：“不必做什么了，我并不很想再见那个男人，我只是想让他痛苦，你帮不了我。

“何况你师父和方丈知晓我的心思，一定不会让我轻易离开，大相国寺的人就在周围，聪明人会懂引蛇出洞，哪能让我这样走掉？”

普洁坚定地摇着头，说：“你放心吧，方丈和师父都是高僧，他们不会的。”

姑娘没忍住，大声笑起来，笑得眼眶里都是泪水，说：“小和尚，人心险恶，你不懂的，说了这趟水你别掺和，你就乖乖退下吧。

“念经参禅，才是你的正道。”

普洁说：“你把他们想得太坏了，你是个活生生的人，他们怎么会随便处置你呢，引蛇出洞，把你当个诱饵，那是不把你当人看，佛祖会怪罪的。”

小和尚双手合十，低低鞠了一躬，临走的时候还告诉白晶晶，事情一定不会像她说的那样。

普洁小脸红红的，很认真，很坚定。

姑娘笑了笑，夕阳在她的背后，折射的光线淡而苍凉。

“但愿吧。”姑娘轻声说道。

·6·

最近几日，小和尚发现镇江城里多了一群陌生人，都佩刀带剑，龙行虎步。

普洁皱着眉，心想小小金山寺下，哪来这么多高手？

玄奘嘻嘻笑着，说：“其实这都是大理国的高手，我写信通知了大理公主，兵马便来了。”

普洁心里咯噔一下，说：“大师兄，那这些高手过来，是干吗来的？”

玄奘看智障一样看着他，说：“当然是来杀人的啊，不是杀姑娘，就是杀相国寺的武僧。”

普洁倒吸口气，说：“不行啊，我们是和尚，和尚怎么能杀人呢？”

玄奘摊开手，一脸无辜，说：“我什么时候杀过人，我没有啊。”

普洁想了半天，才想明白这是怎么回事，但他还是不懂，事情难道一定要发展到这个地步吗？

玄奘拍了拍他的肩膀，说：“金山寺风雨欲来，自然要保，见一人度一人，如果你同时见到两个人，你说你度哪个？”

玄奘说：“这是世纪难题呀，你别想了，跟师兄干吧，咱们一起来保金山寺。”

小和尚一把甩开玄奘的手，红着眼，说：“才不是这样，我才不要这样去保金山寺！”

普洁一溜小跑跑开，只留下愣在原地的大师兄，大师兄无奈地笑了笑，说：“我话都没讲完，你怎么就溜了，好歹把我计划听完嘛。”

普洁没工夫听他讲计划，长街上刀光隐隐，头顶上铅云如铁，他再找不到白晶晶，这姑娘就要魂飞玉殒了。

曲径通幽处，禅房草木深。

姑娘就站在草木的深处，小和尚一路绝尘，终于飞奔而来。

这些天里，普洁时常来给白晶晶讲一念放下，万般自在，奈何姑娘又不想成佛，讲到最后，往往是姑娘一捂耳朵，摇头大喊，说：“不听不听，王八念经。”

但这一次，普洁来不及说话，他想起姑娘轻撩耳后发的画面，就知道定不能让她死了。

小和尚拦腰抱起姑娘，边跑边说：“大理公主派人来了，要杀你，我不想跟他们打架，你躲起来好不好？”

姑娘：“……你都把我抱起来了，还说这有意思吗？”

普洁挠挠头，笑得像个智障。

白晶晶缩在他的怀里，看到两侧草木飞退，想起了什么，忽然表情一僵。

久久，姑娘才低笑一声，说：“小和尚，其实我死，也挺好的。”

·7·

当方丈把昏迷的姑娘扛回林中木屋，普洁才终于明白她的意思。

方丈说：“玄奘正接待着那群大理人，她就径直上山了，还扮成个老妪，估计是避你的耳目。这姑娘，是要找死啊。”

普洁失神坐进椅子里，他搞不明白，好好一个人为什么要求死呢？

方丈说：“等她醒过来你自己问吧，我跟你师父答应了玄奘，这两天静观其变，你好自为之。”

小和尚叹了口气，开始煮茶，煮茶能让他的心情平复一点，当茶香四溢的时候，白晶晶终于醒了过来。

普洁说："为什么大理人找不到你，你还要跑出去呢？"

姑娘奇怪地看了他一眼，小和尚低头，说："哦，你想死，但是为什么呢？"

白晶晶淡淡笑了一下，说："现在看来，我已经出不去了，大相国寺不会履行他们的诺言，大理公主更是希望将我一辈子囚禁在这里。

"那么我宁愿去死，我死之后，还能让当今的大理驸马过不痛快。"

小和尚对这个逻辑表示不能理解。

白晶晶挥了挥手，说："算了，讲给你听你也不懂，无非是得不到与已失去，白月光与蚊子血，我死掉，我便成了他心里的朱砂痣。

"小和尚，你关不住我的，下一次我会扮成什么样子你永远无法预料，我会死在大理人的手中，让他们的驸马永远心痛。"

普洁说："你现在的状态，很像我从城里买来的话本小说，分类叫作中二言情。"

姑娘没忍住，笑了一声，继而又沉默下来，屋子里弥漫着让人窒息的茶香。

·8·

那一天很快就到了，小和尚总不能整日整夜守着白晶晶，姑娘打扮成老头，第三次踏上金山。

巧得很，那天玄奘不在山上，或许是去找师太约会，或许是终于记起来讲经挣钱，总之当白晶晶抵达金山寺的时候，无人招呼的大理人不约而同看见了她。

只要人不瞎，就能见到姑娘跌宕起伏的波涛，盈盈一笑间的明眸皓齿。

大理兵甲说："队长，这老头真好看。"

队长一巴掌甩他后脑勺上，说："你能不能长点心，女扮男装，女扮男装懂不懂？”

这次方丈跟师父睁只眼闭只眼，没有再多管闲事。

大理队长一声令下，喊句“弟兄们上”，一群人便手舞足蹈，刀枪棍棒，还有钩子绳索，朝着姑娘劈头盖脸地招呼。

师父说：“不会出人命吧？”

方丈摇头说：“哪能呢，出了人命，这姑娘在驸马心里的位置岂不平白高出许多，活人怎能跟死人比？这些天来没人急着动手，说明公主不傻，不会杀人的。”

“扑哧。”

话音未落，有柄刀子捅进白晶晶的腹部。

方丈跳起来，瞪大了眼睛，说：“什么情况，什么情况？”

师父目光凝起，看见那群大理人也四散闪开，满目惊恐，大喊着：“什么情况，什么情况？”

队长更是气愤，一个个骂过去：“说好了抓活的，谁敢捅人肚子的！”

混乱之中，唯独白晶晶表情古怪，一动不动。

她的手握着把匕首，匕首正插在她的肚子里，所有人都渐渐发现了这一幕，整个金山顶上，渐渐鸦雀无声。

最终，姑娘那份古怪的表情化作无奈的长叹，手一松，匕首哐当坠地。

匕首的锋刃像是被人改造过，用力一戳，就缩回刀柄之中了。

白晶晶叹完那口气，朝人群之外的普洁说：“小和尚，你这是何必呢？”

普洁挠着头，羞涩地笑着，说：“我想了很久，你是无论如何都不该死的，爱一个人没有错，期待被爱也没有错，怎么就扯到死上了呢？

“或许是，你太希望他回头爱你了吧，但别人再多的爱，也比不上你自己爱你自己啊。

“不爱自己，就爱不了别人，一颗心悬在他处，才会生恨，生仇，那些朱砂痣蚊子血我都不懂，但还有一个小小的道理，我能明白。”

小和尚指着心口：“你要见自我，才能见到他，不然你见到了他，有想好要说什么吗？”

白晶晶愣在那里，不知所措。

还是大理队长第一个反应过来，察觉事态有变，连忙招呼弟兄要先将姑娘控制起来。

有个小和尚双掌合十，身影一晃站在了他们面前。

那是笑靥如花的普洁小和尚，他说：“贫僧正在度人，希望几位哥哥能等会儿，这位女施主解开心结，贫僧就度你们。”

队长恼了，说：“谁需要你度，弟兄们上！”

但听轰然一声喊，几十号大理训练有素的高手蜂拥而上，普洁面色严峻起来，辗转腾挪，半空中摘下一根晒被子的长棍。

长棍一横，便如泰山横亘。

无数刀剑斩过，还有那些粹着麻药的暗器，都一一从长棍周围荡开，小和尚汗出如浆，步子一圈圈开合，却始终没有退过半寸。

方丈又慢慢坐了下来，说：“这小子如果出山，一定会被人打死。”

师父笑着抿茶，说：“不会的，他还有那么多师兄弟，还有你教他的一身功夫，怎么会死呢？”

“砰！”

一声脆响，长棍应声而断，有柄锋利的单刀斩断长棍，还劈破了和尚背后的袈裟。

血痕蔓延出来，和尚却哼都不哼，两截长棍握在手里，仍旧替姑娘在遮风挡雨。

白晶晶看着普洁一轮轮地防守，汗水混着血气一阵阵冲向她的鼻端，姑娘吸了吸鼻子，忽然坠下泪来。

“如果有一个人为了你，不惜拼上性命，那你又有什么理由不去爱自己？”

姑娘咬着嘴唇，声音哽咽，她说：“小和尚，我懂了，我不会死了，也不会让那个男人继续成为头顶乌云的，你走吧，你能走的对不对？”

普洁咧开嘴，笑着说："你懂了就好，懂了就好，我不能走呀，我走了他们肯定会抓你。"

两句话的工夫，普洁身上又多了两条伤痕。

姑娘连连惊呼，转头望向方丈和师父，说："你们怎么还不来救他，再不来救他他会死的！"

方丈和师父好整以暇，目光已经落向了山腰。

半山腰上，有群身手同样卓绝的汉子纵身而上，一个个全是光头，像是少林寺里操练而成的兵马。

而这支兵马的领头人，是个笑得莫名高深的和尚。

玄奘回得好快呀……

·9·

很多年以后，玄奘还记着普洁甩开他手臂的那一次。

玄奘说："你是有多不信任我，我还能真杀了白晶晶不成？纵然我西天取经，人心险恶见得多，总也不至于变得滥杀无辜吧？

"毕竟我是唐玄奘，江流儿，当年死猴子三打白骨精我不一样跟你似的，想要度化了她，你想什么呢，还不相信我？"

每当这个时候，普洁就只能唯唯诺诺，点头称是。

玄奘又得意起来，负手说："好在贫僧神机妙算，哪怕不告诉你计划全程，你也还是会这样做，不愧是贫僧的师弟，颇有几分慧根哪。"

只是普洁还是不太明白，为什么相国寺的武僧，最后会来救自己。

玄奘笑着给他分析，说："相国寺的老大忌惮我们的老大，如果姑娘死了，咱们老大就没理由出去，很有可能跟我们一起去相国寺，我把这个讲明白，他们只能过来。"

普洁若有所悟，说："其实你通知大理公主的时候，就想到这个时候了对不对？"

玄奘挥挥手，说："一般一般吧，不握着他们相国寺武僧杀人打架的切实证据，到时候怎么救法海道济呢？”

普洁张大了嘴，说：“原来，还会影响后续剧情啊？”

玄奘拍拍小和尚的肩膀，说：“不要崇拜我，我就是这么优秀。”

有山风吹来，普洁灵光一闪，忽然想起刚才玄奘说的话。

“我们……也要去相国寺？”

玄奘点了点头，说：“当然啊，怎么能让法海道济孤军作战呢？”

普洁四下张望着，又满庙转了一圈，说：“不对呀，方丈和师父这几天都不在，我们不等他们吗？”

玄奘说：“当然不等啊，我让他们出门旅游了，他俩跟相国寺玄德是老相好，啊呸，老相识，当初一起打天下的朋友刀剑相向，终归不是什么好事，能避就避吧。”

普洁脑袋有点蒙，他说：“不是呀，既然师父和方丈不去相国寺，为什么要搞这么大一出戏，直接陪白晶晶去大理不就好了吗？”

玄奘又露出他那高深莫测的笑容，手指一根根伸开：“不搞事，你怎么能普度白晶晶；不搞事，我怎么能让相国寺武僧跟大理国人打起来；不搞事，师父方丈怎么会相信我们能摆平相国寺；不搞事……”

小和尚越听越觉得自己像个智障，嘴越撇越歪，终于哼唧一声扭过头去，捂住耳朵，大喊着跑开：

“不听不听，王八念经！”

背后，传来大师兄“哈哈哈哈”的大笑，浮云四散，又是碧海蓝天。

·10·

北上相国寺的路上，玄奘说书筹经费，许多人听过他们的故事，有人问：“那白姑娘呢，白晶晶去哪儿了，怎么没跟小和尚在一起？”

每当这时候，普洁的脸又会红到耳朵根，而玄奘就露出鄙夷的神情。

“人家和尚普度女施主，是为了跟女施主谈恋爱的吗，你们这群人，都一天天想什么呢？贫僧当年西天取经，那么多女施主，你见贫僧何时失过身恋过爱了？”

围观群众齐声“咦”出口来，玄奘哈哈大笑，说：“今天这折就讲到这里，诸位看官，明日江湖，咱们有缘再会！”

金山寺 · 终章

·1·

我叫法海，金山寺出家人。

那年佛门昌盛，盛到目中无人，静慈寺里的道济想去京城，借辩经大会的工夫来一场拨乱反正。

道济说：“得让佛门有它该有的样子。”

那是他醉酒时候说的，我一直不知道该不该当真。第一次见到道济的时候，我还是一江湖杀手，他也没出家，名叫李修缘，正男扮女装，要去青楼找一个喜欢女人的姑娘。

后来一起历过生死，算是我不多的朋友之一。

所以他想去京城，我便随他去了。

路过庐州的时候，他认识了庐州归来晚客栈的老板娘，在无意间得知华兴寺住持与知州杀良冒功，侵吞土地一事。

我拔刀，杀了华兴寺住持。

后来我才知道，原来华兴寺是大相国寺的江淮金库，其中来往账目如果公之于众，恐怕百万僧众之中，会掀起轩然大波。

佛门大盛，有时连朝廷都要给三分薄面，那段时间京城城门外多了一群武僧。日夜盘查，有和尚进城，都要搜身，一应刀枪棍棒都不得入内。

宣称是，帮助官府查捕准备捣毁京城的恶匪。

我知道，这个恶匪说的就是我和道济。

道济说："这是要搞我们啊。"

我说："我们在庐州杀了贼秃，灭了他们江淮金库，不搞我们搞谁？"

本来我跟他进京参加辩经大会，只是想正人心，靖浮言，让佛门变回它该有的样子，但是在庐州见过华兴寺，见过见性住持，我才知道事情并不简单。

大相国寺几万僧众，旗下寺庙更是唯相国寺马首是瞻，方丈玄德即便知道应该怎么做，他也早已身不由己。

和尚们放不下手中利益，心中痴迷，如果玄德退上一步，他迟早会死得连渣都不剩。

那天我跟道济在庐州城外停了很久，归来晚的老板娘劝我们，说："京城这个局面，已然是不死不休了，你们再过去，不就是飞蛾扑火吗？"

老板娘又说："当年大相国寺的方丈与道门掌教那一战，天地失色，还有飞剑穿梭，你们赢不了的。"

道济啧啧喟叹，说："一个好好的武侠故事，怎么还附带仙侠的传说了？"

老板娘气不过，狠狠踹了道济一脚，说："这都什么时候了，你能不能正经点！"

道济咧嘴一笑，说："我正经一点，这局面就会变好吗？既然不会，我干吗还不能说说笑笑，打打闹闹？"

姑娘恨铁不成钢，小拳头砸在道济身上，还喊着什么"让你打，让你闹"之类的气话。

我暗暗笑了一下。

庐州城外的旷野上，秋风萧瑟，枯草斜飞。

我突然拔刀出鞘。

那边的俩人静下来，同时回头看向我。

我对道济说："那群只会敛财迫害的贼秃压在我们头上，你能忍吗？"

道济严肃起来，说："能啊！"

我：……

道济又说："但是美酒不可糟蹋，美人不可唐突，那群傻 × 不懂得这个道理，我不能忍。"

我说："既然如此，你还在等什么？把这个天下交让给他们，不如一死。"

道济哈哈大笑，把酒壶扔给老板娘，说："给我打壶好酒，我们醇酒美人一起上路！"

我回首西望，看见日落苍山，火烧云在天边连成一片，像是燎天烈焰。

老板娘的发丝在风中凌乱，她张了张嘴，最后又把想说的话给咽了回去，只是对着道济瞪眼珠子："喝喝喝，就知道喝，喝不死你！"

姑娘的背影渐行渐远，道济扯了扯我的袖子，说："走啦，等什么呢？真等老板娘回来，咱们还能带她去不成？"

我没有说话，抱着刀缓缓向前走去。

其实有时候我也会羡慕道济，他似乎总能笑得出来，也总会有姑娘为他提心吊胆，我想那个姑娘也会走出几百米后，猛然惊醒。

她将拼命跑回与道济分别的地方，发现只有秋风浩荡，两个和尚消失无踪。

姑娘怔怔站在那里，半晌，狠狠将酒壶抛飞出去。

"李修缘！我要杀了你！！！"

而道济仍旧懒洋洋笑着，我问过他："那些能降妖除魔的通玄高僧，你有什么办法应付？"

道济只是挥手，说："是你叫我去的嘛，你都没有办法应付，我能有什么办法？"

我曾经提起过，我是金山寺出家人，金山寺不大，有一个方丈一个师父，外加三个徒弟。

大师兄叫玄奘，他曾经在静慈寺参加苏杭赛区的辩经大会，见过道济一面。

我对道济说：“大师兄告诉我，你是降龙罗汉转世。”

道济眉头挑了挑，笑道：“那就只能指望罗汉显灵了，哈哈。”

·2·

那年江湖不太平，两个和尚提刀负剑，北上京城。

在京城的城门外，我看见一个姑娘青丝裹身，凹凸有致，正被当成盗匪。一群大相国寺的和尚围了她，一本正经地在给女施主搜身。

那姑娘扭动着身子想要逃离，却被和尚们逼回城门洞中，挣扎不得。

只不过这姑娘没有梨花带雨，我见犹怜，而是一边扭着柔弱无骨的腰肢，一边嘻嘻直笑。

不远处正在赶来的道济叹口气，说：“这姑娘多半是疯了。”

我摇了摇头，说：“不然，你且看那姑娘扭动的身段……”

我倏然住口，发现道济正诡异地看着我。

我摇了摇头：“……我是让你看看，和尚们大慈大悲千叶手，没有一手落到实处，这姑娘非同凡人。”

道济啧啧道：“我以为，只有我这种喝酒吃肉的和尚才关心姑娘身段，没想到你法海浓眉大眼的，也叛变信仰了啊。”

我：……

我没再理会道济，三言两语间，城门洞里又起了变故。那些围住姑娘的和尚终于没了耐性，一声断喝，便要抓姑娘双手。

还有和尚嘴里骂骂咧咧，说：“都是留春阁里出来卖的，你躲个什么劲呢？”

这话听着就很不舒服，道济在我身边喝了口酒，我知道，他这是想英雄救美了。

“啪。”

一个响亮的耳光传彻半空，那动静，像是黄瓜抽打在大腿上。

还不等道济出场，姑娘甩了甩手，方才出言不逊的大汉已被打飞丈外，狠狠撞在城门洞里。其余几个和尚面面相觑，终于发现事态不对。

有和尚试探问着，说：“您不是留春阁的姑娘？”

姑娘娇笑道：“留春阁是什么地方，听名字不错呀。”

和尚倒吸一口凉气，心想你不是留春阁的，干吗走路一扭一荡，这么风骚？

不久之后我才知道，那些天，玄德方丈制订过一个计划，他出钱找到留春阁的妓女，让她们每天都从城门外经过，每天都要上演一场恶僧调戏良家妇女的戏码。

毕竟小说里的主角，都喜欢英雄救美。

玄德说：“到时候，我们便颁布个鉴定文件，说这妓女乃是妖精，蛇妖狐妖什么都行，专门魅惑众生那种。道济法海被妖精所迷，无论辩经大会上他们揭露什么，都不作数。

“或许，还得关进寺中水牢，面壁思过个三五年。

“剩下的事情大家都懂，哪天出现个意外，这两个勾结妖精的和尚暴毙而亡，就很顺理成章。”

此时那和尚笑得尴尬，双手合十，问姑娘道：“敢问女施主，究竟是什么人呢？”

姑娘把头一扬，笑得有如蔷薇似火：“本姑娘姓白，名素贞，是从青城山上下来的蛇妖。”

和尚：？？？

·3·

很多年以后，我再次见到白素贞，都会想起那天城门洞里的少女微笑，霞光四散，流云飞舞，都凝聚在青衫白裙之后。

按理说，我们此去京城本不该节外生枝，但那天我把道济向后一推，还是亲自英雄救美了。

道济半张着嘴，在我背后嘟囔，说：“这货真的背叛信仰了呀。”

白素贞自报家门之后，有个谨慎的和尚掏出法器，想照照这姑娘的真身，据说这些通玄的物件，都是当年缴获的道门宝物，普天之下，只有大相国寺有。

我知道，这一仗棘手了。

一道金光闪过，照妖镜中显出妖娆白蛇，那和尚不曾见过妖怪，当场吓得大叫，甩手就把法器丢了出去。

他跳脚大喊着，说：“真是蛇妖，真是蛇妖啊！”

和尚们慌忙掏出紫金钵、降魔杵，颤巍巍围在白素贞周围，白素贞笑嘻嘻地捡起照妖镜，还颇为好奇地摇头晃脑起来。

片刻，姑娘又把头从镜子后面伸出去，看着那些金光闪闪的法器眨眨眼，说：“这些又是什么呀？”

我想，这是少女出山，不知深浅。

那和尚们大喝一声，催动法力，一时间金光大作，道道锋芒利刃射向白素贞，姑娘下意识察觉到危险，纵身而起，背后的城墙碎石纷飞，被穿出几个透明的窟窿。

白素贞人在半空，蹙起眉头说：“喂，说打就打，一点道理都不讲的！”

和尚们稳下心神，不仅开始熟练操纵法器，还开始腾挪布阵，要将白素贞锁定在半空之中。

奈何本人已经踏入城门洞中。

金光闪烁，明灭不定，在即将发出的那一刻，白素贞双手掐诀，京城中的氤氲水汽都在她指尖流动。

一触即发之际，城门洞里回荡出一声嗡鸣。

天地一暗，有刀光匹练般飞出，恰如龙吟万里，千山清越。明灭之间的金光刹那消弭，有血花溅开，沾染上我的僧袍。

我提刀独立，姑娘从虚空飘落。

地面上，是横七竖八几具尸体。

城门前后的人潮一哄而散，我刚想抬头说两句“举手之劳”，或者“不用客气”，就看见姑娘双手一推，那团氤氲水汽就朝我胸前轰来。

我：？？？

依稀间，还听到道济在身后大喊我的名字。

胸前一阵剧痛，无数筋骨刹那间折断，整具躯体似乎都充满了水汽，我两眼一黑，仰天便倒。

临倒之前，我不由想起初见道济的时候，也是莫名其妙被道济一剑刺进胸腔。

难道这姑娘，其实是玄德派来的棋子？

·4·

当我再次醒来的时候，天已经黑了，月明星稀，篝火在前。

白素贞红着脸，说：“我刚刚下山，很多事都不清楚，看到你们都是光头……抱歉了。”

我干咳两声，说：“道济……就是另外那个和尚呢？”

白素贞说：“他一边笑一边去买酒了。”

我嘴角抽了抽，在我可以想见的未来里，估计会被李修缘嘲笑到死。

那天夜里李修缘很识相地没有回来，我与白素贞躺在篝火旁看星星看月亮，听她讲了很多修行途中的事，也给她解了很多人世间的疑惑。

比如白素贞会问我：“和尚到底是什么人，只要没有头发就行了吗？”

我告诉她：“一般来讲，和尚是苦心修行，向佛行善的人。不吃肉，不喝酒，不杀伤，不执着，不去爱单独的个体，讲究的是普度众生。”

白素贞若有所思，说：“所以你跟道济都不是和尚，对不对？”

这个问题很艰深，其实我从来没有把自己当过和尚，但道济不同，道济不仅是名门正宗的和尚，甚至还是降龙罗汉转世。

想到降龙罗汉转世，我又想到与女儿国国王谈恋爱的大师兄，玄奘一定是和尚，但玄奘也不像个和尚。

半晌，我对白素贞说："世间对于某一类人的定义，有时候很复杂，有时候很简单。比如一个人要讲忠义，可是乱世来临的时候，还能讲忠义的就不是人，而是圣贤，是神，是会被人顶礼膜拜的。

"所以如果一个和尚能够既像一个和尚，又做一个和尚，那他就不是和尚，而该叫佛。"

白素贞听得头大，决定简单粗暴地将和尚分为好和尚与坏和尚。

大相国寺里那一批都是坏的，而我和道济是好的。

比如我也曾问过她："为什么要出山，为什么要到京城，修行得道，岂不是能见更广阔的天空？"

白素贞冲我竖起食指，说："嘘，我在躲我妹妹呢，我妹妹不喜欢见人，不喜欢这世上的一切，但是我喜欢。她整日不让我走出青城山，说要耐得住寂寞，才能修行得道。"

姑娘的妹妹叫小青，如果道济在这里，一定会说这妹妹怎么听怎么像性冷淡。

可惜道济没在这里。

道济不仅这一晚没回来，第二天也没回来。

我知道，这厮是出事了。

·5·

日薄西山的时候，我已经磨好了刀，准备踏入京城。

白素贞忽然出现在官道旁的树林里，双手抱臂，斜倚在梧桐树上。

她的声音很冷，问我："你要去哪儿？"

我说："我去京城啊，大相国寺的人一招调戏良家妇女没能引出英雄，在城里各个酒肆准备了欺压无辜，只等钓出鱼来。道济如果忍得住，他就不是降龙转世了。”

白素贞冷笑一声，说：“愚蠢。”

我：？？？

白素贞又看向我，接着笑得更嘲讽，说：“你也蠢，提着把刀，就能救人回来了？”

我不能，即便我这一刀能再快十倍，玄德飞在天上，飞剑布阵穿梭，我想我刚刚跳起一丈，就被削掉了双脚吧。

白素贞说：“你不如老老实实待在这里，我去替你救人。”

很多年以后，白素贞水漫金山，其实那一幕我早就见过，在汴京城的荒郊野外，她轻轻抬起手，黄河便掀起丈高大浪。

我深吸口气，展颜一笑。

但是不知道什么原因，我总觉得今日的白素贞有些诡异。

我很想问问她：“为什么前一晚在篝火旁你还能靠在我肩膀上沉沉睡去，北风飒沓，拂过你我皆如春风十里。几个时辰不见，怎么就能判若两人？”

但我没有问，我从前是个杀手，职业操守告诉我，言多必失。

沉默半晌，我朝她笑了笑，说：“那我们走吧。”

·6·

大相国寺里戒备森严，先前找到的名目连作假都不用，我和道济勾结蛇妖，城门洞前的卫兵和百姓都看到了。

道济此刻被吊在大雄宝殿正中央，翻着白眼，还在一根根数头顶房梁。

玄德叹了口气，说：“你们何必要来呢？”

道济说：“你这房屋结构不行啊，连根避雷针都没接，万一天雷滚滚劈下来，你说算谁的？”

玄德说：“既然你已经来了，还当真找到个蛇妖，为什么要忍耐不住出手，不等蛇妖前来一并作战呢？”

道济说：“你们这个观音像也不行，观音姐姐多好看啊，素净而华贵，雪肌胭脂红，你这什么都没有啊。”

玄德又说：“小不忍则乱大谋，你们这些年轻人，就不能等我死了，佛门大乱，再来重整江湖吗？”

道济终于不再喋喋不休，他回过头来，正视着玄德，咧嘴一笑道：“卿本佳人，奈何为贼？”

玄德没有再说，他当年击败道教掌教，为了振兴佛门，做过许多事，有些是好事，有些是坏事，当他发现自己变成了曾经的道门掌教，已再无回头路可走。

回头，这万千门徒无人约束，更不知会变成什么样子。

所以他只能继续错下去，杀掉这两个北上的和尚，将他们要在辩经大会上说出口的话，永远沉埋在九泉之下。

门外传来响动，玄德站起身来，双手合十，说：“徒儿们，布阵迎敌。”

·7·

白素贞告诉我，她施法需要时间，让我前去拖延。

很久以后我才知道，那个时候其实她是想借刀杀人，让我和道济都死在大相国寺里。

我的感觉没有错，她确实不是白素贞，她是小青。

白素贞也好，小青也罢，其实都只是一个人的两个身份，藏在后面的，是一个千年修行千年寂寞的人。

青城山里千年修道，有个蛇妖既想见识世界之大，又想摒弃六欲七情飞升仙界，所以才有了白素贞和小青。

两个和尚北上京城，本来是个很简单的故事，飞蛾扑火，火星子呼啦一下就给灭了。

但因为有了这只蛇妖，而变得无比复杂。

我提着刀，踏进大相国寺，无数僧兵拿着长棍戒刀，都有法力在身，一招一式如同翻江倒海，压得我喘过不气。

道济还吊在房梁上，大声疾呼：“法海你怎么这样就来了，我的酒呢，连酒都不带，不如早点滚呢！”

我身在湛湛佛光之中，忍不住破口大骂：“李修缘你他妈给我闭嘴，我救你来了！”

“锵”的一声响，紫金钵的莫大吸力，在我挥刀之际将戒刀弹飞空中。我咬着牙用力前扑，眼中只有那把即将落地的单刀，背后“嗤嗤”两声响，火辣辣的疼。

我奋力甩臂，撞开外围佩刀游荡的和尚，抬眼，正对上一个须发皆白，眸中满是寒光的老僧。

玄德沉沉一叹，在无尽的喧嚣声中，挂掌一劈，我的胸口便有血花飞溅，只能踉跄退步。

退步之中，身遭人流冲刷而过，棍杵刀剑，闷棍板砖尽皆袭来，还有人伸出千百只手臂，要来扯我的衣衫，扯我的魂灵。

汹涌的人流之中，我的手一伸，忽然握住了落下的单刀，目中燃着熊熊烈火。那戒刀锈蚀，拔刀而出时铮鸣喑哑，似已多年未经打磨。

我发出一声怒喝，铁锈摩擦刀鞘，发出巨大的轰鸣，刀光骤然闪耀，那背后拉扯的触手，身侧擦肩的人流，刹那间淹没在刀光里。

后来道济对我说，那时我的目中透着凌厉的火苗，喘息不定，空气中似乎还残留着不甘与愤恨。

僧潮被我斩出一条路，我的对面，只剩下老僧玄德，他双手合十，还是念着“阿弥陀佛”。

我知道，今天我怕是过不去了。

道济也平静下来，遥遥看着我咧嘴一笑，说：“你或许可以尝试把刀抛过来，或许插死我，我就能恢复降龙罗汉真身。”

我大口喘着气，在大相国寺方丈面前笑了起来。

有风从北方吹来，玄德抬起了手，我背后那些闪躲着刀光的僧人也重新围拢，我想起了白素贞。

不知道这个时候她在做什么?

澎湃的法力从前后袭来，在死前一刹那，我忽然从秋风中闻到一丝水腥气味。

玄德大叫一声不好，手一抖，将万千法力抛向我的身后，制止了向我袭来的僧众。

人仰马翻间，我抬头，看见万丈洪波，声如雷霆，滚滚悬在整片汴京城的上空。

我张大了嘴，无论如何都没有想到，白素贞救道济的法子竟然是这样的。

她从浮空长河之下款款而来，面色苍白，对玄德道:“如果不放人，我就水淹汴京城，你是僧，我是妖，看看究竟谁的心更硬。”

大相国寺的门徒面如土色，瑟瑟发抖，玄德沉默不语。

白素贞又补了一句:“我没什么耐心。”

玄德终于低头一笑，说:“罢了，今日我便给你个面子。”

道济踉踉跄跄从大相国寺里出来，我腿脚发软，几乎便要瘫倒在地。那小子扶住了我，相互搀着，一瘸一拐走出寺外。

白素贞远远跟在我们后面，那万丈洪波随着她一点点退去。

夜幕一点点翻上来，道济一边嘲笑着我那天英雄救美反被袭，一边八卦我前一夜里有没有成功脱离佛门。

我没时间理他，因为我在城门外不远处的官道上，看到个青丝白裙的姑娘。

我抬头，看见万丈洪波还在头顶，白素贞显然还在身后。

那姑娘冷冷看着我，说:“把我姐姐还回来！”

不知为何，我看着她的眼神总觉得与今日的白素贞分外相像。

姑娘提着剑，眨眼间已经刺到身前，道济惊呼一声，说:“姑娘这一剑来得好，你看你发丝缭绕，目光随着剑锋一往无前，鼻若悬胆，面似春桃，没有比这一剑更美的画风了！”

姑娘微微一怔，抬头扫了眼道济。

我目光凝起，在刹那间拔刀出鞘！

鲜血从小青的腰腹间飞溅而出，她愤愤然看了我一眼，还想出手，头顶的长河已然垂落。

“小青，退下！”

白素贞从我们身后赶来，小青冷冷笑着，说：“你护着一个和尚不回青城山，你以为你们会有结果吗？千年道行毁于一旦，只为了要跟他走上一百年？

“一百年后呢？”

白素贞没有回答，她只是淡淡笑着，说：“小青，退下吧。”

小青说：“好啊，如果要走，你跟我一起走，我不能看你这样下去，如果你为了他不要我们的修行大道，我一定会杀了他。”

此前我曾经说过，白素贞也好，小青也罢，只是一个人的两个身份。但是修仙的人毕竟不同凡响，精神分裂还有另外一种治愈方式。

道教讲，这叫斩三尸成圣。

三种恶欲执着外化为人，一一斩杀，便可步入仙界。

小青是被白素贞动用真元，给斩成的妖精。

那天姑娘叹了口气，说：“法海，我等你来找我。”

我还没有听明白她的意思，就看见两只蛇妖扭来扭去，消失在京城外的密林中。

我急忙把搀着的道济丢在一旁，上前想追姑娘，却发现自己还身负重伤，追之不及了。

道济扑通摔倒在地，目光幽怨……

·8·

那天晚上道济叹了口气，递给我一坛酒，说这是他拼了性命从酒肆里捞出来的，喝吧，一醉解千愁，醉死胜封侯。

我看着那坛酒，酒色缥缈，怎么都像是在倒映白素贞的影子。

那天晚上我跟道济推杯换盏，道济给我一一讲述风流往事，说些美好的姑娘，曾经的过往，都不过是云烟浪荡，浮云转头空。

我一直没有说话，只是把酒坛抢过来，喝一口，再递回给道济。

后来我喝得多了，听道济说，我喝完一口递给他，他刚想接过去，我就已经重新灌到自己口中。

道济摇头感慨，说："年轻哪，爱情哪，少不更事呀。"

"嘭！"

一声大响，吓了道济一跳，他看见我猛地摔碎了酒坛，还以为我是要想不开了。

我有什么想不开的，小青已经说得很明白了，我还能怎么做呢？我是要追上去，说你不要走，也不要飞升，陪我在凡尘走过百年，抛舍你千年道行？

然后一次次轮回，空留白素贞断不了尘缘，也升不了天关。

我只能就这么呆呆坐着，一坛一坛喝到天亮？

道济拍拍我的肩膀，说："人间事，总有许多无奈，你得习惯哪。"

或许是酒意上涌，或许是我仍旧年轻，我愤愤然甩掉道济的手，说："我偏偏不习惯，也不愿去习惯！"

我霍然长身而起，抓紧了怀中华兴寺的来往账目，说："我左右不了姑娘，不信还左右不了这个世道！"

道济一脸关爱智障的表情看着我。

我说："你是不是不信？你不信我也有办法，金山寺代表苏杭前来辩经大会，你我就算卷入蛇妖的事情之中，我还能把账目给我大师兄。

"天下间，还能有谁不相信玄奘法师吗？

"纵然真的不信，辩经大会还有王公贵族在场，天下赋税钱粮半数入佛门，他们能忍？"

道济"哇"了一声，"啪啪啪"鼓掌，说："失恋真是一个令人飞速成长的契机啊。"

我甩出那本账册，狠狠摔到他的头上。

我没有再去找白素贞，通过书信，我在郊外等着大师兄赶来。

可惜我还没有等到大师兄，相国寺的僧兵就已经找到了我们藏身的密林，有和尚四面八方包围过来，梵音阵阵，有看不见的罩子将我们扣在其中。

迟迟不曾进攻。

道济说：“这叫围点打援，我们就是那个点。”

我说：“废话，关键是援军是哪个？难道他们得到消息，我大师兄已经在过来的路上了？”

道济说：“可能还想顺便打了那只蛇妖。”

我的心脏咯噔一下，有只冰冷的手狠狠将它攥紧。

几天之后，我和道济饿得七荤八素，玄德把我们送进了官府。勾结蛇妖祸乱国教，这罪名着实不小，每一顿牢饭都像是最后一餐。

道济还在嘟囔，说：“京城外的罩子还开着，我猜那是个埋伏，咱们得找人把消息送出去。”

我当然知道，但以我们目前的状况，怎么送得出去？

道济咧嘴一笑，说：“我可是降龙罗汉啊。”

·9·

那天我目睹了一个和尚自杀的半过程。

道济念完“阿弥陀佛，罪过罪过”，就开始拿脑袋撞墙，这座牢房是为我们特制的，花岗岩异常结实，道济每次撞上去都砰砰作响。

每撞一下，就念一个姑娘的名字。

我：……

我说：“道济，你确定你自杀这法子可行？会不会自杀算是杀生，你又勾搭这么多姑娘，等你死后西天不承认你的罗汉名额，直接发配你去投胎啊？”

道济：……

道济捂着脑门，觉得我说得格外有道理。

事情发展到这种地步，我俩一合计，觉得只能混吃等死了。

道济说：“你可以往好处想，我们未必只能等死，或许一会儿过堂的时候，我们就被严刑拷打，当场搞死了。”

我双手交叉在脑后，靠墙躺下，混迹江湖几十年，现在才发现原来我不仅左右不了爱情，更左右不了这个天下。

翌日过堂的时候，开封府尹让我们招供，我闭着嘴一句话都不说，道济倒是开了口。

顾左右而言他，开始讲全国各地哪里的酒好喝，哪里的姑娘好看，开封府尹着人拿水火棍打他的屁股，仍旧滔滔不绝。

我看见开封府里的师爷眼放异彩，连连低声叹着可惜，偶尔还给道济补充几个偏僻地方的酒窖，说：“那里的酒极好，改天我去你坟头上浇给你。”

道济一边被打，一边大声叫好。

府尹扶着额头，觉得这案子真难审，只有人证没有物证，犯人还死活不松口，看模样不是往常屈打就能成招的人啊。

开封府中一片兵荒马乱，我忽然感觉很无聊，到头来，我什么都没有改变。

好在，连我自己都没有改变，我始终要去做点什么。

怀中华兴寺的账册早被玄德搜去，不过没关系，我全都背下来了，既然去不成辩经大会，我就在公堂之上说。

我吸口气，开始一段段地背诵账目。

府尹扶额的手开始颤抖，大笑着的道济转头望着我，水火棍打完，衙役也停下手来，负责记录的师爷一边写，一边瞪大了双眼。

那一刻，仿佛京城偌大，只剩下我的声音。

府尹惊急而起，一拍桌案，说：“带下去，快把他们两个带下去，没我的吩咐，不准过堂！”

一回头，他看见师爷还在记，愤然把惊堂木丢向了师爷。

“许师爷！你还在那儿记个屁啊，你记下来能担待得了吗！”

那姓许的师爷手一颤，笔墨洇开，终于停了下来。

只是在我和道济被押下去的时候，恍惚间看见许师爷又把记下来的那张纸，偷偷塞到了衣袖里。

很多年以后，我又见到许师爷，那是在杭州的断桥之上。

他青衫孑然，与此时的模样相仿，都是眉目清朗，书生意气。

·10·

后来的事情，我都是听大师兄说的。

原来在白素贞走后不久，她和小青便遭遇了追出城的玄德，三人在山野间一场大战，白素贞本来就刚刚掀起滔天大浪，再有法力两分的缘由，很快伤重不支，在小青的掩护下狼狈逃亡。

小青说："姐姐，我们这么多年辛酸痛苦，都为了得道成仙，切莫辜负青城山千年岁月啊！"

白素贞眼里含着泪，在林间穿梭不停，最终晕厥在地。

救下姑娘的，是一介书生。

无独有偶，大师兄玄奘和小师弟普洁从金山寺赶来，为防被玄德察觉，特意借宿的人家，也正是那个书生。

这位书生姓许，在开封府里当师爷。

四个天南地北、身份各异的人围坐在一起吃饭，姑娘很是不待见玄奘和普洁，觉得和尚都是冷漠、无情、自私自利，反正没一个好东西。

这句话得到了书生的单手举手认同，书生激昂文字，指点江山，大肆批判佛门误国误民。

普洁听得连连点头，给书生"啪啪啪"鼓掌。书生脸一红，说："抱歉，忘了二位师父也在这儿。"

普洁认真道："你又没有说错，为什么要抱歉呢？"

书生微怔，一拍大腿，说："对呀，我为什么要道歉呢，哈哈，我罚酒一杯，罚酒一杯！"

普洁又转过头对姑娘说："和尚也不是没一个好东西的，你是不是被和尚骗了呀？”

白素贞看着普洁圆溜溜的大眼睛，不知为何心底一软，忍不住将那段还没有开始就已经结束的感情说了出来。

姑娘说：“他为什么不来找我呢？”

书生叹了口气，对姑娘道：“你方才说你也是修行中人，百年千年的寂寞都过去了，怕是他担心坏了你的道行啊。”

玄奘说：“屁话，这个人就是佛性太低，虽然也是个光头，还自称和尚，但终究是年轻了。倘若当真爱一个人，那便是四大皆空，无论什么都是空，只有心中姑娘才是真的。

“千百年的道行算得了什么，你岂知在姑娘心中，你不比神仙重要？”

普洁：“我总觉得这句话好像在哪里听过……”

书生当场叫好，举起酒杯说：“当浮一大白！”

俩和尚不喝酒，姑娘闷闷地举起酒杯，随便那么一碰，自己干掉一杯。

姑娘默默说：“其实……我还真没想明白究竟是修仙重要，还是他这个人更重要。”

玄奘摆摆手，说：“你想不明白正常，但是你真喜欢上一个人，是不会去想这些的，谁说不能等着伴侣一起成仙？你喜欢的那个和尚，就是个胆子贼小的懦夫，该忘还是得忘。”

姑娘似懂非懂，不远处被困牢房的我隐约间有种想打死大师兄的冲动。

·11·

那天晚上月白冬风一杯酒，姑娘心事重重，很快玉山倾颓，几个大汉把姑娘抬回房里，互相对视一笑。

笑罢，许师爷忽然冒出句话，说：“我在开封府大牢里，见过两个和尚。”

玄奘心中一动。

许师爷说：“那俩和尚乃是被人栽赃入狱，公堂之上傲骨凛凛，千杖加身而面不改色，还能口若悬河，将当今天下毒瘤的不法证据公之于众。

“这世上，好久没有这样的英雄了。

“既然有这样的英雄，我就不能不助他们一臂之力。”

玄奘说：“大哥算了吧，这事还得慢慢来，其实本人正是他们两个小兔崽子的师兄，要救他们得考虑方式方法。”

许师爷说：“我把法海背的账册记下来了，天下赋税何其多，半数尽归佛门，这等事，陛下绝对忍不了。

“当今圣上还很年轻，年少就会气盛，改天换地这种事情从来都是年轻人做的。”

许师爷有信心，只要呈给皇上，一切都能解决。

玄奘说：“你看问题这就来了吧，你怎么能呈给皇上呢？那么多官员层层把关，你这封奏折一定会被人提前截下，说不定还顺手也把你给解决了。”

许师爷说：“其实我可以先骂皇上两句。”

玄奘：？？？

·12·

许师爷的计划非常简单粗暴，大概就是先骂皇上，骂到朝野市井尽知，引起皇上的注意。年轻的皇帝肯定很感兴趣，要亲自接见，那就是自己的机会。

白素贞听了拍手叫好，说这次要将那群臭和尚一网打尽！

玄奘说：“不是，大哥，你怎么能确保，你在骂皇上这一步上不会直接死掉呢？”

许师爷：……

白素贞长袖一挥，说：“不怕，有我呢，如果谁敢拦着你，我就把他们都给淹了！要不是怕惊动大相国寺那群秃驴，我直接带着你进皇宫！”

普洁在旁边“啪啪啪”鼓掌，小脸涨得通红。

玄奘扶额，忽然有种西天路上，身边一猴一猪一水怪的既视感。

· 13 ·

在计划的执行过程中，许师爷已经跟白素贞打成了一片，二人对和尚的深恶痛绝开展了进一步的沟通。

许师爷说:“和尚们兼并土地，良田越来越少。”

白素贞说:“我刚出山，什么都不知道呢，就一群和尚来抓我！”

许师爷说:“和尚们勾结当地官府，鱼肉乡里，剥削无辜。”

白素贞说:“我刚出山，什么都不知道呢，就一群和尚来抓我！”

许师爷说：“和尚们还搞宗教垄断，一群人都去信佛信轮回，悍不畏死，律法都荡然无存。”

白素贞说:“我刚出山，什么都……”

许师爷定定地看着她，姑娘吐了吐舌头，终于把后面半句话收了回去，不过又立刻补充道:“不仅抓我，还拿一堆金光闪闪的东西射我，吓死我啦！”

姑娘眼睛睁大，冲许师爷比画着，许师爷哑然失笑，仿佛世间一切都在姑娘的言谈举止间慢慢静止下来，风悠悠吹，姑娘身上的香气飘进许师爷的鼻子里。

“那时候，我还打了法海一掌，现在想起来，真是解气啊，竟然连我这么好的姑娘都不追，活该一辈子当和尚！”

姑娘恶狠狠吐了个槽，许师爷才回过神来，但觉面前笑靥如花，吐气如兰，差点就忘了自己准备去救的，乃是姑娘准前男友。

许师爷说:“等法海从牢里出来，你俩怎么办？”

姑娘白了许师爷一眼，说:“能怎么办，他守他的青灯古佛，我回我的青城山修道啊。”

许师爷心里咯噔一下，没说什么，开始写骂皇帝的文章。

· 14 ·

这个简单粗暴的计划竟然能够顺利实施，玄奘一度很怀念孙悟空，说:“我当年西天取经那会儿，猴子天天给我搞些这种计划，偶尔成功几次，能把他乐上天去。”

而此次大相国寺一战，如果成功能把玄奘自己乐上天去。

有玄奘和普洁一捧一逗，很快那个嘲讽皇帝无所作为的段子便人尽皆知，而许师爷作为作者，丝毫没有掩饰自己身份的意思。

书生很快吸引了朝廷的注意，他的顶头上司开封府尹提审他，说：“你能不能给我减轻点工作量，有那两个和尚我已经够烦了，信不信我砍死你啊？”

许师爷底气十足，咧嘴笑道：“不信！”

府尹怒了，准备夜里趁黑把许师爷解决掉，没承想第二天天一亮，杀手疯了。

当天夜里，白素贞出现在牢中，许师爷灵光一闪，起了个恶作剧。

姑娘人首蛇身，笑靥如花，在牢里给许师爷一勺一勺地喂饭，当杀手到来的时候，蛇尾左右摇摆，还伸出栅栏外夺下杀手的刀并跟他打招呼。

杀手瞠目结舌。

第二天，这杀手就疯了，白素贞笑得扑倒在许师爷怀里，师爷嘿嘿傻笑，颇为得意。

·15·

本人法海，就住在隔壁牢房，你说气不气？

道济宽慰我，说：“既然你都不想坏了人家道行，人家想怎样就怎样嘛，不敢承担坏她道行的代价，自然没有携手一生的理由啦。”

我说：“你是在安慰我，还是在嘲讽我？”

道济说：“哇，这年头说实话都不行？”

我没有理他，白素贞与这个姓许的师爷一起出现在隔壁牢房，至少算是个好消息。毕竟大相国寺围点打援的计划，失败了。

不久之后，开封府的判决下来，隔壁牢房的许师爷要被明正典刑。

我听见许师爷在嘟囔，说：“这不对啊，不应该有陛下过问吗？”

白素贞撇撇嘴，说：“没事，既然他们想让你死，我偏不让你死，直到你们皇帝亲自来查。”

道济忍不了了，敲敲墙壁，说：“白素贞你既然都能进来牢房，为什么不带着许师爷直接去面见皇上呢？如果你怕引人注目，不让他死，迟早是引人注目啊。”

停了片刻，道济看着我冷冰冰的目光陡然惊醒：“为什么非要带许师爷去见皇上，你带法海去见皇上就可以了啊，你看他把那账本背得滚瓜烂熟，不比许师爷只知道一半要强？”

半晌，隔壁都没有传来动静。

就在我以为他们是白素贞犹疑不定的时候，我看见姑娘飘然而出，纤纤素手还拉着许师爷，小脸上都是欢脱。

看都不看我一眼。

那模样，仿佛在说：“我就是选他不选你，你能拿我怎么样？”

我不能拿她怎么样，一口气堵在胸口，郁郁难平，道济啧啧感慨，说：“这就有点过了，姑娘，戏太多，假了。”

我踹了他一脚，默默躺回墙角。

道济说：“哟，你这是准备恢复体力出去干架？没用的，玄德肯定派人看住了我们，这些天白素贞进进出出，他没道理不发现。”

“那他还等什么？”

“估计在等个一网打尽吧。”

·16·

无论道济说的是不是真的，前路茫茫，都只能闷头闯下去。

原计划已经搁浅，还是得冒着被发现的风险，径直去找皇上。

白素贞拉着许师爷跑出大牢，腾云驾雾，要去潜入皇宫，从空中俯瞰下去，京城灯火阑珊，煞是动人。

可惜许师爷无心观赏。

许师爷说："你在大牢里越冲法海显摆，你就越放不下他，何必呢？"

白素贞没说话，嘴唇有些向外噘，脸上写满了不开心。

许师爷说："真想放下他，你得来真的，不如你嫁给我，这辈子交给我来担待了。"

白素贞蓦然回首，正对上许师爷炯炯有神的双眸。

姑娘一时间有些慌乱，她说："呸呸呸，我还要回青城山呢，我答应了小青，不能辜负千年修行的寂寞，得飞升，得成仙。"

许师爷人在半空，拉着白素贞的手，此时闻言顺带着将姑娘揽进怀里。

他说："你不跟我在一起，那才是千年寂寞。"

姑娘心一抖，手忙脚乱地从许师爷怀里钻出来："皇，皇宫到了，你快去办正事去！"

许师爷不走，眼睛一瞪说："我去哪儿办正事？你才是我的正事！"

姑娘倒吸一口凉气，胸前有小鹿、斑马、猎豹、大象，一整个草原的动物来回乱撞。

"你，你总得给我点时间考虑一下吧？我才下山几天呀……感情进展是不是太快了一点？"

"你管它快不快，有些事情发生在瞬间，爱一个人有理由吗？"

"……你别问我啊，我什么都不知道，你快去，快去收拾那群坏和尚。"

"好，等我得胜归来，你记得要嫁我哟。"

"……再说，再说。"

·17·

当皇上见到许师爷的时候，吓了一跳，但还是很快稳住心神。

皇上道："刺客？"

许师爷摇了摇头。

皇上又道："来侍寝的？"

许师爷：……

许师爷决定开门见山，掏出怀中存着的那半数账册，递给年轻皇帝，顺便还历数佛门这些年来的无尽掠夺。

皇帝沉着脸，显然是动了怒。

但皇上斜睨了眼许师爷，轻轻弹指，将账册又给扔到了一边。

皇上问道："佛门势力这么大，大相国寺还能斩妖除魔，你是让朕去送死？"

许师爷说："其实佛门只是看起来……"

"你不必说了，朕不会在此刻降旨灭佛的，除非大相国寺声誉大跌，方丈玄德身首异处。"

许师爷吸了口气，说："陛下，过分了点吧？"

皇上冷笑道："不过分，完成这两件事很简单，辩经大会很快便要召开，朕赐你法号顺丰，你大可以在辩经大会上将账单公之于众，大相国寺很快就会衰落。"

"那……玄德呢？"许师爷试探着问道。

皇上扯出个笑，白牙森森："朕会给他施加压力的。"

那个时候的许师爷，一腔热血酬圣主，以为世间事大有可为，却未曾想到真正面临选择的还是他自己。

辩经大会还是如期召开了，大相国寺里人满为患，达官贵族观礼，高台之上端坐着当朝皇帝。

我和道济被玄德绑在一旁，说是要批斗给天下看。

玄奘和普洁在和尚堆里探头探脑，小师弟一脸急迫，说："大师兄，二师兄和道济师兄被他们抓走了，怎么办呀？"

玄奘说："你这个台词很像某只大水怪，你自己反省一下。"

普洁不反省，普洁觉得玄奘有些奇怪，这些天来除了当街说书配合许师爷，竟然一点动作都没有，丝毫不像从前的大师兄。

玄奘还是一副成竹在胸的模样，说："你看着就好啦，今天这场戏很盛大，我们要做的，只是轻轻地推波助澜，看事态发展罢了。"

对于玄奘的这种表情，普洁总觉得像是恶魔择人而噬，忍不住打个哆嗦，扭过头去不敢看他。

· 18 ·

辩经大会开始了，在这场大会里率先登场的，乃是白马寺的一个小和尚。

据说，这和尚是不久前才刚刚剃度，曾经讽刺过当今圣上，被圣上特开天恩，赦免他出家为僧。

此人正是许师爷。

许师爷站在人群的正中央，踌躇满志，他看见不远处的白素贞偷偷瞧他，更是信心百倍。

开口，便要改天换地。

结果大相国寺方丈玄德微微一笑，说："这位小师父且慢，几日之前本寺捉了一只蛇妖，名曰小青，准备作为辩经大会下的悬赏之物，谁能舌灿莲花，语惊四座，便赏他这只蛇精，成就他杀妖灭魔的大名声。"

大相国寺的僧众潮水般分开，有个青丝裹身，凹凸有致的姑娘被五花大绑，扭动着身子押出阵来。

玄德饶有兴致地看着许师爷，那目光仿佛在说："你讲啊，你快讲啊，你把一切都说出来，我便把一切都灭绝给你看。"

许师爷微微一滞，他抬头看向白素贞，姑娘正泪水涟涟，恨不得以身相替。

若是因为许师爷开口而让小青身首异处，怕是这姑娘跟许师爷之间，定然会有隔阂。

秋风萧瑟，冻骨凝血。

正进退两难间，高台上的皇帝发话了，他说："你有什么为难的，辩经大会是个各抒己见的场所，你尽管说，朕还等着呢。"

许师爷十分想骂娘，这皇上不是在给玄德压力，而是在给他压力。

那一刻许师爷忽然明白了，其实皇帝根本不在意他的死活，推他出来，让他所代表的那些人与玄德拼死一战，就等着渔翁得利。

皇帝毕竟是皇帝，阴鸷，腹黑，以天下为先。

许师爷攥紧了拳，像无数个意气风发的书生一样，终于发现自己被困在家国天下的梦幻中，几乎拼得一无所有。

时间一分一秒流逝，僧人们已经开始窃窃私语，说：“这家伙怎么还不出声，都把我们当猴耍吗？”

玄奘就在底下跟人扯淡，说：“我们江浙赛区还有个参赛选手，修炼闭口禅，谁能让他说话谁赢，你说气不气。”

一群僧人便哈哈大笑，说：“竟然还有这种操作？”

玄奘说：“岂止啊，最后发现那货是个哑巴，哇，差点被他蒙混过关。”

僧人们前仰后合，连玄德都忍不住朝那个方向看了几眼，玄奘隐藏在人海之中，开始四处活动。

他碰碰这个寺庙的住持，说：“你知道那和尚上去想说什么吗？”

最后引得大家都很好奇，玄奘讳莫如深，像是大街上，树荫下，讲八卦的老大妈一样，说：“这件事情不好讲的，我就告诉给你听，你看连皇帝都支持那个人讲，是大事情来的。”

“到底他妈什么事？”

“乃是皇帝看不惯大相国寺搞我们这么多钱，要借小和尚之口，搞死大相国寺！”

一群僧人倒吸凉气。

玄奘说：“你们还别不信，你们想想，这些年大相国寺搞了多少钱、多少土地，他皇帝这么年轻，刚刚上位，怎么能忍？”

末了，玄奘压低声音，说：“别说小皇帝了，我都不能忍！这年头当和尚为了什么，还不是混口饭吃，凭什么饭都让大相国寺给抢了啊？”

一群僧人默不作声，有几个已经慢慢点头。

普洁在旁边观看全程，起了一身鸡皮疙瘩。

最后玄奘回到普洁旁边，手里还抓了一把别人送的瓜子，玄奘边嗑瓜子边对普洁说：“你看，这是群众的力量，大相国寺末日不远了。”

普洁不关心这种浩荡大势，他指着许师爷，指着小青和道济，说："那他们怎么办呢，一会儿打起来他们就不管了吗？"

玄奘咔吧咔吧嗑着瓜子，说："你看好了，现在是姐姐要去救妹妹，一会儿就是妹妹要救姐姐啦。"

普洁：？？？

·19·

风云变色，大水悬河，匹练般的滔天巨浪再度君临京城上空。

白素贞故技重施，从人群之中走出来，声色俱厉："放了小青，放了法海和道济，否则别怪我水淹汴京城！"

玄德微笑道："你淹啊，你淹过来这些人一样都会死，我为什么要怕你？"

白素贞：……

场面一度非常尴尬，大水悬在汴京城上空，在场众人莫不瑟瑟发抖，白素贞也不好受，法力剧烈消耗，脸色越来越苍白。

玄德一挥手，说："既然她这么想死，那就让她死。"

一群和尚手持诛妖法器，金光湛湛逼向白素贞，许师爷跳脚大骂，说："你这贼和尚枉杀无辜，残害生灵，有什么面目念经礼佛！"

玄德不答话，就这么静静看着，白素贞一边控制着大水缓缓退下，一边抵挡着群僧的攻击，很快有鲜血流淌，汩汩染透白衣。

大水声如雷震，从众人头顶缓缓回落黄河，许师爷大喊着："白素贞你撑住，我来救你了。"继而合身扑上，淹没在金色佛光之中。

小和尚普洁眼珠子都快瞪了出来，猛地从人群中跃出，竖掌一劈，掌风呼啸而出，驱散了灭佛的金光，露出里面鲜血淋漓的一对男女。

兔起鹘落，当场中再次静下来的时候，许师爷倒在姑娘怀里，已经奄奄一息了。白素贞跌坐在地上，血溅在白裙上像是梅花点点。

普洁双目通红，死死盯着玄德，说："你是和尚，你怎么能杀人呢？"

玄德没有看他，说："今日是辩经大会，更是诛妖盛会，这两只蛇妖都差点水漫京城了，还有什么不能杀的？”

普洁说：“你这是杀生，和尚不能杀生！”

玄德一怔，看着普洁仿佛看到许多年前的自己。

许师爷在白素贞怀里，还嘿嘿直笑，说：“你看那小和尚，真是个和尚该有的模样，以后我们要是能有个孩子，出落成这样，那真是善莫大焉。”

一边说一边吐血，哗哗从嘴角流下来。

白素贞低头看着他，泪水止不住地落。

玄德最终还是开口了，他说：“你如果再不让开，便是勾结妖孽，为保皇上安危，怕是要把你们这些人全都就地正法了。”

普洁不让。

玄德叹口气，挥手，退下的僧兵又涌了上来。

小青扭动着身子，朝玄德大喊，说：“你放了我姐姐，我愿意帮你扫清佛门余孽，稳定天下佛国！”

玄德笑了，说：“那好啊，你先把法海和这位姓许的和尚给杀了。”

老和尚信手一划，小青身上的束缚应声而断，小青愣在原地，目光中都是错愕。

·20·

那天我和道济被押在角落里，看到小青缓缓走出来，失魂落魄。

白素贞看了她一眼，又低下头轻抚着许师爷的脸庞，许师爷还在冲她表明心迹，他说：“在冲上来替你挡刀的那一刻，才发觉原来书生心目中的家国天下，仍旧不如你笑靥如花。”

姑娘哭得梨花带雨，她说：“我明白，我真的明白，什么修仙得道，都不重要。”

许师爷笑了，说：“你别哭，都滴我脸上了，眼睛都快睁不开了。”

年轻书生嘴角凝着笑，安安静静看着白素贞，眼睛终于慢慢闭上。

小青静静地站在那里，无论如何都下不去手。

修仙得道，原来对于姐姐来说，已经不重要了吗？那自己存在的意义又在哪里呢？

或许，还能最后帮她一次吧。

僧兵们围着普洁，小和尚在里面辗转腾挪，捉襟见肘，我看见小青霍然转身，冲我走了过来。

道济说："你完了，这姑娘是看姓许的比你帅，不忍杀他，要来杀你。"

我没理他，等到小青驻足在我面前，清蒙蒙的光一闪而过，我才知道她要做什么。

她说："你们走吧，越远越好。"

押着我和道济的僧人脖颈处一道血痕，缓缓倒下，小青再次转身，面对着大相国寺方丈玄德。

"秃驴，看剑！"

随着小青这一声呐喊，天地之间似乎涌出一道旋涡，以小青为中心，看不见的力量疯狂涌进她的体内。

白素贞察觉到这种种变化，她错愕地抬起头来，正对上小青决绝的目光。

"不要！"

但是已经晚了，"砰"一声响，我看到小青整个人炸成一道光团，里面有青芒夭矫，刚刚积攒而来的天地法力疯狂涌出，化作剑意，直取玄德。

这是自爆了，形神俱灭，与天地同在。

时间仿佛变慢了，我越过人潮看见白素贞的双眼，泪光闪烁，寂然若死。

"轰！"

那道剑意在玄德身前炸开，一道强光四面八方映向所有人的眼睛，在场众人无不转头闭目，一时间大相国寺里有难言的沉寂。

当风声再度回到人们耳中的时候，寺院中庭处多出一个深坑，玄德站在大坑的中间，僧袍褴褛，嘴角还挂着一丝鲜血。

他从坑里跃出来，声音嘶哑，仍旧不住大喝："斩妖除魔，卫道佛国！"

僧兵们纷纷醒悟过来，普洁大口喘着气，赤手空拳，还护在白素贞面前。

道济忍不住了，提了僧兵的长棍便冲入战场，我立在边缘处，开始大声把华兴寺的账册喊给天下人听。

玄奘在人群中佯作惊呼，说：“哇，原来大相国寺藏污纳垢，坑人这么多钱啊！”

群情汹汹，却因玄奘在其间三言两语，纷纷左顾右盼，不敢轻易上前。只剩玄德一人，站在中央虎视眈眈。

玄德的目光箭一般射过来，我在地上捡起把戒刀，死死盯紧了他。

白素贞不知什么时候已经站起身来，她弹指，那些围攻普洁道济的僧兵之中便多出一条血路，姑娘就踏着血路走出来。

与我一前一后，夹击玄德。

玄德仰天大笑着，说：“好，能葬身于此，该是我的宿命！”

白素贞冷着脸，一言不发，她抬手，再度有滔天大浪翻云覆雨而来。

刀光掩映，我藏身在刀光之后斩向玄德，天上有大浪如柱，不要命地向玄德头顶淹去。

在场众人纷纷躲避，只有台上的年轻皇帝还稳如泰山，他紧紧抿着唇，等着看这一场大战的胜负。

玄德身上湛出光来，头顶黄河，掌风袭我，我的衣衫碎裂，肌肤上的伤痕道道伤可及骨，若不是有刀光顶在身前，或许片刻间就会被碾成碎片。

我脑海中只剩下不断挥刀、不断前冲的执念，我看见自己离玄德越来越近，隐约还听到有姑娘一声撕心裂肺的大喊，像要把这短短几日的悲郁都泼洒出去。

大水猛然奔腾起来，高高飞向天外，又狠狠甩在玄德头顶。

似蛇，如龙。

玄德吐出一口鲜血，掌风微微一弱，我的目光亮起来，想起不久前小青的一道剑意，我甩手挥刀。

刀光如天光乍破，一刀封喉。

· 21 ·

很多年以后，我在杭州又见过白素贞。

斩三尸得道，她又把小青给斩了出来，还有一个书生，在断桥上与她不期而遇。

我问她：“你就这样留着他们，自己和自己过一辈子？”

白素贞说：“挺好的，不是吗？”

姑娘又笑了笑，说：“不过我总觉得这种日子过得久了，会有不真实的感觉，你要不要帮我个忙，让我没空去念及以往？”

我沉默了一下，说：“好，那我来当个反派，专门破坏你的生活，你看好不好？”

姑娘大笑起来，说：“好，这个好！”

完。

金山寺后记 · 灭佛

·1·

从前有一个腹黑而霸道的皇帝，冷峻，阴鸷，所谓生死看淡，不服就干。

那时候佛家大兴，寺庙遍野，皇帝怎么看怎么刺眼，终于在某个朝会之上，决定灭佛。

群臣劝谏，只不过换来皇帝三两声冷笑，挥挥手，一群大臣被拉下去廷杖。

和尚们人人自危，躲在山洞里、游船上，或者干脆拿起铁棍抗击官军，场面混乱得很。

但是寺庙还不是重灾区，重灾区在巷子里，在江湖上。

洛阳白马街扛把子龙哥，前些年为了赶时尚剃了个光头，大金链子咣当响，虎豹关公的纹身一露，立马震慑宵小。

然则震慑不了官军，任凭龙哥怎么声泪俱下，都没有官军相信他不是和尚。

这年头和尚都赶着还俗，唯一能证明和尚真是个和尚的，就只有他那光头了。

龙哥欲哭无泪，非常尴尬。

声势浩大的佛门部队出征，被年轻的皇帝指东打西，搞得灰头土脸，龙哥有点㞞，决心要做红旗底下的好光头。

龙哥对准备劫狱的弟兄说："咱们出钱找个和尚，去给皇帝讲讲道理。灭什么佛啊，多大仇啊，打仗既影响民生，又影响经济。"

于是，金山寺小和尚普洁出门，去往京城皇宫。

·2·

在小和尚普洁去京城之前，已经有几十个僧人想当佛门第一功臣，更何况还有钱拿，前赴后继奔向皇宫。

统统被皇帝乱刀砍死，惨不忍睹。

一时间，无人敢再赴京城，少林寺忙着组建僧兵，更是没空插手这些小事。

某个不知名的金山寺里，小和尚普洁正望着蓝天白云发呆，师父、方丈，还有两位师兄蹲在他的周围。

方丈啃着鸡腿对普洁说："你知不知道你几天没吃饭了？"

普洁点点头："三天。"

师父啃着馅饼对小和尚说："那你知不知道为什么你没饭吃？"

普洁茫然："不知道。"

二师兄慢慢嚼着烙饼，面无表情道："穷。"

普洁看着寺庙里人人都有吃的，很疑惑："那你们为什么能吃上饭？"

大师兄双手合十，念了声"阿弥陀佛"，微笑道："因为佛法无边，佛祖曾经说过，故佛将降大任于某僧也，必先饿其体肤，饿其体肤，以及饿其体肤。师兄当年西天取经的时候，饿了岂止三天。"

普洁"哦"了一声，似懂非懂。

普洁又看着师兄师父和方丈，背紧了背后行囊："既然是佛祖将降大任给我，你们干吗还围着我，不让我出门？”

师父咳两声道：“佛祖的意思是让你饿两天就行了，为师可不想白发人送黑发人。”

普洁说：“可是我们没有头发啊。”

……

方丈拍案，鸡腿上的肉沫都掉在地上：“还会顶嘴了不成，法海，把他给我关禁闭！”

二师兄没动，看了眼普洁，又看了眼方丈，继续啃烙饼。

方丈横眉竖目，撸袖子就要干架，二师兄法海头也不抬，回了句话：

“他想去，关不住。”

一群人不吃饭了，面面相觑，只有中间的小和尚笑得惭愧。

·3·

那天皇帝回到后宫，随意翻了翻牌子，准备找一个妃嫔侍寝。

其实皇帝并不是很喜欢每天晚上都找一个姑娘来睡，但是为了绵延国祚，牌子该翻还是得翻。

这天皇帝在婉宁宫里留宿，侍女太监都退下之后，他调整表情，面带标准的邪魅微笑，轻轻掀开了被子。

被子里是个和尚。

皇帝：……

和尚脸有点红，看见邪魅微笑的皇帝，很有些羞涩。

皇帝笑容一敛，寒声道：“你是谁，你是怎么进来的，要对朕做什么？”

小和尚当然就是普洁，连忙摆手说自己没有恶意，只是想跟皇帝感受一下佛法，感受到佛法的好，自然不会灭佛了。

皇帝冷冷一笑，说：“那好啊，你要如何让朕感受？”

普洁红着脸道：“小僧嘴笨，比不上玄奘师兄，所以只能出此下策，希望不会弄疼你。”

皇帝：？？？

皇帝正在想不会弄疼是几个意思，就感到后颈一疼，两眼发黑，扑通晕了过去。

等再醒来的时候，皇帝已经在金山寺的厢房里了。

皇帝独对萧冷的四壁，沉默半晌才反应过来，这就是他说的感受佛法。

皇帝是个生死看淡、不服就干的皇帝，脾气自然暴，武功自然高。此时皇帝深觉自己心灵受到了欺骗与伤害，怒火汹涌，跳床就要杀出庙去。

·4·

走到门前，皇帝想起小和尚的身手，沉吟片刻觉得不能硬闯。

毕竟普洁能悄无声息潜入宫里，还能一掌将他切晕，充分说明这座庙里卧虎藏龙，不能轻敌。

皇帝四下看了看，决定跳窗，偷偷溜走。

推开窗，离地面不过两三尺，皇帝左右张望过后，纵身一跃。

“嘶啦，砰！”

皇帝一个趔趄，好像被一张大网绊住，头上脚下撞到地面，果断又昏了过去。

师父走到窗户下面，伸手在皇帝周围掏了掏，一张硬纸板上画着石砌的地面，从上往下看，跟真的地面并无二致。

师父说：“咱们寺里的3D技术越发成熟了，改天你跟方丈说一下，拉张横幅，能涨门票钱。”

普洁从拐角处露出个光头，望着皇帝目光里满是可怜：“师父，你不觉得他很惨吗？”

师父看了眼身体扭曲、持续性昏迷的皇帝，叹了一声：“无妨，你大师兄说过，佛欲降大任于斯人也，必先劳其筋骨，佛法无边，我们都是在带他领略佛法。”

普洁叹气，看看师父又看看皇帝：“难道真的没办法了吗？”

师父点头道：“因缘际会，因果乃成，这都是自然现象，你改变不了。”

普洁沉默许久，才抬头道：“不，我要度他。”

师父深深看了普洁一眼，忽然一笑，拿着硬纸板洒然离去。普洁立在床前，静静等了很久。

·5·

皇帝再度醒来的时候，普洁静静立在床前。

皇帝冷冷道：“你手段高明，我认栽，有什么要求尽管提，反正我也不见得会守信。”

普洁慌忙摆手，说：“你不要误会，我真的只是想让你感受一下佛法，这有许多经书，你读，你参，一定会消解对佛门的误会的。”

皇帝对上普洁澄澈而真挚的眼眸，又低头看着床头的佛经，头一次觉得这世上还有个可爱的和尚。

但皇帝毕竟是个皇帝，应该霸道、冷漠，眼下被困寺庙，无论如何也不能服软。

皇帝冷哼一声，自知逃跑希望渺茫，干脆背转过身，不再理他。

普洁就这么暗搓搓地退了出去。

半夜，皇帝从来没睡过这么硬的床，失眠，烦躁，还蹬被子。

皇帝从小被教如何霸道，如何有帝王威严，还未曾沦落到如此境地，整个人缩成一团窝在墙角，咬着手指，苦苦思索怎么出逃。

冷饿之中，皇帝最终还是睡了过去。

皇帝睡不深，恍惚中还听到房门开过，有人进进出出。皇帝梦中不耐，一个翻身踢落被子，醒转过来。

皇帝醒过来发现身上没有被子，下意识伸手到床下去捡，没摸到被子，摸到一个光头。

皇帝扑棱坐起来，惊恐看着床下捡被子的和尚。

普洁尴尬笑了笑，拎起被子放在床上：“我看你睡觉不太老实，刚才来给你掖了掖被角，这次想来给你送俩汤婆子，没想到你又把被子踢下去了……”

皇帝警惕地看着普洁，又看看床上的汤婆子，一言不发，深深呼吸。

皇帝突然“哼”了一声，再次缩成一团，面对墙壁理都不理小和尚。

普洁去给皇帝盖被子，皇帝大手一挥，又把被子丢了下去。

普洁再盖，皇帝再丢。

半晌，背后全无声息，皇帝暗自冷笑，就知道这和尚坚持不下去。

突然，一股热气喷在皇帝脖颈上。

皇帝全身的鸡皮疙瘩都冒了起来，有人从后面把他紧紧抱住，还叹了口气。

普洁说：“这样，你不冷了吧？”

皇帝又怒又急，想把和尚震开却又震不开，一时之间几乎哭出声来。

·6·

后来，这样的事情越来越多，皇帝感觉自己越来越慌。

庙里冬天没东西取暖，和尚给皇帝垒了个炕，半夜还出来帮皇帝开窗，生怕皇帝被煤气熏死。

看到皇帝咬手的时候，还喝止皇帝不能咬手，亲自给皇帝做了一个指甲刀，蹦蹦跳跳拿给了他。

皇帝拿着指甲刀，表情心情以及感情都十分之复杂。

皇帝喜欢吃甜食，因为十分不符合他霸道冷漠的人设，所以很少有人知道，普洁不知从哪里得知了这个消息，还亲自下厨给皇帝做甜食。

“特好吃。”被夸奖的小和尚满脸通红，很是喜欢。

皇帝叹着气出门走走，无意中发现庙里的和尚都在吃甜食，咬一口，表情都是生不如死。皇帝问过之后才知道，原来普洁把做失败的甜品都分给了师兄师父师叔师弟，说是不能浪费粮食。

只有二师兄，眉梢跳动了一下，坚决摆手：“狗粮，不吃！”

几个月下来，皇帝也跟寺里的和尚混熟了，皇帝觉得再这样下去，自己恐怕就要人设崩塌了。

没人的时候，皇帝也跟方丈探讨佛法，说：“佛法果然精深，朕这都快要被普度了。”

方丈撇撇嘴说：“你这哪是受佛法普度，你的佛，不就是普洁吗？”

皇帝心中一震，脑海中回忆起那小和尚的一幕一幕，又想起自己在这庙里的一举一动。

咬着手指，吃着甜食，缩在墙角抱被睡觉，前所未有的舒服。

最舒服的，莫过于能看见普洁在外面为自己忙来忙去。

皇帝颤声对方丈道：“方丈，朕是不是……”

方丈肃然道：“不错，你正是得了斯德哥尔摩综合征！”

皇帝：……

·7·

那是一个傍晚，暮云四合，彩彻区明。

皇帝跟普洁登上金山山顶，俯视苍茫林海，普洁有些奇怪，为什么皇帝会约他来这里。

皇帝说：“你不要误会，我完全没有跟你约会的意思。”

普洁：？？？

皇帝目不斜视，望着山下道：“我终究是要下山的，灭佛势在必行。”

普洁有些失落说：“你还没被感化啊。”

皇帝耳根有点红：“你可以跟我一起去，你就能知道我为什么灭佛了，否则你不知道原因，很难继续感化我。”

普洁点点头，决定跟皇帝去。

走出两三丈后，皇帝突然停下，沉吟道：“你不要多想，我让你知道我灭佛的原因，绝不是不想让你认为我是一个坏人，皇帝哪有什么好人，我当然是个恶人。”

普洁听得一头雾水。

皇帝脸一红，冷哼一声，快步走向前去。

·8·

山下的世界里，普洁看到方圆数里的寺庙，占地百亩的院落，还有高耸入云的宝塔。

皇帝说："我不灭佛，佛就要灭世了。"

普洁不太懂，他只是看着这些寺庙，觉着非一般地大。

皇帝又说："它们这么大，自然是兼并了百姓的土地，这群和尚跟你们不同，他们不吃肉不喝酒不泡姑娘，一心只想着弘扬佛法，实在可怕得很。我当然可以下旨，限制他们的兼并速度，但他们信仰太重，死都不怕，我只能让他们真的去死。"

普洁这次懂了。

普洁说："但佛法不是这样子的，他们这么做，我佛也不会因此被弘扬。"

皇帝点头，颇有些振奋道："所以我们灭了它，你看如何？"

普洁摇摇头说："我佛讲，自古兵者为凶器，圣人不得已而用之，杀人是不好的。"

皇帝觉得这句话好像在哪里听过，有点耳熟。

皇帝盯着普洁说："那好，那你继续做你的和尚，希望你能做成一个圣人，杀人的活还是交给我来做，我不做，没人能制止他们的。"

小和尚看着那越来越多、越来越大的寺庙，背影有些萧索。

皇帝深深看了小和尚一眼，转身离去。

似乎过了很久，走远的皇帝又突然出现，快步向错愕的小和尚跑来。

紧紧一个拥抱。

皇帝又猛地转身，再次大步离去。

普洁张着大嘴，怀中还有着年轻皇帝的温度。

·9·

那一天，僧兵趁皇帝不在已攻到京城，皇帝堪堪赶回，站在城头上临阵对敌。

在城内的龙哥趁乱溜到城头，猝起发难，将皇帝一脚踹飞。皇帝倏然一惊，连忙抓住青石，但还不等他爬上去，龙哥的单刀已出，高声呼喝间还令僧兵放箭。

一时间，箭发如雨，刀光如雪，皇帝挂在城头上辗转腾挪，已中数箭。

利箭再度上弦，龙哥虽已被亲兵擒下，皇帝却已经来不及翻入城墙。

弦声响，铁矢破风的声音已在脑后。

皇帝在那一瞬间有些恍惚，他想起和尚做的甜点，其实自己更喜欢做废的那些，可惜这些话看来是没机会对和尚说了。

“哦对，其实那晚你抱着我睡，想想还挺舒服的。”

皇帝闭上眼，感觉后背一痛，有箭矢入胸。

·10·

有和尚开口，语气很无奈：“喂，喂你闭眼干什么，那一箭射中的是我，你装什么死？”

皇帝听到这个声音，猛然回头，发现小和尚普洁一身僧袍，也正挂在城墙之上！

“你，你怎么来了？”

和尚挠挠头说：“我也不知道，可能这就是我佛说的缘分吧。

“缘分到了，我就到了。”

小和尚展颜一笑，挥手一送将皇帝丢上城头，他胸口还插着根羽箭，却迎着漫天的箭雨从天而降。

长袖轻拂，羽箭被纷纷弹开，普洁像是真正的神佛，头顶神光，白色的僧袍会发亮，凛然生威，不可侵犯。

佛门弟子惶恐起来，普洁落地的时候，僧兵止不住地后退。

僧兵的头头一咬牙，大喝一声："皇帝要灭佛，咱们不能不杀。"

于是僧兵反击，普洁微微笑着，仿佛佛前拈花，他默默在心里对皇帝说："佛门的事情，不用灭佛，我们自己搞定就好。"

风吹起普洁的僧袍，他手无寸铁，挥袖迎上刀剑铁棍，打的是贪婪人心。

皇帝在城头急不可耐，传令整顿兵马，要趁这个机会出城歼敌，他似乎已经看见小和尚在阵中流越来越多的鲜血，受越来越重的伤。

然而在皇帝整顿好兵马，城门刚刚打开，就发现战争已经尘埃落定了。

无数的僧兵被轰然震开，空气震荡出一股无形的圆，圆里面尘埃四扬，小和尚双手合十，静静微笑立在圆心。

普洁回头朝皇帝一笑，说："真好，这样你就不用灭佛了。"

皇帝心头一颤，眼睁睁看着小和尚直挺挺向后倒过去。

・11・

很多年以后，当朝皇帝出家金山寺，法号普洁。

师父对皇帝说："即便出家，你也无法解脱，物是人非，徒增痛苦罢了。"

皇帝说："如果我不是自作主张，他追着我直奔京城，你们是可以救下他的，世间事本不该打打杀杀，简单粗暴，痛苦……是我该得的。"

师父默然，给皇帝剃了度。

偶尔也会有人问起，说："在那一战后，你究竟为什么不再灭佛？"

皇帝总会回忆起被某个和尚抱着睡下的夜晚。

皇帝说："我是被一个和尚睡服的，我很想他。"

皇帝吃了一口二师兄剩下的甜点，很咸，很咸。

完。

"师父，我什么时候能出去见人啊？"

"再等等，再等等，方丈只是想给那小皇帝一个教训，谁能想到他真为你出家了呀。现在你出去找他，无异于推方丈下万丈深渊哪！”

“……师父，以前怎么没见你这么关心方丈，这个整小皇帝的点子……该是你想的吧？”

“胡说，为师岂会是那样的人！”

金山寺番外 · 剑白

·1·

我的名字叫方昭，金山寺俗家弟子，挂名在普洁师父门下。

在我十一二岁的时候，认识了李剑白，如果说我这辈子有什么异于常人的地方，那就是认识了李剑白。

或许是因为我的圈子实在太普通，所以常有人问我："你怎么会有一个道士朋友，还是二十年道龄的？"

毕竟在金山寺和大相国寺的努力之下，道门衰败得早，罕有李剑白这类人了。

我总不能告诉他们，李剑白当时是因为想娶道姑，才成了道士。我只好说："人各有志，人李剑白志存高远。"

十一二岁的时候，我还在上私塾。白水村人多，教书先生分班排号，我是十六。

等到教室里同窗满座，我还没等到身边的十五号。

先生环视四周，连问几遍"李剑白来了没有"，无人应答。

那是我第一次知道李剑白的名字，当时村头大爷常讲些江湖遗事，主角名字多是剑白、长苏、流离之类，我猜李剑白他爹年轻时候可能也有个大侠从他的世界路过，奈何情深缘浅，只能凭名字怀缅。

于是李剑白便叫李剑白。

李剑白每每听到我这种说法，都会用一种很古怪的眼神看我。

那时候，教书先生久候不至，沉下脸来，自顾开始讲课。

李剑白这个时候大摇大摆闯进门来，冲先生咧嘴打了个招呼，就算道歉。

先生大怒，把李剑白又给拎出了门。

我们一群十一二岁的孩子交头接耳，不知道李剑白将会挨多少下手板。

李剑白一下都没挨。

我只记得当时教书先生红着脸，看都没敢看他，又将他送回了座位。

李剑白笑着冲我打招呼，笑容灿烂，眉眼间却很疏离，小孩子敏锐，我一下感觉了出来。

后来我才知道，先生放过李剑白有两个原因，一是因为这家私塾是李剑白他爹开的，二是因为李剑白给了他二十两银子。

李剑白只是笑嘻嘻地任凭先生喝骂，从怀里缓缓掏出钱，先生的声音就渐渐小了下去。

跟李剑白一起迟到的，还有张萍萍，路上被李剑白调戏的小姑娘。

先生感觉自己受到了侮辱，于是便要惩罚她。

刚刚坐下的李剑白又站起来，笑嘻嘻地说：“凭什么你不惩罚我，却惩罚她？”

先生憋得满脸通红，拂袖而去。

再次见到这位先生，已经是很多年后的事情了。

当时我们换了老师，李剑白也不再闹事，只是张萍萍显然很看不惯李剑白的作风，偏偏李剑白上课下课都缠着她。

我听村东认识李剑白的人说，李剑白从九岁一见到张萍萍，就告诉他爹这是他一定要娶的人。

他爹只当个笑话，没想到李剑白放着家里的侍读不要，跑到村东那间破房子里跟张萍萍一起念蒙学私塾。

后来张萍萍大了，李剑白也大了，村里没有正经私塾，十一二岁的儿女都已经在帮衬家里，李剑白不干。

以死相逼。

我听过最浪漫的事，不是为你赴汤蹈火，两肋插刀，而是我为你建了一间学校，只为跟你再做三年的同窗。

九岁的李剑白，看上九岁的张萍萍，这到底是不是爱情我不知道，但李剑白这种执念，换作是我，也不敢答应。

张萍萍躲着他，唯一一次喊他来对话，都没有看过他。

张萍萍说："我念私塾，不会是跟你挨在一起吧？如果是那样……我不会去念的。"

我不知道李剑白那时候是什么表情，总之开学的时候，李剑白的同桌是我。

十二岁的李剑白对我说："这个世界上，每个人都有价格，我很讨厌自己有钱，又没什么资格讨厌，除非我能不要这些钱。

"但是我也有价格，我不能不要。

"我的价格，就是张萍萍。"

但是显然，张萍萍不吃这一套。哪怕这一届的学费分文不取，张萍萍心里明白是因为她，也至多只是对李剑白笑一笑，点点头，然后转身走开。

·2·

李剑白对我说："你如果有什么点子能帮我追到张萍萍，这些钱都是你的。"

一百两银票熠熠生辉，奈何当时的我并不太懂钱的意义。

我扫了银票一眼，抬头看着李剑白说："坦白讲，你这种性格，张萍萍不喜欢你是正常的。"

李剑白很愤怒，甚至准备出钱雇人打我。

但是最终还是没有，他拿出更多的钱，我得到一个此生最有可能发财的机会，就是李剑白身上的五百两银子。

我想了想，西村的糖人两文钱，吃多了牙疼，买只鸡也不过两三贯，天天吃总会腻。

我得出结论，用不着这么多钱。

很多年后，我从太学毕业，成为百无一用的书生，总恨不得骂那个小兔崽子一顿。

李剑白觉得他发现了个富贵不能淫的人。那时候的我们都还不明白，看一个人不能只看他患难时，更要看富贵后。

经历过这件事后，李剑白觉得我是个了不起的人。经历过这件事后，我觉得李剑白脑子有问题。

堂而皇之地在教室里拿出一百两银票，哪怕我不在意，总有那么些不良少年，要收他一点保护费。

李剑白那会儿还不是道士，脾气远没以后那么好，当得知自己被勒索的时候，挥拳头就打了过去。

对面有七八个人，这货说他要打十个。

但是不包赢。

事情到了这个地步，我站在他旁边，总不好视而不见。

这一架，打出了我二十年的朋友。

也就在这一年，李剑白修道了。

原因是张萍萍的一句话。

那次打架后，张萍萍过来找他，说她真的不喜欢纨绔子弟，也不喜欢张扬打架的同学。

“我妈说了，我们家穷，欠不得人什么东西，我要去玄应观做道姑，割舍你在这里留给我的一切。”

十二岁的李剑白拉着我去喝酒，醉眼蒙眬，稚嫩的脸上有很坚定的神情。

李剑白说：“我的价格就是张萍萍，倾尽一切，也不惜代价。”

所以李剑白当了道士了。

很简单的逻辑，让我困惑了很多年。

几年以后我从白水村走出去，金山寺里修过佛法，便要进京城念大学。临行前，李剑白喝酒送我。

他眼睛发亮，说现在张萍萍已经不讨厌他了，再过些年我从大学回来，一定能喝他们的喜酒。

月光洒在少年的脸上，倔强的笑显得那么神圣，少年的血也总是热的，我突然也有豪情上涌，喝光一杯酒摔在桌案上。

我一定能喝到这杯喜酒！

那时候我还不知道，江湖上有种诡异现象，但凡讲了类似话语的人，一般都没有好下场。

比如，干完这票我们就金盆洗手，打完这一仗就可以回家娶媳妇了，过了今天就没事了……

但无论如何，那个月夜在我回忆里，一直是热血激荡的。少年对坐，李剑白的眼闪闪发光，晃得我发晕。

·3·

上了大学后，我们的联系渐渐少了，某年我回老家的时候见到李剑白，已经仙风道骨，衣袂飘飘。

我问他张萍萍呢，他哈哈一笑，说："她当了三年道姑，就被父母逼着下山成亲去了。"

我惊问："那你呢？"

李剑白浑不在意状："我当然还在这里，我发现修玄问道，宁静致远，高妙得很。"

"不是，我是问你张萍萍嫁人了，你不难受？"

李剑白反而很奇怪地看着我："我为什么要难受，小时候的话你也当真？

"云在青天水在瓶，世上的事都各有归属，我归三清上仙，她归凡尘俗烟，不过如此。"

沉默，我又问他：“你的家产呢，娶不成张萍萍，你也不回去？”

李剑白神色一黯，复又笑了笑：“没了。”

我恍惚间以为自己听错了，李剑白告诉我，白水村改制，家里的生意断了根本，他父亲被人坑骗，未能东山再起反倒没了余财，如今只守着几亩薄田过日子。

“有时候，我也回家给老爹种种地，挺好的。”李剑白笑着对我说。

我从来没想过他会成为现在这副样子，他已经宁静致远，神怡气定，他已经成了张萍萍喜欢的样子，却已经不再谈论那些少年时的情事了。

太学毕业之后，我在京城大相国寺写过一段时间书，承蒙几位同窗抬爱，还算聊以糊口，只是没有想到再见李剑白，会是在相国寺。

他成了重新崛起的道派掌教弟子，前来大相国寺询问有没有散落的道教书籍，等到修书完成，发行全国，乃至戏曲周边上画的时候，都要有他在旁盯着。

我想找他喝酒，发现已经不是那么有底气了。

李剑白倒没这么多顾忌，我们在京城的小酒馆里吃了顿饭，他道袍脏脏的也浑不在意。

他说：“方昭，我爹去了。”

我干了手里一杯酒，又给自己倒上。

李剑白说，他爹去世之后，他终于没有理由再留在白水村，去了重阳教，有玄应观的推荐，又兼天资聪颖，很快被掌教收作弟子。

有人喊他李神仙，有人喊他李真人，再也没人喊他李剑白，或者是某个下午，张扬着要打十个的白水村少年。

李剑白破天荒喝醉了，他以前喝酒从不喝醉，眼睛总是越喝越亮，找个没人的地方一觉睡去，醒来就不会有人发现他喝过酒。

这次他醉着对我叮嘱，让我一定回一次白水村，帮他看看张萍萍过得怎么样。

我答应了他。

· 4 ·

回到白水村我才知道，原来张萍萍嫁的人就是当年被李剑白拿钱砸过的教书先生。

先生大了张萍萍十岁，却对张萍萍呵护得很，见我来了，小心翼翼摆上酒菜，直到喝高了才放心大胆地笑。

先生说："你们现在都出息了，你上过大学出过书，不是我能比的了。李剑白……那李神仙更不用说，十几年前我就比不了，更不用说现在……"

先生拉着我的手，念叨了半天，等我终于抽回手想找张萍萍的时候，她已经去学堂接孩子了。

我站在学堂门口等她，李家倒了，学堂却还在，夕阳西下，我看见张萍萍的身影。

她还跟十几年前一样，沉静，平和，始终有一股从容的力量。

她看见我，点了点头，嘱咐了孩子们几句，转身向我走来。

我跟张萍萍不太熟，也不知道要聊什么，只好问一个容易令人唏嘘的问题：

"你当初，为什么不跟李剑白在一起？"

张萍萍望着落山的太阳，沉默不说话，直到孩子们都走光，剩下她的一儿一女，才慢慢开口。

她说，在一开始的时候，她就知道李剑白无论给她什么，都是她还不起的，如果她跟李剑白在一起了，迟早会被厌倦。

"我也曾经想过，或许他不会厌倦我，或许我也能慢慢给他更多……但每当我这么想，我就会发现我永远不可能像他爱我那样爱他，什么都不去想，什么都可以做。"

张萍萍看了我一眼，她的背后是漫天晚霞。

在我认识李剑白二十年后，我把张萍萍这些话写成书信，转告了他。

我以为这会像他双亲亡故一样，让他一心玄修，成为一个大造化的道士。

然而他没有。

我不知道他看到张萍萍这些话究竟想了什么，是上学路上的堵截还是课间的玩闹，是玄应观里道姑的微笑还是从白水村到重阳观的千里迢迢。

但可以知道的是，千里迢迢，他李剑白的价格还是改不掉。

三花聚顶终成幻，四气朝元亦非真。

听说，李剑白当道士二十年后，脱掉道袍，长吟下山。

完。

金山寺番外 · 大唐二狗

·1·

那一年，你就当它是大唐年间，玄奘还在金山寺里当大师兄，未曾经历过西天取经。小和尚二狗在这一年屡经变故，从此挥别姑娘，遥望西天，彼岸的荆棘丛里刹那间芳华盛开。

方丈告诉他："上了戒疤，从此一切都是路人，红尘踪迹，天边明月，一般无二。"

一众师兄弟看着二狗蒙眬的泪眼，尽在心中唏嘘，说："现在的年轻人，愚蠢，幼稚，看不开，嗤之以鼻。"

二狗忽然推开方丈的手，站起身来，说："对不起师父，我还得再想想。"

那一刻师父悠悠叹气，仿佛念及往事如剑难归，说："二狗你看你堂下师兄弟，哪个不是了却凡尘，唱一首岁月如歌，苦大仇深，都化作佛音妙法。曾经的艰辛与快乐，绝口不提，寺庙里暮鼓晨钟一扣，就说贫僧现在法号圆通，已再不是俗世里的顺丰了。"

二狗哭丧着脸，说：“师父，可我不想放弃，我想振作起来，去红尘里继续滚。”

庙里一众师兄弟一起叹息，说：“师弟这是着了魔，放武侠小说里，就该是受妖女蛊惑，咱师兄弟该去擒了妖女，为武林除害，师弟接任掌门衣钵，三十年后，必是武林名宿。”

二狗摸着鼻子，有些脸红，又有些怅然。

这时候，方丈发话了，一脚踹飞二狗，说：“你既然还有这个心气儿去滚，成什么佛，挥别什么过往，搁这跟我们一堆老年人扯犊子有意思吗？”

二狗被方丈一脚踹成了球，咕咚咕咚从石阶上滚下，鼻青脸肿，哭丧着说：“师父，可我跟那姑娘，委实不可能啊。

“有诗说得好，所爱隔山海，山海不能平，我想继续滚，可我也想放弃啊。”

二狗恭恭敬敬地在山门下跪倒，说：“还请师父指点。”

师父丢给他一枚铜钱。

二狗恍然，说：“师父你的意思是让我且向天抛，心中更倾向的那一面，就是我自己心中的决定？”

方丈说：“放屁，为师这是让你下山买个馒头，撒丫子去追姑娘，倒还不会抱憾许多年。”

姑娘是二狗在山下书院认识的，二狗见姑娘小虎牙，笑如花，鼻子一皱纹路似琉璃苍瓦，回头对大师兄说起，大师兄说：“你这是什么狗屁比喻。”

二狗笑着挠挠头，说：“师兄你不懂，就是说这姑娘人不一般，有人气仙气风尘气，就像是雨巷山水画，有晨露野花和青楼的屋檐瓦，你懂不懂？”

大师兄玄奘说：“懂，你这是春心动了。”

“春心一动，从此世间一切便与你无缘，佛门净土更是别想沾惹一丝半点，二狗，你懂不懂？”

二狗想了一夜，说：“我懂，但是有什么用呢？”

大师兄二师兄三师兄一路目送二狗屁颠屁颠下山，跑去找隔壁书院的姑娘去了。

·2·

后来的事情，师兄和方丈都不太清楚，只见到二狗垂头丧气，像落汤鸡、丧家犬，丢人现眼。

某个卧谈的夜里，几个八卦的师兄谈起，都大抵不过三种情况。

一是姑娘有喜欢的人，二狗百般武艺只能换来一句“你是个好人”。

二是姑娘对旧情念念不忘，二狗百般武艺只被当作过眼烟云。

三是姑娘想出家当尼姑，等二狗成了方丈，或许就有机会。

二狗听见几位师兄的八卦，跳进房来，说：“才不是如此，姑娘只是还没准备好，我再等等，陪着她，不会孤独终老的。”

几位师兄面面相觑，说：“我们谁说你会孤独终老的？”

大师兄补充说：“实在不行，以小师弟你的人品相貌……相貌就算了，以你的人品武功，偌大江湖，找个姑娘有何难处？”

二狗就红了脸，说：“其他的姑娘不一样，就是有偌大的胸脯，弯弯的刘海，盈盈一握的小蛮腰和挺翘圆润的屁股，也不一样。”

屋里几个彪形大汉听了小师弟的描述，顿时心中都涌起一股无名火，四下看看，说：“走走走出去打拳。”

小师弟有些茫然，不知道几位师兄大晚上发泄个什么劲。

后来小师弟看姑娘跟江湖上的草莽饮酒，观姑娘跟京城里的公子作诗，心中隐痛，姑娘又只回眸一笑，他便释然了。

庙里的二师兄说：“小师弟你得当心，我闻世上妖女勤练武功，有一门蛊术最为逆天，唤作备胎之术，当年强如剑客阿飞，都不免中招，师弟我观你近日大便不畅，月经不调，多半是中了此蛊。”

二狗：“……师兄你能先滚一滚吗？”

二师兄滚了，四师兄蹲在山头，山风吹过来眯了他的眼，于是四师兄的目光就变得很迷离，很不羁，很荡漾。

四师兄看着小师弟，说：“二狗，你活到这么大，总有些事情你不想提起，有些人你不想再见。”

二狗说：“师兄你在抽什么风？”

四师兄说：“江湖上的草莽，京城里的公子，如果你不想见，我可以让他们消失。”

二狗心中一动。

四师兄看着二狗，忽然笑了，他说：“我以前有一个绰号叫做西毒，任何人都可以变得狠毒，只要他尝试过什么叫作嫉妒，我不在乎别人怎么看我，只是不想让别人过得更开心。爱一个人，除了欢欣鼓舞，还有嫉妒烦躁，心绪波动如丈高大浪起伏不定。

“我帮你除掉心中的爱情，就能除掉你心中嫉妒，过上几年，看那姑娘婚姻美满，人生幸福，你便也忘了，放下了，四大皆空，暮鼓晨钟，西毒也好，嫉妒也罢，就都忘了。”

二狗挥手说：“滚滚滚，我自己回房念佛经。”

于是二狗就念：“色即是空，空即是色，远离一切颠倒梦想。”

出门二狗就忘了江湖草莽、京城公子，眼里只剩一个她。

四师兄目瞪口呆，心想自己当年怎么没有这觉悟，如今念及大漠里为自己迢迢年华老去的姑娘，黄沙吹啊吹，谁还缅怀谁。

二狗又等了姑娘两年，凭一身武功在江湖上打下名号，虽说买不起京城的房，但也足以携手并进。

这时候，姑娘又说：“二狗咱们不能在一起。”

二狗问：“为什么，还是对我没有感觉吗？”

姑娘说：“其实我是将军家的长女，要嫁给太子，喜欢不喜欢你，有意义吗？”

二狗蒙了。

所以有二狗跪在山门前，说：“生活如此狗血，方丈你还是收了我吧，一枚铜板，一个馒头，有什么用？”

方丈说：“我这座庙虽小，却还不收懦夫。”

二狗说：“这就叫懦夫了？那师父你告诉我，我还能怎么做？”

方丈说：“我如果知道怎么做，还用上山当和尚？”

小和尚又蒙逼了，他问方丈：“师父，那你干吗骂我？”

大师兄说：“这不明摆着吗，你以为当了和尚道士，就都能四大皆空，太上忘情？师父这是后悔了。”

二师兄说：“你往前去，或许不是天堂，退后一步，也不会踏入西天，身后是地狱，前功尽弃，此生沧桑，往事不提，提了，就都是戳心窝子的痛。”

三师兄说：“痛都是轻的，如果这世上注定有一个人你会错过，来日再遇良人，多半也还是错过，更何况小师弟你这一步退出来，那就一步跨出三界外，六根清净，难言其他。”

小师弟说：“那，那我如果不进庙呢？”

四师兄说：“其实不用听你几个师兄的，没什么大不了的，都是少不更事，过几年回头看看现在的自己，跟我们几个刚才看你一样。现在的年轻人，幼稚，愚蠢，嗤之以鼻。关键是，你还想不想要你现在被人嗤之以鼻的东西。”

小和尚茫然问：“什么东西？”

方丈说：“傻 × 啊。”

小和尚说：“师父你怎么骂我？”

方丈又说：“傻 × 啊。”

小和尚明白了，自己那被人嗤之以鼻的东西，就是傻 × 啊。

“不傻 × 的人，最终都进了庙，剃度出家，做了六根清净的和尚，小师弟，趁还能傻 × 的时候，去傻 × 一把吧，傻 × 的人才会说王侯将相宁有种，因为聪明人知道寒门再难出贵子，傻 × 的人才会说不爱江山爱美人，因为聪明人知道有了江山自然美人如画。”

四师兄告诉小和尚：“聪明人选的，都是极好极好的，可那不能让你活成自己，师弟啊，人这辈子要选很多条路，选中了，就得走一辈子。”

大师兄说得更吓人，他问小和尚：“你是要做天下的皇帝，还是美人的郎君？”

小和尚说：“我想做美人的皇帝，天下的郎君，可不可以？”

大师兄：……

看着山上烟尘飞扬，就要冲下来踹他，小和尚赶忙拔腿跑路。

这一路上莺飞草长，小和尚截下了送亲的军队，一根棍子使得龙蛇起陆，腾云而上便是夭矫九重天。

小和尚冲婚车里的姑娘大喊，说：“我想明白了，你喜不喜欢我，很有意义。

“喜欢我，就跟我走。”

姑娘泪流满面。

按正常的路子，这故事就该结束了，但是如果是狗血的生活，故事肯定结束不了。

姑娘得问：“凭什么跟你走，跟你走，四海通缉，落魄潦倒，有意义吗？”

小和尚就笑，说：“如果你愿意，那就一起走，青灯古佛，你当尼姑我做和尚，隐居古山也是般配。

“若你不愿意，那也无妨，我已经来过啦。”

小和尚挥起棍子，打得军队人仰马翻。

但姑娘的选择，还有那么重要吗？

好吧，如果非要给这个故事一个结尾。

像我这样的人，自然要给一个浪漫到不切实际的结尾。

姑娘笑出了泪，点头说：“好，本来谈不上喜欢，对你还差那么一点事，你来了，就不差了，我们一起走，滚他娘的看破红尘，滚他娘的江湖朝堂聪明人。”

小和尚咧嘴，面对越来越多的兵马，说：“我很开心，不过好像不太容易走。”

姑娘跳出来，两脚踹飞抬车的士兵，说：“管那么多干吗，能走就走，走不了本姑娘陪着你。”

打东边，传来几声大笑，说着“恭喜师弟”“师弟牛 ×”“哎哟不错哦”几句话，尘埃落处正是庙里的师兄弟。

有人说，和尚庙里，最不缺的就是秘密。

里面的和尚，杀人的，避难的，西天取经的，从前绰号西毒的，幺蛾子多了去了。

那几个癫狂大笑的和尚，一路冲杀进来，举着四根齐眉棍，揽着二狗和姑娘，猖狂地冲出凡尘，一步跨到了天外。

完。